リガの犬たち

ヘニング・マンケル

JN263111

スウェーデン南部の海岸に，一艘のゴムボートが流れ着いた。中には，二人の男の死体が抱き合うように横たわっていた。共に射殺。身に付けた高価なスーツからするに漁師や船員ではなさそうだったが，身元を示すような物は何もなく，ボートには製造元すら書かれていなかった。彼らはいったい何者なのか？　検死医の報告によれば，どうやら海の向こう，ソ連か東欧の人間らしいのだが……。小さな田舎町の刑事に過ぎないヴァランダーは，思いもよらない形でこの国境を超えた事件の主役を演じることになるのだった！　話題のスウェーデン警察小説，第二弾。

登場人物

クルト・ヴァランダー……イースタ警察警部
リードベリ……故人。クルトの元同僚
マーティンソン……刑事
スヴェードベリ……刑事
ハンソン……刑事
ビュルク……署長
ムルト……検死医
エッバ……署の受付係
アネッテ・ブロリン……地方検察官

ビルギッタ・ツーン……………外務省の役人
スツーレ・ルンルンド…………
バッティル・ロヴェーン………本部から来た刑事
カルリス・リエパ中佐…………リガの犯罪捜査官
ヤゼプス・プトニス大佐………
ユリス・ムルニエース大佐……リエパ中佐の上司
スィズ軍曹………………………大佐たちの部下
バイバ・リエパ…………………カルリスの妻
イネセ……………………………
ウピティス………………………バイバの仲間

リガの犬たち

ヘニング・マンケル
柳沢由実子訳

創元推理文庫

HUNDARNA I RIGA

by

Henning Mankell

Copyright 1992 in Sweden
by Henning Mankell
This book is published in Japan
by TOKYO SOGENSHA Co., Ltd.
Japanese translation rights
arranged with Leonhardt & Høier Literary Agency aps
through Japan UNI Agency, Inc., Tokyo

日本版翻訳権所有
東京創元社

リガの犬たち

1

十時を少しまわったころ、雪が降り出した。

小型漁船の操縦室で舵輪を握っていた男はちくしょうと呟いた。ラジオは雪になると言っていたが、その前になんとかスウェーデンの沿岸に着きたかった。前の晩ヒッデンセーで遅れていなかったら、今ごろはもうイースタに向けて針路を定め、二、三度東に舵を切っていただろう。いまはまだイースタまで七海里残っている。もし雪が激しくなったら、止むまでしばらく停泊して待つよりほかはない。

彼はまた舌打ちした。金を惜しんだのが失敗だった。秋に考えたとおりにしていればよかったのだ。新しい無線機を買うべきだった。古いデッカはもはや役に立たない。新しいアメリカ製の無線機を買えばよかった。だが、おれは金を惜しんだ。それに東ドイツ人を信用しなかった。だまされはしないと思ったのだ。

東ドイツという国はもはや存在しないということが、彼にはどうしてもピンとこなかった。

東ドイツ人という、一国の国民が存在しなくなったのだ。歴史はそれまでの東西の国境線を一晩で抹消してしまった。いまはもうドイツという国しかない。かつての東ドイツと西ドイツの人々がいっしょにどのような日常生活をおくるようになるのか、ほんとうは誰もわからないのだ。最初、ベルリンの壁が崩壊したとき、彼は不安になった。この大きな変化のせいで仕事をやめなければならなくなるのだろうか、と。だが、取引相手の東ドイツ人は彼をなだめた。そして当分の間、何ごとも変わりはしないと言った。それどころか、この変化はむしろ彼らの商売に新しい運をもたらすかもしれないとさえ言った。

雪はいっそう激しくなった。風が南南西の向きに変わった。彼はたばこに火をつけ、コンパスの脇のホルダーにさしてあるマグにコーヒーを注いだ。操縦室は暑く、彼は汗をかいていた。ディーゼルオイルの臭いが鼻を突いた。彼は機械室をちらりと見た。狭い寝床に横たわっているヤコブソンの片足が見える。厚いソックスの爪先から親指が突き出していた。まだ起こさなくてもいいと彼は思った。このまましばらく船を停めることになったら、交代してもらっておれも少し眠ろう。ぬるいコーヒーを飲みながら、彼はまた昨夜のことを考えた。暗闇の中をおんぼろトラックが荷物を受け取りに来るまで、彼らは五時間以上もヒッデンセーの西側のみすぼらしい港で待たされた。ウェーバーはトラックの故障が原因だといいわけをした。それは本当かもしれない。トラックはソ連時代の旧式の軍用トラックで、まだ走れることが不思議なほどぼろぼろの代物だった。しかし、同時に彼はウェーバーを信用していなかった。ウェーバーには一度もだまされていないかもしれないが、とにかく、この男は信用できないという気がした。それは必要な警戒心というものだった。いままで毎回、莫大な価値の荷物をドイツ側に運び込んできたにもかかわらず、である。一回の運行で、二十台から三十台のコンピューター、百台以上の携帯電話、ほぼ同数のカーステレオを運んだ。荷物は毎回数百万クローネの価値があった。もし捕まったら、軽い刑罰ではすまないことは承知していた。もちろん、ウェーバーから救いの手が差し伸べられるはずもなかった。この世界には、自分以外のことを考える人間はいなかった。

彼はコンパスで海路を確かめ、北へ二度変更した。測定器は船が常に八ノットの速度で走っていることを示していた。船がスウェーデンの沿岸に方向を定め、ブランテヴィークの小さな入り江の港に針路を切り替えるまで、まだ六海里半残っている。目の前には依然として灰青色の波が揺れている。しかし、雪が弱まるきざしはない。

あと五回荷物を運べばいい、それでこの仕事から足を洗うのだ、と彼は思った。そのときには金はしこたまたまっているだろう。その金で外国へ飛ぶのだ。彼はまたたばこに火をつけ、にんまり笑った。まもなく目標額に達する。そしたら、なにもかも後にして、ポルト・サントし島へ行くのだ。そこでバーを開くつもりだった。もうすぐだ。もうすぐ彼はこのしけた漁船の、すきま風が吹き込み水漏れする操縦室から解放される。下の汚い機械室でいびきをかいて意地汚く眠っているヤコブソンともおさらばだ。新しい生活がどんなものになるか、よくわからなかった。だが、それが彼の夢だった。

突然、雪が止んだ。降り始めたときと同じように急だった。初め、彼はこの幸運が信じられなかった。しかしまもなく、ほんとうに雪片が落ちてこなくなったのだとわかった。もしかすると、間に合うぞ、と彼は思った。もしかすると、悪天候はデンマークのほうへ移動したのかもしれない。

彼はコーヒーを注ぎ足し、口笛を吹き始めた。操縦室の壁には金の詰まった鞄がぶら下げてあった。ポルト・サントスへまた三万クローネ分近寄ったことになる。ポルト・サントスはマデイラ島に近い一島だった。人の知らないパラダイスが、おれを待っている……。

生ぬるいコーヒーを飲もうとしたとき、ゴムボートが目に入った。雪がこのように急に止まなかったら、きっと目に留まらなかっただろう。だがいまそれは舷窓からわずか五〇メートルほどのところに漂っていた。赤いゴムの救命ボートだ。彼はヤッケの袖で舷窓のガラスをこすり、もっとはっきり見ようとした。空っぽだ、と思った。きっとどこかの船から落ちたものだろう。彼は舵輪をひねって速度を落とした。ディーゼルエンジンの音が変わったのでヤコブソンが飛び起きた。機械室から無精ひげの顔を突き出した。

「もう着いたのか？」

「舷窓の近くに救命ボートが浮いている」と舵輪を握っているホルムグレンは言った。「船に取り込もうと思う。買えば二、三千クローネ（一クローネは約十三円）はするものだからな。舵を取ってくれ、おれがボートフックで引き寄せるから」

ヤコブソンが舵輪を握り、ホルムグレンは帽子を耳まで引き下げて操縦室を出た。寒風が顔に突き刺さるようだ。彼は揺れる波にさらわれないようにしっかりと手すりをつかんだ。救命ボートはゆっくり近づいてくる。操縦室の屋根とウィンチの間にくくりつけているボートフックの結び目に手をかけた。凍っていてうまくほどけない。ようやくボートフックを手にして、彼は救命ボートのほうに初めて目をやった。

ホルムグレンはぎくっとした。救命ボートはいま船体からわずか数メートルのところで揺れていた。彼は自分が間違っていたことに気づいた。救命ボートは空《から》ではなかった。人間が二人いた。死んだ人間だった。ヤコブソンが操縦室の中からなにか叫んだが聞き取れなかった。彼もまたボートの中のものに気がついたのにちがいない。

ホルムグレンが死人を見たのは、これが初めてではなかった。若いとき軍事訓練中に爆弾の一部が暴発して、同期の訓練生のうち四人が吹き飛ばされて死んだ。その後、数十年間の漁師生活で、やはり死人を何度か見たことがある。海岸に打ち上げられた人、海でおぼれた人など……。

救命ボートの中の人間は二人だった。ホルムグレンはすぐに、おかしな服装だと思った。漁師でも船員でもない。二人ともスーツを着てネクタイを締めている。抱き合うようにして横たわっていた。まるで、避けることのできない恐ろしいことから互いを守ろうとしているかのように。ホルムグレンは何ごとが起きたのか、想像してみようとした。この二人は誰なんだ？そのときヤコブソンが操縦室から出てきてそばに立った。

「こりゃ、ひでえな、なんてこった。どうする？」

ホルムグレンはすばやく頭を巡《めぐ》らせた。

「なんも」と答えた。「船に引き上げたら、訊かれたくないことまで訊かれるようになるだろう。気がつかなかったことにしよう。雪が降っているからな」

「それじゃ、流されるままにしておくのか?」ヤコブソンが顔をしかめた。

「そうだ」ホルムグレンが答えた。「二人は死んでいる。いまさらなにができる? おれはどこに行ってきたのかなどと訊かれたくない。おまえは?」

ヤコブソンは戸惑いながらも首を振った。二人は黙って死んでいる男たちを見下ろした。ホルムグレンは男たちの若さに気がついた。両方とも三十前だろう。顔が真っ白でのっぺりしている。ホルムグレンは身ぶるいした。

「救命ボートのどこにも名前が書かれていないのは変だな」ヤコブソンが言った。「ふつう、母船の名前が書かれているもんだが」

ホルムグレンはボートフックで救命ボートをぐるりと回してみた。ヤコブソンが言うように、確かに名前はどこにもない。

「なにがあったんだろう?」ホルムグレンは呟いた。「この男たちは誰なんだ? いつから海を漂っているんだろう? スーツにネクタイ姿で?」

「イースタまであとどのくらいだ?」

ヤコブソンが訊いた。

「だいたい六海里だ」

「もう少し沿岸近くまで引っ張ってから離したらどうだろう」ヤコブソンが言った。「そしたら海岸に打ち上げられて発見されるだろ？」

ホルムグレンは考え込んだ。このままここにおいていくのは、いかにも気分が悪い。だが、だからといって救命ボートを引っ張って船を走らせるのも危険だ。フェリーボートや貨物船に見つけられるおそれがある。

彼は天秤に掛けた。

決心してからは早かった。持っていた救命ボートのロープをゆるめると、手すりにつかまり救命ボートを船体から離した。ヤコブソンはイースタに針路を定めた。ホルムグレンは救命ボートが船体から十メートルほど離れて、漁船のプロペラにぶつかるおそれがなくなったのを見て、ロープをしっかり手すりに縛り付けた。

スウェーデンの沿岸が見え始めたとき、ホルムグレンがナイフでロープを切り離した。死人を乗せた救命ボートは見る間に小型漁船の後ろに姿を消した。ヤコブソンは針路を東に変え、それから数時間後、漁船はブランテヴィークの港に入った。ヤコブソンは五千クローネ受け取ると、港に停めておいたボルボに乗り、スヴァルテにある家に帰っていった。ホルムグレンは操縦室に鍵をかけ、荷台の部分に防水シートをかぶせた。港には人っ子一人いなかった。彼はゆっくりといつもの手順で片づけ、大綱をチェックした。それから金の詰まった鞄を持つと、おんぼろの自分の車、フォードに乗り込んでエンジンをかけた。エンジンは数回でやっとかかった。

船を降りるといつも、ポルト・サント島へ思いを馳せるのが習わしだった。だがいま彼の目の内側には、赤いゴムの救命ボートが揺れていた。あれはどこに打ち上げられるのだろう、と彼は思った。潮は気ままでしょっちゅう流れを変える。風は激しくこれもまた方向を変える。結局彼は、あのボートは沿岸のどこに流れ着いてもおかしくないという結論に達した。だがそれでも、イースタの近くのどこかだろうという気がしてならなかった。しかしその前にスウェーデンとポーランドの間のフェリー船の乗客か乗務員に見つけられるかもしれない。わからない。ただ想像するのみだった。

車がイースタの町に入ったころにはすでに日が落ちていた。コンティネンタルホテルの角で信号待ちをした。

スーツにネクタイ姿の二人の男が、救命ボートに？　なにかがおかしかった。あの男たちを見たときはなにも考えなかった。信号が青に変わったとき、頭の中にひらめくものがあった。あの男たちは海の事故で救命ボートに乗ったのではない。あれに乗せられたときにはもう死んでいたのだ。証拠はない。だが、彼にはわかった。あの男たちは死んでから救命ボートに乗せられたのだ。

彼は素早く決断した。町の広場の隅に本屋がある。その前に電話ボックスがあった。言葉をよく考えてから受話器を外した。九〇〇〇〇番を押すと、警察と話したいと言った。警察につながれたとき、電話ボックスの汚いガラスの外に雪が降り出したのが見えた。

一九九一年二月十二日のことだった。

2

警部クルト・ヴァランダーはイースタ警察署の自室であくびをした。口を大きく開けすぎて、顎の下の筋肉がつってしまった。猛烈な痛みが走った。筋肉を緩ませるために、握りこぶしで顎の下を叩き始めた。そのとき、署の中では若い世代に属する警官のマーティンソンが部屋に入ってきた。が、戸口で驚いて立ち止まった。クルト・ヴァランダーは筋肉が緩むまで顎の下を叩いていた。マーティンソンは背中を向けて出ていこうとした。

「入れ」ヴァランダーは言った。「あくびをして大口を開けたとき顎の下の筋肉がつるなんていう経験はないのか？」

マーティンソンは首を振った。

「ないです。いやあ、驚いた。なにをしているのかと思いましたよ」

「これで、なにをしていたかはわかっただろう。用事はなんだ？」

マーティンソンはいすに腰を下ろして、顔をしかめた。手にはメモ帳を持っている。

「数分前におかしな電話がありました」と言った。「報告するほうがいいと思ったので」

「おかしな電話なら毎日あるじゃないか？」ヴァランダーはいまさらなんだという顔つきで言った。

「ええ、でも、これをどう思いますか」マーティンソンは話を進めた。「電話は外の公衆電話からのものです。男の声で、まもなくこの近くの海岸に死んだ男二人を乗せた救命ボートが打ち上げられると言いました。名前は言いませんでした。死んだ男たちが誰なのか、死んでいるとはどういうことなのかも言いませんでした。それだけ言うと、電話を切ったのです」

ヴァランダーは確かに変だと思った。

「それで全部か？　電話を受けたのは誰だ？」

「自分です」とマーティンソンが言った。「その男はそれ以上なにも言いませんでしたが、なぜか確信のある言い方でした」

「確信のある？」

「なんと言ったらいいのか……、経験でわかるんですが」マーティンソンは続けた。「ときには話し方だけで、いたずら電話だとわかるものですよね。でも、いまの電話の男は自分がなにを話しているのか、ちゃんとわかっているといった感じでした」

「救命ボートの中に死んだ男が二人？　まもなくこの近くの海岸に打ち上げられると？」

マーティンソンはうなずいた。

ヴァランダーはまたあくびをし、いすにもたれた。

「海難事故の報告はあるのか？」

「いえ、なにも」マーティンソンが答えた。

「海岸沿いのほかの警察区に警告するんだ。それと海上警備隊にも。だが、匿名の電話だけで捜索活動を始めることはできない。少し待って様子を見よう」

マーティンソンはうなずいていすから立ち上がった。

「それがいいと思います。もう少し様子を見ましょう」

「今晩はひどいことになるぞ」ヴァランダーは窓の外を顎で示した。「雪だ」

「雪になるかどうか知りませんが、自分はちょうど非番になるところです」そう言って、マーティンソンは時計を見た。

マーティンソンは部屋から出ていった。クルト・ヴァランダーはいすの上で体を伸ばした。二晩続けて夜中に出動する仕事があった。どちらも翌日まで待てないものだった。最初の晩はサンドスコーゲンにある別荘に立てこもった強姦魔を逮捕するための出動だった。男は麻薬常習者であるとの疑いがあり、そのうえ武器を持っている可能性もあって、警察は明け方の五時まで踏み込むのを待った。男は自発的に出てきた。また昨日の晩は、イースタの町の中央での殺人事件で夜中に駆り出された。誕生祝いのパーティーで、祝われた当の男がこめかみにナイフを突き刺され、殺されたのだった。

ヴァランダーはいすから立ち上がり、厚い冬物のジャケットを着た。家に帰って眠らなければ、と思った。雪のために発生する事件はほかの者にまかせよう。警察署を出ると、強い風で、背中を丸めて歩かなければ前に進めなかった。車の鍵を開け、プジョーに潜り込んだ。窓枠にたまった雪のせいで、車の中がまるで暖かい部屋の中のような錯覚にとらわれる。エンジンをかけ、音楽カセットをカセット口に滑り込ませた。

すぐにリードベリが頭に浮かんだ。同僚で、深く信頼していた仲間、リードベリがガンで亡くなってからまだ一カ月も経っていない。ヴァランダーは前年、レンナルプでの残虐な老夫婦殺害事件の捜査にたずさわっていたときに、直接リードベリから病気のことを聞いた。最後の半年、リードベリ自身にはもちろんのこと、すべての者にはっきりと、余命は長くないことがわかってから、ヴァランダーは何度も、リードベリのいない警察署を想像してみた。経験と深い洞察に基づいたリードベリの忠告と判断なしに、どうやって仕事ができるのか。だが、まだこの問いに対する答えを出すのは早すぎると思った。リードベリが病気のために仕事を休むようになり、亡くなってしまってから後、まだ困難な事件は発生していなかった。だが、痛恨と喪失感はヴァランダーの胸の中に常にあった。

ワイパーを動かして、家路についた。町は打ち捨てられたように人がいなかった。まるで吹雪に乗っ取られてしまったようだった。ウスターレーデンのガソリンスタンドで止まって夕刊を買った。それからマリアガータンに駐車して自分のアパートに駆け上がった。風呂に入ってから食事をするつもりだった。寝る前にルーデルップの小さな一軒家に住む父親に電話をするのを忘れないようにしなければ。去年、父親が一時的に錯乱し、パジャマ姿で外を徘徊したとき以来、ヴァランダーは毎日父親に電話するようになっていた。それは父親のためだけではなく、自分のためでもあった。頻繁に会いに行かなかったことで良心の痛みがあった。しかし、あのとき以来、父親のところには定期的にヘルパーが通うようになった。そのためか、父親の、ときにはどうしようもないほどの癇癪は起きなくなった。それでもまだクルト・ヴァランダーは、もっと時間をさかなければ、と重い気持ちだった。

ヴァランダーは風呂に入り、オムレツを作って食べ、父親に電話をして、ベッドに入った。寝室のロールカーテンを引っ張り下ろす前に、彼は窓の外の人けのない街路を見下ろした。街灯が一つ、冷たい風に揺れていた。雪片がちらついている。窓の外の温度計は零下三度を示している。もしかすると悪天候は南下してくれたのかもしれない。彼は音を立ててロールカーテンを下げ、ベッドに潜り込んだ。そしてまもなく眠りに落ちた。


翌日、彼はゆっくり休んだ実感があった。七時十五分過ぎには早くも署の自室に入った。昨夜は小規模の交通事故以外、幸いこれという事故もなかった。雪の悪天候は始まるとすぐにイースタを通り過ぎたらしい。食堂に行くと、コーヒーカップを手にして疲れた様子の夜番の警官数人にうなずいてあいさつし、プラスティックのカップにコーヒーを注いだ。目が覚めたときすでに彼は、今日こそいくつかたまっている報告書を書き上げようと決めていた。その中にはポーランド人が巻き込まれている重い傷害事件があった。毎度のことだが、加害者と被害者の区別がつかなかった。関係者全員が互いを責め合っていた。また事件の目撃者もなく、筋道の通った報告はまったくなかった。しかしそれでも報告書を提出しなければならない。被害者が顎骨を殴られたと訴え、最悪の場合、加害者が見つからないときでも例外ではなかった。

十時半、最後の報告書を書き上げて、彼はまた食堂へコーヒーを取りに行った。部屋に戻りかけたとき、自分の部屋の電話が鳴り出したのが聞こえた。

マーティンソンだった。

「救命ボートのこと覚えていますか?」

なんのことか思い出すのに、二、三秒の間があった。

「電話をしてきた男の話は本当でした」マーティンソンが続けた。「モスビー・ストランドに二体の死人を乗せた救命ボートが打ち上げられました。犬の散歩に海岸へ出かけた女性が発見者です。かなりショックを受けた状態で電話をしてきました」

「電話があったのはいつだ?」ヴァランダーが訊いた。

「いまです」マーティンソンが言った。「三十秒前です」

二分後、ヴァランダーはモスビー・ストランドへ向かって、海岸沿いの道路を西に車を走らせていた。自分の車を使った。目の前を走っているのはペータースとノレーンが乗ったパトカーで、サイレンを鳴らしている。車は海辺に面した道路を走っていて、冷たそうな波が海岸にうち寄せるのを見てヴァランダーはぶるっと震えた。バックミラーに救急車が映っている。そのすぐ後ろにやはりパトカーに乗ったマーティンソンが続いていた。

モスビー・ストランドにはまったく人影がなかった。海岸のキオスクは閉まっていて、遊び場のブランコが風に揺れてギーギーと音を立てていた。車を降りると、冷たい風を肌に感じた。海岸の手前の砂丘で、女が一人草むらの中から手を振っている。足元で鎖につながれた犬が落ち着きなく動いていた。ヴァランダーは急ぎ足になった。これから見るものを思うと、嫌気がさす。死んだ人間を見ることに、決して慣れはしなかった。いつも同じように動揺する。死んだ人間は生きている人間と同じで、一人一人違うのだ。

「あそこよ！」

とその女性は指さして叫んだ。ヴァランダーはその指が示す方向を見た。水際に赤い救命ボートがある。水泳者用の長い桟橋の下、水際の石の間に打ち上げられたものらしい。

「ここを動かないでください」

ヴァランダーは女性にそう言うと、砂丘を下り、海岸を水辺まで走った。桟橋に行き、その上から救命ボートを見下ろした。真っ白な顔をした男が二人、抱き合うようにして横たわっていた。ヴァランダーは見たものを写真のように記憶しようと思った。長い間警官として働いてきた経験から、第一印象が大切であると学んでいた。死んだ人間は、たいていの場合、長い複雑な出来事の繋がりの結果だった。ときには死体を見たその瞬間にその繋がりの鎖が見えることがある。

長靴を履いていたマーティンソンが水に入ってボートを砂浜に引っ張り上げた。ヴァランダーはしゃがみ込んで死体を観察した。救急隊員たちがやってきてすぐそばに震えながら立った。担架を持って待ちかまえている。ヴァランダーは目を上げてペータースが興奮した女性をなだめているのを見た。夏でなくてよかった、と彼は思った。夏だったらこの海岸は、砂浜や海で遊ぶ子どもたちでいつもにぎわっているからだ。いま目の前にあるのは、決して子どもたちに見せたくないものだった。死んだ男たちはすでに腐り始めていた。強風の中で、その体は間違いなく死臭を放っていた。

ヴァランダーはビニールの手袋をはめると、注意深く死体のポケットを探り始めた。なにも見つからなかった。だが、片方の男のスーツの上着を開いたとき、シャツの胸に茶色いシミが見えた。ヴァランダーはマーティンソンに話しかけた。

「これは遭難事故による死じゃないな。殺しだ。少なくとも、この男は心臓をぶち抜かれている」

彼は立ち上がって、ノレーンがボートの写真を撮る間、少し離れたところに移動した。

「どう思う？」とヴァランダーはマーティンソンに訊いた。

「わかりません」マーティンソンは答えた。

ヴァランダーは死んだ男たちを観察しながら救命ボートのまわりをゆっくり一回りした。二人とも金髪で二十代の若者だ。手を見ると、また服装からも、肉体労働者ではないことがわかる。どこから来たのだろう？　なぜポケットにはなにもないのか？　ヴァランダーは何度もボートのまわりを回った。ときどきマーティンソンと言葉を交わした。三十分後、もはやこれ以上なにも発見できないと判断した。すでに鑑識官たちが手順に従って調べ始めていた。ボートはビニールで覆われた。ノレーンは写真を撮り終わった。みんなここから出発したがっていた。ヴァランダーはリードベリだったらいまなんと言うだろう、と考えた。自分の目につかなかったものでリードベリなら気づいたものはあるだろうか？　ヴァランダーは車に乗り、キーをひねって暖房を入れた。海は灰色で、彼の頭の中は空っぽだった。この男たちは誰なのだ？

しばらくして、海辺の風で体が冷え切ってしまったころ、やっと彼は担架を運ぶ救急隊員の男たちにうなずいた。抱き合っている死体を離すには、てこを使わなければならなかった。死体が運び出された後のゴムボートをヴァランダーは詳細に調べた。だが、そこにはなにもなかった。オールさえもない。ヴァランダーは水平線をにらみつけた。まるでそこに探している答えがあるかのように。

「救命ボートを発見した女性と話をしてくれ」と彼はマーティンソンに言った。

「それはもう、しましたが?」マーティンソンが意外そうに言って顔を上げた。

「徹底的にだ」ヴァランダーが言った。「吹きさらしの海岸ではちゃんと話はできないだろう。署に来てもらうんだ。また、ノレーンに、このボートを今のままの状態で署に運び込むように言ってくれ。間違いなく伝えてくれよ」

彼はまた車に戻った。

おれにはいまリードベリが必要だ、と彼は思った。おれには見えないものが彼には見えるにちがいない。彼だったらどう考えるだろう?

イースタの警察署に戻って、彼はまっすぐ署長のビュルクの部屋に行き、モスビー・ストランドで見てきたことを手短に報告した。ビュルクは不安そうな顔をした。ヴァランダーは、署長のビュルクは管轄下で重大事件が起きると、自分が個人的に責められているような気がするのではないかと思うことがあった。同時に、ヴァランダーはビュルクにある種の尊敬の念を抱いていた。署長は個々の警察官の捜査活動に口出しをしなかったし、捜査が暗礁に乗り上げたときなど、励ましの言葉を惜しまなかった。ときどき短気になることには、もう慣れていた。

「この事件はきみに頼むよ」ビュルクはヴァランダーが報告を終えるとそう言った。「マーティンソンとハンソンをつけよう。必要ならもっと人員を増やしていい」

「ハンソンはこの間捕まえた強姦事件の犯人の調査で手がふさがっているはずです」ヴァランダーが言った。「スヴェードベリのほうがいいのでは？」

ビュルクはうなずいた。ヴァランダーが提案したとおりになった。たいていそうなるのだ。

署長の部屋を出たとき、腹が減っていることに気がついた。最近彼は体重が増加気味で腹が突き出てきたので、昼食を抜くことが多かったのだが、ゴムボートの死体が頭から離れず落ち着かなかった。町の中心街まで車を走らせると、いつものようにスティックガータンに車を停めて、細い路地を歩き、フリードルフ菓子店に入った。サンドウィッチを食べてミルクを飲んだ。その間、事件のことを考えた。前日の夕方六時ちょっと前に匿名の電話があって、この事件が予告された。いまではその男が真実を語っていたことがわかっている。赤い救命ボートが二人の死んだ男を乗せて海岸に打ち上げられるという予告電話だった。男たちのうち、少なくとも一人は胸を銃で撃たれて死んでいた。ポケットには身分を証明するものはなにもなかった。

これですべてだった。

ヴァランダーは上着からペンを取り出すと紙ナプキンにメモを書きつけた。すでにいくつか疑問があった。胸の中ではずっとリードベリとの会話が続いていた。おれは正しいだろうか？　なにか忘れてはいないだろうか？　彼はリードベリだったらどう答え、どう反応するか想像してみた。答えが得られるものもあった。だが、答えの代わりに目が落ちくぼみやつれて死の床に横たわった彼の顔だけが浮かんでくることもあった。

三時半、ヴァランダーは警察署に戻った。マーティンソンとスヴェードベリに声をかけて自室に呼んだ。部屋のドアを閉めると交換台にしばらくの間電話は受けないと断った。

「この事件はむずかしいものになりそうだ」ヴァランダーは話し出した。「解剖と、ゴムボートと衣服の分析が結果を出すことを期待するのみだ。だがおれはいまの時点ですでに疑問がいくつかある」

スヴェードベリはメモを手に壁に寄りかかって話を聞いている。毛の生え際がかなり後退している四十男だ。イースタ生まれで、口の悪い者は、彼はイースタの町の境界線を越えただけでホームシックにかかると笑っている。怠け者で仕事にあまり熱心ではないような印象を与えるが、実はその仕事は正確で、ヴァランダーは密かに彼を評価していた。マーティンソンは多くの点でスヴェードベリと正反対だった。スウェーデン西海岸近くのトロルヘッタン生まれ、まだ三十にもなっていなかったが、警察でキャリアを築こうという野心があった。穏健党の党員で、噂によればこの秋の地方選挙で自治体議会の議員になる見込みだということだった。マーティンソンは警官としては衝動的で、仕事は荒っぽい。しかし彼はよくいいアイディアを思いつく。また野心的なので、捜査過程で問題解決の糸口を見つけたりすると、素晴らしい活躍を見せてくれる。

「この救命ボートがどこから来たのか、知りたいものだな」ヴァランダーが言った。「死後何日経っているのかがはっきりしたら、どの方角から来たものか、またいったいどのくらい漂流していたのかを調べなければならない」

　スヴェードベリが戸惑った表情を見せた。

「そんなこと、わかるんですか？」

　ヴァランダーはうなずいた。

「気象庁に電話をかけるんだ」と彼は言った。「彼らは気象のことならなんでも知っている。救命ボートがどこら辺から流れてきたのか、だいたいの見当をつけることはできるだろう。また、救命ボートについて、すべて知りたい。製造者はもちろん、こんなタイプの救命ボートはどんな船に備え付けられるものかまで、すべてだ」

　ヴァランダーはマーティンソンにうなずいた。

「これはおまえさんの仕事だ」

「まずコンピューターでこの男たちが手配されていないかどうか、調べたほうがいいんじゃないですか？」マーティンソンが訊いた。

「ああ、それじゃそれから始めてくれ」ヴァランダーが言った。「水難救助隊に連絡して、スウェーデン南部のすべての海上区を対象に調べさせるんだ。それから、ビュルク署長に、インターポール（国際警察刑事機構）と連携するほうがいいのではないかと訊くんだ。この男たちが誰なのかを知るには、最初から捜索の範囲を広げるほうがいいに決まっているからな」

　マーティンソンはうなずき、メモを取った。スヴェードベリは鉛筆の尻を噛んで考え込んだ。

「おれは男たちの衣服をチェックする。なにか手がかりがあるにちがいない。なにかがわかるはずだ」

ノックの音が響き、ノレーンが首を出した。手には巻いた海図を持っている。

「これが必要かもしれないと思って」ノレーンが言った。

ヴァランダーはうなずいた。

机の上に海図を開いて彼らはのぞき込んだ。まるで海上に出動する勢いだ。

「ゴムボートというのはどのくらいの速度で漂流するものかな？」スヴェードベリが言った。

「潮の流れと風にもよるのだろうが」

彼らは黙って海図を見下ろした。それからヴァランダーは海図を巻いて自分の机の後ろに立てかけた。問いに答える者はいなかった。

「よし、それじゃ取りかかろう」ヴァランダーが声をかけた。「六時にまたここに集まって収穫を検討しよう」

スヴェードベリとノレーンは部屋を出たが、ヴァランダーはマーティンソンを引き留めた。

「さっきのおばさんはなんと言っていた？」ヴァランダーが訊いた。

「フォセル夫人ですよ」マーティンソンが注意した。「彼女は未亡人でエンゲルホルムの高校で体操の教師をしていましたが、定年で退職して、モスビーの一戸建ての家に住んでいる。別荘の多い地域ですが、彼女は犬といっしょに一年中そこに住んでいるそうです。犬の名はテグネール。犬にしてはちょっと変わった名前です。フォセル夫人は犬を連れて海岸を散歩するのを日課としている。昨日の夕方、海岸の岩場を歩いたときにはボートは打ち上げられていなかった。だが、今日はあった。午前十時十五分ころ発見してすぐに警察に電話を入れたと言っています」

「十時十五分過ぎか」とヴァランダーが呟いた。「犬の朝の散歩にしてはちょっと遅すぎないか？」

マーティンソンはうなずいた。

「自分もそう思いました。しかし、訊いてみると、今朝七時に海岸を反対方向へ歩いているのです」

ヴァランダーは話題を変えた。

「昨日電話をしてきた男だが、どんな声だった？」

「言ったとおりです。確信のある話し方でした」

「方言は？　何歳ぐらいだった？」

「スコーネの方言でした。スヴェードベリと同じような発音で、声は太かった。きっと喫煙者でしょう。四十から五十歳の間だと思います。手短に、簡潔に話しました。銀行員から農業従事者まで、どの職業についていてもおかしくありません」

ヴァランダーはもう一つ訊いた。

「なぜ電話をかけてきたのだろう？」

「自分もそれを考えました」マーティンソンが言った。「救命ボートが打ち上げられると知っていたのは、彼が関係しているから、ということがまず考えられる。彼が撃ったのかもしれない。あるいはなにかを見たか、聞いたか？　関与の仕方はいろいろ考えられます」

「どれだと思う？」ヴァランダーが訊いた。

「いま言ったことの最後のもの。なにか見たか聞いたかしたのだと思います」マーティンソンが即座に答えた。「この殺人事件は、警察の注目を引きたがる頭のおかしな男によって引き起こされたものではないと思うんです」

ヴァランダー自身、それはもう考えたことだった。

「それじゃ一歩進めよう」ヴァランダーは言った。「その男がなにを見たか、なにを聞いたか？　救命ボートの中に男が二人死んでいる。もし彼自身が殺人に関与しているのでなければ、殺人がおこなわれたのを見たのではない。となると、彼が見たのは救命ボートだ」

「それも漂流している救命ボートです」マーティンソンが言った。「救命ボートをどこで見たか？　自分自身、海に出ているときに見たにちがいない」

ヴァランダーはうなずいた。

「そうだ。まさにそのとおりだ。しかし、もし彼が殺人者でないのなら、なぜ匿名で電話をする必要がある？」

「人は事件に巻き込まれたくないものですよ」マーティンソンが言った。「いままでだってそういう人は何人もいたじゃないですか？」

「そうかもしれん。だが、ほかにも理由は考えられる。まったく別の理由から、警察と関係をもちたくない、というのはどうだ？」

「ちょっとそれは考え過ぎじゃないですか?」マーティンソンが顔をしかめた。

「考えを声に出して言っているだけだ」ヴァランダーが言った。「なんとかしてこの男を捜し出したいものだ」

「もう一度連絡してくれとマスメディアを通して頼みますか?」

「ああ」とヴァランダーは言った。「だが、今日はまだやらなくてもいい。まず、死んだ者たちの身元を調べることのほうが先決だ」

ヴァランダーは病院へ出かけた。何回となく来ているにもかかわらず、いまだに新しい棟の中で迷子になってしまう。彼は地下の売店でバナナを買った。それから解剖室へ向かった。解剖担当医はムルトで、まだ死体の初歩的な検査も始めていなかった。それでもヴァランダーの初歩的な質問には答えることができた。

「二人とも撃ち殺されている」とムルトは言った。「それも至近距離から心臓をぶち抜かれた。それが直接の死因だろうよ」

「できるだけ早く結果がほしい」ヴァランダーが言った。「死後どれくらい時間が経っているか、言えるか?」

ムルトは首を振った。

「いや。わからないというのが答えかもしれないな」

「なに?」

「おそらくかなりの時間が経っていると思う。時間が経つと死亡時刻を確定するのがむずかしくなる」

「二日、三日？　それとも一週間か？」

「答えられない」ムルトは苛立った。「いい加減な推測はしたくない」

ムルトは死体解剖室に入った。ヴァランダーはゴム手袋をはめて死んだ男たちの衣類を調べ始めた。それらは旧式の台所のカウンターのようなところにきちんと畳んで置かれていた。

片方のスーツは英国製だった。もう一つの方はベルギー製で、靴は両方ともイタリア製だった。高価そうだとヴァランダーは思った。シャツ、ネクタイ、下着も同様だった。どれも品質がよく決して安物ではなかった。念のため二度、目を通したが、なにも手がかりを見つけることができなかった。はっきりしているのは、男たちは金に不自由していなかったということだ。だが、財布はどこだ？　結婚指輪、時計はしていなかったのか？　さらに納得がいかないのは、男たちは撃たれたときにスーツの上着は着ていなかったということだ。銃弾の穴もなかったし火薬で焦げた痕もなかった。

ヴァランダーはそのときの光景を想像してみた。誰かが至近距離から心臓をぶち抜いた。殺人者は殺してからこの男たちにわざわざ上着を着せて救命ボートに乗せた。なぜだ？

ヴァランダーはもう一度衣類を調べた。おれには見えないなにかがある。リードベリ、手を貸してくれ。

だがリードベリは答えてくれない。ヴァランダーは警察署に戻った。解剖には時間がかかることがわかっていた。一次的な検査結果は早くても明日にしか出ないだろう。机の上にビュルク署長からのメモが置いてあった。インターポールを巻き込むのは少し待ちたいということだった。ヴァランダーは苛立った。ビュルクの必要以上に慎重な態度に腹が立つことがいままでもよくあった。

六時の会議は短いものになった。マーティンソンは救命ゴムボートの中で死んでいた男たち二人に関しては手配も捜索もおこなわれていないことを報告した。スヴェードベリはかなり長い時間をかけてノルシュッピングにある国立気象観測所に電話で問い合わせをしたが、イースタ警察署が正式に文書で捜査協力を依頼してきたら協力するのはやぶさかではないという官僚的答えしか得られなかったと報告した。

ヴァランダーは自分の予測どおり、男たちは二人とも殺されたとわかったと言った。またマーティンソンとスヴェードベリに、なぜ男たちは死後上着を着せられたのか、考えてくれと頼んだ。

「もう少し、続けてみよう。もしほかに抱えている事件があったら、しばらく棚上げにするか、ほかの者に回せ。これはやっかいなものになりそうだ。人員を増やすよう明日にも要請するつもりだ」

ヴァランダーは一人になると机の上に海図を広げた。指でイースタからモスビー・ストランドまでの海岸線をたどってみた。ボートはどこから漂流してきたのだろう。どのくらいの時間？　長いのか、短いのか？　同じところを行ったり来たりしたかもしれない。あるいはあちこち、方向を変えたかもしれない。

電話が鳴った。一瞬、応えるのをためらった。すでに遅い時間だ。家に帰って今日起きたことを一人でゆっくり考えたかった。しかし、手を伸ばして受話器を取った。

電話は解剖室のムルトからだった。

「もう結果がわかったのか?」ヴァランダーは驚いた。

「いや」ムルトが言った。「だが、重要だと思われることが一つある。今の段階で話してもかまわない、明白なことだ」

ヴァランダーは耳を澄ました。

「この男たちは二人ともスウェーデン人ではない。いや、少なくともスウェーデンで生活してきた人間ではない」

「どうしてわかった?」

「彼らの口の中を見た」とムルトは言った。「歯の治し方がスウェーデンの歯医者のやり方ではないからだ。ロシアのやり方かもしれない」

「ロシアの?」

「そうだ。ロシアの歯医者だ。あるいは東欧諸国のどこか。歯科技術がスウェーデンのとはまったくちがっている」

「確かか?」

「確かでなければ電話などかけはしない」

ヴァランダーはムルトがむっとしたのがわかった。

「信じるよ」ヴァランダーは急いで言った。

「もう一つある」とムルトは言った。「これもまた同じくらい重要なことだ。この男たちは殺されたとき、どちらかと言えばうれしかったはずだ。皮肉な言い方ですまないが。というのも、彼らは死ぬ前に、ひどい拷問を受けているからだ。火傷の痕がある。皮膚が剝かれている。指はつぶされている。はっきりと拷問の痕があるのだ」

ヴァランダーはなにも言わなかった。

「おい、聞いているのか？」ムルトが訊いた。

「ああ」ヴァランダーが答えた。「ああ、聞いている。あんたがいま言ったことを考えていたのだ」

「いま話したことは、事実だ」

「ああ、それを疑ってはいない。だが、拷問された死体とはね。あまり経験がない」

「だから、今の段階で話しておく必要があると思ったのだ」

「そうしてもらってよかったよ」ヴァランダーは言った。

「解剖報告書は明日提出する」ムルトは言った。「ラボの検査結果は少し遅れるが、それ以外は全部出せるよ」

会話はそこで終わった。ヴァランダーは食堂へ行って、ポットに残っていた最後のコーヒーをカップに注いだ。誰もいなかった。彼はテーブルに向かって腰を下ろした。

ロシア人？　東欧のどこかから来た、拷問された男たち？

リードベリでもきっと、これは時間がかかりそうな、ややこしい事件になりそうだと言うだろう、とヴァランダーは思った。

七時半、彼は空っぽのコーヒーカップをカウンターに置いた。

車に乗り、家に向かった。風は止んでいたが、寒さがいっそう厳しくなっていた。

3

　夜中、二時を少し回ったころ、クルト・ヴァランダーは胸に強烈な痛みを覚えて目を覚ました。暗闇の中で、おれはいま死ぬ、と彼は思った。決して休みのない警察官としての過酷な労働で、ついにおれは命を奪われるのだ。絶え間ない疲労が代価を要求しているのだ。彼はうろたえ、すべては終わったのだと悔やんだ。人生はしまいには無に帰するのだ。彼は身じろぎもせずに横たわったまま、悔恨と痛みが激しくなるのをただひたすら感じていた。後になって、恐怖を抱いたままどのくらいの時間そうしていたのか、彼は覚えていなかった。しかし、ゆっくりとではあったが、彼はふたたび自分を制御する感覚を取り戻した。

　そろそろと彼はベッドから起き上がった。服を着て、アパートを出て車まで行った。痛みはさっきよりも少し弱まっている。脈拍と同じリズムで痛みはあったが、両腕に分散されて最初の激しい痛みはなくなっていた。車に乗り込んで、彼は落ち着けと自分に言い聞かせながら、夜中で交通のまったく途絶えている道を走って、病院の救急受付に乗りつけた。親切そうな看護婦が応対してくれた。彼の話に耳を傾け、体重が過剰気味のヒステリックな中年男という扱いはせず、彼の恐怖は感じすぎとか大げさという態度はいっさいとらなかった。処置室から酔っぱらいの大声が聞こえてきた。クルト・ヴァランダーは担架に横たわっていた。痛みは強まったり弱まったりしている。突然目の前に若い医者が現れた。ふたたび彼は胸の痛みについて説明をした。キャスター付きの担架に乗せられたまま、処置室に運ばれた。そして心電図の機械に繋がれた。血圧検査、脈拍測定と続き、問診された。たばこを吸うかという問いに彼は首を横に振った。いままで今回のような痛みを感じたことがあったかという問いにも同じく首を横に振った。また彼の知るかぎり、近い親戚に心臓病を患った者もいなかった。医者は彼の心電図に目を通した。

「とくに異常はないようです」と若い医者は言った。「すべてふつうです。なにか特別に心配なことでもあるのですか？」

「わからない」

医者はカルテに目を通した。

「職業は警察官ですね。ときどきひどいストレスがあるのでしょう」

「ストレスがないときはないと言っていいほどです」

「アルコール消費量はどうです？」医者が訊いた。

「ふつうだと思いますが」

医者は机の隅に軽く腰を下ろし、カルテを机の上に置いた。ヴァランダーは医者もまたひどく疲れていることに気がついた。

「心臓発作ではないと思いますよ」医者は言った。「たぶん体が、これ以上やっていけないという警告を発したのでしょう。心当たりがあるんじゃないですか？」

「きっとそうでしょう」ヴァランダーは答えた。「毎日自分に訊いているんです。いったいおれの人生になにが起きているのだろう、と。また、話をする相手がいないことにも気がついています」

「それはいけませんね」若い医者は言った。「誰かいないと。人間誰でも、話をする相手が必要です」

ポケットベルが胸ポケットで小鳥の声のように鳴って、医者は机から腰を上げた。

「しばらくこのまま病院で休んでください。ゆっくりと」と医者は言った。

ヴァランダーは目に見えない換気口からの音に耳を澄ました。廊下からは人声がした。

痛みにはすべて理由がある、と彼は考えた。心臓発作でなければ、なんなのだろう。十分な時間と気持ちを父に向けていないという良心の呵責のせいか？　ストックホルムの専門学校へ通っている娘の手紙がほんとうのことを言っていないと疑っているためか？　彼女はすべてうまくいっている、一生懸命勉強している、長いこと探してきた生き甲斐がついに見つかったと書いてきたが、事実はこれとまったく異なるのではないか？　自分では意識していなくても、おれは彼女が自殺を図るのではないかと常におそれているのかもしれない。あの子は十五歳のときに一度自殺未遂をしているのだ。それとも今度の痛みは、別れた妻のモナに対しておれがいまだに感じる嫉妬のせいか？　もう一年以上も経っているのに？

部屋の中の照明が明るすぎた。自分の人生はいつも、抜け出すことができない惨めなことばかりだった。今回の痛みは、孤独のせいではないだろうか。彼はそれを否定できるような答えをなにも見つけることができなかった。

「おれはこんな生き方を続けることはできない」ヴァランダーは声に出して言った。「ちゃんと自分の人生に向かい合わなければ。できるだけ早く。いや、いますぐにも」

六時、クルト・ヴァランダーは体をぴくりと動かして目を覚ました。医者がそばに立って彼を見下ろしていた。

「痛みはありませんか？」医者が訊いた。

「ええ、まったくありません」ヴァランダーは答えた。「あれはなんだったのでしょうか？」

「緊張のせいですよ」医者は答えた。「自分が一番よく知っているでしょう？」

「ええ、よく知っています」

「一度精密な検査をするほうがいいと思いますよ」医者は言った。「体に異常がないかどうかチェックする必要がもちろんあるからですが、それだけでなく、精神が大丈夫かどうか、心になにか影を落としているものがないかどうかを見るためにも」

ヴァランダーは家に帰り、シャワーを浴びてコーヒーを飲んだ。窓の外の温度計が零下三度を示している。空が突然きれいに晴れ上がり、風も止んでいた。そのまま彼は昨夜のことを考えていた。あの痛みも病院へ行ったことも、いまでは非現実的なことに思える。しかし、昨晩起きたことはもはや決して無視できないと彼にはわかっていた。命は彼自身の責任だった。

時計が午前八時十五分をまわったとき、ヴァランダーはふたたび警察官に戻った。

署に着くやいなや、彼はビュルクと激しい言葉のやりとりをする羽目になった。署長は犯罪現場の調査にストックホルムから鑑識班の補強を受けるべきだと強く主張したのである。

「鑑識といっても、現場などないのです」ヴァランダーは語気を強めた。「ほかのことはまだわかりませんが、とにかく男たちは救命ボートで殺されたのではないことだけは確かなんですから」

「リードベリがいないいま」ビュルクはヴァランダーをにらみつけた。「外から協力を受けなければならん。われわれには必要なだけの能力がないからだ。救命ボートが漂着した海岸を立入禁止にしなかったのはどういうわけだ？」

「海岸は犯罪現場ではない。ボートは海から流れてきたのですよ。波に立入禁止のテープを貼れと言うんですか？」

ヴァランダーは自分の声が高くなっていることに気づいた。自分自身、あるいはイースタ警察の誰であれ、リードベリほどに経験豊かな賢い警官ではないことを否定するつもりはない。しかし、それは、ストックホルムから鑑識の援助を受ける必要があると判断する能力がないということと同じではなかった。

「自分に判断を任せてください。さもなくば、署長が捜査の陣頭に立ってください」

「そんなことを言っているのではない」ビュルクが反論した。「しかし、ストックホルムと相談しないのは誤りだと私は思うのだ」

「自分の判断は違います」クルト・ヴァランダーは言った。

二人の話は平行線をたどった。

「もう少ししたらまた来ます」ヴァランダーが言った。「署長に判断してもらわなければならないことがいくつかあるので」

ビュルクは驚いた顔になった。

「手がかりがあるのか？　私は手がかりがまったくないのだとばかり思っていたが？」

「いや、まったくないわけではないんです。十分で戻ります」

ヴァランダーは自室に入り、病院へ電話をした。意外にもすぐにムルトをつかまえることができた。

「ほかになにか見つかったか？」ヴァランダーが訊いた。

「いまちょうど報告書を書いているところだ」ムルトが言った。「あと二、三時間待てないか？」

「ビュルクに報告しなければならないのだ。もしできたら、死後どのくらい経っているかだけでも教えてくれないか？」

「それはラボの結果を見てからでないと正確なことは言えない。胃の中の消化物や、組織破壊がどこまで進んでいたかなどを見ないことには、推定でしか答えられない」

「推定でいい」

「そういうわけにはいかない。私は推定で話をするのは嫌なのだ。知っているだろう。そんなもの、なんの役に立つ？」

「あんたは経験が豊富だ。仕事に精通している。ラボの結果はあんたの推定を後から確認するものになるだけだろう。あっちにもこっちにも推測を言いふらせと言っているんじゃない。おれの耳にあんたの推測をささやいてくれと言っているんだ。絶対口外しないと約束する」

ムルトは考え込んだ。ヴァランダーは待った。

「一週間かな」ムルトが言った。「少なくとも一週間だ。だが、誰にも言っちゃだめだぞ」

「聞いたことはもう忘れたよ。あんたはこの男たちが外国人、ロシア人か東欧人だと言ったが、それに関して変わりはないか？」

「ない」

「なにか思いがけないものは見つかったか？」

「銃弾に詳しくはないが、このタイプは見たことがない」

「ほかには？」

「ある。片方の男の上腕に入れ墨があった。三日月刀のような彫りものだ。トルコ刀とも言われる細身の諸刃の刀だ」

「何刀と言った？　聞き取れない」

「とにかくある種の刀だ。解剖医に骨董刀の知識まで要求するなよ」

「なにか書いてあるのか？」

「書いてあるかとは？」

「入れ墨に言葉が添えられていることがよくあるじゃないか。女の名前とか地名とか」

「それはない」

「ほかには？」

「いまのところ思いつかない」

「礼を言うよ」

「気にするな」

ヴァランダーは受話器を置いた。コーヒーを取りに行き、その足でビュルクの部屋に向かった。マーティンソンとスヴェードベリの部屋のドアは開いていたが、どっちもいなかった。ヴァランダーはビュルクの部屋に入り、署長の電話が終わるまでコーヒーを飲みながら待った。聞くともなしにビュルクがしだいに興奮して声を荒立てるのを聞いていた。しかし、話し終わったビュルクが激しく受話器を叩きつけたのを見て、驚いた。

「こんなひどい話は前代未聞だ」ビュルクが言った。「警察はいったいなんのために働いているのだ？」

「それはいい質問です。自分も知りたいものですよ。いま署長がなにを怒っているのかは、知りませんが」

ビュルクは怒りのあまりぶるぶる震えていた。ヴァランダーは署長がこれほど怒る姿をいままで見たことがなかった。

「なにが起きたんです？」ヴァランダーが訊いた。

ビュルクの目がヴァランダーにぴたっと据えられた。

「話すべきではないのかもしれない。が、そうせずにはいられない気分だ。去年のレンナルプ事件の犯人の一人、われわれがルシア姫と呼んでいたほうの男が、服役中なのになんと先日外出許可が与えられたと言うんだ。もちろん戻ってこないのは決まり切っている。おそらくもう国外に出ただろう。二度と見つけることはできないだろうよ」

ヴァランダーは耳を疑った。

「外出許可？　まだ一年も服役していないのに？　我が国の犯罪史上、もっとも残虐な事件の一つに数え上げられる犯罪の殺人犯が？　外出許可など、どういう理由で与えられたんです？」

「母親の葬式に参列という理由だそうだ」

ヴァランダーはかっとなった。

「あの男の母親はもうとっくに死んでいるはずだ！　チェコ警察が送ってきた報告書にそうあったのをはっきり覚えている」

「姉と名乗る女がハル刑務所に現れて、母親の埋葬に立ち会えるよう弟に外出許可を与えてほしいと懇願したのだそうだ。それが事実かどうか、誰もチェックしなかったというのだから、まったくなにをかいわんやだ。その女はエンゲルホルムの教会で葬式があるという印刷した紙を持ってきたそうだ。もちろん偽造の葬式告知書だ。葬式を偽るようなやつはこの国にはいないといまだに信じているナイーブな人間がいるんだな。ルシア姫は護衛付きでエンゲルホルムへ送られた。おとといのことだ。葬式はなかった。姉という女もいなかった。代わりに護衛は縛り上げられ、ユンシュッピング付近の森の中の小屋に閉じこめられた。図々しくもやつらは刑務所の車を運転してリンハムヌ経由でコペンハーゲンの空港まで乗りつけている。車はそこで発見された。そしてルシア姫は姿を消したというわけだ」

「ばかばかしい」ヴァランダーが吐き捨てるように言った。「いったい誰があんな悪党に外出許可を与えたんです？」

「スウェーデンはまったく素晴らしい国だよ」ビュルクがうなった。「吐き気がするほど」

「しかし、責任者は誰なんです？　あいつに外出許可を与えた人間は、代わりに彼の独房に入れられるべきですよ。いったいどうしてこんなことが起き得るんです？」

「詳しく調べるつもりだ」ビュルクが言った。「とにかくそういうことだ。それでやつはまんまと逃げ出した」

ヴァランダーはレンナルプの老夫婦が殺されたときの現場を思い出した。悲惨な事件だった。それから、がっくりしてビュルクを見た。

「いったい、警察の仕事にどんな意味があると言うんです？　刑務所がそんなに簡単に服役者を外に出すのなら、われわれが必死に働いてもなんの意味もないではないですか？」

ビュルクは答えなかった。ヴァランダーはいすから立ち上がって、窓辺に行った。

「いつまでこんな仕事ができることか」

「仕事は続けられなければならない」ビュルクが気を取り直したように言った。「さて、あのボートの男たちについてなにかわかったことがあるのか?」

　ヴァランダーは口頭で報告した。気が重く、疲れて、落胆していた。ビュルクはヴァランダーの話を聞きながらメモを取った。

「ロシア人か……」ヴァランダーの話が終わると、ビュルクは呟いた。

「あるいはどこか東欧の人間です。ムルトは確信がありそうでした」

「それじゃ外務省に連絡しなければならんな」ビュルクが言った。「ロシア警察に連絡を取るのは外務省の仕事だ。ポーランド、あるいはほかの東欧の国にしても」

「もしかするとスウェーデンに住んでいたロシア人かもしれないし、ドイツ、あるいはデンマークから流されてきたのかもしれませんよ」

「いや、それでも、大部分のロシア人はまだロシアに住んでいるはずだ」ビュルクが言った。「外務省にさっそく連絡してみよう。こういう状況でどのように振る舞うべきか、彼らは知っているからな」

「あの男たちの死体を救命ボートに戻して沿岸警備隊に国際海域まで引っ張っていって放してきてほしいですよ」ヴァランダーが言った。「そうすれば、われわれは面倒なことに巻き込まれずにすむ」

　ビュルクは聞こえないらしかった。

「あの男たちの身元を割り出すのに協力を仰がなければならんな。写真、指紋、衣類……」

「それに入れ墨です、三日月刀の」

「三日月刀？」

「そうです、三日月刀です」

ビュルクは首を振り、受話器に手を伸ばした。

「ちょっと待ってください」ヴァランダーが言った。

ビュルクは出した手を引っ込めた。

「電話をしてきた男のことですが」ヴァランダーが言った。「マーティンソンの話では、スコーネの方言だったそうです。その男の話を聞くべきだと思うのですが」

「手がかりはあるのか？」

「いや、まったくありません。だから、マスコミを通して一般市民からの協力を要請するべきだと思うんです。赤い救命ボートを見た人間は警察に連絡するようにという呼びかけをする必要があります」

ビュルクはうなずいた。

「どっちみち報道関係とは話をしなければならん。記者たちが嗅ぎつけて電話をかけてきている。人けのない海岸で起きたことを、なぜ彼らがこんなに早く嗅ぎつけたのか、私にはわからないところだが。すでに昨日三十分もこのことで質問を受けている」

「情報を漏洩する者がわれわれの中にいるということ、知っていますよね？」ヴァランダーはレンナルプ事件のときの苦い経験を思い出した。

「われわれとは、誰だ？」

「警察ですよ。正確に言えば、イースタ地域の警察です」

「誰が漏らすのだ？」

「私にそれがわかるはずがありませんよ。警察で働く人間に守秘義務を徹底させるのは署長の仕事ですからね」

　ビュルクはばしっと机を叩いた。まるでそれが漏洩者の頬を叩くことの代償行為であるかのように。だが、ヴァランダーが言ったことには一言も言及しなかった。

「一般市民からの協力要請に出よう」とだけ言った。「十二時、昼のニュースの前に記者会見を開くのだ。記者会見にはきみも同席してくれ。その前に私はストックホルムに電話して指示を仰ぐ」

　ヴァランダーは立ち上がった。

「免れることができればいいが」

「なにを？」

「あのボートの男たちを殺した人間を捜すのを」

「ストックホルムがなんと言うかによる」ビュルクは首を振りながらそう言った。

　ヴァランダーは署長室から出た。マーティンソンとスヴェードベリはまだ来ていない。時計を見た。もうじき九時半になる。彼は警察署の地下室へ行った。赤いゴムボートが馬《うま》（作業のときに使う三角脚）二脚の上に板を渡した上に置かれていた。強力な照明を当ててよく見たが、製造会社名も国名もどこにも見あたらなかった。意外なことだった。名前がどこにもないことが、当然とも思えなかった。彼はもう一度ボートのまわりを回ってみた。ロープの一端に突然目が留まった。床の上の馬に救命ボートをくくりつけているのはもともとボートに付いていたロープと思われるものだった。彼はその端を手に取って見た。ナイフで切られたような跡があった。これにも理由が見つからなかった。リードベリだったらどういう結論を出しただろうかと考えてみたが、脳が完全に停止してしまって、なにも思い浮かばなかった。

十時、彼は部屋に戻った。マーティンソンもスヴェードベリも電話に出ない。レポート用紙を取り出して、死んだ二人の男について思いつくままに書き出してみた。東欧の人間、至近距離から撃たれ、その後上着を着せられて救命ボートに捨てられた。いままでのところ身元不明。そして拷問された痕がある。彼は紙から目を上げた。急にある考えが浮かんだ。拷問を受け、殺された人間。そういう人間はふつう人目につかないように隠されるものだ。地中に埋めるとか、重石をつけて海に沈めるとか。救命ボートに捨てるということは、見つかるかもしれないというリスクを冒すことだ。

それが目当てだろうか？　あの死体は見つけられるべく救命ボートに乗せられたのだろうか？　それはあの救命ボートの母船で殺人がおこなわれたことを示唆するのだろうか？

彼はレポート用紙の一番上の紙をはがし、丸めてくずかごに捨てた。あまりにもわからないことが多すぎる。リードベリならきっと、そんなに急《せ》くなと言うだろうと思った。

電話が鳴った。時計はすでに十一時十五分前になっていた。耳に当てた受話器から父親の声が聞こえてきた瞬間に、彼は今日父親に会うことになっていたのを思い出した。十時に父親の住んでいるルーデルップに車で迎えに行くことになっていた。そしてマルメまで画布と絵の具を買いに行くはずだった。

「どうして来ない？」父親の怒った声がした。

クルト・ヴァランダーは事実をそのまま言うことに決めた。

「すまない、父さん。すっかり忘れていた」

受話器の向こう側からは長いことなにも聞こえてこなかった。

「ま、正直なことだけは認めてやろう」と父親がやっと言った。

「明日行けるけど？」ヴァランダーは言った。

「それじゃ明日にしよう」と父親は、思いがけず、素直に言って受話器を置いた。

ヴァランダーはポストイットにメモを書いて電話に貼りつけた。明日は絶対に忘れてはならない。

スヴェードベリに電話をかけてみた。相変わらず出ない。だが、マーティンソンはすぐに出た。ちょうど帰ってきたばかりだった。ヴァランダーは廊下に出てマーティンソンに会った。

「今日自分がなにを学習したか、知ってますか」マーティンソンが訊いた。「救命ボートの外見を説明することはほとんど無理だということです。製造者やモデルが違っていても、だいたい同じように見えるからです。専門家だけが区別できるんです。それで自分はマルメに行って、輸入会社数社の人間に会ってきました」

彼らはコーヒーを取りに食堂へ行った。マーティンソンは乾パンもいくつか取り、二人はヴァランダーの部屋に腰を落ち着けた。

「それで、おまえはいまや救命ボートの専門家になったわけだ」ヴァランダーが冷やかした。

「いいえ、そこまでは。でも、少しはわかりました。が、まだあのボートがどこから来たのかはわかりません」

「おかしなことにあのボートには型とかどこ製のものかとかの表示がいっさいない」ヴァランダーが言った。「救命用具には必ず表示が付いているものだが」

「自分もそう思います。マルメの輸入会社の人間も同じ意見でした。だが、この問題が解決できる人間が一人います。沿岸警備にたずさわってきたウスターダール船長です」

「誰だ？」

「退職した船長で通関の警備船で働いていたという人間です。アルクースンドで十五年、グリッツツシェルゴードで十年、それからシムリスハムヌに来てそこで引退したのです。数十年間の勤務期間に、彼は船について独自のリストを作りました。ゴムボートと救命ボートについても同様です」

「この話、誰に聞いたのだ？」

「沿岸警備隊へ電話をしたとき、ラッキーなことに電話を受けたのが、ウスターダール船長のもとで通関の警備船で働いていた人間だったのです」

「よし」ヴァランダーが声をかけた。「手伝ってもらえるかもしれんな」

「その船長にわからなかったら、誰にもわからないそうです」マーティンソンが哲学的な物言いをした。「サンドハンマレンの近くに住んでいるらしいです。これから迎えに行くつもりです。こっちに来てもらって、救命ボートを見てもらうのが一番いいと思うので。今朝はほかになにかありましたか？」

ヴァランダーはムルトの発見したことを話した。マーティンソンは注意深く聞いていた。

「それじゃ、ロシアの警察といっしょに仕事をすることになるかもしれませんね」と話し終わったヴァランダーにマーティンソンは言った。「警部はロシア語できるんですか？」

「いや、ぜんぜん。しかし、われわれはまったく関与しなくてもいいということにもなり得る」

「そうだといいですね」

マーティンソンは急に考え込んだ。それからおもむろに話し出した。

「自分はときどき、ほんとうにそう思うんです。ある種の捜査にはまったく関与したくないと。あまりにも残酷で、吐き気がするほど血腥《ちなまぐさ》くて、非現実的なので。警察学校では、たとえば、救命ボートに捨てられた、拷問された死体をどう扱うかなどという教育は受けなかった。自分はまだ三十歳ですよ。だが、若い自分でさえもう手のほどこしようがないほど犯罪が先を行ってしまったという気がします」

ヴァランダーもまたここ数年、マーティンソンと同じことを考えていた。警官でいることがむずかしくなったのだ。自分たちはいま、かつて経験したことのない種類の犯罪を生み出す時代に生きている。多くの警官が、給料が安すぎるという理由で、警備会社や一般企業に転職すると言われているが、それは単に人々の思い込みなのだ。ほんとうのところは、いまマーティンソンが言ったような不安のためなのではないだろうか？

「もしかすると、ビュルク署長に、拷問された人間についての緊急講習会を開くように頼むのがいいのかもしれない」

マーティンソンが言った。

ヴァランダーはマーティンソンの言葉は皮肉ではないと感じた。そこには彼自身が感じている不安があった。

「年齢に関係なく、そのように感じている警官は多いと思うよ」と彼は言った。「おれもまたその一人だ」

「リードベリがこんな不満を言っていたという記憶はありませんが」

「リードベリは例外だよ。ところで、出かける前に一つ訊きたいことがある。電話をかけてきた男のことだ。彼が外国人である可能性は？」

マーティンソンは迷いがなかった。

「それはないです。彼はスコーネの人間で、それ以外の可能性はゼロです」

「あの電話のことで、なにか言い忘れたことは？」

「ありません」

マーティンソンは立ち上がった。

「それじゃ自分はサンドハンマレンへ行って、ウスターダール船長を捜してきます」

「救命ボートは地下室にある」とヴァランダーは言った。「うまくいくことを祈るよ。ところでスヴェードベリはどこにいるか、知らんか?」

「知りません。いま彼がなにを担当しているのかも知りません。気象庁じゃないですか?」

クルト・ヴァランダーは車で町の中心街へ行ってランチを食べた。夜中の激痛のことが思い出され、彼はサラダだけで満足することにした。

ヴァランダーは記者会見に間に合うように警察署に戻った。いくつかメモを書き留めてからビュルクの部屋に行った。

「記者会見は大嫌いだ」ビュルクが言った。「だから私は本部長にはなれんのだ。いやどのみちなれんだろうが」

二人はそろってジャーナリストたちの待っている部屋に入った。ヴァランダーは去年のレンナルプ老夫婦殺害事件のことを思い出した。今日はたった三人しか記者が来ていない。そのうちの二人には見覚えがあった。一人はイースタ・アレハンダ紙の女性記者だった。彼女はいつも率直で明快な記事を書く。もう一人はアルベーテット紙の地方局の人間で、一、二度会ったことがあった。もう一人は男だった。クルーカットで、眼鏡をかけた、ヴァランダーがいままで見たことのない人間だった。

「シードスヴェンスカ紙はどこだ?」ビュルクがヴァランダーの耳にささやいた。「スコンスカ・ダーグブラーデットは？　ラジオの地方局は？」

「知りません。始めてください」ヴァランダーは小声で言った。

ビュルクは部屋の片隅の一段高くなっている演台の上に立った。無表情で、白けた話し方だった。ヴァランダーは必要以上の話をしないように願った。

次は彼の番だった。

「救命ボートに乗せられた死体が二体、モスビー・ストランドに漂着した。身元はまだ判明していない。われわれの知るかぎり、救命ボートと関係のありそうな遭難事故は発生していない。また海上で失踪した者の捜索願いもわれわれは受けていない。そこでわれわれとしては、一般市民のみなさんのご協力を請いたい」

ヴァランダーは電話の男については触れなかった。直接に一般からの協力の内容に進んだ。

「沿岸で漂流する赤いゴムの救命ボートを見かけた人、あるいはほかにもこれに関連することで心当たりがある人は警察に連絡をしてほしい。これが今日、記者のみなさんにお願いしたいことだ」

ビュルクがふたたび演台に立った。

「質問があれば、どうぞ」

イースタ・アレハンダ紙の穏やかな女性記者が、平和なスコーネ地方で最近異常に暴力事件が多くなったのではないか、と言った。

クルト・ヴァランダーは心の中で震えた。平和だって？　スコーネはいつだって平和ではなかったではないか。

ビュルクは、暴力事件は目につくほど増えてはいないと答えた。イースタ・アレハンダの女性記者はそれ以上の追及はしなかった。アルベーテットの地方局の記者はとくに質問はない様子だった。ビュルクが記者会見はこれで終わりと宣言しようとしたとき、眼鏡をかけた若い男が手を上げた。

「訊きたいことがある。なぜ、そのゴムボートの男たちは殺害されているとはっきり言わないんですか？」

ヴァランダーはビュルクに視線を走らせた。

「いままでのところ、この二人の男の死に至った過程が、わかっていないからだ」ビュルクが答えた。

「それは真実ではない。男たちが心臓をぶち抜かれたことは、もうわかっているではないですか」

「次の質問をどうぞ」

ビュルクが汗を浮かべているのが見えた。

「いいですよ、次の質問をしよう」と同じ記者が苛立って言った。「最初の質問に答えを得ていないのに、なぜ二番目の質問をしなければならないのかな？」

「私が今の段階で言えることはすでに言ったからだ」ビュルクが言った。

「なんてことだ！」記者が叫んだ。「まったく警察の態度ときたら！　よし、次の質問をしよう。なぜ警察は殺されたのはロシア市民と思われると言わないのだ？　質問に答えもしないのに、あるいは真実を隠すのなら、なんのために記者会見など開くんですかね？」

またもや情報の漏洩だ、とヴァランダーは考えた。いったいこの男はどうやってここまで情報を入手したのだろう。しかし同時にヴァランダーはビュルクが事実をそのまま述べないのはなぜなのか、理解できなかった。ジャーナリストはこの点で正しかった。すでに明白な事実を明らかにしない理由はなんなのだ？

「ヴァランダー警部がさっき言ったように、この男たちの身元はまだ判明していない。ゆえにわれわれは一般市民からの情報提供をお願いしているのだ。記者のみなさんにはわれわれがこの事件に関して情報を求めていることをぜひ書いていただきたい」

若い記者はこれ見よがしにメモ帳を胸ポケットにしまった。

「記者会見はこれで終わりとします」ビュルクが言った。

出口でヴァランダーはイースタ・アレハンダの女性記者をつかまえた。

「あのジャーナリストはどこの者です？」

「知りません。いままで見たことがない人だわ。でも、彼が言ったこと、あれはほんとうなんですか？」

ヴァランダーはそれには答えなかった。イースタ・アレハンダの女性記者はもう一度訊くほど厚かましくはなかった。

「なぜ、事実を言わなかったんです？」

廊下でビュルクに追いついてヴァランダーは質《ただ》した。

「新聞記者はハイエナか」とビュルクはうなった。「どうやってあんなことを嗅ぎつけたのだ？　誰が漏らしているんだ？」

「誰でもあり得ます。自分かもしれないですよ」

ビュルクは足をぴたりと止めて、なにも言わずにヴァランダーをにらみつけた。それから思いがけないことを口にした。

「外務省が慎重にせよと言うのだ」

「なぜです？」ヴァランダーが訊いた。

「それは自分で直接訊いてくれ。午後には早くも外務省から次の連絡が来ることになっている」

ヴァランダーはビュルクに背中を向けると、自室に引き返した。突然、不満が喉元まで詰まったように感じられた。机に向かい、一番下の引き出しの鍵を開けた。そこには求人広告のコピーが入っていた。トレレボリのゴム工場が警備主任を探しているというものだった。その下に、数週間前にヴァランダー自身が書いた応募書類があった。いま彼は、この紙を送付しようと真剣に考えた。警察の仕事が、漏洩とか隠蔽とか、情報のゲームになってしまったいま、彼はもはや警官の仕事に就いていたくなかった。警察の仕事は、彼にとって真剣であるべきものだった。救命ボートの死者たちの捜査は、彼が全身全霊で集中するべきことだった。彼にとって警官の仕事は、常に疑いの余地のない、理にかなう、道義的に正しい、原則が通るものでなければならなかった。

スヴェードベリがドアを靴の先で押して入ってきて、ヴァランダーの考えは中断された。

「朝からいったいどこで油を売ってたんだ?」

スヴェードベリは驚いてクルト・ヴァランダーを見た。

「机の上にメモを置いていきましたが、見なかったんですか?」

床の上にメモ用紙が落ちていた。スヴェードベリの字でスツールップ空港の気象官に会いに行くと書いてあった。

「近道をしようと思ったんです」スヴェードベリが言った。「空港で働いている気象庁のスタッフに友達がいるもんで。ファルスタボーの岬でいっしょにバードウォッチングをしている仲間なんですが、このボートがどこから流れてきたのか、彼に推測してもらったんです」

「それは国の気象庁に頼んだのではなかったか?」

「ええ、でもこのほうが早いと思ったんです」

スヴェードベリはポケットから丸めた紙を何枚か取り出し、ヴァランダーの机の上に広げた。図表がいくつかと数字が縦に何列も書かれていた。

「われわれは救命ボートが五日間漂流していたと仮定して、推定してみました。風の方向がここ数週間変わらなかったので、われわれは一つの結論に到達しました。ただ、それは捜査の役に立つとはとても思えないものなのです」

「ということは?」

「救命ボートはおそらくかなり遠くから流れてきたと思われるのです」

「ということは？」

「ボートはいくつか、まったく異なる方向から流れてきた可能性がある。たとえばデンマーク、そしてエストニアです」

ヴァランダーは疑いの目でスヴェードベリを見た。

「それは信用できる推測か？」

「ええ、友人のヤンネに直接訊いてください」

「よし」ヴァランダーが言った。「ビュルク署長の部屋に行って、この話を報告しろ。署長はそれを外務省へ報告するだろう。そうすればわれわれはこの事件を担当しないですむ」

ヴァランダーは今日起きたことを話した。スヴェードベリはがっかりした様子を見せた。

「自分は、始めたことを途中でやめるのを好みません」とスヴェードベリは言った。

「まだなにも決まったわけではない。おれはただ、いま起きていることを話しただけだ」

スヴェードベリはビュルクの部屋に消えた。ヴァランダーはトレレボリのゴム工場の求人広告に戻り、見つめた。頭の中にはずっとゴムボートに揺れる死人たちの顔があった。

午後四時、ムルトの解剖結果報告書が届いた。ラボからの分析結果待ち状態なので、報告書は最終的なものではなく、一次的報告になっていた。しかし、そこには男たちはおそらく死後一週間は経っていると推測されていた。漂流時間と海水に接触していた時間はおそらく同じ期間である。片方の男は二十八歳ほど、もう一人はもう少し年上だった。二人とも完全に健康だった。拷問の痕がある。歯が東欧の手法で治療されている。

ヴァランダーは報告書を横に置いて窓の外に目を移した。すでにすっかり暗くなっている。彼は空腹を感じた。

インターフォンが鳴って、外務省は明日の朝、さらに詳しい指令を伝えてくることになったとビュルクの声が聞こえた。

「それじゃ、私はもう帰ることにします」

「ああ、そうしていいよ。ところであのジャーナリストは誰だろうな？」

翌日、彼らはそれを知った。エクスプレッセン夕刊紙の紙面広告にスコーネの海岸に死体発見というセンセーショナルな見出しが載った。同紙の一面には殺された男たちはおそらくロシア市民であろうとあった。外務省がこの事件を担当しているとも載っていた。イースタ警察はこの事件を抑えるよう直接の指示を受けているともあった。トーンダウンの理由を知りたいとエクスプレッセンは激しい論調で要求していた。しかし、ヴァランダーがその広告を見たのはすでに翌日午後三時を回っていた。

その時間までに、すでに多くのことが起きていた。

4

その朝、気温はふたたび零度に上がり、細かな雨が静かに降っていた。クルト・ヴァランダーはよく眠ることができた。前日の夜中に起きたような心臓発作の予兆はまったくなかった。体がすっかり休まった感じがした。気になることはただ一つ、あとでいっしょにマルメに出かけるときの父親の機嫌だけだった。だが、ヴァランダーが八時過ぎに警察署にやってくると、なにもかもが一挙に始まった。

マーティンソンが廊下の反対側から歩いてきた。なにか重大な話があるのだとヴァランダーは直感した。マーティンソンはなにか深刻なことが起きると自室にいることができない。いつでもそうだった。

「ウスターダール船長が救命ボートの謎を解きました！　いま時間ありますか？」

「時間はいつだってある。おれの部屋に行こう。スヴェードベリが来てれば、彼も誘ってこい」

数分後、三人はヴァランダーの部屋に集まった。

「ウスターダール船長のような特殊知識をもっている人間は、本来なら、登録されてしかるべきなんです」マーティンソンが始めた。「珍しい、特殊な知識をもっているのに知られていないような人間を名簿に登録する課を警察は全国に設置するべきです」

ヴァランダーはうなずいた。彼自身、いままで何度もその思いをもったことがあった。全国には、ごく限られた分野のごく特殊な事柄に関する知識をもっている奇特な人たちがいる。たとえばよく知られている例だが、イエリエダーレンの森林伐採人が、警察も国の酒類販売会社の専門家もわからなかったある王冠を、アジアのある国のものであるとすぐに言い当てたことがあった。その証言がなければ、あのときの容疑者は証拠不十分でおそらく釈放されていたにちがいなかった。

「コンサルタントと称して目の飛び出るような金額を要求する、しかもその言うことといったら自明の理ばかりというようなやつらより、ウスターダール船長のような人のほうがずっと役立ちますから」マーティンソンは息巻いた。「ウスターダール船長は、単に協力できればうれしいという態度でした」

「それで、実際協力してもらったのか？」

マーティンソンはメモ帳をポケットから出して机の上にバンと音を立てて置いた。まるで目に見えない山高帽からウサギを取り出したかのような身振りだった。ヴァランダーは苛立った。マーティンソンはときどき芝居がかった態度を見せて、彼をじれさせる。いや、もしかすると将来の穏健党地方政治家はこのように振る舞うのかもしれない、とヴァランダーは思った。

「それでどうした？　早く話してくれ」ヴァランダーは一瞬の沈黙の後、促した。

「署のみんなが帰宅してから、ウスターダール船長と自分は二時間ほど地下室の救命ボートを調べたのです」マーティンソンが話し出した。「それよりも早く署に来ることはできませんでした。船長は毎日午後ブリッジをして遊ぶからです。その習慣はどんなことがあっても曲げることはできないと断られました。ウスターダール船長はじつにはっきりとした意見をもつ老人です。自分も年を取ったらあんなふうになりたいものだと思いました」

「それで？」とヴァランダーは話を促した。はっきりした意見をもつ老人ならよく知っているという思いだった。自分の父親がいい例だった。

「船長は犬のように救命ボートのまわりを這い回りました。鼻を鳴らしてボートを嗅ぎ回りもしましたよ。そして、これは少なくとも二十年は経っている、ユーゴスラヴィア製のものだと言ったのです」

「なにを根拠に？」

「製造法、材料の混ぜ具合で判別できるそうです。さんざん調べてそうわかった後は、まったく迷いませんでした。彼の説明はすべてこのメモ帳に書いてあります。自分は物事を熟知している人間の話しぶりに感銘を受けました」

「ユーゴスラヴィア製という印がボートにまったく付いていないのはどういうわけだ？」

「ボートじゃありません」マーティンソンが言った。「ウスターダール船長が最初に注意したのはそのことでした。あれは筏《いかだ》で、それ以外の呼び方をしてはならんと言うのです。また、ユーゴスラヴィア製という印が付いていないことについては、船長は素晴らしい説明をしてくれました。ユーゴスラヴィアは製造した筏をたいていはギリシャとイタリアに送り込む。するとそこで筏には偽の製造会社名が付けられる。アジアで製造された莫大な量の時計がヨーロッパ製として売られているのと同じだというのです」

「それ以外にはなんと言ってた？」

「ずいぶんいろいろ話してくれましたよ。自分は救命筏の話ならなんでも説明することができると思います。原始の時代から救命筏に類するものはあったらしいですね。最初の救命筏は葦で作られたらしいですよ。今回の筏についてですが、東欧諸国で一般的な、小型の貨物船に取り付けられているものらしいです。北欧の船舶のものでは絶対にないそうです。国の船舶検査を通らないだろうというのです」

「なぜだ？」

マーティンソンは肩をすくめた。

「品質が悪いからです。簡単に破けるそうです。ゴムの混合率が十分ではないのです」

ヴァランダーは考えた。

「ウスターダール船長の分析が正しければ、これはユーゴスラヴィアから直接に漂流してきた救命ボート、筏？　ということになる。つまり、イタリアなどで偽の製造業者の名前が付けられたものではないということだ。ということは、われわれの相手はユーゴスラヴィアの船ということか？」

「そうとはかぎりません」マーティンソンが言った。「生産された筏の一定量はユーゴスラヴィアからロシアに送られます。たぶんそれは、ロシアとその支配下の国々の間の強権的な交換貿易の一環をなしているのでしょう。ウスターダール船長は、あの筏とそっくりなものを、ヘラズシェールで捕まえたロシアの漁船で見たことがあると言っています」

「ロシアと限定しなくとも、とにかく東欧の国の船と対象を絞ってよさそうだな？」

「ウスターダール船長はそう言っています」マーティンソンがうなずいた。

「よし」ヴァランダーが言った。「よくやった」

「しかし、今のところそれだけですね、わかったことは」スヴェードベリが口を挟んだ。

「あの電話の男がもう一度連絡してこなかったら、われわれはなんの手がかりもないことになる」ヴァランダーは言った。「とにかく男たちはバルト海の向こうから流れてきたということに落ち着きそうだ。それと、彼らはスウェーデン人ではないというところまでは間違いなさそうだ」

ドアにノックの音がして、ヴァランダーは話を中断した。事務局の職員が封筒を持ってきた。中に解剖結果の補足分が入っていた。ヴァランダーはそれに目を通す間、部屋にとどまるようにマーティンソンとスヴェードベリに頼んだ。読み出してすぐに彼はぎくりとした。

「新しい発見だ。ムルトが男たちの血液に見つけたものだ」

「エイズですか？」スヴェードベリが訊いた。

「いや、麻薬だ。はっきり読みとれるほどの量のアンフェタミンだ」

「ロシアの麻薬中毒者か」マーティンソンが言った。「拷問され殺されたロシアの麻薬中毒者か。それもスーツにネクタイ姿で。ユーゴスラヴィア製の救命筏に乗せられて。これは特別な、めったにない事件というわけですか。密造酒を作る連中や妻に暴力を振るう公職についている男たちのスケールじゃない」

「いや、まだロシア人と確定できたわけではない」ヴァランダーが言った。「正確にはまだなにもはっきりしていないのだ」

彼はインターフォンでビュルクの番号を押した。

「ビュルクだ」

「ヴァランダーですが、いまマーティンソンとスヴェードベリと会議をしています。外務省からなにか指示が来ましたか」

「いや、まだなにも。しかしもうじき来るだろう」

「自分はこれから数時間マルメに出かけます」

「外務省から連絡があったら、知らせるよ。ところで、新聞記者につけ回されているか？」

「いいえ？」

「私は今朝五時にエクスプレッセンに起こされた。それからずっと電話が鳴りどおしだよ。どうも心配でたまらない」

「心配してもしょうがないですよ。彼らはどうせ自分たちが書きたいようにしか書かないんですから」

「それなんだよ、私が心配なのは。新聞にあることないこと書かれると、捜査の邪魔になるからね」

「いや、うまくいけば、見たこと聞いたことを知らせに、市民が連絡をしてくるかもしれないですよ」

「いや、それはないだろうと思う。とにかく私は朝の五時にたたき起こされるのはごめんだ。起きたばかりだとなにを言ってしまうかわからんからね」

ヴァランダーは受話器を置いた。

「少し待とう。それぞれ自分の調べを続けてくれ。自分はこれからマルメに行かなければならない。やりかけた仕事を片づけてくる。昼食後、またここで会おう」


スヴェードベリとマーティンソンが部屋を出ていった。ヴァランダーは仕事がらみの外出のように見せかけたことに後味の悪いものを感じていた。警官は誰でも、職務中に個人的な用事も済ましていることを知ってはいたが、それでも気分が悪かった。

おれは昔気質《むかしかたぎ》だ、と彼は思った。まだ四十を越えたばかりなのに。

彼は交換台に午後まで外出すると知らせた。それから車に乗ってウスターレーデンを走った。サンドスコーゲンを通り抜けてコーセベリヤで脇道に入った。雨は止んでいた。代わりに風が勢いを増した。

コーセベリヤのガソリンスタンドに乗りつけて、ガソリンを入れた。まだ時間があったので、そのまま海岸まで走ってみた。車を停めて、降りた。強風の中、あたりに人影はまったくなかった。海岸のキオスクも魚の薫製所もドアに板を打ち付けて閉ざしていた。

おかしな時代だ、と彼は思った。スウェーデンは場所によって夏しか開《あ》けていないところがある。そういうところでは村全体が夏以外は休業するのだ。

寒さで震えながらも、岩の岸辺まで行ってみた。海には一隻の船も出ていなかった。赤い救命ボートの中の死んだ男たちのことを考えた。どういう者たちなのだろう。なにがあったのだろう。なぜ拷問された末に殺されたんだろう。彼らに上着を着せたのはなぜだろう。

腕時計を見て時間を確認すると、彼は車に戻り、ルーデルップの南の原っぱにぽつんと立っている父親の家へまっすぐに向かった。

いつものように父親は古い納屋で絵を描いていた。クルト・ヴァランダーはテレビン油と油絵の具の混じった強い匂いの中に足を踏み入れた。まるで自分の子ども時代に入り込んだような気分だった。それはヴァランダーの一番古い記憶の一つだった。イーゼルのそばの父親のまわりに常に漂うこの強烈な匂い。画布に描かれるモチーフもまた、何十年も同じものだった。父親はいつも変わらず、日没の田舎の景色ばかり描いてきた。ときどき、注文があれば、前景にキバシオオライチョウを描き込んだ。

クルト・ヴァランダーの父親は三文画家だった。彼は自分の画風を完成させていた。この場合、それはモチーフさえ変える必要がないことを意味していた。大人になって初めて、クルト・ヴァランダーはそれが怠慢とか能力のなさに由来するものではないとわかった。むしろ、変わらないものが、父親に安心感を与えているのだ。父親にとってそれは生きていくうえで絶対に必要なものだった。

父親は絵筆を置くと両手を汚れたタオルで拭いた。いつものようにつなぎの作業着と上をちょんぎったゴム長靴を履いていた。

「いつでも行けるぞ」と父親は言った。

「着替えないんですか？」ヴァランダーが訊いた。

父親は不審そうに彼を見返した。

「なぜ着替えなければならんのだ？　画材屋へ行くのに近頃では背広を着なくてはならんのか？」

ここで口論しても始まらない、とヴァランダーは思った。父親は一度言い出したら絶対に引かない。怒り出す危険性もある。そうなったらマルメ行きはキャンセルになる。

「好きなようにしたらいい」と彼は言った。

「ああ、好きなようにする」と父親は答えた。

彼らはマルメへ向かった。父親は車窓の外の景色を眺めていた。

「醜いな」父親が突然言った。

「醜い？　なにが？」

「冬のスコーネは薄汚いと言っているのだ。灰色の土、灰色の木、灰色の空だ。そして一番灰色なのは人間だ」

「父さんは正しいかもしれない」

「正しいに決まっておる。論議の余地なしだ。冬のスコーネは醜い」

画材屋はマルメの中心部にあった。クルト・ヴァランダーは運よく店の前に駐車することができた。父親はほしいものがはっきりわかっていた。画布、絵の具、絵筆、パレットナイフが数本。金を払う段になると、彼はポケットからむき出しの厚い札束を取り出した。クルト・ヴァランダーは後ろに控えていた。車に荷物を運び込むときさえ、手伝いを拒絶された。

「終わったよ。家に連れてってくれ」

クルト・ヴァランダーは急に思いついて、昼食をいっしょに食べていかないかと父親を誘った。驚いたことに、いい考えだと父親はすぐに同意した。スヴェーダーラでモーテルに車を停め、レストランに入った。

「いいテーブルに案内しろと給仕長に言うんだ」

父親が言った。

「ここはセルフサービスの店ですよ。給仕長なんていやしません」

「それじゃほかの店に行こう。外で食べるのなら、ちゃんとした店で、給仕されて食べたいからな」

クルト・ヴァランダーは不安そうに父親の汚れた作業着を見た。そしてスクールップにうらさびれた小さなイタリア料理店があったことを思い出した。あそこなら父親の格好を見咎める人はいないだろう。彼らはスクールップへ行ってその店の前に駐車した。二人とも今日のランチを注文した。ゆでた鱈の料理だった。クルト・ヴァランダーは食べながら父親を観察した。おれはこの人のことがきっと死ぬまでわからないだろうな、と思った。以前は、父親にまったく似ていないと思ったものだ。しかしここ数年、彼は自信がなくなった。去年別れた妻のモナは、よく彼を父親そっくりの頑固者、父親同様自分のことばかり考えているとなじっていた。もしかすると、おれは似ていることを認めたくないだけなのかもしれない。父親のようになるのをおそれているのかもしれない。おれも父親同様、自分の見たいものだけを見る石頭なのか？

しかし同時に、頑固さは警察官には必要な要素であると彼は知っていた。たとえ外部の者には異常なほど頑固に見えても、頑固でなかったら、彼が捜査責任を担っている犯罪の多くは迷宮入りだろう。頑固さは職業病ではない。それこそなくてはならない、警察官の条件なのだ。

「なぜ黙っている？」父親が不満そうに言った。

「すみません、ちょっとほかのことを考えてました」

「なにも言わない者となど食事をしてもおもしろくない」

「なんの話をしてほしいんです？」

「おまえがどんな生活をしているのか話してくれ。娘の話でもいい。新しい女を見つけたかどうか、聞かせてくれ」

「女？」

「まだモナのことを悲しんでいるのか？」

「悲しんではいません。でも、だからといって、父さんの言う、新しい女が見つかったということではないですが」

「なぜだ？」

「新しい人を見つけるのはそんなに簡単なことじゃないですよ」

「それじゃどうするのだ？」

「どういう意味ですか？」

「そんなにむずかしいことを言っているつもりはないが、人の話がわからんのか？　わしはただ、どうやって新しい女を見つけるのかと訊いているだけだ」

「ダンスホールへ出かけたりはしませんよ、もしそういう意味で訊いているのなら」

「別にどんな意味でも訊いてはおらん。ただどうしているのかと思っただけだ。おまえは年毎に変になっていくような気がするな」

クルト・ヴァランダーはナイフを置いた。

「変になっていく？」

なるほど、いつもどおり、振り出しに戻ったわけだ、とクルト・ヴァランダーは思った。なにも変わっていない……。

テレビン油の匂い。一九六七年の凍てつくように寒い早春のことだった。ヴァランダー一家はまだリンハムヌ近在の古い鍛冶屋を改装した家に住んでいた。まもなくクルトは家を離れるつもりだった。郵便を待っていたので、郵便配達の車が家の前まで来たとき、彼は走り出た。警察学校に合格した。秋から学校が始まる。彼は父親がいつもどおりの景色を描いている納屋のドアを大きく開けて叫んだ。「警察学校に合格したよ！」しかし父親はおめでとうとは言わなかった。手に持った絵筆を置きもせず、ただ黙々と描き続けた。いまでも彼は覚えている。父が夕日に照らされて赤く染まった月を塗っていたのを。そして自分は父親を失望させたのだと知ったのだった。警察官になろうとしている自分が。

給仕が来て、食べ終わった皿を片づけた。そしてコーヒーカップを二つテーブルの上に置いた。

「ひとつだけ、どうしてもわからないことがある」クルト・ヴァランダーは父親に言った。「どうして父さんはぼくが警官になるのを嫌がったんです？」

「わしの言うことなど聞かなかったではないか」

「それじゃ答えにはなりませんよ」

「自分の息子が仕事から帰ってきて、シャツの袖口から死体に付いたウジ虫を這い出させて食卓につくとは思わなかったよ」

クルト・ヴァランダーは言葉に詰まった。死体に付いたウジ虫を袖口から這い出させて？

「どういう意味ですか？」

父親は答えずに、ぬるいコーヒーを飲み干した。

「さあ、わしは食べ終わったぞ。家に帰ろう」父親が言った。

クルト・ヴァランダーは伝票を受け取って金を払った。

答えは絶対に得られないだろう。息子が警察官になったことをなぜ父親がこれほどまで嫌がるのか、決して知ることはないだろう、と彼は思った。

彼らはルーデルップに戻った。風がいっそう強くなっていた。父親は画布や絵の具を納屋に運び入れた。

「またトランプでもしないか?」父親が訊いた。

「うん、二、三日したらまた来ますよ」ヴァランダーが答えた。

イースタに向かって車を走らせた。自分が怒っているのか、苛立っているのかわからなかった。死体に付いたウジ虫を袖口から這い出させてだって? なにを言っているのだろう? 彼が車を警察の駐車場に入れて自分の部屋に戻ったのは、一時十五分前だった。今度会ったときには父親にはっきり答えてもらおうと心に決めた。

頭の中から父親のことを追い払って、警察官に戻るように努めた。始めにしなければならないのは、ビュルク署長と話すことだった。しかし彼が受話器を取る前に電話が鳴った。

「ヴァランダーだ」

受話器から雑音が聞こえた。彼はもう一度名前を言った。

「救命ボートのことをやってるのはあんたか?」

聞き覚えのない声だった。口早に嫌々ながら話す男の声だった。

「あんたは誰だ?」

「そんなことはどうでもいい。救命ボートのことで電話をしている」

ヴァランダーはいすに座り直し、紙と鉛筆を手元に引き寄せた。

「前に電話をしたのもあんたか?」

男は驚いたようだった。

「おれは電話などしていないが？」

「では、救命ボートがイースタの海岸に打ち上げられると予告の電話をかけてきたのはあんたではないのだな？」

長い沈黙が続いた。ヴァランダーは待った。

「なにも言うことはない」と男は言った。

電話が切れた。

ヴァランダーはいまの会話をメモした。自分がミスをしたのがすぐにわかった。あの男は救命ボートのことを話そうとして電話をかけてきたのだ。そして、すでに一度電話があったと聞いて、驚いた。あるいは怖くなった。それで、話をする必要はないと決め、そそくさと電話を切ったのだ。

答えは簡単だった。

マーティンソンが受けた電話の主といまの電話の主は別人だということだ。

救命ボートのことを知っていたのは、少なくとも二人以上ということになる。

マーティンソンに言ったことを思い出した。救命ボートを見た者たちは船に乗っていたにちがいない。少なくとも何人かで船に乗り込んだ乗組員にちがいない。この厳しい冬、一人で船に乗り込む者はいないだろうから。しかし、船のタイプはどれだろう。フェリーか漁船か、貨物船か、それともバルト海を頻繁に行き来するタンカーか。

マーティンソンがドアからのぞき込んだ。

「時間ですか？」

ヴァランダーは当分いまの電話のことを言わないことにした。なぜかわからないが部下たちを惑わせるような意見は言いたくないという気がした。

「まだビュルクと話をしていない」とだけ言った。「三十分後に会議にしよう」

マーティンソンが顔を引っ込めると、ヴァランダーはビュルクのインターフォンの番号を押した。

「ビュルクだ」

「ヴァランダーですが、どうでした？」

「こっちに来てくれないか。話したいことがある」

ビュルクの話にヴァランダーは驚いた。

「人がこっちに来ることになった。外務省は捜査に協力するため、役人を一人われわれに送り込むというのだ」

「外務省の役人が殺人捜査の役に立つんですか？」

「わからない。しかし彼は早くも今日の午後、こっちに来るそうだ。そこで考えたのだが、あんたが迎えに行くのがいい。五時二十分の便でマルメのスツールップ空港に着くそうだ」

「嫌な予感がする。その役人はわれわれを手伝うために来るのですか？　われわれを監視するためじゃないですか？」

「私にはわからない」ビュルクが言った。「だが、これは始まりにすぎん。ほかに誰が電話してきたか、わかるか？」

「本部長ですか？」

ビュルクはぎくっとした。

「どうしてわかるのだ？」

「推測ですよ。それで本部長の用事は？」

「この事件について逐一連絡をするようにと言われたよ。それだけじゃない。二人の専門官を送ってくるそうだ。一人は暴力事件担当、もう一人は麻薬担当官だそうだ」

「その二人も空港まで迎えに行くんですか？」

「いや、それはいい」

ヴァランダーは考えた。

「なんだかおかしいですね」としまいに言った。「とくにこの、外務省の役人がやってくるというのは。目的はなんですか？　外務省はすでにロシアやほかの東欧諸国と連絡を取ったのですか？」

「すべて慣例どおり、というのが外務省の説明だ。それがなにを意味するものか、正直言って、私にはわからない」

「なぜです？　なぜ署長に十分な説明がないんです？」

「私は長い間署長をしてきて、この国がどのように機能するか、わかっている。ときには部外者にされてなにも知らされない。ときには法務大臣が隠れて指揮を執ることもある。しかし、たいていの場合、国民にはなにも知らされないというのが慣例だ」

ヴァランダーはビュルクの言っていることは十分に承知していた。ここ数年の法廷スキャンダルで、マスコミは政府の様々な機関の地下室をつないでいる秘密のトンネルを根っこからあばき出した。各省や国立機関を結ぶトンネルだ。それまでは人々の想像にすぎなかった、あるいは極秘の慣例としておこなわれていたものが、この間はっきりと確認されたのである。だいたいの場合、権力の行使は、秘密の抜け穴のある薄暗いところでなされる。法治国家の基本的特徴とされる公開性とはほど遠いところで。

ノックの音がした。ビュルクが入れと言うと、スヴェードベリが現れた。手に新聞を持っている。

「これを見た方がいいと思ったので」

夕刊の第一面にヴァランダーはのけぞった。そこには最大限の真っ黒い活字が、『スコーネの海岸で死体発見！』とセンセーショナルに躍っていた。ビュルクはうなって新聞をスヴェードベリの手からもぎ取った。彼らはお互いの肩越しに新聞をむさぼるように読んだ。驚いたことに、ヴァランダーはピントのぶれた自分の不機嫌そうな写真がそこに載っているのを発見した。これはレンナルプ事件のときの写真だ、と彼はとっさに思った。

『捜査はクヌート・ヴァルマン警部の指揮下でおこなわれる』とあった。

名前がちがっている。ビュルクは新聞を投げ捨てた。額に赤いしみが浮かんでいる。それは彼が激怒するときの前兆だった。スヴェードベリはそっとドアのほうへ体を寄せた。

「すべて書かれているじゃないか！」ビュルクが怒鳴った。「まるでヴァランダー、きみが書いたかのように。あるいはスヴェードベリ、きみが書いたかのように。ここには外務省がこの事件に関わることも、中央警察本部長が事件の経緯を見守っていることも書かれている。救命ボートがユーゴスラヴィア製であることまで知っている！　これは私さえまだ報告を受けていないことだ。事実なのか？」

「ええ。今朝、マーティンソンから聞きました」ヴァランダーが言った。

「今朝だって？　なんてこった！　この新聞はいったい何時に印刷されたんだ？」

ビュルクは部屋の中を勢いよく歩き回った。ヴァランダーとスヴェードベリは顔を見合わせた。ビュルクは不機嫌になると、ものすごい勢いでまくし立てる傾向があった。

ビュルクはまた新聞をつかむと、大きな声で読み上げた。

「『ソ連の死のパトロール。新ヨーロッパは政治的性格の犯罪をスウェーデンにもたらした』これはどういう意味だ？　誰か説明できるか？　ヴァランダー、きみはわかるか？」

「わかりません。しかし、新聞に出ていることなど、無視するのが一番かと思います」

「無視しろだと？　こんなことを書かれたら、マスコミの取材が殺到するに決まっているではないか！」

まるでこの言葉が合図のように、その瞬間、電話が鳴り出した。ダーゲンズ・ニーヘッターの記者がコメントを求めてきた。ビュルクは受話器をふさいだ。

「記者会見を開こう。あるいはプレス・コミュニケを発表するか？　どっちがいい？　ヴァランダー？」

「両方です」ヴァランダーが言った。「ただし記者会見のほうは明日まで待ってもらいましょう。外務省から来る男の意見も聞いてから」

ビュルクは記者にそのように伝え、質問には答えないまま電話を切った。スヴェードベリは部屋を出ていった。ビュルクとヴァランダーは短いプレス・コミュニケを作った。ヴァランダーが立ち上がったとき、ビュルクはもう少し残るようにという合図をした。

「漏洩のことをなんとかしなければならん」ビュルクが言った。「私はどうもナイーブすぎたようだ。きみが去年レンナルプ事件を捜査していたときこぼしていたのを覚えている。あのときは大げさすぎると思ったのだ。しかし、なにができるかな？」

「なにもできないでしょう」ヴァランダーは率直に言った。「去年、私が学んだことですよ。漏洩の可能性があることを承知のうえで行動するしかないと思います」

「定年退職するのが待ち遠しいよ」しばらく考えてからビュルクが言った。「ときどき、時代においていかれたという気がする」

「それはわれわれみんなが感じていることですよ」ヴァランダーが言った。「スツールップに外務省の役人を迎えに行ってきます。何という名前です？」

「ツーン」

「ファーストネームは？」

「訊かなかった」

ヴァランダーはマーティンソンとスヴェードベリの待っている自分の部屋へ急いだ。スヴェードベリがいまビュルクの部屋で見てきたことをマーティンソンに話しているところだった。

ヴァランダーは会議を短く切り上げることにした。電話があったことと、救命ボートの目撃者は二人以上であるという結論に達したと話した。

「スコーネ弁でしたか？」マーティンソンが訊いた。

ヴァランダーはうなずいた。

「それなら追跡可能なはずです」マーティンソンが言った。「タンカーと貨物船は除外しよう。残りは？」

「漁船だ」ヴァランダーが言った。「スコーネの南沿岸にはどのくらいの数の漁船があるかな？」

「多いです。ただ、いまは二月ですから、大部分の船は港に繋がれているはずです。膨大な仕事になるとしても、追跡は可能だと思います」

「それについては明日決めよう。すべてが変わるはずだから」

ヴァランダーはビュルクから聞いたことを二人に話した。マーティンソンは彼自身と同じように、疑問と立腹の反応を見せたが、スヴェードベリは肩をすくませただけだった。

「今日はこれ以上の動きはないだろう。おれはいままでのことを報告書に書いてみる。おまえたちにもそうすることをすすめる。明日、ストックホルムから来る暴力捜査課と麻薬課の男たち、それに外務省の役人ツーンと打ち合わせをしよう」

ヴァランダーは空港に十分余裕を持って到着した。パスポートチェックの警官の詰め所でコーヒーを一杯飲み、いつもながらの労働時間の長さと給料の安さのグチを聞いた。五時十五分過ぎ、彼は到着ロビーの出口近くのソファに腰を下ろし、見るともなく壁に備え付けのテレビのコマーシャル番組を見ていた。飛行機の到着がアナウンスされた。ヴァランダーはふと、外務省の役人は制服姿の警官の出迎えを期待しているだろうか、と思った。おれが両手を背中で組んで体を前後に揺らせて立っていれば、きっと出迎えの警官だとわかるにちがいない、と彼は皮肉な冗談を心の中で呟いた。

乗客が通り過ぎていく。出迎えの人間を探す様子の人間はどこにも見あたらなかった。人の流れがまばらになり、ついにはまったく誰も出口から出てこなくなったとき、ヴァランダーは見失ったのかもしれないと不安を覚えた。外務省の役人はどんな格好をしているのだろう。一般人と変わらないか、それとも一目で外交官とわかる格好か？　しかし一目で外交官とわかる格好とはどのようなものだろう？

「クルト・ヴァランダー？」という声が後ろから聞こえた。

振り返ると、三十代の女性が立っていた。

「ええ、ヴァランダーですが？」

女性は手袋を外して手を差し伸べた。

「ビルギッタ・ツーンです」と言った。「外務省の者です。男性だと思っていましたか?」

「ええ、たぶん」

「外務省のキャリア組にはまだ女性は少ないですからね」ビルギッタ・ツーンは言った。「しかしそれは、スウェーデンの外交の重大な部分が女性の手にゆだねられていないという意味ではないのです」

「なるほど」ヴァランダーが言った。「スコーネにようこそと言わせていただきましょう」

手荷物受取所で彼はビルギッタ・ツーンを密かに観察した。はっきりしない表情だった。とくに目の辺が気になった。彼女の荷物を持とうとして目が合ったとき、その理由がわかった。コンタクトレンズを入れているのだ。結婚生活の最後の数年、モナがコンタクトレンズを入れていたのですぐにわかった。

彼らは車に向かった。クルト・ヴァランダーはストックホルムの天気や旅はどうだったか訊いた。答えはしても、彼女が一定の距離を保っているのははっきりと感じられた。

「セーケルゴーデンというホテルに部屋を予約してあります」イースタへ向かう車の中でツーンは言った。「現時点での捜査状況を把握しておきたいのです。関連資料をすべてわたしに提出するようにということは聞いていますね?」

「いえ」ヴァランダーは言った。「それは誰からも聞いていません。しかし、別に秘密もないので、全部見せることができますよ。後部座席にホルダーがあります」

「それはよく気が回りましたこと」ツーンが言った。

「訊きたいことが一つだけあります」ヴァランダーが言った。「なぜ、あなたが送り込まれたのですか?」

「東欧諸国が非常に不安定な状況なので、外務省は現在、異状が発生すれば、すべて特別の注意を払っているのです。さらに、もしインターポールに参加していない国と連絡を取る必要が出てきたら、外務省がその役目を果たして警察に協力することができますから」

この女は政治家のような話し方をする、とヴァランダーは思った。彼女の言葉にはまったく不安を感じさせるものがなかった。

「異状が発生すれば、ですか」ヴァランダーが言った。「なるほど、そう言うことができるかもしれない。お望みなら、警察署の地下室にある救命ボートをお見せしますよ」

「いいえ、けっこうです」ビルギッタ・ツーンが言った。「警察の管轄の仕事には、わたしは口を挟みませんから。しかし、明日の午前中に会議を開いて、いままでの概況を話してもらえれば、もちろんありがたいです」

「八時にできます」ヴァランダーは言った。「警視庁が捜査官を二人送り込んできたことを、もしかすると知らないかもしれませんね。明日は彼らも来ますよ」

「聞いています」ビルギッタ・ツーンは言った。

ホテル・セーケルゴーデンは広場から一つ入った裏通りにあった。ヴァランダーは車を停めて、手を伸ばして後部座席のホルダーを取った。そしてトランクから彼女の鞄を取り出した。

「イースタにはいままで来たことがありますか?」

「いいえ、たぶん初めてです」

「それでは、イースタ警察が夕食に招待しましょう」

うっすらとかすかな笑いが彼女の頬に浮かんだ。

「それはご親切に」と答えた。「でも、今晩中にしなければならない仕事がありますので」

クルト・ヴァランダーは苛立ちを感じた。田舎町の警官では、いっしょに食事をするのに十分ではないということか？

「ホテル・コンティネンタルがこの町では一番うまいものが食べられるところです」と彼は言った。「広場の端を右に行けばわかります。明日の朝は、迎えに来ましょうか？」

「自分で探して行きます」と彼女は答えた。「でも、ありがとう。迎えに来てくれたことも」


ヴァランダーは家に帰った。時計は六時半を示していた。なぜか急にすべてにうんざりする気持ちになった。誰も待っている人がいない家に帰ってくる空しさのせいばかりではなかった。自分の居場所がどこなのかわからないという不安感が日毎に強まってきていた。いまはまた、自分の体もおかしくなっている。以前は警察官という仕事に自信がもてた。だが、いまはちがう。去年、レンナルプで起きた老夫婦殺害事件の捜査のとき以来、不安感が彼の胸に巣くっている。よくリードベリと話をしたものだ。スウェーデンのようになんだかよくわからない、決まっていない形に変わろうとしている国には、いままでとはちがう警察が必要なのではないか、と。毎日、自分の力不足を感じていた。その不安感は頻繁に警察庁が開く様々な教育講座に出ても解決されるものではなかった。

ヴァランダーは冷蔵庫からビールを取り出した。テレビをつけ、ソファに沈み込んだ。画面にはいつもどおり、にぎやかな娯楽番組が映っていた。ふたたび彼はトレレボリのゴム工場の警備主任の仕事に応募してみようかと考えた。警察を飛び出せば、別の世界があるかもしれない。

もしかすると、人が警官になるのは数年でよくて、そのあとはまったく別のことをするべきなのだろうか?

そのまま遅くまでソファに座っていた。夜中近くになってやっと立ち上がり、ベッドに入った。

電話が鳴ったのは、ベッドサイドの明かりを消したときだった。またか、今晩もまた暴力事件か、やめてくれ、と思った。彼はベッドに起き上がり、受話器を取った。すぐに午後の電話の男の声だとわかった。

「もしかすると、救命ボートのことを知っているかもしれない」男が言った。

「われわれの仕事を助けてくれる情報なら、どんなものでもほしい」

「もし警察が、おれが電話をしたことを秘密にすると約束するなら、話してもいい」

「望むのなら、匿名にすることができる」

「匿名では十分ではない。誰が電話をしてきたかを隠すだけでなく、電話があったこと自体、外に漏らさないと約束できるか?」

ヴァランダーは即断した。約束をしたが、男はそれでも安心できない様子だった。

この男はなにかをおそれている、とヴァランダーは思った。

「警察官としての名誉をかけて約束する」ヴァランダーは言った。

「そんなものがなんの保証になる」男は不安を隠さなかった。

「いや、私の言葉を信じてくれ」ヴァランダーは言った。「信用に関しては、世界のどのクレジット会社も私に関して否定的な情報はもっていないはずだ」

電話の男は黙り込んだ。ヴァランダーの耳には男の荒い呼吸だけが聞こえた。

「インドストリーガータンを知っているか」急に男が訊いた。

ヴァランダーは知っていた。それはイースタの町の東端にある工業地帯にあった。

「そこに車で来い」と男は言った。「その通りに入るんだ。一方通行だが、かまわない。夜中は交通がないからな。エンジンを切って、ライトも消せ」

「いますぐにか？」ヴァランダーが訊いた。

「ああ、そうだ」

「どこで停まればいい？　あの通りは長いはずだ」

「そこに行きさえすればいい。おれがそっちを見つける。一人で来るんだぞ。そうしなかったらこの話はなしだ」

電話はそこで切れた。

ヴァランダーは嫌なものを感じた。まず頭に浮かんだのが、マーティンソンかスヴェードベりに電話をして協力を請うことだった。しかし、嫌な感じを振り払って、考えを進めた。一人で行って、どんな危険があるというのだ？

上掛けをはいでベッドから出た。数分後、人けのない通りに停めていた車にエンジンをかけた。気温は零度以下になっていた。車に乗り込んだとき、体が震えた。

五分後、車は自動車販売会社や小規模の工場が建ち並んでいるインドストリーガータンに入った。明かりはどこにもなかった。一方通行の道の真ん中まで進み、そこで車を停めてエンジンを切った。ライトを消して暗闇の中で待った。ハンドルの近くの時計盤が十二時七分過ぎを示していた。

何も起きないまま、十二時半になった。一時まで待つことにした。それまでに誰も現れなかったら、家に帰ることにする。

男が車のすぐそばに立つまで、ヴァランダーは気がつかなかった。急いで窓ガラスを下げた。男の顔は陰になっている。顔がまったく見えない。だが、声は覚えのあるものだった。

「おれの後から来い」男は言った。

数分後、一台の車が反対方向から来た。下向きのライトが点滅している。

クルト・ヴァランダーはエンジンをかけてその後に続いた。

彼らは町を出て、東に向かった。

突然ヴァランダーは恐怖を感じた。

5

ブランテヴィークの港はひっそりとしていた。

明かりはほとんどついていなかった。まばらな街灯が、暗い、動かない水面を照らしている。電球が壊れているのだろうか、それとも切れた電球を補給しないのは、自治体レベルでの節約キャンペーンを実行する意図的なものだろうかとクルト・ヴァランダーは考えた。われわれは薄暗い時代に生きているのだ、と彼は思った。この明かりのついていない光景は、象徴的な絵なのだ。

前の車のブレーキランプが消えた。そして車のランプもそれに続いて消えた。パネルの時計が電気でぴくりと動く。いま時刻は一時二十五分だった。突然暗闇に懐中電灯の光が躍った。落ち着きのない蛍のように動き回る。ヴァランダーは車のドアを開けて外に出た。夜気に震え上がった。懐中電灯を持った男は数メートルのところまで来て立ち止まった。依然としてその顔ははっきり見えない。

「船着き場へ行こう」男が言った。

彼の特徴あるスコーネ訛りがはっきり聞こえた。ヴァランダーは、スコーネ弁で話されるとかなり脅迫的なことでさえ、穏やかに聞こえるとかねがね思っていた。彼はスコーネ弁ほど言葉の中に思いやりが組み込まれている方言を、ほかに知らない。

しかしそれでも彼はためらった。

「なぜだ?」と彼は訊いた。「なぜ船着き場まで行かなければならないのだ?」

「怖いのか?」男が言った。「そこに船があるからだ」

男は船着き場に向かって歩き出した。ヴァランダーは後に続いた。突然、強い風が彼の顔に吹きつけた。彼らは暗いシルエットの漁船の前に立ち止まった。海の匂いとオイルの臭いがきつく鼻を突いた。男はヴァランダーに懐中電灯を渡した。

「船の繋ぎ綱を照らせ」と言った。

そのとき初めてヴァランダーは男の顔がはっきり見えた。四十代か、それ以上だ。厳しい天候にさらされて外で仕事をしてきた男の荒れた肌をしていた。濃紺のつなぎの作業服に灰色のヤッケをはおっている。黒いフードが額まで下げられていた。男は繋ぎ綱をつかんで船に乗り込み、操縦室のほうに姿を消した。ヴァランダーは待った。まもなく液体ガスランプに灯がともった。男はギーギーと鳴るデッキを踏んで船の頭に戻ってきた。

「乗れ」男が言った。

ヴァランダーはぎこちなく冷たい手すりにつかまって船に乗った。

男の後ろから傾いているデッキを歩いたが、大綱につまずいた。

「落ちるな」男が言った。「水は冷たいぞ」

ヴァランダーは男の後ろから狭い操縦室に入り、さらにもっと狭い機械室に下りた。ディーゼルオイルと潤滑油の臭いがした。男は液体ガスランプを天井のフックに引っかけて、明かりを弱めた。

そのときヴァランダーは男がおびえていることに気がついた。指が震え、急《せ》いているのがわかる。

ヴァランダーは汚れた毛布で覆われた不安定な簡易ベッドに腰を下ろした。

「約束は必ず守れ」男が言った。

「おれは約束したことは必ず守る男だ」ヴァランダーが答えた。

「そんな人間はいない」男が言った。「おれに関係することだけ確かならいい」

「あんたの名前は？」

「関係ないだろう、名前など」

「だが、あんたは二つの死体を乗せた赤い救命ゴムボートを見たんだな？」

「さあね」

「そうでなければ電話をかけてこないはずだ」

男はすぐそばの簡易ベッドの上に置いてあった海図をたぐり寄せた。

「ここだ」と言って、男は指さした。「ここで見たんだ。時間は午後二時九分前だった。十二日の火曜日のことだ。おれはそれがどこから来たのか、ずっと考えてきた」

ヴァランダーはポケットを探って鉛筆を探したが、もちろんなにもなかった。

「ゆっくり話してくれ」ヴァランダーは言った。「初めから話すのだ。あんたが見つけたとき、救命ボートはどこにあった？」

「ここに書いてある」男は言った。「イースタから約六海里。まっすぐに南の方向だ。ボートは北東の方角に漂っていた。おれは正確な位置をここに書いておいた」

男は手を伸ばして、しわくちゃの小さな紙をヴァランダーに渡した。位置の説明は正確なものにちがいないとヴァランダーは直感した。彼自身は海図は読めなかったが。

「救命ボートは漂流してきた」男は言った。「もし雪が降っていたら、おれは絶対に気がつかなかっただろう」

おれたちは、だろう、とヴァランダーは心の中で言い直した。男がおれと言うとき、ほんのわずかな瞬間だが、止まったのだ。部分的に真実を話すことを忘れるなと自分に言い聞かせるように。

「舷窓のほうに流れてきたんだ」と男は続けた。「おれはそれをスウェーデンの沿岸に向けて牽引した。スウェーデンの陸地が見えたところで、切り離した」

これがロープが切られた痕跡の説明だとヴァランダーは思った。彼らは心配で焦っていた。ロープの一端を無駄にすることなど、気にもかけなかったのだ。

「あんたは漁師か？」ヴァランダーが訊いた。

「そうだ」

ちがう、とヴァランダーは思った。おまえはまた嘘をついている。それも下手くそな嘘を。いったいなにをおそれているのだ？

「家に戻る途中だった」

「船には無線があるだろう」ヴァランダーが言った。「なぜ沿岸警備隊に知らせなかったのだ？」

「こっちにはこっちなりの理由がある」

ヴァランダーはこのつなぎの作業着の男の怖れの中になんとか入り込まなければならないと思った。さもなければ、まったく話が進展しない。信用だ、信用を勝ち取るんだ、この男から。

「もう少し話をしてもらわなければならない」ヴァランダーが言った。「ここで聞いた話はもちろん捜査の中で使わせてもらう。だが、あんたが電話してきたということは絶対に漏れないようにする」

「誰もなにも言っていない。誰も電話をしていない、ということだ」

突然ヴァランダーはことの真相が見えた。この男が頑固に匿名を主張する理由は簡単で、かつ、まったく筋が通っているのだ。さらにそれは、男がこれほどおそれている理由でもあった。いま目の前に座っている男が救命ボートに方向付けをしたとき船に乗っていたのは一人ではなかった、ということは、すでにマーティンソンとの話ではっきりしていた。そしていま彼は、正確な人数をつかんでいた。二人だったのだ。三人でもそれ以上でもなく、ちょうど二人だったのだ。そしてそのもう一人こそ、この男がこれほどおそれている人間なのだ。

「誰も電話をしていない」ヴァランダーは男の言葉を繰り返した。「これはあんたの船か？」

「関係ないだろう」

ヴァランダーは初めからもう一度考えてみた。この男が死んだ男たちとなんの関係もないことは確かだと思った。ただ、救命ボートを見つけてそれを陸地に向けて引っ張っただけだ。そう思うと、状況が簡単に見えてきた。しかし男がなぜこれほど怖れを見せているのかはまだわからなかった。

もう一人の男は誰なのだ？

密輸船だ、と急に頭の中でひらめいた。密入国者を乗せたものか、酒の密輸入か。とにかくこの船は秘密のものの運搬に使われているのだ。だから船には魚の臭いが残っていないのだ。

「救命ボートを見つけたとき、まわりにほかの船はいなかったのか？」

「いや」

「確かか？」

「おれはただ知っていることを話しているだけだ」

「しかしあんたはずっと考えてきたと言ったね？」

返ってきた答えは迷いのないものだった。

「救命ボートは一定の時間漂流していたことは確かだ。昨日今日海に放り出されたものではない」

「なぜそう言える？」

「藻がボートの外側に付着し始めていた」

ヴァランダーは自分が検分したときには藻には気づかなかったと思った。

「ボートが見つかったときには藻はなかったと思うが？」

向かい側に座っている男は考えた。

「おれがボートを岸に向かって引っ張ったときに、波で洗われてしまったのにちがいない。ボートは大波に揺れていたから」

「いったいどのくらい海上を漂流していたと思う？」

「一週間かな、だいたい」

ヴァランダーはそのまま男を観察した。目が落ち着かなかった。男が初めからずっと緊張して耳を澄ましていることも、気になった。

「ほかにもなにか、話があるのか？」ヴァランダーが訊いた。「なんでも参考になる」

「救命ボートはバルト諸国のどっかから来たものじゃないかと思う」

「なぜそう思うんだ？　ドイツとかほかの国もあるが？」

「おれはこの辺の潮の流れを知ってる。ボートはバルトのどっかから流れてきたものだという気がする」

ヴァランダーはバルト海に面している国々の位置を思い浮かべた。

「かなり長い距離だ」ヴァランダーが言った。「ポーランドの全沿岸を通り過ぎ、ドイツの領海を越えてきたと言うのか？　自分にはどうもそうは思えないが」

「第二次世界大戦のとき、魚雷は長距離をかなり短時間で走ったことが知られている。この間からの風の強さもまた、ボートの速度を早めたのだろう」

液体ガスランプからの明かりが急に弱くなった。

「ほかに話すことはない」男はそう言って、汚い海図を畳んだ。「約束を忘れるな」

「ああ、忘れない。だが、もう一つだけ訊きたいことがある。あんたはなぜおれに会うのがそれほど怖いんだ？　なぜこうやって夜中に会うのだ？」

「怖くなどない」男は言った。「もしそうだとしてもあんたとは関係ないことだ。こっちにはそれなりの理由があるんだ」

男は舵のすぐ下の箱に海図をしまった。ヴァランダーは男が姿を消してしまう前に、なにかもっと訊きたいことはなかったか、大急ぎで頭の中をチェックした。

二人とも船体が微妙に揺れたことに気がつかなかった。波のうねりだ。ほとんど体感されずに通り過ぎるほどの小さいものだった。大波の余波がいま海岸に届いたというような揺れだった。

ヴァランダーは機械室から這い上がった。懐中電灯でさっと操縦室を照らした。しかしあとでこの漁船を探し当てるのに手がかりになりそうなものはなにもなかった。

「もしあんたと連絡を取りたかったら、どうしたらいいかね？」船から降りて、ヴァランダーは訊いた。

「連絡はできない」男は言った。「そんな必要はない。おれはほかになにも言うことはない」

桟橋を歩きながら、ヴァランダーは歩数を数えた。七十三歩目で足が海岸の荒い砂を踏んだ。男は懐中電灯を持つと、一言も言わずに姿を消した。暗闇に吸い込まれてしまった。ヴァランダーは車に乗り込み、エンジンをかけずにじっとしていた。そのまま数分間待った。一瞬、闇の中で人影が動いたような気がしたが、もちろんそれは気のせいだった。それから、自分が先に車を走らせるのを相手は待っているのだと気がついた。幹線道路に入ってから、彼は車の速度をゆるめた。しかし、後ろから続いて車が来る様子はなかった。

三時十五分前、彼はやっと自分のアパートにたどり着いた。台所のテーブルで、船の機械室で男と交わした会話を書き留めた。

バルト諸国か。救命ボートはほんとうにそれほど遠いところから流れてきたのだろうか？立ち上がって居間に行った。古い週刊誌やオペラのプログラムの山の中から角のすり切れた世界地図を引っ張り出した。スウェーデン南部とバルト海のページを開いた。バルト諸国はスウェーデンから遠くもあり、近くもあるように感じられた。

おれは海のことはなにも知らない。おれは潮の流れや針路のずれ、風力のことなど、なにも知らない。あの男は正しいのかもしれない。それにあの男には、わざわざでたらめを言わなければならない理由はないはずだ。

ヴァランダーはふたたび男の恐怖を思った。そしていっしょに船に乗っていたにちがいないもう一人の男のことも。誰だかわからないが、その男の存在があの男をおびえさせているのだ。

ふたたびベッドに潜り込んだのは四時過ぎだった。しばらく寝つかれず、彼は冴えた頭で横たわっていた。

体がびくりと痙攣すると同時に彼は目を覚ました。その瞬間寝坊したと気がついた。

ベッドサイドテーブルの時計は七時四十六分を示していた。しまった、と叫んで彼は飛び起き、慌てて服を着た。歯ブラシと歯磨きクリームのチューブは上着のポケットに押し込んだ。八時三分前に彼は車を警察署の前に停めた。受付のエッバが彼に手を振った。

「ビュルクの部屋に呼ばれてますよ。ひどい格好ね。寝坊したんですか？」

「そのとおり」

そう答えてヴァランダーは洗面所に飛び込んだ。歯を磨きながらこれから会議で言うべきことをすばやく考えた。そして、夜中にブランテヴィークの港に出かけたことをどのように話したらいいだろうかと考えを巡らせた。

ビュルクの部屋に行ってみると、空っぽだった。一番大きな会議室だ。走っていって、ドアをノックした。彼は遅刻した小学校の生徒のような気分だった。

楕円形のテーブルに向かって座っていた六人がいっせいに彼を見た。

「すみません、少し遅れてしまって」と言って、彼は戸口から一番近いいすに座った。ビュルクはにらみつけてきたが、マーティンソンとスヴェードベリは軽く笑い、好奇心に満ちた視線を送ってきた。スヴェードベリの薄ら笑いには軽蔑が感じられた。ビュルクの左側には、ビルギッタ・ツーンが座っていたが、彼女の表情からはなにも読み取ることができなかった。

部屋にはほかに二人、ヴァランダーがいままで見たことのない男たちが座っていた。彼は立ち上がり、テーブルをぐるりと回ってあいさつに行った。二人とも五十代で、驚くほどよく似ていた。頑強な体つきだったが、顔だちは柔和だった。片方はスツーレ・ルンルンドと名乗り、もう一人はバッティル・ロヴェーンと言った。

「暴力捜査課から来た者です」ロヴェーンが言った。「スツーレのほうは麻薬捜査課です」

「クルトはうちの署でもっとも経験のある捜査官です」ビュルクが言った。「どうぞ、まずコーヒーでも」

プラスティックのカップにコーヒーを口まで注いで、ビュルクが会議を開始した。

「協力に駆けつけてくれたみなさんに感謝する」ビュルクは言った。「マスメディアが今回の死体発見をどのように報道したか、嫌でもすでに気づいておられると思う。そのためだけではないが、今回の捜査には万全を期したい。ビルギッタ・ツーン氏は第一にオブザーバーとして、さらには、インターポールに加盟していない国々と連絡を取らなければならない場合に、われわれに手を貸すために外務省から来られた。しかしもちろん、具体的な捜査活動に関するご意見でも、われわれはありがたく拝聴しようと思う」

次はクルト・ヴァランダーの番だった。今日までの捜査の報告書が全員の手元にあるので、彼は捜査の詳細を説明するのは省くことにした。概要と時系列的な説明にとどめた。一方、病理学上の検査とその結果については説明に時間をかけた。それが終わると、ロヴェーンが明確にしてほしい点をいくつか質問した。それでヴァランダーの番は終わった。ビュルクは一同を見回した。

「さて」ビュルクが言った。「ここからどう行きますか?」

クルト・ヴァランダーは苛立った。ビュルクは最初から外務省からの女性と警視庁から送り込まれた犯罪捜査官二人に及び腰だ。ここでなにかひとこと言ってやらなければ気がすまないという気になった。ビュルクに合図して発言した。

「多くのことが不明瞭です」ヴァランダーは言った。「それは捜査のことばかりじゃない。なぜ外務省がビルギッタ・ツーン氏をイースタに送り込んできたのか、自分には理解できません。必要なときに、たとえばロシアの警察と連絡を取るときに手伝うため、というのは単なる口実でしょう。ふつうはストックホルムにテレックスで要請すればすむことです。自分には、外務省がわれわれの捜査を監視するためと思えてなりません。もしそうだとすれば、なにを監視するのか知りたい。なによりも知りたいのは、なぜ外務省がそのような決断をしたのか、その理由です。われわれの知らないことを知っているのではないかと勘ぐりたくなるのは当然でしょう。もしかすると、自分の言っている決断を下したのは外務省ではなく、ほかの機関なのですか？」

ヴァランダーが話し終わると、部屋の中は静まり返った。ビュルクは困り切った顔でヴァランダーをにらんでいる。

しまいにビルギッタ・ツーンが沈黙を破った。

「イースタに私が派遣されたのは、すでにご存じの理由以外にはありません」彼女は説明した。「東ヨーロッパの流動的政治情勢のために、われわれは関連する事象を注意深く見守る必要があるのです」

「男たちが東ヨーロッパの人間であるかどうかさえはっきりしていないときに、ですか？」ヴァランダーが言った。「それとも、われわれは知らないが、外務省は知っていることがあるのですか？　もしそうなら、ぜひ話してほしいものです」

「少し冷静になろう」ビュルクが口を挟んだ。

「質問に答えてほしいだけです」ヴァランダーが言った。「流動的政治情勢などという漠然とした説明では満足できません」

ビルギッタ・ツーンの顔から突然あいまいな表情が消えた。その目には、つのってくる軽蔑とはっきり距離を置く姿勢が表れていた。なるほど、おれはプロブレム・メーカーなんだ、とヴァランダーは思った。やっかいな現場の人間と見られているんだ。

「いま申し上げたとおりです」ビルギッタ・ツーンは語調も変えずに言った。「分別があれば、今回の外務省の決定にはほかになんの理由もないことがわかるはずです」

ヴァランダーは頭を振った。それからロヴェーンとルンルンドに矛先を変えた。

「そちらはどういう命令を受けたのですか？」ヴァランダーは訊いた。「ストックホルムはめったなことではこっちが正式に書類で要請もしていないときに人を送り込んできたりしません。今回の場合、自分の知るかぎり、われわれはそれをしていない。それとも、したんですか？」

最後の質問はビュルクに向けたものだった。ヴァランダーの問い質《ただ》す視線を受けて、ビュルクは首を振った。

「ということは、ストックホルムが独自に決めたことだ」ヴァランダーは続けた。「その理由が知りたい。いっしょに作業するにはそれが条件です。まだ捜査活動が始まってもいないうちに、われわれの能力が疑問視されたということではありますまい」

ロヴェーンはいすの上で体をもじもじ動かした。しまいに口を開いたのはルンルンドのほうだった。クルト・ヴァランダーはその声に同感の思いを感じ取った。

「イースタ警察には外からの協力が必要だと中央警察本部長が見なしたのです。われわれの任務は求められたことに応じることです。それだけです。捜査を指揮するのはこちらの警察のみなさんです。もしその助けになることができればうれしい。バッティルにしても私にしても、あなたがたの捜査能力を疑っていません。個人的な意見を言わせてもらえば、あなたがたはこの数日間に、素早く的確に行動したと思っています」

ヴァランダーはルンルンドの言葉にうなずいた。マーティンソンはうれしそうに笑顔になったが、スヴェードベリのほうは、テーブルの端からはがした木っ端を爪楊枝代わりにして、ぼんやりと歯をつついていた。

「それじゃ捜査をどう進めるかに入ることにしよう」ビュルクが言った。

「いいでしょう」ヴァランダーが言った。「自分はいまいくつか推測していることがあって、ぜひみなさんの意見がほしいのです。しかしその前に、昨夜の小さな冒険について話しましょう」

怒りは消えた。気分はすでに落ち着いていた。ビルギッタ・ツーンに対して自分の力を試してみた。敗北はしなかった。時間が経てばきっと彼女がここに送り込まれた理由も明らかになるだろう。ルンルンドの同情もまた彼の自信を強めた。ヴァランダーは夜中に電話があったこと、ブランテヴィークの港に行ったことを話した。とくに男が救命ボートはバルト諸国のどこかから流れてきたものではないかと推測していたことを強調した。ビュルクは急にイニシアティヴを取る気になったらしく、受付に電話をかけてその地域の地図を持ってくるように命じた。ヴァランダーは電話を受けたエッバが、通りがかった警官を呼び止めて地図を用意するように頼んでいる光景が想像できた。コーヒーをまたつぎ足すと、彼は自分の推論を話し出した。

「状況から判断するに、男たちは船上で殺されたものと思われます。死体をなぜ海に沈めなかったのかについて、自分が思いつく理由は以下のことです。単数か複数か知らないが、殺人者は死体が発見されることを望んだ。しかしなぜそう望んだのかは、謎です。とくに救命ボートがいつ、どこの地に到着するのかはわからなかったはずですから。さて、男たちは至近距離から射殺されました。拷問は通常、報復あるいは情報を聞き出すときにおこなわれるものです。次に念頭に置かなければならないのは、男たちの体内から麻薬が検出されていることです。正確に言えば、アンフェタミンです。この事件はなんらかの形で麻薬と関係するということです。さらに、私の印象では、この男たちは羽振りがよかった。服装がそれを物語っている。東欧であのように高級な服や靴を注文するからには、とんでもない金持ちだったと思われる。あんな服は、私にはとても買えない」

ロヴェーンは彼の最後の言葉に笑い出したが、ビルギッタ・ツーンは相変わらず苦虫を嚙みつぶしたような顔で目の前のテーブルに目を落としていた。

「われわれには情報がかなりあります」ヴァランダーは続けた。「たとえ、この男たちが殺されるにいたった経過と理由を説明するような証拠を挙げることができなくても。いまわれわれが知らなければならないことは、極端に言えば、一つしかない。男たちの身元です。われわれが集中するべきなのは、それです。さらに、男たちが殺された銃弾がどこで製造された、どのタイプのものなのか、速やかに突き止めること。スウェーデンとデンマークで失踪している人間、あるいは指名手配中の人間たちをすべて知りたい。指紋、写真、特徴などをインターポールを通じて手に入れたい。もしかすると、われわれの持っている犯罪者リストの中にこの男たちがいるかもしれない。さらにバルト諸国とロシアの警察にすぐに問い合わせをしたい。まだおこなわれていなかったらの話ですが。ビルギッタ・ツーン氏はこのことを知っているのではないですか？」

「ええ、今日中に実行されるはずです」彼女は言った。「モスクワ警察の国際部に連絡を取ることになっています」

「エストニア、ラトヴィア、リトアニアにも連絡を取らなければ」

「それはモスクワ経由でおこなわれます」

ヴァランダーは意外そうに彼女を見た。それからその目をビュルクに転じた。

「去年の秋、リトアニアから視察団が来ませんでしたっけ？」

「いや、これに関してはビルギッタ・ツーン氏の言うとおりだろう」ビュルクが言った。「バルト諸国には確かに警察があることはあるが、正式に物事を決めるのは依然としてモスクワだろう」

「そうでしょうか？」ヴァランダーが言った。「自分には疑問がありますが、きっと外務省は自分よりよく知っているのでしょう」

「ええ」ビルギッタ・ツーンが言った。「そのとおりです」

会議は終わり、ビュルクはすぐにビルギッタ・ツーンを追いかけて部屋を出ていった。午後二時に記者会見がおこなわれることに決まった。

ヴァランダーは会議室に残った。ほかの者たちといっしょにこれからしなければならない仕事の打ち合わせをした。スヴェードベリはビニール袋に入った銃弾を取りに行き、ロヴェーンに渡した。ロヴェーンは急いで銃弾を詳しく調べると約束した。残りの人間は膨大な失踪者と指名手配者のリストを分け合うことにした。コペンハーゲン警察に知り合いがいるマーティンソンがデンマークとの連絡を担当することになった。

「記者会見は出なくていいですよ。ビュルクと私で足りますから」ヴァランダーが言った。

「やはり、ストックホルムと同じくらい嫌なものかな、記者会見は？」ルンルンドが訊いた。

「ストックホルムの記者会見がどんなものか、私は知らないが、ここのはおもしろくもおかしくもないですよ」

その日は死者たちの特徴を全国の警察地区と他の北欧諸国に通知することに費やされた。その後、警察の持っている犯罪者記録などをチェックする作業があった。まもなく、死んだ男たちの指紋はスウェーデン警察の記録にもデンマーク警察の記録にも載っていないことが判明した。インターポールからは返事をするのにもう少し時間がかかるという返事があった。ヴァランダーとロヴェーンは旧東ドイツがインターポールに加盟していたかどうか議論した。東ドイツの犯罪者たちは新しい統一ドイツの犯罪者記録の中に組み込まれているのだろうか。そもそも東ドイツに犯罪者記録なるものがあったのだろうか。公安警察の膨大な資料と犯罪者記録との境界線はどこで引いたのだろう。そんな区別はあったのだろうか。

ロヴェーンは調べてみると言った。ヴァランダーは記者会見の準備に移った。

記者会見の前にビュルクに会ったとき、ビュルクの態度が冷淡なことにヴァランダーは気がついた。

なぜ話をしないのだろう、ヴァランダーは考えた。もし彼が外務省から来た女性に対する自分の態度が気にくわないのなら、そう言えばいいではないか。

記者会見の部屋にはジャーナリストやマスメディアの代表が大勢集まっていた。ヴァランダーはエクスプレッセン紙の若い記者を目で探したが見つからなかった。いつもどおり、ビュルクがあいさつをした。思いがけなくも、彼はマスコミの今回の事件のセンセーショナルな取り上げ方を非難した。ヴァランダーは夜中にブランテヴィークで会った心配そうな男との約束を思い出した。彼の番になったとき、彼は一般からの情報協力を再度要請した。一人の記者が一般からの情報提供はなかったのかと質問したのに対して、彼はいままでのところ静かなものだと答えた。記者会見は意外にもおとなしく終わり、記者たちが部屋を出ていったときビュルクは満足そうだった。

「外務省の女性はなにをしているんですかね」

廊下をビュルクと歩きながらヴァランダーが訊いた。

「たいていは電話をかけているよ」ビュルクが答えた。「きみはもちろんそれを盗聴すればいいと言うんだろ？」

「あ、それは悪くないアイディアだ」ヴァランダーは言った。

その日はそれ以上特別なことは起きずに過ぎた。この先は張り巡らせた網に掛かってくるものを辛抱強く待つよりほかにない。


まもなく六時になろうとするとき、マーティンソンがヴァランダーの部屋のドアからのぞき込んだ。そして時間があったら今日の夜、自分の家に食事に来ないかと誘った。ホームシックにかかっているロヴェーンとルンルンドを家に招いたというのである。

「スヴェードベリはほかに約束があるそうで、ビルギッタ・ツーンは今晩マルメに出かける予定だそうです。警部は来られますか？」

「時間がない」ヴァランダーは答えた。「残念ながら今晩はほかの予定がある」

それは半分嘘だった。さっきからブランテヴィークに今晩出かけるかどうか迷っていた。もう一度行ってあの漁船を見つけ出し、調べてみたかった。

六時半、彼はいつもどおり父親に電話をかけた。次に会いに行くとき、新しいトランプを買っていくことを約束させられた。電話を切るとすぐに彼は警察署を出た。風は止んでいて、雲もなかった。家に帰る途中、スーパーによって食料を買った。八時、食事が終わり、コーヒーをいれている間、ブランテヴィークに行くことにするかどうか、また考えた。明日でもいい、それに今日は夜中の外出で疲れている、と思った。

長い間、台所でコーヒーを手に持ったまま座っていた。いま目の前にリードベリがいて、今日一日のことをいっしょに話していると想像してみた。目に見えない友人といっしょに彼は一つ一つ検証してみた。モスビー・ストランドに救命ボートが漂着してからまる三日経っていた。死んだ男たちの身元が不明のうちは、捜査は進まないだろう。このままだったら、迷宮入りになってしまう。

彼はコーヒーカップを流しに置いた。窓辺のしおれた花が目についた。水をコップ一杯やると、居間に行って、マリア・カラスのレコードをかけた。〈椿姫《ラ・トラヴィアータ》〉を聴きながら、漁船は明日にしようと、やっと決心がついた。

その晩遅く、ストックホルム近くの学校に行っている娘に電話をかけた。電話が何度も鳴ったが、受話器を取る者は誰もいなかった。十時半、彼はベッドに行き、すぐさま眠りに落ちた。

翌日、事件発生後四日目、午後二時ちょっと前に、待ちに待った答えがあった。ビルギッタ・ツーンがヴァランダーの部屋にやってきて、一枚のテレックス紙を差し出した。ラトヴィアのリガの警察がモスクワに滞在する上司を通じて、スウェーデンの海岸で発見された救命ボートの二人は、おそらくラトヴィア市民であるとスウェーデン外務省に知らせてきたのである。

テレックスの発信人、モスクワ警察のリトヴィノフ中佐は、今後の調査を迅速にするため、スウェーデン警察が直接リガの犯罪捜査課に連絡を取ることを提案していた。

「それじゃ、やっぱりあるんですね」ヴァランダーが言った。「ラトヴィアの警察は」

「存在しないとは言いませんでしたよ」ビルギッタ・ツーンが言った。「でもイースタ警察が直接リガの警察に連絡を取ったら、きっと外交上面倒なことになっていたでしょうよ。そもそも答えが得られたかどうか。ラトヴィアの政治情勢は現在ひどく緊迫しているということ、もちろんご存じですね」

彼女がなにを言っているかはわかっていた。ソ連のエリート軍人たちの集団〈ブラックベレー〉がリガで国務省の建物を銃撃してからまだ一カ月も経っていなかった。罪のない一般市民が数名殺された。新聞には市街にブロックや鉄条網のバリケードが築かれている写真が載っていた。ラトヴィアでいったいなにが起きているのか、ヴァランダーはよくわからなかった。それはまるで、自分のまわりでなにが起きているのかよくわからないという意味でもあるような気がした。

「これからどうしますか?」彼は戸惑って訊いた。

「リガの警察と連絡を取ります。なにより重要なのは、テレックスにあるように、あの死んだ人たちの国籍がほんとうにラトヴィアかどうか、確認することです」

ヴァランダーはテレックスの文章をもう一度読んだ。

漁船の男は正しかった。救命ボートはほんとうにバルト諸国からやってきたのだ。

「国籍がわかっても、まだあの男たちの名前はわからないままです」ヴァランダーは言った。

三時間後、それがわかった。リガから電話がかかってくることが予告された。捜査グループは会議室に集まった。ビュルクは興奮のあまりスーツにコーヒーをこぼした。

「誰か、ラトヴィアの言葉を話す者はいるんですか」ヴァランダーが訊いた。

「自分は話さない」

「会話は英語でおこなわれるはずです。そのようにお願いしました」ビルギッタ・ツーンが言った。

「電話を受けてくれ」ビュルクがヴァランダーに言った。「私は英語が苦手だ」

「自分の英語もとくにいいわけじゃない」ヴァランダーが言った。

「いや、向こうの英語だってそんなもんでしょう」ルンルンドが言った。「誰が電話をかけてくるのですか？　リトヴィノフ中佐？　英語の下手さは同じようなものでしょう。どっちにとっても外国語ですから」

「リトヴィノフ中佐はモスクワにいるのですよ」ビルギッタ・ツーンが言葉を挟んだ。「いま電話がかかってくるのは、リガの警察からです。ラトヴィアの首都の」

五時十七分、電話がかかってきた。驚くほどはっきりと聞こえ、ヴァランダーはリガの犯罪捜査官リエパ中佐と名乗る男と話をした。ヴァランダーはメモを取りながら向こうの話を聞いた。ときどき質問に答えた。リエパ中佐の英語はじつに聞き取りにくかった。中佐の言った言葉が聞き取れない自分の英語の能力を疑ったほどだった。だが、電話が終わったとき、それでも重要なことはメモに書きとどめていた。

二つの名前。二つの身元。

ヤニス・レヤとユリス・カルンス。

「リガに彼らの指紋があった」ヴァランダーが言った。「リエパ中佐の話では、発見された二つの死体はこの男たちに間違いないそうです」

「よろしい」ビュルクが言った。「誰なんだ、その男たちは？」

ヴァランダーはメモを読み上げた。

「ノトリアス・クリミナルズ。悪名高い犯罪者たちとでも訳せばいいのかな？」

「なぜその男たちが殺されたのか、中佐はなにか理由を言っていたか？」ビュルクが訊いた。

「いいえ。しかし、中佐は驚いている様子はありませんでした。彼の言っていることが私に正しく理解できたとすれば、近いうちに、関連資料を送ってくるそうです。さらに、もしよかったら捜査に協力するためにラトヴィアから捜査官を送り込むことができると言っています」

「それはいいね」ビュルクが言った。「一刻も早くこの事件を解決するに越したことはないからな」

「外務省はもしそのようなことになれば支援します」ビルギッタ・ツーンが言った。

それで決まった。

翌日、事件発生後五日目、リエパ中佐は自らが翌日の午後、ストックホルムのアーランダ空港に到着するとテレックスを送ってきた。マルメのスツールルップ空港には同日に着く。

「中佐とは」ヴァランダーが言った。「どういうことだろう?」

「わかりません」マーティンソンが言った。「自分自身はこの仕事ではいつも伍長（最下位の下士官）のような気がしています」

ビルギッタ・ツーンはストックホルムに帰った。彼女には二度と会うことはあるまい、とヴァランダーは思った。いなくなってみると、ヴァランダーは彼女の顔も声も思い出せなかった。ビルギッタ・ツーンにはもう会うことはあるまい、とヴァランダーは呟いた。そして、おれは彼女がやってきた真の理由も知ることはないだろう。


ビュルク署長は自らラトヴィアの中佐を迎えに空港まで出向いた。おかげでその晩クルト・ヴァランダーは父親とトランプでカナスタをして遊ぶことができた。

ルーデルップへ向かう途中の車で、彼はモスビー・ストランドに漂着した二人の男たちの事件はもうじき解決すると思った。ラトヴィアの警察は今回の事件の動機を説明してくれるだろう。殺人の捜査はまもなくリガに移されるだろう。犯人はおそらくラトヴィア国内にいるだろう。救命ボートはスウェーデンの海岸に漂着した。しかし、その始まり、つまり殺人が行われたのは、バルト海の向こう側なのだ。死体はラトヴィアへ戻されるはずだ。そこで一件落着ということになるのだ。

だがそれはまったく間違った推測だった。

これはまだほんの始まりにすぎなかった。

この時期、スコーネに本格的な冬がやってきた。

6

クルト・ヴァランダーは、リエパ中佐はイースタ警察署に制服でやってくるだろうと思っていた。しかし、事件発生後七日目の朝、ビュルク署長に紹介されたのは、ネクタイの曲がった、灰色のくたびれた背広を着た男だった。そのうえ背が低く、両肩が耳まで上がっていて、まるで首がないように見えた。軍人のような振る舞いのまったくない男だとヴァランダーは思った。カルリスというファーストネームのこの中佐は、強いたばこを休みなく吸うチェーンスモーカーで、指先はニコチンで真っ黄色に染まっていた。

ラトヴィアから来た中佐の喫煙習慣は、まもなくイースタ警察署全体を巻き込んだ。怒った喫煙反対者たちがビュルクの部屋に詰めかけ、リエパ中佐は警察署のいたるところでたばこを吸っている、絶対禁煙と書いてあるゾーンでもかまわず吸うと抗議した。ビュルクは外国からの客に対しては寛容でなければならないと彼らに言ったが、ヴァランダーにはリエパ中佐に署内での禁煙は尊重してほしいと伝えるように頼んだ。ヴァランダーが下手な英語でスウェーデン人は喫煙に寛容ではないことを伝えると、リエパ中佐は首をすくめ、その場ですぐにたばこを消した。その後、中佐はヴァランダーの部屋と会議室でだけたばこを吸うようになった。ついにヴァランダーもリエパのたばこが我慢できなくなって、部屋を一つリエパのために用意するように提案した。結局、スヴェードベリが臨時にマーティンソンの部屋に移り、彼の部屋をリエパに提供することでやっと落着した。

リガ警察から来たリエパ中佐は強い近眼だった。分厚い眼鏡をかけていたが、それも役に立たないらしく、ものを読むとき、彼は眼鏡を外してほんの数センチのところに書類を引きつけて読むのだった。それはまるで読むのではなく、匂いを嗅いでいるような姿だった。それを見た者は最初、笑いをこらえるのに苦労した。ヴァランダーはときどき廊下で同僚がこの小さくて背中の丸いラトヴィアから来た中佐のことを笑っているのを耳にした。ヴァランダー自身は同僚たちと同じように笑ったりはしなかった。彼はリエパが非常に洞察力のある優れた警官であることがすぐにわかった。リードベリに似ているところがあると思った。とくにリエパがリードベリと同じように警察の仕事に情熱をもっているという点で。警察の捜査はたいていの場合決まったルーティンに従うものだが、考えまで慣習どおりにしてはならなかった。リエパ中佐は情熱的な警察官だった。灰色の外見の裏には鋭い頭脳と経験豊かな犯罪捜査官が隠れていた。

七日目の朝はどんより曇った、風の強い日だった。夕方には雪になるという天気予報だった。警察内では強力なインフルエンザが流行っていたので、ビュルクはスヴェードベリを救命ボート事件捜査グループから一時的に外した。ほかの事件が山積みになって、解決を待っていたからである。ロヴェーンとルンルンドはストックホルムへ帰った。その後具合が悪くなったビュルクは、リエパ中佐をヴァランダーとマーティンソンに紹介すると、早退した。彼らは会議室にいた。リエパ中佐はひっきりなしにたばこを吸った。

　昨夜は遅くまで父親とカナスタをして遊んだヴァランダーは、朝五時に目覚まし時計で目を覚ました。前の日に本屋のおやじが渡してくれたラトヴィアの観光案内書を読むためだった。早起きをしたおかげで、ラトヴィアとスウェーデンの警察のシステムについて情報交換をする必要があると考えつく余裕もできた。ラトヴィアの警察がその地位を表すのに軍隊の称号を使うことだけでも、スウェーデンの警察とは大きな違いがあることがわかる。朝食のコーヒーを飲みながらスウェーデン警察の仕組みを簡単に英語で用意しようとしたとき、彼は急に不安になった。彼自身スウェーデン警察の仕組みをほとんど知らないことに気づいたのである。また、目立ちたがり屋の本部長が現在の組織に少なからぬ改革をおこなったことも、ことをややこしくしていた。ヴァランダーはこのところ警察の改革決定に関する通達文を、それも手の施しようがないほどの悪文を、数え切れないほど読んでいた。いつかビュルクにこのような再組織の試みはいったいどのような結果を生むのかと質問をしたことがあったが、はっきりした答えは得られなかった。

　いま、目の前で立て続けにたばこを吸っている中佐を見て、ヴァランダーは警察組織に関することはなにも言わないでおこうと思った。組織的な問題で誤解が起きたときには、個々に対応すればよい。

　ビュルクが咳をしながら部屋を出たあと、ヴァランダーは社交的なことの一つも言わなければなるまいと思い、どこに滞在しているのかと訊いた。

「ホテルだ」リエパ中佐は答えた。「だが、なんという名前だかは知らない」

ヴァランダーは無駄な試みは止めることにした。リエパは捜査以外のことにはまったく関心がないらしかった。

心遣いを見せる機会はきっとあとで出てくるだろうとヴァランダーは思った。いまわれわれの共通項は救命ボートの中の二体の死体だ。それ以外のことはなにも意味がない。

リエパ中佐はラトヴィアの警察がなにを根拠に二人の死んだ男たちをラトヴィア国籍と判断したかについて、長い説明をした。彼の英語は下手だった。彼自身それに腹を立てている様子だった。休憩時間、ヴァランダーは友人の書店主に電話をかけて、英語とラトヴィア語の辞書がないかと尋ねた。そのようなものはなかった。彼らは頼れる共通の言語もなく、両方が不安で下手な英語でのろのろと進まなければならなかった。

九時間以上集中的に報告書を読んだあと——マーティンソンとヴァランダーは、意味のわからないラトヴィア語の手書きの報告書をにらみながら、リエパ中佐が言葉を探しながら少しずつ翻訳してくれるのを聞き終えたあと——漠然とではあったが全貌がつかめたような気がした。ヤニス・レヤとユリス・カルンスは、年齢こそまだ若いが、手のつけられない犯罪者としてラトヴィアでは知られていた。ヴァランダーはリエパ中佐がこの二人をロシア系ラトヴィア人少数民族と言ったときに顔に浮かんだ軽蔑を見逃さなかった。ヴァランダーはラトヴィア国内にいるロシア系市民が、第二次世界大戦後、ラトヴィアがロシアに併合されて以来、解放に抵抗してきた勢力であるとどこかで読んだことを思い出した。しかしながらラトヴィア国内の問題の深刻さとなると、ヴァランダーは皆目見当がつかなかった。彼の政治的知識はあまりにも浅すぎた。しかし、リエパ中佐の軽蔑は明らかで、しかも頻繁に示された。

「ロシアの盗賊ども」と彼は言った。「東ヨーロッパ諸国のマフィアの一員だ」

彼らは比較的若かった。レヤは二十八、カルンスは三十一歳だったが、その犯罪歴は長かった。強盗、襲撃、密輸、不法通貨両替などなど。リガ警察は少なくとも三度、この二人に殺人容疑をかけている。しかしそれを決定づける証拠に欠けていた。

リエパ中佐がすべての報告書とラトヴィアの犯罪記録からの抜粋を紹介し終わったとき、ヴァランダーはどうしても訊かなければならないことがあった。

「この男たちは、深刻な罪をたくさん犯している」ヴァランダーは言った。（深刻な、という言葉をどう表現しようかと彼は迷ったが、しまいにマーティンソンがシリアスという言葉を提案してくれた）「しかし、驚いたことに、彼らは非常に短い期間しか刑務所に入っていない。犯した罪が立証され、判決が下されているのに。これはどういうわけですか？」

これを聞いてリエパ中佐は笑顔になった。青ざめた顔が急に生き生きして、積極的な表情になり、大きく口を広げて笑った。

この質問がほしかったのだな、とヴァランダーは思った。これこそ彼が待ち望んでいたものだ。

「私の国について説明しなければならない」そう言うと、リエパ中佐はたばこに火をつけた。

「ラトヴィアにおけるロシア人の人口は十五パーセントに満たない。しかしそれでも、第二次世界大戦後、我が国をあらゆる意味で支配してきたのはロシア人だ。ロシア系市民による影響力の行使は我が国を抑圧するモスクワ共産主義の戦略の一部だ。もしかすると一番効果的な戦略といってもいいかもしれない。あなたはなぜレヤとカルンスが刑務所に短期間しか入っていないのかと訊いた。ほんとうは無期懲役にしてもいいくらい犯罪を犯しているというのに。いや、死刑にしてもいいほどだ。検察官と裁判官の全員が腐敗していると言うつもりはない。それはあまりにも短絡的な見方だ。勇気のあるものではあるが賢い見方ではない。しかし一方で、レヤとカルンスの背景にはもっと強力な保護者がいることは確かだ」

「マフィアか」ヴァランダーが訊いた。

「イエスでもありノーでもある。我が国のマフィアにはこれまた目に見えない保護者がいるのだ。レヤとカルンスはKGBのための仕事を数多くしていたのではないかと私は見ている。ロシアの秘密警察KGBは、我が国のロシア系市民が売国奴とか脱走兵でないかぎり、彼らを刑務所に入れたがらない。彼らの頭の上には常にスターリンのご加護がちらついているのだ」

それはスウェーデンでも同じだ、とヴァランダーは思った。われわれの場合はロシアのような専制君主の影こそないかもしれないが。複雑な依存網は全体主義的政治体制の特許ではないのだ。

「KGB」リエパ中佐は繰り返した。「それからマフィアだ。この二つはつながっている。すべての糸がつながっているということは、網を築いた人間だけが知っているのだ」

「マフィアは」マーティンソンが初めて意見を言った。いままではヴァランダーに英語の言葉を見つける手伝いをする以外は、沈黙していた。「われわれスウェーデン人には新しいものです。ロシアや東ヨーロッパの組織的な犯罪シンジケートですね。数年前、スウェーデン警察はソ連に本拠がある暴力団が国内にでき始めていることに気がつきました。主にストックホルムで。だが、われわれはいまでもあまりそれについては知らない。彼らの残酷な内部闘争が表面化して初めて、何かが起き始めていることがわかったのです。われわれは警告を受けています。東ヨーロッパのギャングが近いうちにスウェーデンの暗黒街に乗っ取りを仕掛けるだろうと」

ヴァランダーはマーティンソンの英語をうらやましく思いながら聞いた。発音はひどいものだったが、語彙は素晴らしく多い。警察庁はなぜ警官を対象に英語講座を開かないのだ、とヴァランダーは腹立たしかった。部下の指導や警察内の民主主義などの講座よりもよっぽど役に立つのに。

「きっとそのとおりだろう」リエパ中佐は言った。「共産圏の国々は崩壊し始め、まるで沈没しかかっている船のような状態になっている。犯罪者たちは最初に逃げ出すネズミだ。コネがある、金があるから、国外逃亡ができるのだ。亡命を求める東ヨーロッパ諸国からの人々の中には、抑圧から逃亡するのではなく新しい狩猟の地を求めて国外脱出する者も多くいる。人は簡単に経歴や身分証明を偽造することができるのだ」

「リエパ中佐」ヴァランダーが言った。「いまの話はみな推量でしょう？　こう思うということですね？　事実ではないのですか？」

「私には確信がある」リエパ中佐が答えた。「だが立証できない。いまはまだ」

ヴァランダーはリエパ中佐の言葉には、すぐには全体が読みとれない、理解できない関連や意味が隠されていると感じた。リエパ中佐の国では、犯罪は政治的エリートと政府に繋がっている。政治的エリートは権力を握り、政府は事実を隠匿することもできるし、刑罰の遂行にまで影響力をもつ。スウェーデンの海岸に漂着した二人の死んだ男たちは、未知の複雑な背景を背負ってきたのだ。彼らの心臓を撃ち抜いた銃は誰の手に握られていたのだろう？

ヴァランダーは突然はっきりと、リエパ中佐にとって犯罪捜査とは、政治的内容を暴露する背景の証拠を求めるものだということがわかった。われわれも同じように働くべきではないだろうか、とヴァランダーは思った。われわれは今日スウェーデンで発生する犯罪を十分に深く掘り起こしていないという認識をもつべきではないか？

「あの死んだ男たちですが」マーティンソンが言った。「誰が殺したのです？　どのような理由で？」

「知らない」リエパ中佐は答えた。「始末されたことは間違いない。だが、なぜ拷問されたのか？　誰がやったのか？　レヤとカルンスを口の利けない死体にする前になにをしゃべらせようとしたのか？　彼らの口から聞きたいことが聞けたのか？　自分にも答えが得られていない問いがたくさんある」

「その答えはスウェーデンにはないでしょう」ヴァランダーが言った。

「そのとおり」リエパ中佐が言った。「答えはおそらくラトヴィアにある」

ヴァランダーは意外だった。なぜおそらくと言うのだろう？

「ラトヴィアに答えがなかったら、どこにあるんです?」ヴァランダーは訊いた。

「もっと遠くに」リエパ中佐が言った。

「もっと東に?」マーティンソンが訊いた。

「またはもっと南に」リエパ中佐はためらいがちに言った。マーティンソンとヴァランダーは中佐が今の段階ではそれ以上具体的に言いたくないのだとわかった。

会議はそこで終わった。ヴァランダーは中佐と長時間いっしょに机上の仕事をしていたために、いつもの腰痛が始まったことに気がついた。マーティンソンはリエパ中佐が通貨をスウェーデンクローネに両替する手伝いをしに行った。ヴァランダーはマーティンソンにストックホルムのロヴェーンに連絡をして銃の検査の結果を訊くように指示した。彼自身はいまの会議の報告書を書かなければならなかった。アネッテ・ブロリン検察官は一刻も早く今度の事件の概要報告書を出すように請求してきた。

ブロリンさんよ、ヴァランダーはたばこの煙の充満した会議室を出て廊下を歩きながら考えた。この事件はおまえさんの手を煩わせることはないだろう。おれたちはできるだけ早く、あの死体二体と救命ボートをつけてこの事件をリガに送り返すつもりだ。それからいままでの調査報告書にスタンプを押して、義務は果たした、一件落着、ということになるだろう。

昼食後、ヴァランダーは報告書を書き上げた。その間マーティンソンは妻に服を買いたいというリエパ中佐につきあっていた。ヴァランダーがアネッテ・ブロリン検察官へ電話をかけ終わったとき、マーティンソンがドアから顔をのぞかせた。

「中佐は？」ヴァランダーが訊いた。

「部屋でたばこを吸っています」マーティンソンが答えた。「スヴェードベリの上等な絨毯にもう灰皿をひっくり返しましたよ」

「昼食はすませたのだろうか」

「自分がルルブローサレンで今日の昼食をおごりました。カロップス（スウェーデン料理。牛肉とケッパーの煮込み）でしたがあまり好きではないようでした。たばこばかり吸って、コーヒーを飲んでいました」

「ロヴェーンとは話したか？」

「インフルエンザで休んでいるそうです」

「それじゃ、ほかの誰かと話したのか？」

「電話では用をなしません。誰も席にいませんから。誰もいつ帰ってくるのかわからない。誰もが折り返し電話すると言いますが、誰もかけてこないんです」

「ルンルンドは？」

「彼にも電話をかけてみました。でも、仕事で外出中です。なんの用事なのか、どこへ行ったのか、いつ戻ってくるのか、誰も知らないんです」

「またやってみるんだな。おれはこれから検察官にこの報告書を出してくる。もうじきこの事件をリエパ中佐にまとめて渡すことができるだろう。死体も救命ボートも調査資料も。彼は全部持ってリガに帰ることができる」

「あ、自分はそのために警部に話しに来たんでした」

「なんのことだ？」

「救命ボートです」

「それがどうした？」

「リエパ中佐がボートを調べたいと言うんです」

「地下に行けばいいだろう？」

「そんなに簡単ではないんですよ」

ヴァランダーは苛立った。このマーティンソンという男は、ときどきなにが言いたいのか、気ばかりもたせて要領を得ないことがある。

「階段を下りて地下室へ行くのがどうしてそんなにむずかしいんだ？」

「救命ボートが消えてるんです」

ヴァランダーは信じられないというように聞き返した。

「消えてる？」

「ええ、消えてるんです」

「どういう意味だ？　救命ボートは地下室で、馬《うま》の上に渡した板に載せてあるじゃないか？　おまえさんがウスターダール船長とボートを調べたときと同じところに。そう言えば、船長に協力の礼状を送らなければならないな。思い出させてくれてよかったよ」

「馬はあるんです」マーティンソンが言った。「救命ボートだけが消えているんです」

突然、マーティンソンの言葉の意味がわかった。彼は報告書を机の上に落とすと、マーティンソンといっしょに地下室へ走った。

マーティンソンの言うとおりだった。救命ボートは消えていた。二つの馬はセメントの床の上に倒れていた。

「いったいどういうことだ？」ヴァランダーが言った。

マーティンソンの答えはしどろもどろだった。まるで彼自身、自分の言っていることが信じられないようだった。

「泥棒が入ったんです」と彼は言った。「昨夜、ハンソンが別の用事で地下室に来たときにはあったそうです。今朝、交通巡査が地下室に通じるドアの一つがこじ開けられているのに気がついた。救命ボートはつまり、夜中に盗まれたということらしいんです」

「そんなことができるはずがない」ヴァランダーが言った。「警察署が泥棒に入られただと？ほかにもなくなったものがあるのか？　いままで誰もこのことを知らせなかったのはどういうことだ？」

「交通巡査はハンソンに知らせました。ハンソンは警部に知らせるのを忘れたんです。いや、ここには救命ボート以外にはなにもありませんでした。ほかのドアには鍵がかかっていました。壊されてもいません。これをやったのは、救命ボートが目当てだったのです。ほかのものじゃなくて」

ヴァランダーは倒れた二つの馬を見た。体の奥底から不愉快なものが広がってくる。

「マーティンソン」ヴァランダーは低い声で呼んだ。「救命ボートは警察の地下室にあると新聞に書かれたことがあったかどうか、思い出せるか？」

　マーティンソンは考えた。

「はい。地下室に保管されているという記事を読みました。記事にはそのうえ、写真までついていたと思います。しかし、救命ボートを盗みに警察に忍び込む連中がいるなどと誰が想像できますか？」

「だからだよ」ヴァランダーが言った。「盲点を突かれた」

「まったく思いもしませんでした」

「リエパ中佐には理解できるかもしれん」ヴァランダーが言った。「彼を呼んできてくれ。この場で現場検証をするんだ。中佐を呼んでくるとき、ついでにその交通巡査も呼び出すんだ。誰なんだ？」

「ペータースだったと思います。いまは非番ですから家で寝ているでしょう。今晩吹雪になったら彼の仕事は大変になりますから」

「悪いが起こしてくれ」ヴァランダーが言った。「仕方がない」

　マーティンソンが姿を消し、ヴァランダーは地下に一人残った。壊されたドアを調べた。二重錠のついた厚い鋼鉄のドアだったが、泥棒はドアにはなんの傷も付けずに錠前だけを破っていた。

　ほしいものがなにかを知っている連中の仕業だ、とヴァランダーは思った。錠前のピッキングなどお手のものの連中のやったことだ。

彼はふたたび倒れた馬を観察した。救命ボートは自分が調べた。何一つ見逃しはしなかったことは自信をもって言える。

おれたちに見えなかったのは何だろう。何かあったにちがいないのだ。

マーティンソンとウスターダール船長も調べた。ルンルンドもロヴェーンも同様だ。

マーティンソンがたばこを手にしたリエパ中佐といっしょにやってきた。ヴァランダーは天井の蛍光灯を全部つけた。マーティンソンが起きたことを中佐に説明した。ヴァランダーは中佐を観察した。彼が予想したとおり、リエパ中佐は特別に驚いた様子を見せなかった。わかったというように軽くうなずいただけだった。それからヴァランダーに向いた。

「あなたが救命ボートを調べたのだね、警部？」リエパ中佐が言った。「熟練した船長がボートはユーゴスラヴィア製だと言ったらしいな？　きっとそれは正しいだろう。ラトヴィアの船にはユーゴスラヴィア製の救命ボートを載せているものが多い。警察艇さえそうだ。しかし、あなたは間違いなく救命ボートを調べたのだね？」

「ええ」ヴァランダーは言った。

その瞬間に、彼は自分の決定的な失敗に気づいた。

誰も救命ボートの空気を抜かなかった。誰もゴムボートの内側を見なかった。誰より、彼自身そのことに気がつかなかった。

リエパ中佐は彼の考えを読んだようだった。ヴァランダーは真っ赤になった。ゴムボートの中を見ることになぜ気がつかなかったのか。早晩気がついただろうが、すぐにするべきことだった。

ヴァランダーはリエパ中佐自身がすでに気がついていることを、わざわざ説明するのはもどかしかった。

「中になにがあったのでしょう？」

リエパ中佐は肩をすくめた。

「おそらく麻薬だろう」

ヴァランダーは考えた。

「どうもしっくりこない。麻薬を隠した救命ボートに死体を乗せて、風の向くままどこに着くかわからない海を漂流させたとは？」

「そのとおり」リエパ中佐が言った。「どこかで手違いが起きたのだ。ボートを盗んだやつらはその手違いの埋め合わせをしたのだろう」

それからの時間はボートが持ち去られた地下室を徹底的に調べることに費やされた。ヴァランダーはフロントまで駆け上がり、急にやむを得ない用事ができたために報告は後日にするとアネッテ・ブロリン検察官に伝えてくれとエッバに頼んだ。警察署内に泥棒が入ったという噂が広まって、ビュルク署長が地下室に駆け下りてきた。

「もしこれが外に漏れたら、イースタ署は全国的な笑いものになる」ビュルクが言った。

「これは外部には漏れませんよ」ヴァランダーが答えた。「あまりにもみっともないことですから」

彼は署長にことの顚末を話した。これで署長は間違いなく、おれに複雑な犯罪調査ができるかどうか、その能力を疑うようになるだろう、とヴァランダーは思った。この失敗は見逃すことができないものだった。

おれは怠け者になったのか？　トレレボリのゴム工場の警備主任にさえなれないのではないか。マルメに移ってパトロール警官から出直すか？

どこにも手がかりは残されていなかった。指紋もなし、ほこりだらけの床なのに足跡さえなかった。錠前が破られたドアの前の砂利敷きの地面は警察の車が激しく出入りしていた。警察の車とそれ以外の車のタイヤの跡を区別することは不可能だった。もはやまったく打つ手はないと判断して、彼らは会議室に戻った。ペータースがやってきた。寝ていたところを起こされて不機嫌だった。彼にできることは、錠前が壊されているのに気づいた時間を言うことだけだった。ヴァランダーは宿直の警官に異状に気がつかなかったか訊いた。誰もなにも気がつかなかった。

ヴァランダーは急に疲れを感じた。リエパ中佐が立て続けに吸うたばこのせいで頭痛が起きていた。

いま、なにをしたらいいのだろう？　リードベリならなにをするだろう？

二日後、消えた救命ボートの行方は依然として知れなかった。

リエパ中佐は捜査をボートの行方を探すことに費やすのは、本筋からずれていると指摘した。クルト・ヴァランダーはしぶしぶ彼の言い分を認めた。しかし取り返しのつかない失敗をしてしまったという気分はそのまま重く彼の心にのしかかったままだった。そのために朝彼は目覚めるなり頭痛に悩まされた。

大雪がスコーネ地方に近づいていた。警察はラジオを通じて避けられない用事以外には車を運転したり家から外に出たりしないよう人々に警告した。ヴァランダーの父親は大雪に閉じ込められて外に出られなくなった。しかし、ヴァランダーが様子をうかがうために電話をしてみると、父親は雪のために道路が閉鎖されていることさえ知らなかった。この混乱のために救命ボート事件は当面棚上げされることになった。リエパ中佐はスヴェードベリの部屋に閉じこもって、ストックホルムからロヴェーンが送ってきた銃弾二個に関する報告書に取り組んでいた。ヴァランダーは長時間かけて検察官アネッテ・ブロリンに捜査報告をした。彼女に会うたびに彼は前年のことを思い出した。彼女に猛烈な片思いをしていたのだった。しかしいまその思い出は非現実的で、まるですべては彼の想像の産物であるかのようだった。

アネッテ・ブロリンは検察庁長官と外務省の法務課に連絡を取り、事件がスウェーデンでは終結し、リガの警察へ引き継がれるように手続きを済ませた。リエパ中佐はラトヴィアの警察が正式にスウェーデン外務省に要請を出すように手はずを整えていた。

もっとも激しく吹雪いたある晩、ヴァランダーはリエパ中佐を自宅に招いた。ウィスキーを一本買い、二人は一晩でそれを空にした。ヴァランダーは二、三杯飲んだころにはすでに酔っぱらったと思った。しかしリエパ中佐はまったく酒に影響されていない様子だった。ヴァランダーは彼を中佐殿という呼び名で呼び始めたが、本人はやめてくれとは言わなかった。ラトヴィアの警察官は口が重かった。ヴァランダーはそれが内気なためか、英語がうまく話せないためか、それとも位が上だから自分から話さないのか、わからなかった。

ヴァランダーは自分の家族の話をした。ストックホルムで学校に行っている娘のリンダの話をした。リエパ中佐はひとこと、バイバという女性と結婚しているとだけ言った。子どもはいない。ゆっくりと時間が過ぎ、二人はなにも話さずにグラスを手に持ったまま座っていた。

「スウェーデンとラトヴィアは」ヴァランダーが口を開いた。「似ているところはあるのでしょうか。それともちがいばかり？　ラトヴィアのことを考えるとき、なにか目の前に想像しようとするのですが、なにも出てこないのです。海一つ隔てただけの隣国同士なのに」

しかし、これを言い出した瞬間に、彼は意味のないことを訊いてしまったと思った。スウェーデンは外国勢力に支配される植民地ではない。スウェーデンの街路にはバリケードは築かれない。罪のない市民が撃たれたり軍隊の車でひき殺されたりすることはない。ちがいしかないに決まっているではないか？

「自分は宗教を信じている」リエパ中佐が言った。「といっても、特別の神を信じているわけではない。だがそれでも人は信仰をもつことができる。人の意識の外に存在するなにかを信じることができる。マルキシズムさえその思想の一部に信仰が組み込まれている。合理的な知識であり、単なるイデオロギーだけではないということになっているマルキシズムでさえそうなのだ。スウェーデンは、私にとって初めての西側の国だ。いままで私はソヴィエトとポーランド、それにバルト諸国にしか行ったことがない。スウェーデンで私は無限と言っていいほどの物質の氾濫を見た。われわれの二つの国には一つのちがいがある。しかしそれは同時に類似点でもある。二つの国はともに貧しい。しかしその貧しさは別の顔をしている。われわれの国には物質的氾濫はない。一方、われわれには選択の自由がない。スウェーデンの貧困は、生きるために闘う必要がないところにある。私にとって、闘いは宗教的意味合いがある。取り替えたくないと思う」

中佐はこの考えを温めていたのだとヴァランダーは思った。言葉を探す必要がなかった。しかし、いったいなにを言いたいのだろう？　スウェーデンの貧しさだって？

ヴァランダーは反対したくなった。

「中佐、あなたは間違っている」と彼は言った。「この国にだって生きるための闘いはある。たくさんの人が締め出されていますよ。(締め出されている、という表現でいいのだろうか、とヴァランダーは英語が不安になった) あなたの言う物質が氾濫する社会から。確かにこの国では飢えで死ぬ者はいないかもしれない。だが、われわれは闘う必要がないとあなたが思っているのなら、間違いだと言いたい」

「人が闘うのは生きるためです。そのためだけに闘うのです」中佐は言った。「その闘いには自由と独立の闘いも含まれる。それ以外の闘いは人が選んでするもの。しなければならない闘いではない」

会話はここで途切れた。ヴァランダーはもっといろいろ訊きたかった。とくに一カ月前にリガで起きたことを訊きたかった。しかしそうしなかった。自分がどんなに無知か、暴かれるのをおそれた。その代わりに彼はマリア・カラスのレコードをかけた。

「『トゥーランドット』だ」中佐が言った。「じつに美しい」

窓の外では雪と強風がまだ続いていた。夜中の十二時過ぎ、中佐が帰ったとき、ヴァランダーは窓からその後ろ姿を見た。中佐は重いオーバーを前で押さえ、風に体を丸めて歩いていった。

翌日、雪がやっと止んだ。雪で閉ざされていた道路は開通した。ヴァランダーは目を覚まして、二日酔いだと思った。しかし寝ている間に一つ決心をしていた。検察庁長官の決断を待っている時間を利用して、今日中佐をブランテヴィークの港に連れていくつもりだった。先日の夜中に乗った漁船を見せようと思ったのである。

九時を少しまわったころ、ヴァランダーは中佐といっしょに自分の車で東に向かった。あたりは一面の雪景色で、真っ白い雪が太陽に輝いていた。零下三度、風はなかった。

港はひっそりしていた。外の船着き場には船がいくつも停泊していた。見ただけではどの船だったのか、皆目見当がつかなかった。ヴァランダーは船着き場の端に立ち、そこから歩数を数え始めた。七十三歩目で止まった。

船の名は〈バイロン〉とあった。木製で、白く塗ってある。全長およそ四十フィートくらいだろうか。ヴァランダーは船を繋いでいる大綱を握って目をつぶった。こんな感じだったろうか？　わからなかった。二人は漁船に乗り込んだ。荷台の上に暗赤色の防水布がかけられていた。操縦室に向かって甲板を歩き出したとき、ヴァランダーは巻いてある綱につまずいた。それでこの船で間違いないと確信した。操縦室は大きな錠前で鍵をかけてあった。中佐は防水布の一端を持ち上げて荷台を懐中電灯で照らした。空っぽだった。

「魚の臭いがしない」ヴァランダーが言った。「一片のうろこも落ちていないし、網もない。これは密輸船です。なにを密輸していたのだろう？　行き先は？」

「なんでもだ」リエパ中佐は言った。「我が国ではなんであれ品物が足りないので、なんだって密輸の対象になる」

「この船の持ち主を調べます」ヴァランダーが言った。「これについては話さないと約束しているが、所有者を調べることはできるだろう。あなただったらそのような約束をしたでしょうか、中佐」

「しない」中佐は言下に答えた。「私なら決してしない」

ほかに見るものはなかった。イースタに戻ると、ヴァランダーは〈バイロン〉の所有者を調べた。意外に時間がかかった。ここ数年間に船の持ち主は何度も変わっている。一時シムリスハムヌの商社の持ち船だったこともあり、そのときの名前は〈ルスティプリックス・フィスク（悪たれっ子の魚の意味）〉だった。そのあと船はウーストルムという漁師に売られた。しかし何カ月も経たないうちにまた売りに出されている。しまいにヴァランダーはこの船の現在の持ち主に行き着いた。ステン・ホルムグレンという男で、イースタの住人だった。驚いたことにこの男はヴァランダーと同じ通り、マリアガータンに住んでいた。電話帳で調べてみたが、男の名前は載っていなかった。マルメの自治体の書類にもステン・ホルムグレンがなんらかの経済活動をしている形跡はなかった。念のためクリシャンスタとカールスクローナの自治体の記録にも当たってみたが、やはりなにもなかった。

ヴァランダーは鉛筆を置いてコーヒーを取りに廊下に出た。部屋に戻ったとき電話が鳴っていた。アネッテ・ブロリンだった。

「なんの用事かわかる？」彼女が訊いた。

「われわれの報告書に不満だとか？」

「それはそう。でも今日はそのために電話をしたのじゃありません」

「それじゃなんだかわからない」

「調査は打ち切りです。この事件はリガに引き継がれます」

「確かですか？」

「検察庁長官と外務省は同意見です。そろってこの件は打ち切りだと伝えてきました。たったいま知らせを受けたばかりよ。書類上の仕事は類のない早さで片づけられたらしいわ。中佐はもうリガに帰れます。死体も持っていってもらってくださいな」

「きっと喜ぶでしょう」ヴァランダーが言った。「あ、いまのは国に帰れての意味だが」

「残念と思っているの？」

「いや、ぜんぜん」

「中佐に私の部屋に来るように伝えてくれる？　もうビュルクには私のほうから伝えました。中佐はいま近くにいるの？」

「スヴェードベリの部屋でたばこを吸っていますよ。あんなにたばこを吸う人間には会ったことがない」


翌日早朝の便でリエパ中佐はストックホルムに向かい、そこからリガへ帰っていった。鉛の棺に入れられた死体はストックホルムまで車で運ばれ、そこから飛行機に積み込まれた。ヴァランダーとリエパはスツールップ空港のチェックインデスクで別れた。ヴァランダーはスコーネの写真集をお土産に渡した。ほかになにも思いつかなかったのだ。

「続きが知りたいものです」ヴァランダーが言った。

「継続的に報告書を送りますよ」中佐が答えた。

二人は握手し、中佐は去った。

空港から車を運転しながら、風変わりな男だとヴァランダーは思った。向こうはおれのことをどう思ったのだろう。

翌日は土曜日だった。ヴァランダーは遅くまで眠り、それから父親の家に行った。夜はピザハウスに行き、食事をして赤ワインを飲んだ。一日中、トレレボリのゴム工場の仕事のことが頭から離れなかった。募集締め切りが数日後に迫っていた。日曜の午前中は洗濯室へ行き、アパートの掃除という退屈な仕事に時間を費やした。夜、彼はイースタに一つだけ残っている映画館へ行った。アメリカの警察映画だった。非現実的でなにもかも大げさだったのだが、意に反して彼はその映画を楽しんだ。

月曜の朝八時過ぎ、ヴァランダーが警察の自室でコートを脱ぎかけたとき、ビュルクがドアを開けた。

「リガの警察からテレックスが入っている」ビュルクが言った。

「リエパ中佐から？　なんと書いています？」

ビュルクはしばらく黙っていた。

「中佐はもうなにも書かないだろう」ビュルクがためらいながら言った。

ヴァランダーは眉を寄せた。

「どういうことですか？」

「リエパ中佐は殺された。帰国したその日に。このテレックスを送ってきたのは彼の上司でプトニスと名前が書かれている。われわれの協力がほしいとある。つまり、おまえさんに行ってもらうということになる」

ヴァランダーはいすに腰を下ろしてテレックスを読んだ。

リエパ中佐が死んだ？　殺された？

「悔やまれるな。ひどいことだ。中央警察本部長に電話してリガの要請を受けるかどうか相談してみる」

ヴァランダーは打ちのめされて呆然としていた。

リエパ中佐が殺された？

喉が詰まった。誰があの近眼の、チェーンスモーカーの小さな男を殺したのだ？　なぜだ？

死んだリードベリのことを考えた。急にひどく孤独を感じた。

三日後、ヴァランダーはラトヴィアに飛んだ。二月二十八日、午後二時数分前にソ連のアエロフロート航空の飛行機がリガ湾の左岸に近づいた。

ヴァランダーは海岸線を見下ろしながら、これから起きることを思い、不安になった。

7

最初に感じたのは寒さだった。

パスポートチェックの長い列に立ったとき、飛行機から到着ホールへ向かって歩いたときの寒さとまったくなんのちがいもないことに気がついた。ここは外気と屋内の温度がまったく変わらない国なのだ、と思った。ズボン下をはいてこなかったことが悔やまれた。

殺風景な到着ホールで、乗客は震えながらのろのろと前に進んだ。耳がきーんと鳴るような静寂の中で、デンマーク人の男が二人、これから先の滞在が思いやられると声高に話しているのが目立った。年上のほうの男はこれが初めてではないらしく、若い方の男に、彼の意見によればこの国に蔓延するどうしようもない無気力さと不安についてレクチャーしているところだった。ヴァランダーはデンマーク人の行儀の悪さに腹が立った。数日前に殺された近眼のラトヴィア人中佐に対してもう少し敬意を払えと言いたい気分だった。

いま到着したばかりのこの国について、自分の知っていることを点検してみようと思った。わずか一週間前には、この国がほかのバルト諸国との関係でどこに位置するのか、地図で示すことさえできなかった。ラトヴィアの首都がタリンでリガはエストニアの重要な港だと言われても間違いとは思わなかっただろう。ずっと昔学校で地理を習った記憶からはぼんやりとした東ヨーロッパしか覚えていない。出発前にヴァランダーはラトヴィアについて少し勉強しようと思った。いま彼はこの小さな国ラトヴィアが歴史の変遷の中で、常に大国間の争いの犠牲になってきたことを少しは知っている。スウェーデンさえ、それも数度にわたって、この国を支配しようと血腥《ちなまぐさ》い闘いを展開したことがある。しかし、現在のラトヴィアは一九四五年の春、宿命的な経過でできあがった。ドイツの軍馬が倒れたとき、ソヴィエトが難なくラトヴィアに侵攻し支配下に置いてしまったのである。独立したラトヴィア政府を確立しようという動きは無惨に抑え込まれ、東からの解放軍は歴史の不可抗力の勢いで、皮肉なことにまったく反対のものに変身してしまった。ソ連支配下の、強硬で閉鎖的なラトヴィア国の誕生であった。

しかしヴァランダーは依然として自分はラトヴィアについてなにも知らないと自覚していた。彼の知識はラトヴィアに関するかぎり大部分空洞だった。

声の大きいデンマーク人二人はパスポート審査の窓口近くまで来た。話がすべて聞こえるので、農耕機械の売り込みに来たらしいとわかった。上着の内ポケットからパスポートを取り出したとき、誰かが肩を叩いたような気がした。彼はぎくりとした。まるで捕まるのをおそれている犯罪者のように。振り返ると、灰青色の制服を着た男が立っていた。

「クルト・ヴァランダー？」男が訊いた。「私はヤゼプス・プトニスだ。遅れて申し訳ない。飛行機のほうが予定より早く着いたのですよ。あなたはもちろんこの列に並ぶ必要はない。こちらへ」

ヤゼプス・プトニスは流暢な英語を話した。ヴァランダーはリエパがいつも適切な言葉と発音に苦労していたことを思い出した。彼はプトニスの後から兵隊が番をしているドアに向かった。ドアの中に入った。そこも同じような殺風景で汚れた部屋だった。スーツケースや鞄がワゴンからおろされるところだった。

「あなたの鞄はすぐに見つかる」プトニスが言った。「ラトヴィアに、そしてリガにようこそ。いままで我が国を訪れたことはありますか」

「いや」ヴァランダーが答えた。「初めてです」

「もっと別の理由だったらよかったのだが」プトニスが続けて言った。「リエパ中佐の死は非常に不幸な出来事です」

ヴァランダーは言葉の続きを待ったが、プトニスはそれっきり何も言わなかった。ヤゼプス・プトニスは、スウェーデンに送られてきたテレックスによれば大佐の位だったが、話をぷつりと止めた。死んだ中佐の話をする代わりに彼はカツカツと足音を立てて壁に寄りかかっていた色のさめた作業服に毛皮の帽子をかぶった男に近づいた。男は大佐が厳しい声で話しかけると姿勢を正してまっすぐに立った。そしてすぐさま飛行機のほうへ飛び出していった。

「信じられないほど時間がかかる」プトニスはそう言って笑い顔を見せた。「スウェーデンでもこうですか？」

「ときどき」ヴァランダーが言った。「待たされることもあります」

プトニス大佐はリエパ中佐とまったく正反対だった。背はかなり高く、動きはきびきびしていて、射るような鋭い目つきをしていた。目鼻立ちがはっきりしていて、その灰色の目は周囲で起きていることすべてを掌握しているように見えた。

ヴァランダーはプトニス大佐を見て、動物を思った。大山猫、あるいは豹、灰青色の制服を着ている豹だ。

大佐の年齢を推測した。五十歳くらいか。それよりもずっと上かもしれない。

黒煙を出しながらトラクターが走ってきた。その後ろにスーツケースなどを乗せたワゴンががたがたと音を立てて引かれてくる。ヴァランダーはすぐに自分の鞄を見つけたが、プトニス大佐が彼よりも早く手に取った。タクシーが数台停まっているところに黒塗りの警察の車が停まっていた。車種はヴォルガだった。運転手が車のドアを開けて敬礼した。ヴァランダーはぎくっとしたが、何とか敬礼らしきものをして返すことができた。

ビュルクに見せたいものだ、とヴァランダーは思った。リエパ中佐はいったいどう思ったのだろう。スウェーデンの片田舎のイースタで会った捜査官はみなジーンズ姿で、決して敬礼などしない。

「ホテル・ラトヴィアに部屋を用意しました」空港を出発した車の中でプトニス大佐が言った。「リガ一番のホテルで、二十五階以上もある高層建築ですよ」

「ありがとうございます」ヴァランダーが言った。「この機会に、イースタ警察からの悔やみの言葉を伝えます。一週間ばかりのつきあいでしたが、リエパ中佐は皆から慕われていました」

「それはどうも。リエパ中佐の急逝は、すべての者にとって大きな損失です」

またもや言葉はそこで途切れた。

この男はなぜなにも言わないのだろう、とヴァランダーは不審に思った。なにが起こったのか、なぜ中佐は殺されたのか、誰に殺されたのか、殺された状況は？　なぜスウェーデンの警察官を呼び寄せたのか？　中佐がスウェーデンに来たことと殺されたこととの間になんらかの関連性を見つけたのか？

ヴァランダーは車窓から外を見た。荒れた農地、ところどころに雪の残りがある。塗装されていないフェンスに囲まれている灰色の家々。豚が肥やしの山の中をうろついている。限りない憂鬱さ。彼は父親といっしょにマルメまで車を走らせたときのことを思い出した。スコーネの冬景色は決して美しくはないかもしれない。しかし、ここにはいままで彼が見たこともない、目を背けたくなるような空虚さがあった。

景色を見ているヴァランダーの胸に悲しみがこみ上げてきた。まるでこの国の苦しい歴史が永久になくならない灰色の絵の具の缶に絵筆を入れさせ、景色を塗り込めたようだと思った。

彼はなにかしなければならないと感じた。リガにわざわざ来たのは、荒れ果てた冬の景色を見て憂鬱になるためではないのだ。

「報告書をできるだけ早く見せてほしいのです」彼は言った。「なにが起こったのですか？　私が知っているのは、リエパ中佐はリガに帰ったその日に殺されたということだけです」

「ホテルの部屋で休んでください。しばらくしたら迎えに行きます」プトニス大佐が言った。

「今晩会議があるので」

「私はスーツケースを部屋に入れたらすぐに出られます」ヴァランダーは言った。「数分しかかかりません」

「会議は七時半に開かれる」とプトニス大佐は言った。ヴァランダーはどんなに自分にやる気があっても、すでに計画された会議のスケジュールを変えることはできないことがわかった。

車がリガの郊外から中心部に入ったとき、外はすでに薄暗くなっていた。ヴァランダーは道の両側にそびえ立つ高層住宅を見ながら考えた。これからどういうことが彼を待っているのか、想像できなかった。

ホテルは町の中心部にあった。道幅の広い大通りの突き当たりだった。レーニンの像らしきものがちらりと見えた。ホテル・ラトヴィアは濃紺の巨大な柱のように夜の空にそびえていた。プトニス大佐は人けのないロビーをフロントまで彼を案内した。

まるでコンクリート建てのパーキングハウスが臨時にホテルのロビーに使われているようなところだ、とヴァランダーは思った。片側の壁にエレベーターが数台あってランプが点滅している。上に行く階段がいくつもあった。

驚いたことに、彼は宿泊者名簿に記入する必要がなかった。プトニス大佐は女性のフロント係から鍵を預かり、二人は狭いエレベーターに乗って十五階まで行った。ヴァランダーの部屋は一五〇六号室で、眼下にリガの建物の屋根が広がっていた。朝になったらリガ湾が見えるのだろうか、とヴァランダーは思った。

この部屋で満足かと訊いてから、プトニス大佐は出ていった。二時間後、警察本部で開かれる会議に出るために迎えに来てくれることになっていた。

ヴァランダーは窓辺に立って、眼下に広がる建物の屋根の連なりを見下ろした。路上を貨物トラックが走っているのが見える。窓枠から冷たい空気が入ってくる。パネルヒーターに触ってみると、わずかに温かいという程度だった。どこかで電話がずっと鳴っている音がする。

ズボン下だ、とヴァランダーは思った。明日一番でズボン下を買うのだ。

スーツケースを開けて洗面道具を取り出し、浴室に持っていった。大きな浴室だった。空港でウィスキーを一瓶買っていた。ちょっとためらったがふたを開けて、二、三センチほど浴室のグラスに注いだ。ベッドのそばのロシア製ラジオをつけた。興奮した男が早口でしゃべっている。まるで予測が不可能なほど早く展開する運動の中継をしているようだ。ヴァランダーはベッドカバーをはいで、ベッドの上に横になった。

おれはリガにいる。リエパ中佐に何が起きたのか、まだなにもわからない。わかっているのは彼が死んだことだけだ。なにより、あのプトニスという大佐がおれになにを期待しているのかがわからない。

ベッドの上に寝ているのは寒すぎた。下に行って、ラトヴィア通貨に両替しよう。もしかするとコーヒーが飲めるバーがあるかもしれない。

フロントで彼は、空港の到着ホールで苛立たせられたデンマーク人たちがいるのに気がついた。そのうちの一人、年上のほうの男がフロント係のそばに立って腹立たしそうに地図を振っている。カウンターの後ろの女性に紙の凧かウィンドサーフィンの作り方を説明しているように見えた。ヴァランダーは思わず大声で笑ってしまった。その後、両替の看板が見えたので、彼はそちらへ移った。年輩の女性があいさつの微笑を送ってきた。百ドル札を二枚出すと、山のようなラトヴィア紙幣が戻ってきた。フロントに戻ったとき、すでにデンマーク人たちはいなかった。フロントでコーヒーが飲めるところがあるかと訊くと、大きなダイニングルームに案内された。給仕がやってきて大きな窓辺のテーブルに案内し、メニューを渡した。オムレツとコーヒーを注文した。天井まである高い窓から人々が厚いコートを着込んで歩いているのが見えた。トロリーバスが走っている。重いカーテンが窓枠から吹き込むすきま風に揺れていた。

彼はがらんとしたダイニングルームを見渡した。一方の片隅で老夫婦が言葉も交わさずに黙々と食事をしていた。もう一つの隅では灰色の背広を着た男が紅茶を飲んでいた。客はそれだけだった。

ヴァランダーは昨日のことを思い出した。午後の便でスツールップからストックホルムへ飛んだ。空港バスが中央駅に着くと、娘のリンダが迎えに来ていた。彼らは駅からすぐのヴァーサガータンにあるホテル・セントラルへ行ってチェックインした。リンダは学校の近くに下宿していたので、ヴァランダーは同じホテルに娘の部屋も予約しておいた。夜彼は娘をガムラスタンのレストランに招待した。彼らが最後に会ってから数カ月が経っていた。話はとりとめもなく、話題もあちこちに飛んだ。娘が手紙に書いたことはほんとうかどうか、彼はわからなかった。学校が好きだと書いてあった。しかしいまそのことを訊いてみると、あいまいな答えしかった。

か返ってこない。苛立っていることを隠そうとしても無理だった。将来の計画はあるのかと訊くと、娘はまったくわからないと答えた。

「そろそろ考えてもいいのじゃないか？」父親が訊いた。

「お父さんが決めることじゃないでしょう」娘が答えた。

その後、二人は声を押し殺して言葉の応酬をした。彼はいつまでもいろいろな学校を渡り歩いていてもしょうがあるまいと言い、彼女は自分のやりたいようにやっていい年だと言った。

突然彼は、娘は自分に似ているのだと気がついた。どこがどうということは言えなかったが、まるで彼女の声に自分の声を発見したような気がしたのだった。繰り返しなのだと思った。娘との会話に、彼は自分と父親との複雑な関係を見たような気がした。

彼らはワインを飲み、ゆっくり時間を過ごした。そうしているうちに二人の間の苛立ちや緊張が消えた。ヴァランダーはこれからの旅行の話をした。一瞬ではあったが、彼女にいっしょに来ないかと尋ねる誘惑に駆られた。時間が瞬く間に過ぎて、彼が勘定を払ったのは夜中の十二時もゆうにまわったころだった。外は寒かったが、彼らはホテルまで歩いて戻った。それから彼の部屋で三時過ぎまでとりとめのない話をした。娘が部屋に引き上げたとき、始まりはよくなかったが、結局はいい晩になったと彼は思った。しかし、ほんとうにそう言えるかどうかは確信がもてなかった。娘がどのような生活をしているのかわからない不安から解放されたわけではなかった。

朝、ホテルを出るとき娘はまだ眠っていた。ヴァランダーは娘の部屋の料金も支払い、フロントに彼女宛の置き手紙を預けた。

物静かな老夫婦が席を立ったとき、ヴァランダーは我に返った。新しい客はいない。残っているのは紅茶を飲んでいる男一人だけだった。ヴァランダーは時計を見た。プトニス大佐が迎えに来るまでまだ一時間は十分にある。

勘定を払って、頭の中で素早くスウェーデンクローネに換算してみた。食事はずいぶん安かった。部屋に戻って、持ってきた書類に目を通した。ゆっくりと救命ボート事件に意識が戻っていく。記録倉庫に預け入れたら、もう見ることもあるまいと思った報告書だった。中佐の強いたばこの匂いが鼻を突くような気がした。

七時十五分過ぎ、プトニス大佐が部屋のドアをノックした。ホテルの外で待っていた車に乗り込むと、暗いリガの町を警察本部に向かった。町に人影はなかった。夜になって急に気温が下がっている。市街の道路や広場に明かりはほとんどついていない。ヴァランダーは厚紙で作った舞台のセット、あるいは影絵の中を通っているような気がした。車は屋根のある門をくぐってフェンスで囲まれた要塞のような建物の前で停まった。プトニス大佐は車中まったく話をしなかった。ヴァランダーは前に出した質問、なぜ自分はリガに呼ばれたのか、に対する答えを待っていた。彼らは音が反響するがらんとした廊下を渡り、階段を下りてまた廊下を歩いた。しまいにプトニス大佐は一つのドアの前で足を止め、ノックもせずにドアを開いた。クルト・ヴァランダーは大きな部屋に足を踏み入れた。部屋は暖房が利いていたが、照明が暗かった。

楕円形のテーブルに緑色のクロスがかけられていて、それが唯一目立つ調度品だった。テーブルのまわりにはいすが十二脚あった。テーブルクロスの真ん中に水差しとグラスが数個置いてあった。

部屋の奥の暗がりに男が一人、待っていた。ヴァランダーが部屋に入って近づくと、男は顔を上げた。

「リガへの来訪を歓迎する」と男は言った。「私はユリス・ムルニエースだ」

「ムルニエース大佐と私がリエパ中佐殺害事件をいっしょに担当します」プトニスが言った。

ヴァランダーはすぐに二人の大佐の間に流れる緊張感を感じ取った。プトニスの口調でわかった。ムルニエース大佐の短いあいさつにもそれが感じられた。どの言葉からそう感じたのかはわからなかった。

ムルニエース大佐は五十がらみ、灰色の毛を短く刈っている。青白い顔がむくんでいる。糖尿病だろうか。背は低く、ヴァランダーは大佐がまったく音を立てずに動くことに注目した。またもや猫科の人間だ。二人の大佐、二匹の猫、二人とも灰青色の制服を着ている。

ヴァランダーとプトニスはコートをハンガーに掛けて着席した。これで待ち時間は終わった、とヴァランダーは思った。聞かせてもらおう。リエパ中佐になにが起きたのだ?

ムルニエース大佐が話を進めた。ヴァランダーが座っているところからは、大佐まで光が届かず、顔は陰になっていてほとんど見えなかった。英語は上手で、語彙も豊かだったが、その声は深い闇から響いてくるようだった。プトニスは終始、席の真正面を見ていた。まるで、話の内容などどうでもいいというように、聞いている様子はなかった。

しかしヴァランダーの待ち時間はついに終わった。リエパ中佐の死がどのようなものだったかを知ることができた。話はこのように語られた。

「じつに不可思議な話なのだ」ムルニエース大佐が話した。「ストックホルムから戻ったその日に、リエパ中佐はプトニス大佐と私に報告をした。この部屋で、われわれは事件の話し合いをした。リエパ中佐は今後の捜査の国内担当官となった。話は午後五時頃終わった。リエパ中佐がまっすぐに妻の待つ家に帰宅したことは後の調査でわかっている。中佐の家はリガ大聖堂の裏にある。彼の妻によれば、いつもどおりだったそうだ。もちろん、家に戻れてうれしかったはずだ。夕食のとき、彼はスウェーデンのことを話したという。ついでながら、ヴァランダー警部、中佐はあなたにとてもよい印象をもったらしい。十一時ちょっと前に、電話が鳴った。リエパ中佐は就寝するところだった。彼の妻は誰からの電話かわからないと言っている。中佐はまた服に着替えて、警察本部にすぐに行かなければならないと妻に告げたそうだ。これは彼女にとって別に驚くようなことではなかった。外国から帰ってきたその日の晩ぐらい家にいてほしいと残念に思う気持ちはあったかもしれないが。中佐は誰からの電話だったとか、なぜ本部に戻らなければならないのかはなにも言わなかったそうだ」

ムルニエースはここでいったん話を止め、水差しに手を伸ばした。ヴァランダーは相変わらず正面をにらみつけているプトニスにちらりと目をやった。

「そこから先はすべて謎なのだ」ムルニエース大佐は話を続けた。「翌日の早朝、ダウガヴグリヴァで港湾労働者たちがリエパ中佐の死体を見つけた。ダウガヴグリヴァとは、リガ港で一番大きな波止場の最先端の地名だ。中佐は埠頭に倒れていたそうだ。あとでわかったのだが、中佐の後頭部がなにか硬いもので殴られていた。鉄棒か棍棒のようなものだ。警察医の調べでは、彼は家を出てから一時間か、長くても二時間以内に殺害されている。これがわれわれの知っているすべてだ。目撃者はいない。家を出たときも、港でも。すべてが謎だ。この国では警官が殺されることはめったにない。いや、初めてと言っていい。とくにリエパ中佐ほどの地位の警察官は。もちろんわれわれは犯人を捕まえるべく最大の努力をしている」

ムルニエース大佐は話し終わるとふたたび暗闇の中に引っ込んだ。

「つまり、ここに来るようにと夜中に彼に電話をした者はいなかったというのですか？」ヴァランダーが訊いた。

「そのとおり」プトニス大佐が答えた。「それについては調べがついている。当直の警官、コズロフ部隊長はその晩リエパ中佐に電話をかけた者はいないことを確認している」

「ということは、二つしか可能性はないですね」ヴァランダーが言った。

プトニス大佐がうなずいた。

「妻に対して嘘をついたか、だまされたかです」

「しかし、後者の場合、リエパ中佐は電話の主の声に覚えがあったはずです」ヴァランダーが言った。「あるいは、その人物はリエパ中佐が疑いをもたないような話し方をしたのかもしれない」

「それもわれわれは考えましたよ」プトニスが言った。「彼のスウェーデンでの仕事と殺害されたこととの間に関連性があるかもしれないという可能性は無視できない」ムルニエースが暗闇の中から話した。「どんな可能性も見逃してはならない。だからスウェーデン警察の協力を要請したのです。そうです、あなたの協力がほしいのですよ、ヴァランダー警部。あらゆるアイディア、あらゆる提案にわれわれは耳を傾ける。アシスタントが必要なら用意する」

ムルニエースはいすから立ち上がった。

「今晩はこれで切り上げよう。旅行で疲れておいでだろうから」

ヴァランダーはまったく疲れていなかった。必要なら一晩中でも働くつもりだった。しかしプトニスも立ち上がったので、これで会議は終わったのだとわかった。

ムルニエースはテーブルの端に固定してある呼び鈴を鳴らした。すぐにドアが開き、制服を着た若い警官が現れた。

「これはスィズ軍曹です」ムルニエース大佐が言った。「上手な英語を話します。警部がリガに滞在される間、運転手として使ってください」

スィズはかかとを合わせて敬礼した。ヴァランダーはうなずくよりほか、どうしていいかわからなかった。プトニスもムルニエースも食事の招待をしなかったので、今晩は自由にしてよいのだとヴァランダーは解釈した。スィズの後ろから警察本部の庭に出た。乾いた冷たい空気を顔に感じた。暖房の利いた会議室とは大きな違いだった。ヴァランダーはスィズがドアを開けた黒塗りの車に乗り込んだ。

「寒いね」車が屋根のある門をくぐり抜けたとき、ヴァランダーが言った。

「はい、大佐」スィズが答えた。「いまはリガの一番寒いときであります」

大佐か、とヴァランダーは思った。この軍曹は、スウェーデンの警察官がプトニスやムルニエースよりも位が下だなどと考えもつかないのだ。おもしろいと思った。同時に人は特典には弱いものだ、すぐに慣れてしまうのだろうと思った。車、運転手、特別扱い……。

スィズ軍曹は人けのない通りを飛ばした。ヴァランダーはまったく疲れを感じなかった。あの冷たい部屋に帰るのかと思うだけで寒気がした。

「腹が空いた」ヴァランダーは軍曹に言った。「いいレストランはないだろうか。あまり高くないところだ」

「ホテル・ラトヴィアのダイニングルームはこの町で一番です」スィズは答えた。

「あそこはもう知っている」ヴァランダーが言った。

「あれほどいいレストランはこの町にはありません」そう言って、軍曹は急ブレーキを踏んだ。街角から急にトロリーバスが現れたのだ。

「リガのような百万都市なら、いいレストランが一カ所しかないはずはない」ヴァランダーが食い下がった。

「食べ物の質がよくないのです」スィズ軍曹が言った。「ホテル・ラトヴィアはいい食べ物を出します」

なるほど、そこしかないというわけだ、とヴァランダーは車の座席に深く腰掛けた。もしかすると、おれを町に出すなという命令があるのかも。運転手がいるというのは、意外に不自由なものかもしれない。

スィズはホテルの前で停まった。ヴァランダーがドアの取っ手に手をかけるよりも早く、軍曹はドアを開けた。

「明日は何時に迎えに参りましょうか？」

「八時に頼む」ヴァランダーは答えた。

大きなロビーには出かけたときよりもさらに人けがなかった。どこか遠いところから音楽が聞こえてくる。フロントで鍵を受け取りながら、レストランはまだ開いているかと訊いた。フロント係はまぶたが厚く青白い顔をしていて、どこかムルニエース大佐を思わせた。男はうなずいた。ヴァランダーはついでにこの音楽はどこから聞こえてくるのかと訊いた。

「ナイトクラブからです」とフロント係は無愛想に答えた。

フロントを離れて歩き出したとき、さっきレストランで紅茶を飲んでいた男を見かけた。いま彼はくたびれたソファに座って新聞を読んでいる。ヴァランダーは間違いないと思った。同じ男だった。

見張りがついているのだ、と思った。冷戦時代の三文小説のように、灰色の背広を着た男がホテルのロビーで新聞を読んでいるふりをしている。まるでおれが気づかないと確信しているようだ。いったいプトニスとムルニエースはおれがなにをしでかすと思っているのか？

レストランはさっきと同じくらい客が少なかった。片隅の長いテーブルで黒っぽい背広を着た男たちがぼそぼそと低い声で話している。驚いたことにヴァランダーはさっきと同じテーブルに案内された。野菜スープと硬い豚肉のステーキを食べた。ラトヴィア国産のビールだけはうまかった。落ち着かなかったので、コーヒーは飲まずに勘定を払い、ホテルのナイトクラブに行くことにしてレストランを出た。灰色の背広の男はロビーのソファから動かなかった。

ヴァランダーは迷路に入ったような気がした。階段がいくつもあり、それらを上るとどれもまたレストランに戻るのだった。彼は音楽の聞こえる方角に進むことにした。そしてやっと暗い廊下の端に明かりのついた看板を見つけた。ヴァランダーにはわからない言葉でドアマンがあいさつをしてドアを開けてくれた。ヴァランダーは薄暗いバーに足を踏み入れた。がらんとしたレストランとは正反対で、バーは人でいっぱいだった。バーとダンスホールを仕切る厚いカーテンの向こうからけたたましい音楽が聞こえてきた。アバの曲だとヴァランダーは思った。空気が汚れていて、ヴァランダーはまたリエパ中佐のたばこの匂いを思い出した。バーに一つだけ空席を見つけて、彼は人混みをかき分けて進んだ。いくつもの視線を背中に感じた。用心しなければならないことはわかっていた。東ヨーロッパではナイトクラブがギャングのたまり場になっていることが多く、西欧の客から金を脅し取ることで知られている。

騒音の中で彼はなんとかウェイターに注文することができた。数分後、テーブルにウィスキーの入ったグラスが届けられた。ウィスキー一杯の値段はレストランでの食事とほぼ同じだった。グラスに鼻を近づけて匂いを嗅いでみた。毒が入っているかもしれないという思いがちらりと脳裏をかすめた。それからおそるおそるグラスを上げて自分に乾杯した。

暗闇の中から女が一人現れて、名前も言わずに彼の隣に座り込んだ。彼は女の顔が近づいたとき、初めてその存在に気がついたのだった。冬のリンゴのような香水の匂いがした。ドイツ語で話しかけてきた女に、彼は首を振った。彼女の英語はひどかった。リエパ中佐の英語よりも悪かった。相手をすると言って、女はドリンクを一杯おごってほしいと言った。ヴァランダーは当惑した。売春婦だろうと思ったが、そうは考えないようにした。荒涼とした冬のリガで、彼はラトヴィア警察の大佐以外の人間と話がしたかった。ドリンク一杯くらいならいいだろう、と彼は思った。線引きをするのは自分なのだ。自分は深酔いしたときだけ、前後の見境がなくなる。最後にそんなことがあったのは去年のことだ。怒りと興奮から地方検察官のアネッテ・ブロリンを力ずくで引き寄せてしまったのだった。彼は思い出して身ぶるいした。あんなことは二度とあってはならない。絶対に。とくにここリガでは。

だが彼は、女が来てくれていい気持ちになっている自分にも気がついた。

ちょっと早すぎる。おれはこの不可思議な国に来たばかりでまだなにもわかっていない。

「明日なら」と彼は言った。「今晩はだめだ」

その顔を見て、初めてその女がまだ二十歳にもなっていないことがわかった。厚化粧の下からあどけない表情が見えた。娘のリンダを思い出した。ヴァランダーはグラスを一気に飲み干して立ち上がり、バーを出た。

危なかった、と彼は思った。ほんとうに危なかった。

ロビーには灰色の背広の男がまだ新聞を読んでいた。

お休み、とヴァランダーは心の中で言った。明日もあんたはきっとここにいるのだろうね。

眠りが浅かった。上掛けが重く、ベッドは寝心地が悪かった。眠りの中で、彼は電話が鳴り続ける音を聞いた。起きあがって応えたかった。しかし目を覚ますとあたりは静まり返っていた。


朝、ヴァランダーはドアに響くノックの音で目を覚ました。ふらふらと起きあがって、「どうぞ！」と声をかけた。もう一度ノックがして、初めて鍵穴に鍵が差し込まれたままになっていることに気がついた。彼はズボンをはいて、ドアを開けた。朝食を載せたトレーを持って、客室係の女が立っていた。ルームサービスを頼んだ覚えがなかったので、ヴァランダーは驚いた。もしかすると、ラトヴィアのホテルでは朝食はルームサービスされるのだろうか。いや、スイズ軍曹が気を利かせたのかもしれない。

客室係の女はラトヴィア語で朝のあいさつをし、ヴァランダーはこの言葉を覚えておこうと思って繰り返した。客室係はテーブルの上にトレーを置いて、ほほえむと、ドアに向かった。ヴァランダーはドアを閉めようとその後ろに続いた。

それからは何もかもがいっぺんに起きた。戸口まで来ると、客室係は廊下には出ずに、ドアを閉めて唇に指を一本当てた。ヴァランダーはわけがわからず、ただあっけにとられていた。女は制服のポケットから紙を一枚取り出した。ヴァランダーが言葉をかけようとすると、女は彼の口に手を当てた。彼女の恐怖が伝わってきた。この女は客室係ではないとわかった。同時に彼に危害を加えようとしているのではないこともわかった。彼女はただおびえているのだ。差し出された紙を受け取って、英語で書かれた文章を読んだ。二回読んで内容を暗記した。ふたたび彼女を見ると、彼女はうなずいて、今度はもう一つのポケットからくしゃくしゃになったポスターのようなものを取り出した。そしてそれを彼に渡した。紙を伸ばしてみると、それは彼が一週間前にリエパ中佐に別れのプレゼントにあげたスコーネ地方の写真集のカバーだった。彼はもう一度女の顔を見た。そのおびえた顔には別の表情もあった。強い意志、あるいは反骨精神のようなものだった。彼は冷たい床をテーブルのところまで行って、ペンを取って写真集の表紙の裏——それはルンドの大聖堂の写真だった——に英語で、わかった、と書き、それを彼女に渡した。バイバ・リエパは想像とはまったく別の顔をしていた。彼女の夫がイースタのマリアガータンの彼の部屋でマリア・カラスを聴きながら、バイバという名前の妻がいると語ったとき、自分がどんな人を想像したのか、彼は覚えていなかった。しかしとにかく、こういう顔とは思わなかった。

彼がぐずぐずしている間に彼女は静かにドアを開け、そっと姿を消した。

彼女は、死んだリエパ中佐、彼女の夫の話をヴァランダーとしたくてやってきたのだ。彼女はおびえきっていた。紙には、部屋に電話がかかってきてミスター・エッカースと話したいと言われたら、部屋を出てロビーへ行き、階段を使ってホテルのサウナに向かう廊下に入り、その廊下に面した灰色のスチール製のドアを探せとあった。ドアはレストランの食材保存室に繋がっている。その部屋は内側から鍵なしで開けられるから、外に出て、ホテルの裏側に回れ。そこで待っている。夫の話をしたいと書かれていた。

お願いです、と彼女は書いていた。どうぞ、お願いです。ヴァランダーは彼女の顔に現れていたのは、恐怖だけではなかったことを確信した。反骨精神、いや憎悪かもしれない。

自分が思っていた以上に巨大ななにかが動いているのだ。おれにそれを気づかせるために、彼女は客室係に変装してやってきたのだ。ここはおれの知らない国だということをおれはすっかり忘れていた。

八時数分前、彼は一階でエレベーターを降りた。

新聞を読んでいた男はいなかった。代わりに売店で熱心に絵はがきを見ている男がいた。ヴァランダーは外に出た。昨日よりも暖かいことに気がついた。スィズ軍曹が車を降りて待っていた。彼を見るとあいさつした。ヴァランダーが車の後部座席に乗り込むと、スィズ軍曹は車を走らせた。リガの町はゆっくりと明るくなっていく。交通が渋滞して、軍曹は昨日のようにスピードを出すことはできなかった。

ヴァランダーはずっとバイバ・リエパの顔を思い出していた。

そして、急に、何の予兆もなく、彼は恐怖を感じた。

8

朝八時半ちょっと前、ヴァランダーはムルニエース大佐がリエパ中佐と同じ強いたばこを吸っていることに気づいた。大佐が制服のポケットから取り出して机の上においたたばこの箱〈プリマ〉に見覚えがあった。

ヴァランダーは迷路の中にいるのだと思った。スィズ軍曹は警察本部に着くと建物の中を上がったり下りたりして長いこと引っ張り回し、やっとあるドアの前で止まった。それはムルニエース大佐の部屋だった。ヴァランダーは悪い冗談だと思った。ムルニエース大佐の部屋に行くには、もっと簡単な、すぐに行ける道があるにちがいない。ただ、それを自分に知らせるわけにはいかないのだろうと思った。

ムルニエース大佐の部屋にはほとんど家具らしきものはなかった。特別に大きくもない。すぐに目を引いたのは机の上の三つの電話だった。片側の壁にはでこぼこの古い書類キャビネットがあった。机の上には電話のほかに鉄製の大きな灰皿があった。部屋で唯一の飾り物だった。最初ヴァランダーはキノコのような形だと思った。だが、よく見ると、それは向かい風に旗を掲げる筋肉の盛り上がった男の彫刻だった。

灰皿、電話。だが書類は一枚もない。ムルニエースの後ろの、天井までの高い窓のブラインドは、わざと半分まで閉めたのか、それとも壊れているのかわからなかった。

ヴァランダーはブラインドを見つめて、数分前この部屋に入ってきたときに大佐が教えてくれたビッグニュースを考えた。

「容疑者を捕まえた」と大佐は言った。「昨夜、捜査がやっと結果を出した」

ヴァランダーが最初に思ったのは、リエパ中佐殺害の容疑者だった。しかしそれは救命ボートのほうの容疑者のことだった。

「暴力団の一員だ」ムルニエースが言った。「タリンとワルシャワにも組織を持つ暴力団だ。強盗、押し込み、密輸、金になるものならなんでもやる犯罪者たちの集まりだ。われわれは彼らが近頃、残念ながら猛烈な勢いで広がりつつある麻薬市場で儲けているという疑いをもっていた。いまプトニス大佐が男を一人尋問している。もうすぐ詳細がわかるだろう」

最後の言葉はさりげなく、単なる事実を述べているといった口調で話されたが、よく考えて選ばれたものだろう。ヴァランダーの頭にプトニス大佐が男を拷問しながら情報を引き出している光景が浮かんだ。自分はラトヴィアの警察についてなにを知っているというのだ？　独裁政治の国で、どこまで許されるか、限界は決められているのだろうか？　いや待て、そもそもラトヴィアは独裁制の国か？

いいいいいいいいいいいいいいいい

部屋に電話がかかってきてミスター・エッカースと話したいと言われたら……。

ムルニエースは微笑を送ってきた。まるでスウェーデンの警察官の心を読むことなど朝飯前だというような笑いだった。

ヴァランダーは胸の秘密を隠すために、全然別の嘘をでっちあげた。

「リエパ中佐は自分の身の安全を心配している様子だった」と彼は言った。「だが、なぜそのような不安をもつのか、その理由は話してくれなかった。これについてはプトニス大佐が答えを聞き出せばいいと思います。救命ボートの中の殺された男たちとリエパ中佐の殺害の関係です」

ムルニエース大佐の顔にかすかに変化が表れたように思った。意外なことを聞いたのかもしれない。ヴァランダーが知っているのが意外だったのか、それともリエパ中佐はほんとうに不安をもっていて、それをムルニエース大佐は内々感じていたのだろうか？

「重要事項はすでに聞き出しているでしょう」ヴァランダーは続けた。「真夜中にリエパ中佐をなんと言って誘い出したのか？　彼を殺害しなければならなかった理由は？　闘争のさなかにいる政治家が殺害されたときでさえ、彼らの私的生活に理由があったのではないかと疑わなければならないのです。ケネディの暗殺しかり、数年前に路上で殺害されたスウェーデンの首相しかりです。もちろん、このようなことすべてをあなた方は考えているでしょう。また私的生活面には殺害理由がなさそうだという結論に達したのでしょう。だから私をスウェーデンから呼んだのだと思います」

「そのとおり」ムルニエース大佐が言った。「あなたは熟練警察官だ。いまの推論どおりです。リエパ中佐は幸せな結婚をしていた。経済生活も破綻していない。賭博はしなかったし、愛人もいない。仕事が我が国の発展の助けになると信じていた勤勉な警察官だった。われわれもまた、彼の殺害は仕事に関連するものだろうと思っている。リエパ中佐はあの救命ボートの男たちの事件の捜査だけを担当していた。そこであなたにスウェーデンから来てもらったのです。殺された日、数時間前にわれわれに報告した書類に記載されていなかったことを、あなたに話していなかったか、われわれは知る必要がある。ご協力をお願いしたいのです」

「リエパ中佐はスウェーデンで麻薬の話をしていました」ヴァランダーは言った。「東ヨーロッパ諸国にアンフェタミン工場が増えてきていると言っていました。死んだ二人の男は麻薬密輸の暴力団の内部的な争いで制裁されたのだと確信していました。男たちは報復として殺されたのか、あるいはなにか秘密をもっていたために殺されたのかと彼は考えあぐねていました。さらに、救命ボートそのものに麻薬が積み込まれていたという強い疑いが出てきました。それはイースタの警察署に泥棒が入り、救命ボートが盗まれたことで出てきた推測です。しかしわれわれはこれらの断片がどのように組み合わせられるのか、その全体図を見るところまではいたりませんでした」

「それをプトニス大佐が見せてくれることを望もう」ムルニエース大佐が言った。「彼は非常に優れた取調官だ。彼が仕事をしている間、私はリエパ中佐が殺された場所を警部にお見せしようと思う。プトニス大佐は必要ならたっぷりと尋問に時間をかける人ですからな」

「リエパ中佐発見の場所と殺害された場所は同じですか？」

「そうではないとする証拠はない。その場所は人目につかないところだ。夜中は埠頭にはまったく人がいない」

それはおかしい、とヴァランダーは思った。リエパ中佐は抵抗したはずだ。彼を埠頭まで真夜中に呼び出すことは簡単ではなかったはずだ。その場所が人目につかないところだというだけでは十分ではない。

「リエパ中佐の細君に会いたい」ヴァランダーは言った。「彼女の話を聞くことは私にとっても重要だと思います。もちろん彼女からはすでに何度も話を聞いているのでしょうが？」

「バイバ・リエパ夫人からは何度も事情聴取している」ムルニエースは言った。「もちろん、彼女に会う手はずをすぐに整えよう」

朝でも外は灰色で、彼らを乗せた車は川沿いを走った。ヴァランダーとムルニエース大佐が死体発見現場を見てくる間（そこは大佐によれば殺害現場でもあるというのだが）、スィズ軍曹がバイバ・リエパを訪ねることになった。

「そちらの推測を聞かせてください」ヴァランダーが言った。いま二人はムルニエースの車の後部座席に座っていた。車はヴァランダーが滞在中の使用に与えられた車よりも大きく快適だった。「そちらの仮説を聞かせてください、大佐の、またプトニス大佐の」

「麻薬だろう」ムルニエース大佐が迷いなく言った。「麻薬取引の背景にいる大物たちは常に護衛に守られている。護衛になる人間たちは必ずと言っていいほど麻薬中毒者たちだ。一日分の麻薬と引き換えになんでもする無法者だ。麻薬取引の大物たちは、もしかするとリエパ中佐が近づきすぎたと思ったのではないか？」

「そうなんですか？」

「いや。もしその仮説が正しいとすると、向こうはリエパ中佐の前にリガ警察の高官十人ほどを始末しなければならないはずだ。ここで注目してほしいのは、リエパ中佐はそれまで一度も麻薬犯罪捜査を担当したことがなかったということだ。彼をスウェーデンに送るのが一番適切であるという判断をわれわれが下したのは、たまたまであって、初めから麻薬捜査のつもりで送り込んだのではなかったのだ」

「リエパ中佐の捜査担当分野はなんだったのですか？」

ムルニエースは車窓の外を見ている目を動かさずに答えた。

「中佐は非常に優れた一般事件捜査官だった。最近リガで強盗殺人事件が数件起きた。リエパ中佐はこれらの事件を解決し、迅速に犯人たちを捕まえた。リエパ中佐は言ってみれば、彼と同クラスの犯罪捜査官が行き詰まったときにわれわれが送り込む強力な援軍の役割を果たしてきたのだ」

車は赤信号で停まり、彼らは黙って待った。外のバス停に寒そうに首をすくめた人々が並んで待っているのが見えた。ヴァランダーは、バスは決して来ないのではないか、バスのドアは彼らを迎えるために開けられることはないのではないかと思った。

「麻薬。これはわれわれ西の人間にとっては古くからある問題だが、あなたがたにとっては新しい問題でしょう」

「まったく新しいというわけではない」ムルニエース大佐は言った。「しかし、今日われわれの社会に広がっているほどの規模ではなかった。われわれはときにはまったく絶望的になることもある。われわれは西側の警察と連携しなければならない。我が国を通過する麻薬の多くは、西の市場に向けられるものだからだ。西の通貨の強さに魅せられて金が西に集まるようになっている。われわれラトヴィアの警察にとって、西側の国の中でもスウェーデンが我が国のギャングどもの関心の的であることは疑いようもない事実だ。それも明白な理由からだ。まず我が国のヴェンツピルス港からスウェーデンの海岸までの距離は短い。さらに海岸線は長くて警戒が手薄だ。あえて言えば、以前の密輸路が再開したというわけだ。以前、その経路で我が国からスウェーデンに酒が密輸されてましたからな」

「もっと教えてください」ヴァランダーが言った。「麻薬はどこで製造されているんです？背景にいるのは誰なんです？」

「あなたはいま、非常に貧しい国にいるのだということを理解してもらわなければならない。周囲の東ヨーロッパ諸国もみな同じです。長い間、われわれは檻の中にいるような生活をしてきた。世界の豊かさを遠くから見ているだけだった。だが突然いま、すべてが手に入れられるものになった。ただし、それには条件がある。それは金を持っていることだ。西側が壁を壊して、それまで檻の中で生活をしてきたわれわれとの境目をなくす手伝いをしてくれたわけだが、そのとき同時に開けた水門が渇望の激波をもたらした。いままでは離れたところから見るだけだったもの、触ることを禁じられ、手に入れることができなかったものに対する渇望だ。われわれはいまこの国がどうなるのか、まったくわからない状態にいる」

ムルニエースは前に体を乗り出して、運転手になにか言った。車は直ちに道路脇に停まった。

ムルニエースは建物の外壁を指さした。

「銃弾の跡です。一カ月前の」

ヴァランダーは体を乗り出して見た。外壁にはおびただしい数の穴が開いていた。

「この建物は?」ヴァランダーが訊いた。

「政府の省の一つだ」ムルニエースが答えた。「あなたにこれを見せるのは、理解してほしいからだ。いまの状態がどの方向に展開するのか、まだまったくわからないということを。自由が拡大するのか? それともふたたび減退するのか? またはまったくなくなるのか? まだなにもわからないのだ。ヴァランダー警部、我が国はいま混沌状態にあることを、理解してもらいたい」

車は続けて広大な港湾地帯に向かった。ヴァランダーはムルニエースの言葉を理解しようとした。急に青白くむくんだ顔のこの男に同情心がわいてきた。その言葉はすべて彼自身のことを語っているような気がしてならなかった。なによりも彼自身の当惑や混沌を語っているのだと思った。

「アンフェタミン工場があることは知っている。もしかするとモルヒネやエフェドリンも作っているかもしれん」ムルニエースは続けた。「さらにわれわれは、アジアやラテンアメリカ系のコカイン・シンジケートが東ヨーロッパ経由の輸送ルートを探している情報もつかんでいる。目的は、直接西ヨーロッパに運び込むいままでのルート以外の道を探すことにある。従来のルートの多くはすでに西側の警察によって発見され、破壊されている。しかしまだ麻薬に関しては処女地である東ヨーロッパ諸国では警察の目がそれほど厳しくないというところに彼らは目をつけた。はっきり言って、賄賂で買収することができない警官はいないと思われているのだ」

「リエパ中佐のような？」

「彼は絶対に賄賂を受け取りはしない」

「いや、私は彼のように清廉な警官はいないという意味で言ったのです」

「彼が清廉な警官だったか、そのために死に追いやられたのかについては、もうじきプトニス大佐が明らかにするだろう」

「いま取り調べを受けている容疑者は誰ですか？」

「救命ボートで死んでいた男たちのことを捜査しているときに、何度となく浮かび上がった男だ。リガの元食肉解体業者で、暴力沙汰をひっきりなしに起こしているギャングの一味の親分格の男だ。不思議なことに彼は一度も刑務所生活を経験していない。今度こそ、やつの尻尾をつかむことができるかもしれん」

車は埠頭に到着した。鉄くずとクレーン以外にはなにもない。彼らは車を降りて埠頭の先端まで歩いた。

「リエパ中佐はあそこに倒れていた」ムルニエース大佐が指さした。

ヴァランダーは記憶によく刻み込もうとあたりをゆっくり見回した。

殺人者とリエパはどうやってここまで来たのだ？　なぜここなのだ？　埠頭が人けのないと

ころにあるというのは十分な理由とは言えない。ヴァランダーはクレーンの残骸とおぼしき鉄くずを見つめた。お願い、とバイバ・リエパは書いていた。ムルニエースはたばこを吸いながら、凍り付かないようにリズミカルに足を踏みならした。

なぜ彼は犯罪現場のことをおれに言わないのだろう？　なぜバイバ・リエパは秘密裏におれに会いたいと言ってきたのだろう？　誰かがミスター・エッカースに電話をかけてきたら、来い。おれはそもそもなぜリガに来たのだ？

今朝感じた恐怖感が戻ってきた。彼は自分がいま未知の国で異邦人だから感じるのだと思おうとした。警察官であること、それは自分も一部である現実と取り組むことだ。だが、ここでは、彼は一部ではない。部外者だ。もしかするとミスター・エッカースとしておれはこの社会に入り込めるのだろうか？　スウェーデンの警察官クルト・ヴァランダーでは、どうすることもできない。

彼は車に戻った。

「そちらの報告書を是非とも読ませてもらいたい」と彼は言った。「解剖、現場検証、写真など全部見せてほしい」

「資料を全部英語に訳させよう」ムルニエースは言った。

「いや、通訳のほうが早いかもしれない。スィズ軍曹の英語はとてもいいですよ」ヴァランダーが言った。

ムルニエースはあいまいな笑いを浮かべてたばこに火をつけた。

「ずいぶん急ぎますな。我慢は苦手とみえる。よろしい、スィズ軍曹に報告書を訳させましょう」

警察本部に戻ったとき、彼らは厚いカーテンの中に入り、一方からだけ見えるマジックミラーから、容疑者の男と尋問中のプトニス大佐をしばらく見た。取調室はがらんとして寒そうだった。机が一つ、いすが二脚しかなかった。プトニス大佐は制服の上着を脱いで釘に掛けていた。向かい側の男は無精ひげを生やし、疲労でぐったりしていた。プトニスの質問に対して男はのろのろと答えた。

「これは時間がかかるな」ムルニエースが低い声で言った。「しかし早晩、真実がわかるだろう」

「真実とは？」

「われわれが正しいか間違っているかだ」

彼らは迷路の中の部屋に引き上げた。ヴァランダーはムルニエースと同じ廊下の部屋に案内された。スィズ軍曹がリエパ中佐の死に関する報告書のホルダーを持ってきた。ムルニエースは部屋を出ていく前にスィズ軍曹とラトヴィア語で短く言葉を交わした。

「リエパ夫人は今日の午後二時に取り調べのために連れてこられる」ムルニエースが言った。

ヴァランダーは真っ青になった。ミスター・エッカース、あなたは裏切った。なぜ、なぜ裏切ったの？　という声が耳元で聞こえた。

「私はただ、夫人と話がしたかっただけだったのです」ヴァランダーが言った。「取り調べではなく」

「取り調べという言葉を使うべきではなかった」ムルニエースが言った。「とにかく彼女は警部に会えるのはうれしいと言っていたそうだ」

ムルニエースは部屋を出ていった。二時間後にはスィズ軍曹はホルダーにある書類すべてを英語に通訳してくれた。ヴァランダーはリエパ中佐の死体のぼやけた写真をよく観察した。なにかがおかしいという感じが強まった。なにかほかのことをしているときに考えが深まる傾向があるヴァランダーは、スィズ軍曹に車で下着を売っている店に連れていってくれと頼んだ。長い下履きと彼は英語で言った。軍曹は別段驚きはしないようだった。軍曹が先に立って衣料品店に案内したとき、ヴァランダーはとんでもなく滑稽な図だと苦笑いした。まるで警官にエスコートされて下着を買うみたいなものだ。スィズが代わりにほしいものを言ってくれた。買う段になると、試着してみるべきだと彼は言い張った。ズボン下を二つ買うと茶色の紙にくるんでひもを掛けてくれた。店の外に出たとき、ヴァランダーは食事に誘うことにした。

「ホテル・ラトヴィア以外のところで」と彼は言った。

スィズ軍曹は大通りから旧市街の細い路地に乗り入れた。これはまた新たな迷路だった。ヴァランダーは一人でここから出てくることはむずかしいだろうと思った。

レストランの名前はシーグルダだった。ヴァランダーはオムレツを食べ、スィズ軍曹はスープを飲んだ。店内の空気が悪く、たばこの匂いが充満していた。二人が店に入ったとき、レストランは満杯だった。ヴァランダーはスィズがどのように満杯のレストランで自分たちのためにテーブルを用意させたかを見ていた。

「スウェーデンではあのようなことは不可能だ」ヴァランダーは食べ終わったときに言った。

「満杯のレストランに警官が行ってテーブルを用意させるなど」

「この国ではそうじゃありません」スィズ軍曹は平然として言った。「誰でも警官といい関係をもちたがりますから」

ヴァランダーはむかっとした。この若さですでにこのような傲慢な態度だ。

「これからは、私といっしょのときは割り込みをするな」

軍曹は不思議そうな顔でヴァランダーを見た。

「それではなにも食べられません」

「ホテル・ラトヴィアのレストランはいつでも空いている」ヴァランダーはひとことだけ言った。

二時ちょっと前に警察本部に戻った。食事中、彼は話をせず、スィズ軍曹が訳した報告書といままで聞いた事実の突き合わせをしていた。なにかがおかしかった。ヴァランダーはそれが報告書の完璧さのせいだと思った。まるで初めから終わったことのように書かれている。しかしいまはそれ以上深く掘り下げる余裕がなかった。またその印象にも自信がもてなかった。もしかするといもしない幽霊を見たと思っているのではないか？

ムルニエースは部屋にいなかった。プトニスはまだ尋問を続けていた。軍曹はバイバ・リエパを迎えに行き、ヴァランダーは与えられた部屋で一人になった。この部屋には盗聴装置がつけられているだろうかと思った。向こうから一方的に見えるガラス窓から観察されているのだろうか。なにも隠すことはないと証明するように彼は包みを開け、ズボンを脱いでズボン下をはいた。脚にかゆみを感じ始めたとき、ドアをノックする音がした。入れと答えると、スィズ軍曹がバイバ・リエパのためにドアを開けるのが見えた。いま私はヴァランダーです。エッカースではない。ミスター・エッカースはいない。ヴァランダーとしてあなたと話をしたいのです。

「リエパ中佐の奥さんは英語を話すか？」ヴァランダーは軍曹に聞いた。

スィズはうなずいた。

「それでは下がっていてくれ」

ヴァランダーはあらかじめ準備していた。おれがこれから言うこともなすことも、すべて陰で観察している者に見えるのだ。口に人差し指を当てることも紙に書くこともできない。それでもエッカースとの約束はいまでも有効だと彼女にわからせなければならない。

バイバ・リエパは黒っぽいコートを着て、頭には毛皮の帽子をかぶっていた。今朝とちがって眼鏡をかけていた。彼女は帽子を脱ぐと、頭を振って肩までの長さの髪の毛を下げた。

「どうぞお座りください、リエパ夫人」ヴァランダーが言った。その言葉と同時に彼は素早く微笑した。懐中電灯で秘密の合図を送るような笑いだった。彼女がそれを受けたのがわかった。驚いた様子はなかった。あたかも待っていたとおりのことであるかのような態度だった。これから彼はすでに答えを知っている質問をしなければならなかった。だがもしかすると彼女は答えの中にメッセージを隠して伝えてくれるかもしれない。一見わからない、ミスター・エッカースだけに宛てたメッセージを。

ヴァランダーは悔やみの言葉を述べた。当たり障りのない、それでいて心からの言葉だった。それから、ここで訊くのが自然な質問をし始めた。そうしながらずっと、どこかで誰かが見ている、聴いているという感じがした。

「中佐とは結婚して何年でしたか？」

「八年間です」

「お子さんはいませんね？」

「それは先に延ばしていたのです。私も働いているので」

「仕事はなんですか？」

「技師です。でもこの数年間はもっぱら科学技術関係の翻訳の仕事をしていました。とくに工科大学のために」

どうやって私に朝食を持ってきたのだ？　ホテルの中に協力者がいるのか？

この問いが頭に浮かんだが、彼はまた現実に戻った。

「仕事と子どもは両立しないということですか？」

言ってすぐに彼は後悔した。この問いはプライベートすぎる。事件と関係ない。答えを待たないことで詫びたつもりで、彼は次の質問に進んだ。

「リエパ夫人、あなたは夫にいったいなにが起きたのかと、きっとずいぶん考えたでしょう。

私は警察があなたを取り調べた報告書を読みました。あなたはなにも知らない、なにもわからない、なにも心当たりがないと言ってますね。きっとそのとおりなのでしょう。またきっと、あなたの夫のリエパ中佐を殺害した犯人が捕らえられ、罰せられること以外は望んでおられないでしょう。それでも私はここで、あなたにもう一度考えていただきたい。リエパ中佐がスウェーデンから戻った日のことです。なにか忘れていることはありませんか？　夫が殺されたと聞いたショックで、言うのを忘れたことはありませんか？」

彼女の答えは、彼が解かなければならない最初の暗号だった。

「いいえ。私はなにも忘れていません。何一つ」

ミスター・エッカース、私は夫の死にショックを受けませんでした。私たちがおそれていたことが起きただけです。

「それでは、もう少し前はどうですか？」ヴァランダーが訊いた。ゆっくりと話を進めている。答えることができないような抜き差しならぬ状態に彼女を追い詰めないように。

「夫は仕事の話はしませんでした」バイバ・リエパは言った。「彼は警官としての守秘義務を決しておろそかにしませんでした。私は非常に高いモラルの持ち主と結婚しておりました」

そのとおり、とヴァランダーは思った。まさにその高いモラルのためにおそらく彼は殺されたのだ。

「私もリエパ中佐に関してそのような印象をもちました」ヴァランダーが言った。「中佐と過ごした時間は短かったですが」

彼女はいま自分が彼女の味方だと示したことがわかっただろうか？　それを伝えたくて来てもらったのだということがわかっただろうか？　意味のない質問をしているのはそれを伝えるためだということがわかっただろうか？

彼はまた少し前にさかのぼって記憶をチェックするように頼んだ。しばらく同じような質問をしてから、もうこの辺で終わりにしようと思った。呼び鈴を押した。スィズ軍曹が聞き耳を立てていたにちがいない。それから立ち上がって、バイバ・リエパの両手を取った。あなたと私が会うことを望んだ誰かが。その理由は？　誰かがあなたに話したのにちがいない。あなたと私が会うことを望んだ誰かが。その理由は？どうして私がリガに来たことを知ったのです？　なぜ誰も知らないようなスウェーデンの小さな町から来た警察官があなたを助けられると思うのです？

スィズ軍曹がやってきて、バイバ・リエパを目立たない出口に案内した。ヴァランダーはすきま風の入る窓辺に立って中庭を眺めた。湿った雪が町全体を覆っていた。高い塀のかなたに教会の塔や高いビルディングが見えた。

突然、すべてが想像の産物ではないかという気がした。想像力がたくましくなって、理性がストップをかけられなくなっているのではないか。なにもないところに怪しい秘密があると思い込んでいるだけではないか？　東ヨーロッパの国々では市民が互いを監視するという神話を頭から信じてしまったのかもしれない。ムルニエースとプトニスを疑う理由はあるのか？　バイバ・リエパが客室係の服装をして部屋にやってきたことは、自分の想像よりも簡単な理由があるのかもしれないではないか？

考えがドアのノックの音で中断された。プトニス大佐が入ってきた。疲れているようだった。無理な笑いでそれがわかる。

「容疑者の取り調べはしばらく休みますよ」プトニス大佐が言った。「残念ながら、彼はわれわれが期待していることを認めない。これからちょっとの間、彼の話が事実かどうかの確認を急ぎます。それからまた取り調べを続けることになる」

「容疑はなにに基づくものです？」ヴァランダーが訊いた。

「あの男が以前からレヤとカルンスを運び屋とか手伝いとして使っていたことはわかっている。彼らがここ数年麻薬の取引をしていることの証拠がほしいのです。容疑者はハーゲルマンというのですが、彼はまた人を拷問したり、必要なら殺すこともいとわない男です。もちろん単独の犯行ではない。いま暴力団の仲間を探している。その多くがロシア人なので、残念なことに彼らはロシアにいる。しかしわれわれはあきらめません。さらに、ハーゲルマンが所有している銃もいくつか取り押さえました。レヤとカルンスを殺した銃弾がそのうちのどれかによるものではないか、現在調べているところです」

「リエパ中佐の殺害は」ヴァランダーが口を挟んだ。「この男と関係があるのですか？」

「それはわからない」プトニスが言った。「だがあれは計画的な殺人でした。制裁、私刑でしょう。なにも盗まれていない。仕事に関連するものであることは間違いありません」

「リエパ中佐が二重の生活をしていたことは考えられますか？」ヴァランダーが訊いた。

プトニスは疲れた笑いを浮かべた。

「われわれの社会では市民の監視が完璧なまでに整っています」彼は言った。「それは警官も例外ではない。もしリエパ中佐が二重生活をしていたとすれば、われわれはとっくに知っていたはずです」

「誰かがそれを保護していなかったら、ということですね」ヴァランダーが言った。

プトニスが驚きの目を向けた。

「誰が彼を保護したというのです？」

「わかりません。私はただ、考えを声に出して言ってみただけです。特別に考えがあって言ったわけじゃありません」

プトニスはいすから立ち上がった。

「今晩家にご招待するつもりでしたが、このとおり、あの容疑者の取り調べを続けなければならなくなった。もしかするとムルニエース大佐もそのつもりかもしれないが。知人もいない国に警部を一人にしておくのは、失礼だとは十分に承知なのですが」

「ホテル・ラトヴィアは住み心地がいい」ヴァランダーが言った。「それに私はリエパ中佐の死について少し考えたいことがあります。今晩は静かにホテルにいます」

プトニスはうなずいた。

「明日の晩はいかがかな」と彼は言った。「ぜひ私の家にきて、家族に会ってほしい。妻のアウスマは料理上手ですよ」

「喜んで」ヴァランダーは言った。「楽しみです」

プトニスが部屋を出ていくと、ヴァランダーは呼び鈴を鳴らした。彼はムルニエースから家かレストランで食事を誘われる前にここを出たかった。

「ホテルに戻る」と彼は軍曹に言った。「今晩はホテルで書き物をする。明日の朝八時に迎えに来てほしい」


ホテルまで軍曹に送ってもらい、ヴァランダーはフロントで絵はがきと切手を買った。リガの全図の載っている地図を求めたが、ホテルの用意している地図はおおざっぱなものだったので、近くの本屋への道を訊いた。

ヴァランダーはロビーを見渡した。紅茶を飲んでいる男も新聞を読んでいる男も見当たらなかった。ということは、監視は依然として続いているということだ。一日おきに姿を現したり隠れたりしているのだ。彼らの狙いは、尾行がついていると思うのは気のせいだとおれに思わせることだ。

本屋を探すためにホテルを出た。すでに日が暮れていて、地面は昼間降ったみぞれで濡れていた。夕方の人通りは多かった。ヴァランダーはときどき立ち止まってショーウィンドーをのぞき込んだ。飾られている品物は少なく、どれも似たようなものばかりだった。本屋にたどり着いたとき、後ろをチラリと見たが、急に立ち止まるような姿はどこにも見えなかった。

英語を一言も話さない本屋の主人が地図を売ってくれた。主人はヴァランダーがラトヴィア語はわからないと言ってもまったく意に介せず、ずっとラトヴィア語でなにやら話しかけてきた。ヴァランダーは店を出た。前か後ろか、どこかに見えない影が潜んでいるのだ。明日になったら、なぜ自分に監視を付けるのだとどちらかの大佐に訊こう。皮肉も苛立ちも交えずに、純粋に質問をするのだ。

ホテルに戻るとフロントで、電話がなかったかと訊いた。フロント係は首を振った。「電話はありませんでした、ミスター・ヴァランダー。まったくありませんでした」

部屋に戻り、絵はがきを書き始めた。窓辺から机を引いてすきま風が当たらないところまで動かした。ビュルクに宛てた絵はがきはリガ大聖堂の絵だった。この聖堂の近くにバイバ・リエパが住んでいるのだ、と彼は思った。その家からリエパ中佐は夜遅く何者かに呼び出されたのだ。バイバ、電話をかけてきたのは誰だと思う？　答えが知りたい。ミスター・エッカースは部屋で待っている。

ビュルクの他にはリンダと父親に絵はがきを書いた。四枚目のはがきの宛先を誰にしようと迷ったが、ストックホルムの姉クリスティーナにした。

すでに七時になっている。生ぬるい湯しか出なかったが、湯を張り、浴槽の縁にウィスキーのグラスを置いた。体を沈めて目をつぶり、ふたたび最初から事件を思い浮かべた。

救命ボート、男の死体二体、不可思議な抱擁の姿……。いままで気がつかなかったことがあるのではないか。リードベリはいつも、見えないものを見る努力をせよ、と言っていた。何ごともなげに見える中になにかを見つけるのだ。ヴァランダーは順を追って起きたことを一つひとつチェックしていった。いままで気づかなかった手がかりが、どこかにあるはずだ。

風呂から上がると、ヴァランダーは机に向かい、新しいメモを作った。いまではラトヴィアの大佐二人の推測が正しいことに疑いはなかった。救命ボートの男たちはギャング界の内輪もめで制裁を受けたものにちがいない。シャツ姿で撃たれ、その後上着を着せられて救命ボートに投げ込まれたことには、重大な意味はないのだ。ヴァランダーはもはや、犯人は死体が見つかるようにもくろんだのではないかという自説も信じていなかった。次の疑問は、なぜ救命ボートは盗まれたのか？　だった。誰の手で？　犯人がラトヴィアからの者だとすれば、どうやってあれほど迅速にスウェーデンで行動がとれたのか？　それとも、犯人はスウェーデン人か？　あるいはスウェーデンに住むラトヴィア人か？　彼は推測を続けた。リエパ中佐はスウェーデンから帰国したその日に殺された。なんらかの理由で黙らせられたと考えられる。リエパ中佐はなにを知ったのだろう？　とヴァランダーは書いた。なぜ彼らはおれに、明らかに殺害現場を避けて記載されている、いい加減な報告書を渡したのだろう？

彼はメモを読み返し、また推理を続けた。バイバ・リエパ、と書いた。彼女はなにを知っているのか。なにか、警察には言いたくないことを知っているにちがいない。

メモを脇に押しやり、新たにウィスキーを注いだ。時刻は九時近かった。空腹に気がついた。受話器を耳に当てて、通信音が聞こえることを確かめた。ロビーを見回した。部屋を出て一階のフロントに行き、館内のレストランへ食事に行くと教えた。見張りの姿はどこにも見あたらなかった。レストランへ行くと、彼はふたたび窓際の同じ席に案内された。灰皿にマイクでも隠してあるのだろうか、この席には、と彼は皮肉な当て推量をした。テーブルの下に人が隠れていて、おれの脈を測るとか？　アメリカン・ワインをハーフボトル飲み、チキンとジャガイモの料理を頼んだ。ロビーへ通じる押しドアが開くたびに、電話だと知らせるホテルのフロント係ではないかと思って目を上げた。食後にコーヒーとコニャックを飲みながら、レストラン内をぐるりと見渡した。今晩は満席に近かった。片隅にロシア人が数人、長いテーブルではラトヴィア人がロシア人の団体を接待していた。十時半近く、ヴァランダーは驚くほど安い勘定を払ってレストランを出た。一瞬、今晩もナイトクラブに行くか、と迷った。しかし首を振り、エレベーターで十五階の部屋に戻った。

　鍵を鍵穴に入れた瞬間、部屋の電話が鳴り出した。しまった、と慌てて彼はドアを開け、電話に飛びついた。ミスター・エッカースと話したいのですが？　と男の声がした。ひどく訛りのある英語だった。ヴァランダーは教えられたとおりの返事をした。ここにはその名前の人間はいない。それじゃ、間違いですね、と男は謝り、電話を切った。ホテルの裏口を使うのよ、お願い、お願いします！

　ヴァランダーはコートを着て、毛糸の帽子を耳の下まで引っ張った。が、すぐに後悔してそれをコートのポケットにねじ入れた。ロビーに下りると、フロントから見えないように歩いた。ドアに近づいたとき、ドイツ人のグループがにぎやかにホテル内のレストランから出てきた。ヴァランダーは素早くドアを押して地下に向かって階段を下りた。サウナがあり、レストランの厨房の食材保存室に通じる廊下があった。突き当たりにバイバ・リエパが言っていたとおり、灰色のスチール製のドアがあった。用心深くドアを開けると、冷たい夜気が顔を打った。ランプ（荷物などを運び入れるためのスロープ）を急ぎ足で下りるとまもなくホテルの裏口に出た。

裏通りは薄暗かった。後ろ手にドアを閉めると、ヴァランダーは暗がりに紛れ込んだ。通りには犬を小便させている年寄りしかいなかった。犬が用を足している間、老人は暗がりで辛抱強く待っていた。人通りはまったくなかった。犬といっしょに歩き出した老人は、ヴァランダーの前を通り過ぎるとき、自分が角を曲がったら後から来いと呟くように言った。遠くで市電がブレーキをかける音がした。ヴァランダーは男が角を曲がるのを待った。ポケットから毛糸の帽子を取り出し、深くかぶった。雪が降り止み、ふたたび冷え込んできた。老人の姿が見えなくなると、ヴァランダーはゆっくりと歩き出した。角を曲がると、そこには別の小道があった。犬を連れた老人の姿はない。音もなく車がやってきて、ドアを開けた。中の暗がりから「ミスター・エッカース」という声がした。「すぐに出発しなくては」

彼は後部座席に乗り込んだ。その瞬間、おれはとんでもない間違いをしているという思いが彼の頭を突き抜けた。突然、今朝スイズ軍曹の運転する車に乗ったときに感じた感情がよみがえった。恐怖だった。

それはふたたび彼の胸中に広がった。

9

湿った毛糸の匂い。

それがクルト・ヴァランダーの、その夜のドライブの印象だった。首を縮めて後部座席に乗り込むと、目が暗闇に慣れるより先に、見知らぬ手が彼に頭巾をかぶせた。毛糸の匂いがした。まもなく汗が顔ににじみ出し、皮膚にかゆみを覚えた。しかし、後部座席に座ると、なにもかもがとんでもない間違いだと感じた一瞬前の恐怖心は鎮まった。男の声が――頭に頭巾をかぶせたのと同じ男にちがいない――穏やかに彼に話しかけた。「われわれはテロリストではない。ただ用心しなければならないだけです」声に聞き覚えがあった。それはミスター・エッカースと話したいと電話してきて、部屋を間違ったらしいと謝ったのと同じ声だった。その穏やかな口調は絶対的な自信をうかがわせた。あとでヴァランダーは、混乱と崩壊の真っ只中にいる東欧諸国の人間は、実際には天地もひっくり返るようなとき、絶対的自信をもって心配ないと言うすべを身につけるのかもしれないと思った。

車は乗り心地が悪かった。エンジンの音からロシア製の車であることがわかった。おそらくラーダだろう。車の中に何人乗っているのか、彼にはわからなかった。少なくとも二人いることは確かだった。前席で咳をしながら運転している男、それとすぐそばで落ち着いた声で話している男だ。ときどき外の冷たい空気が入ってくる。車内のたばこの煙を外に出すためだ。わずかな瞬間、香水の匂いを感じたような気がして、彼は車の中にバイバ・リエパがいるのかと思った。だがまもなくそれは、勘違いだとわかった。そんな期待をしていたせいかもしれない。車がスピードを出していたかどうか、まったくわからなかった。だが急に舗装道路ではなくなって、リガの町を出たのだとわかった。ときどきブレーキを踏んで車は道を曲がることもあり、明らかにロータリーを回っているとわかるときもあった。ヴァランダーは時間を計ろうとしたが、まもなくあきらめた。しかしドライブはそれでもやっと終点に来たらしく、車はゆっくり角を曲がったかと思うと、道のない野原を走っているようにがたがたと揺れ、しまいに停まった。運転手はエンジンを切り、ドアが開いて、ヴァランダーは外に出された。

寒かった。針葉樹の匂いがした。転ばないように誰かが彼を支えた。階段を上がると、蝶番がきしむ音がして、暖かい家の中に通された。石油の匂いがした。そして突然頭から頭巾が外された。急に見えるようになって彼はめまいがした。頭巾をかぶされたときよりもショックが大きかった。部屋は細長く、壁は丸太でできていた。最初に頭に浮かんだのは、ここは狩猟用の小屋だということだった。暖炉の上の壁に大鹿の首がかけてあった。家具はどれも明るい木調だった。そして石油ランプが二つ、それだけが部屋を照らしていた。

落ち着いた声の男がまた話をした。彼の顔はクルト・ヴァランダーが想像していたものとはまったくちがっていた。背が低く、重病を患っているか断食をしているかと思うほど異常に痩せている。顔色が悪く、太縁の眼鏡が骨張った頰には大きすぎ重すぎるように見えた。男の年齢は二十五から五十歳ぐらいまで、まったく見当がつかなかった。だが、彼はにっこり笑って、座るようにいすを指さした。ヴァランダーは腰を下ろした。「どうぞ、座ってください」と言った彼の英語には強いアクセントがあった。暗がりから別の男が一人、ポットといくつかカップを持って現れた。この男が運転手だろうかとヴァランダーは思った。年は痩せた男よりは上で、肌が浅黒い。めったに笑わないにちがいなかった。ヴァランダーは紅茶をすすめられた。二人の男はテーブルの向かい側に腰を下ろした。運転手と思ったほうの男が、テーブルの上の丸くて白い陶器の石油ランプの火を少し大きくした。聞こえるか聞こえないかのかすかな音がヴァランダーの耳に届いた。それは石油ランプの明かりの届かない、部屋の隅から聞こえてきた。ほかにも人がいるのだ、と彼は思った。ここで待っていた人間、紅茶を入れた人間だ。

「紅茶以外になにも出すことができない」と落ち着いた声の男が言った。「だがあなたは、われわれが迎えに行く少し前に食事をすませている、ミスター・ヴァランダー。それに、長く留めるつもりはない」

　男が言った言葉がヴァランダーの神経に障った。ミスター・エッカースと呼ばれるかぎり、いま起きていることは彼と個人的には関係がないと思えた。だがいま彼はミスター・ヴァランダーだ。彼らは見えない穴から彼を観察し、食事をするのを見ていたのだ。唯一の失敗は彼が部屋に入る前に電話をかけてきたことぐらいだ。

「あんたたちを信用しない理由はごまんとある」とヴァランダーは言った。「あんたたちが何者かも知らない。私はリエパ中佐の奥さんに会いに来たのだ。彼女はどこだ？」

「これは失礼した。私の名前はウピティスだ。大丈夫、なんの心配もいらない。話が終わったら、ホテルに送り届ける。それは保証する」

ウピティス？　ヴァランダーは思った。ミスター・エッカースと同じで、これも架空の名前にちがいない。

「知らない人間の保証など、ないに等しい」ヴァランダーは言った。「あんたたちは私に頭巾をかぶせてここに連れてきた。私はリエパ夫人の出した条件で彼女に会うことを承諾した。それも私がリエパ中佐を知っていたからのことだ。リエパ夫人が中佐の殺された理由をはっきりさせるような話をしてくれると思ったからだ。あんたたちが誰か、私は知らない。私にはあんたたちを疑う十分な理由がある」

ウピティスと名乗った男は、同意するようにうなずいた。

「あなたの気持ちはよくわかる。ただ、われわれが理由もなくこれほど用心しているとは思わないでほしい。残念なことに、用心しなければならないのだ。リエパ夫人は、今晩は来ることができない。だが、その代わりに私が話をする」

「あんたが彼女の代わりだと、どうして信用できるのだ？　いったいなにが望みだ？」

「あなたの協力だ」

「あんたたちはなぜ私に偽の名前を付ける？　なぜこんな秘密の場所で会うのだ？」

「いま言ったように、残念ながらそれが必要だからだ。ミスター・ヴァランダー、あなたはまだラトヴィアに来て日が浅い。いまにわかる」

「私にどのような助けができるというのだ？」

ふたたび石油ランプの明かりが届かない暗がりからかすかな音がした。バイバ・リエパだ、と彼は思った。彼女は現れない。だがここにいるのだ。すぐ近くに。

「あと少しだけ我慢してほしい」ウピティスが言った。「ラトヴィアがどんな国かを説明させてほしい」

「そんなことが必要だろうか？　ラトヴィアもほかの国と変わらないだろう？　確かに私はまだこの国の旗の色も言えないが」

「説明する必要があると思う。ラトヴィアはほかの国と同じだと言うのを聞くだけで、あなたがいかに我が国を知らないかがわかるからだ」

ヴァランダーは冷めた紅茶を飲んだ。暗がりの人影を見ようと目を凝らした。目の隅で、わずかに開いている隣の部屋のドアの隙間から明かりが見えるのをとらえたような気がした。

運転手はカップを両手で包んで温めている。その両眼は閉じられている。ヴァランダーは、話はウピティスと自分だけの間で交わされるのだと理解した。

「あんたたちは何者だ？　少なくともそのくらいは教えてくれてもいいだろう」

「われわれはラトヴィア人だ」とウピティスは答えた。「われわれはこの傷ついた国に生まれた。それも非常に不幸な時代に。われわれはそれぞれ出発した。そしてわれわれはなにがあろうとも、ある仕事を成し遂げなければならないという点において一致したのだ」

「われわれ？　リエパ中佐とあんたのことか？」とヴァランダーは訊いたが、相手は答えなかった。

「初めから話そう」とウピティスは言った。「我が国が崩壊の縁に立たされていることはあなたにもわかるだろう。ほかの二つのバルカン諸国も同じだ。あるいは第二次世界大戦後、ソ連の支配を受けてきた属国も同じだ。人々は失われた自由をふたたび手に入れようとして闘っている。だが自由は混沌を生むのだ、ミスター・ヴァランダー。そしてその暗がりには邪悪な考えをもつ怪物が潜んでいる。自由に対しては賛成か反対しかないと思っているのなら、それは致命的な間違いだ。自由にはたくさんの顔がある。時間をかけて我が国の民族を滅ぼす目的で入り込んできたロシア人は、いまや存在が危うくなったことに不安を感じているだけではない。彼らは手に入れた優越性を失うことをおそれているのだ。歴史上、支配者が既得権を喜んで手放した例はない。だから、彼らは防衛に身を固めるのだ。しかも秘密裏に。去年の秋にソ連軍が我が国に侵入してきて、戒厳令を敷いたのもその現れだ。冷酷な独裁制から、一国が無傷で民主主義と呼ばれる体制に移行できると信じているとしたらそれもまた、大変な誤りだと言わなければならない。われわれにとって自由は非常に魅力のあるものだ。目が眩むほどの美女と同じように。だが、自由はまた、立場のちがう者にとっては、あらゆる方法で取り除かなければならない脅威でもあるのだ」

ウピティスは黙った。まるでいま言ったことに自分自身が衝撃を受けたように。

「脅威？」ヴァランダーが訊いた。

「そうだ。内戦を引き起こしかねない脅威なのだ」とウピティスは言った。「政治的論争ではなく、支配力を失うまいとする連中が荒れ狂うようになる。自由を希求する心は誰も予測できない恐ろしい事態を呼ぶことになりかねないのだ。怪物は物陰に隠れている。夜中に刃が研ぎ澄まされるのだ。いつ解決できるのか、それはこの国の将来の見通しが立たないのと同じで、まったくわからない」

ある仕事を成し遂げなければならない。ヴァランダーはウピティスがなにを言わんとしているのか懸命に推測した。だが、それは無理なことだとどこかでわかっていた。彼はいまヨーロッパで起きている変化を掌握する能力を持ち合わせていなかった。警察官である彼の世界には、政治的な関心の入り込む余地がなかった。選挙のときは、さほど関心をもたないまま、その場その場で適当に投票してきた。彼自身の生活に直接変化をもたらすものでないことにはまったく関心がなかった。

「怪物を追うことは警察官の仕事とは言えないと思うが」ヴァランダーは歯切れの悪い言い方をした。自分の無知を弁解するかのように。「私は現実に生きている人間によってなされた犯罪を捜査する。エッカースという名前をあえて引き受けたのは、バイバ・リエパがほかの人間のいないところで私に会いたがっていると思ったからだ。ラトヴィア警察からはリエパ中佐殺害事件の捜査を手伝ってほしいとの依頼を受けた。とくにリエパ中佐の殺害と、救命ボートでスウェーデンの海岸に漂着した二人の死者との関連について、調査をしてほしいと言っている。ところがいま、今度はあんたたちが私に協力を請うている。もっと簡単に言うことはできないのか？　私には理解できない社会問題についての講義など交えずに」

「なるほど、わかった」ウピティスが言った。「それなら、互いに協力するということではどうだ？」

ヴァランダーは頭の中で〝謎〟に相当する英語を探したが見つけることができなかった。

「それでは漠然としすぎる」と代わりに言った。「はっきりとなにがほしいか言ったらどうだ。回り道せずに」

ウピティスは石油ランプの陰に隠れてそれまで見えなかったノートを引き寄せた。すり切れた上着のポケットからペンを取り出した。

「リエパ中佐はスウェーデンの警察に行った。ラトヴィア市民である二人の男の死体がスウェーデンの海岸に漂着した。あなたは中佐といっしょに働いた」とウピティスは数え上げた。

「間違いないか？」

「ああ、間違いない。リエパ中佐は優秀な警察官だった」

「だが、中佐はスウェーデンにはほんの数日しか滞在しなかったはずだが？」

「そうだ」

「そんなに短い期間で、中佐が優秀な捜査官だったとなぜ言えるのだ？」

「徹底性と経験の深さはすぐに表れるものだ」

ヴァランダーは質問が意味のないもののような気がした。だが、すぐにそれがウピティスの意図だと気がついた。質問は目に見えない網を張るためなのだ。腕のいい捜査官のようなやり方だった。始めから目標に向かって話をすすめているのだ。一見無益な質問をしているように見えるのはそのためだ。この男は警察官だろうか？　暗がりに隠れているのはバイバ・リエパではないのかもしれない。もしかするとプトニス大佐か？　それともムルニエース大佐か？

「ということは、あなたはリエパ中佐の仕事を評価したのだね？」

「もちろん。そう言ったと思うが？」

「警官としてのリエパ中佐の経験と優秀さを除けば、どうですか？」

「それらを除くとは、どういう意味だね？」

「人間として、彼はどんな印象を与えたか？」

「警察官としての印象と同じだ。落ち着いていて、徹底していて、忍耐力があった。知識があった。頭が良かった」

「リエパ中佐はあなたについて同じ評価をしていましたよ、ミスター・ヴァランダー。あなたは優秀な警察官だと」

ヴァランダーの頭の中で警報が鳴り始めた。漠然とした感じではあったが、彼はいまウピティスが重要な質問の領域に入ったとわかった。同時に、彼はなにかがとんでもなくおかしいと思った。リエパ中佐は帰国して数時間後に殺されている。それなのに、いま向かい側に座っているこの男は、リエパ中佐のスウェーデン滞在について詳しく知っている。リエパ中佐自身から聞いたか、中佐の妻を通してしかわかり得ない情報だ。

「それは光栄なことだ」ヴァランダーが言った。「彼が私を評価してくれたとは」

「リエパ中佐がスウェーデンにいたその数日、仕事は多かったか？」

「殺人事件の捜査はいつでも集中的なものだ」

「それではつきあう暇はなかったのだね?」

「質問の意味がわからないが?」

「つきあいだ。リラックスして、笑ったり歌ったりしなかったか? スウェーデン人は歌うのが好きだと聞いたことがあるが?」

「リエパ中佐と私は合唱隊を作ったりはしなかったよ、もしそれが知りたいのなら。一晩だけ、私は彼を家に招待した。それだけだ。二人でウィスキーを一本空けて、音楽を聴いた。その晩は吹雪だった。しばらくして中佐はホテルに戻っていった」

「リエパ中佐は音楽が好きだった。よく音楽会に行く時間がないことをこぼしていた」

ヴァランダーの中の警報の音が強まった。いったいなにを知りたいのだろう?このウピティスという男はいったい何者だろうか? それにバイバ・リエパはどこにいるのだ?

「そのときに聴いた音楽はなんだったか、訊いてもいいか?」ウピティスが訊いた。

「オペラだ。マリア・カラスの。曲ははっきり覚えていないが『トゥーランドット』だったと思う」

「私の知らない曲だ」

「プッチーニのもっとも美しいオペラ曲の一つだ」

「それで、ウィスキーを飲んだ?」

「そうだ」

「そして、外は吹雪だった?」

「そうだ」

ここが核心だ、とヴァランダーは熱くなった。おれ自身が重要だと気づかずに話すのをこの男は期待している。それはなんなのだ?

「そのときに飲んだウィスキーはなんだ?」

「JBだったと思う」

「リエパ中佐は酒に関しては限度をわきまえていた。しかし、ときどきドリンクを一杯飲んでくつろぐことはあった」

「そうか?」

「なにに関してでも、リエパ中佐は限度をわきまえている人だった」

「私は彼よりもあの晩は酔っぱらった。知りたければ教えてやるが」

「それでもその晩のことはよく覚えているようだが?」

「われわれは音楽を聴いたのだ。手にグラスを持って。ポツポツと話をした。しかし大部分は黙って音楽を聴いた。そんな簡単なことが思い出せないわけがない」

「もちろん、スウェーデンに漂着した救命ボートの男たちについても話をしただろう?」

「いや、私が思い出せるかぎり、それはなかったと思う。だいたいのところはリエパ中佐がラトヴィアの話をしていた。そう言えば、彼が結婚していると聞いたのはその晩のことだった」

突然、ヴァランダーは部屋の中の空気が変わったことに気がついた。ウピティスは目を細めて彼を観察していた。運転手はかすかにいすの上で体の向きを変えた。ヴァランダーは直感的に、いままさに彼らはウピティスがずっと目指してきた頂点を通過したとわかった。しかし、いったいそれはなんなのだろう？　ヴァランダーは心の中で、リエパ中佐が彼のアパートのソファに座り、ウィスキーグラスを片手に、本棚にセットしてあるスピーカーから流れる音楽に聴き入っている姿を思い出すことができた。

しかしその光景になにかがあるにちがいない。彼らがミスター・エッカースという架空の人物を作ってまで彼に会わなければならなかったなにかが。

「あなたはリエパ中佐に記念として本をプレゼントしたね？」

「ああ、スコーネの写真集を買った。ありふれたものだろうが、ほかになにも思いつかなかった」

「リエパ中佐は喜んでいた」

「なぜ知っている？」

「中佐の夫人から聞いた」

話はもう終わりに入っている、とヴァランダーは思った。核心をカモフラージュするためにしている質問にすぎない。

「これまでも東欧諸国からの警察といっしょに仕事をしたことがあるのか？」

「ポーランドの捜査官がやってきたことがある。それだけだ」

ウピティスはノートを脇に押しやった。会話が進む間、彼は一度もメモをとらなかった。だがヴァランダーは、ウピティスが求めていた情報を手に入れたという確信があった。なんだろう？　なにがそれほど重要なのだろう？　おれが言った言葉で、おれ自身が気づかないことで、彼らにとって意味のあることとは？

ヴァランダーはすっかり冷めた紅茶を一口飲んだ。さて今度はおれの番だ。おれが質問をして彼らから答えを引き出す番だ。

「中佐はなぜ死んだのだ？」彼は訊いた。

「リエパ中佐は祖国の現状に胸を痛めていた」ウピティスは少し経ってゆっくりと言った。

「われわれはよくその話をした。なにができるか、なにをするべきか」

「そのために彼は死んだというのか？」

「それ以外の理由で殺されたと思うのか？」

「それは答えではない。新しい問いではないか？」

「われわれはそれが理由だと思っている」

「彼を殺す動機があったのは誰だ？」

「私が話したことを思い出してほしい。自由をおそれる者だ」

「夜、刃を研ぎ澄ます者か？」

ウピティスはゆっくりうなずいた。ヴァランダーは考えようとつとめた。ここで聞いた話を全部頭に入れておこうと思った。

「私が正しく理解しているとすれば、あんたたちはなにか組織を作っているのだな?」

「いや、組織というよりは緩やかな人間の輪だ。組織は簡単に突き止められ、破壊される」

「あんたたちはなにを望んでいるのだ?」

ウピティスはためらった。ヴァランダーはそのまま待った。

「われわれは自由な人間だ、ミスター・ヴァランダー。この不自由な状況の真っ只中で。私がわれわれは自由だというとき、ラトヴィアでいま起きていることを分析することができるという意味で言っている。われわれは知識階級の人間であることを言っておくほうがいいかもしれない。ジャーナリスト、研究者、詩人などだ。すべてが混沌に陥ったら、ソ連が軍隊で我が国を制圧しようとしたら、そして万一内戦が阻止できなかった場合に、この国が崩壊するのを救う、政治的活動の中核を担っているのだ」

「リエパ中佐はその仲間だったのか?」

「そうだ」

「指導者か?」

「指導者はいない、ミスター・ヴァランダー。だがリエパ中佐はわれわれの輪の重要なメンバーだったということはできる。彼は立場的に重要な情報が入手できた。われわれは彼がだまされたのではないかと思っている」

「だまされた?」

「この国の警察は支配者の手先に成り下がっている。リエパ中佐は例外だった。中佐は警察の同僚にはほかの顔をしていた。大きな危険を冒していたのだ」

　ヴァランダーは考えた。どちらかの大佐が言ったことを思い出した。われわれは互いを監視することに長けている、というような言葉だった。

「警察内部の人間が中佐の殺害に関わっていると言っているのか？」

「はっきりとはわからない。だが、われわれはそうではないかという疑いをもっている。ほかには説明がつかない」

「誰だ？」

「それこそ、あなたに見つけてほしいことなのだ」

　ヴァランダーはついに、ことがどう関係し合っているのか、その相関関係がいまにも見えそうなところまで来た気がした。殺された中佐が見つかった場所についての記載があいまいな、怪しげな報告書のことを思った。また、リガに到着してからずっと見張られていることも思った。仕掛けられている網がやっと見えてきた。

「大佐のどっちかだな？」彼は訊いた。「プトニスかムルニエースか？」

　ウピティスはためらわずに答えた。あとで、そのときの彼の声に、勝ち誇ったような響きがあったとヴァランダーは思い当たるのだが。

「われわれはムルニエース大佐が怪しいと思っている」

「理由は？」

「われわれなりの推測から」

「どのような推測だ?」

「ムルニエース大佐はいままでいろいろな場面で忠実なソ連市民であることを見せてきたからだ」

「彼はロシア人か?」ヴァランダーの声に驚きがあった。

「ムルニエースは第二次世界大戦中に我が国にやってきた。父親が赤軍に入っていた。警察に入ったのは一九五七年だ。まだ若かった。若く、将来を嘱望されていた」

「彼が自分の部下の一人を殺したというのか?」

「それ以外、説明がつかない。だが、ムルニエース自身が手を下したかどうか、そこまではわからない。ほかの誰かにさせたかもしれない」

「しかし、リエパ中佐はなぜ、スウェーデンから帰ったその日に殺されたのだ?」

「リエパ中佐は非常に口の重い人だった」ウピティスの声が鋭くなった。「決してよけいなことを言わなかった。人はこの国では嫌でもそうなるのだ。私は彼の近しい友達の一人だったが、その私にさえ、彼はよけいなことは一つも言わなかった。秘密を話しすぎれば友達の負担になる。だが、たまになにかを嗅ぎつけたというようなことをぽろりと漏らすことがあった」

「たとえば?」

「わからない」

「なにか、知っているだろう?」

ウピティスは首を振った。突然彼はがっくりと疲れて見えた。運転手は微動だにしない。

「私を信頼していいとどうしてわかる？」ヴァランダーが訊いた。

「それはわからない。だがわれわれはそのリスクをあえて冒すことにした。スウェーデンの警官は、底なしの泥沼状態になっている我が国に深く首を突っ込むほど関心をもたないだろうと思うのだ」

そのとおりだ、とヴァランダーは思った。おれは尾行されるのは好きじゃない。見知らぬ国の見知らぬ狩猟小屋に夜中に連れてこられるのも好きではない。おれがなによりいましたいのは、国に帰ることだ。

「バイバ・リエパに会わなければならない」と彼は言った。

ウピティスはうなずいた。

「ミスター・エッカースにまた電話をかける。明日にでも」

「もちろん、ラトヴィア警察を通して取り調べをすることはできるが」

ウピティスはまた首を振った。

「耳が多すぎる。会えるように手配しよう」

話が終わった。ウピティスは深く考えに沈んでいる様子だった。ヴァランダーは暗がりに目を移した。かすかな明かりの漏れはもうなかった。

「知りたかったことは知ったのだな？」

ウピティスはほほえんだ。なにも言わない。

「私の家でウィスキーを飲みながら『トゥーランドット』を聴いたとき、リエパ中佐は自分の死が差し迫っているようなことはなにも言わなかったよ。はっきり訊いてくれてもよかったのに」

「我が国には近道はないのだ」とウピティスは言った。「遠回りだけが目的に到達する道であり、安全な道であることがよくある」

彼はノートをしまうと立ち上がった。運転手がいすから飛び上がった。

「帰りはできれば頭巾をかぶりたくない」ヴァランダーが言った。「かゆくてたまらん」

「もちろんだ」ウピティスが言った。「だが、用心はわれわれのためだけではない。あなたのためでもある」

リガへの帰り道、月は煌々《こうこう》と輝き、気温はかなり下がっていた。ヴァランダーは車窓から沿道の明かりがついていない村々を見た。リガの町に近づくとベッドタウンの高層住宅と街灯の消えた道路が延々と続いた。

ヴァランダーは車に乗り込んだのと同じところで降ろされた。ウピティスはホテルの裏口を使えと言った。取っ手を押してみると、鍵が締まっていた。どうしたものかと迷っていたとき、ドアの内側でカチッという音がした。ドアを開けてくれた男に見覚えがあった。それは前に見たホテルのナイトクラブのドアマンと同じ男だった。ヴァランダーは男の後ろから非常階段を上った。男は一五〇六号室まで送ってくれた。部屋に入ったとき、時計は二時三分過ぎを示していた。

部屋の中は寒かった。ヴァランダーは浴室のグラスにウィスキーを注ぎ、毛布にくるまると机に向かった。疲れてはいたが、このままベッドに就いても、今晩起こったことを書き留めないかぎり絶対に眠れないとわかっていた。ペンが指先に冷たかった。いくつかすでにメモが書かれているノートを取り出すと、ウィスキーを一口飲んで考え始めた。

「振り出しに戻った」とリードベリなら言っただろう。「空白や不明瞭な点はそのままにしておくのだ。おまえさんがはっきりわかっていることから始めるがいい」

おれがはっきりわかっていることはなにか？　イースタの近くの海岸にユーゴスラヴィア製の救命ボートで他殺体が二体漂着した。これは疑いのない事実と言っていい。捜査に協力するため、リガ市警からイースタにリエパ中佐が派遣された。ヴァランダー自身は、ボートを完全に調べなかったという、取り返しのつかないミスを犯した。その後、ボートは盗まれた。誰が盗んだのか？　リエパ中佐はリガに戻った。中佐は二人の上司に報告した。プトニス大佐とムルニエース大佐だ。その後、帰宅した。妻にスウェーデンの警察官ヴァランダーが土産にくれた本を見せた。このときリエパ中佐は妻になんと言ったのか？　リエパ夫人のバイバは、ホテルの客室係の格好をして自分に会いに来てから、なぜウピティスをおれに会わせたのか？　彼女はなぜミスター・エッカースを創り出したのか？

ヴァランダーはウィスキーを飲み干し、新たに注いだ。指先が白くなっている。彼は毛布の中で手を温めた。

「あり得ないと思うところでも関係性を探すのだ」とはリードベリがしばしば言っていた言葉

だ。しかし、あの死んだ男たちとリエパ中佐との間に、ほんとうになにか関係があるのだろうか？　接点はリエパ中佐だけだ。ほかにはなにも見えない。中佐は密輸について、そして麻薬について話していた。ムルニエース大佐も同じことを言った。しかしなんの証拠もない。推量にすぎない。

　ヴァランダーはいま書いたことを読み返してみた。同時にウピティスの話を思い出した。中佐がなにかを嗅ぎつけたというようなことをポツリと言うことがあったとか……。なにを嗅ぎつけたのだろうか？　ウピティスが話していた怪物を発見したのだろうか？

　考えに沈みながら、ヴァランダーは窓から入るすきま風に揺れるカーテンをぼんやりと眺めた。

「誰かにだまされたのだ。われわれはムルニエース大佐を疑っている」

　そんなことが可能なのだろうか？　ヴァランダーは前の年、マルメの元警察官が居住申請中の移民を虫けらのように撃ち殺した事件を思い出した。可能でないことなど、ないのかもしれない。

　彼はメモを書き続けた。救命ボートの殺された男たち——麻薬——リエパ中佐——ムルニエース大佐。この鎖はなにを意味するのだろう？　ウピティスが知りたかったことはなんだろう？　おれのアパートでマリア・カラスを聴きながら、リエパ中佐はなにか重大なことを漏らしたとウピティスは本当に思ったのか？　中佐がなにを言ったのか、それを知りたかったのだろうか？　それとも、リエパ中佐がおれを信頼したかどうかを知りたかったのか？

三時十五分過ぎになった。これ以上はなにも書くことがない。彼は浴室へ行って歯を磨いた。鏡を見ると、毛糸の頭巾のためにできた赤い発疹《ほっしん》がまだ残っていた。

ババ・リエパが知っていることでおれには見えないものとはなんだろう？

ヴァランダーは七時ちょっと前に目覚まし時計を仕掛けてベッドに潜り込んだ。頭が冴えて、眠れない。彼は腕時計を見た。三時四十五分。目覚まし時計の針が暗闇で光っている。三時三十五分。彼は枕を直して寝返りを打った。突然、ぎくっとした。もう一度自分の腕時計を見た。三時五十一分。手を伸ばしてサイドテーブルの上の明かりをつけた。目覚まし時計は三時四十一分を示している。彼はベッドの上に起き上がった。なぜ目覚まし時計は遅れているのだろう？　それとも腕時計のほうが狂っているのだろうか？　なぜ二つの時計の時間がちがっているのだろう？　いままでこんなことは一度もなかった。目覚まし時計を手に取った。針を動かして腕時計の時間に合わせた。三時五十四分だ。それから明かりを消して目を閉じた。眠りに引き込まれそうになったとき、またぱっと目が覚めた。暗い部屋で体を硬くしたまま考えた。きっと気のせいだと思った。しかししまいにまた明かりをつけて起き上がった。目覚まし時計の裏のふたを爪でねじり開けた。

盗聴マイクは三ミリほどの厚さで、十ウーレ硬貨ほどの小さなものだった。

それは二個のバッテリの間にはさまっていた。最初、ヴァランダーはほこりかと思った。またしは灰色のセロファンテープのようなものかと思った。しかし、ベッドサイドテーブルの上の明かりの下でよく見ると、バッテリの間にはさまっているその黒っぽいものはコードレスのマイクだった。

彼はそのままベッドの上に長いこと座っていた。それからまたふたを戻して閉めた。

六時ちょっと前、彼はやっと眠りに落ちた。

ベッドサイドの明かりはつけたままだった。

10

クルト・ヴァランダーは、やりどころのない怒りを胸に抱いたまま目を覚ました。自分の目覚まし時計に盗聴マイクを仕掛けられているのを発見したショックで、いま彼は言いようもなく不愉快だった。シャワーで疲れを流しながら、なぜ自分が監視されているのか、朝一番に問い質《ただ》そうと思った。これがあの二人の大佐の仕業であることに疑いはなかった。だが、到着以来監視をつけるほど疑いをもっているのなら、なぜそもそもスウェーデンの警察官に協力を請うたのだ？　ホテルのレストランとフロントのところにいた男に関しては、理解できた。鉄のカーテンの中の国では、それが通常のことなのだろう。残念ながら鉄のカーテンはまだ存在するらしい。だが、部屋に忍び入って盗聴マイクを仕掛けるとなると、黙ってはいられなかった。

七時半、彼はホテルのレストランでコーヒーを飲んだ。見張りの男がいるかどうか、ぐるりとレストラン内を見回した。だが、その影はなかった。部屋の隅で日本人の男が二人深刻そうに顔を近づけてひそひそと話しているだけだった。八時ちょっと前、彼はホテルの表に出た。天気はふたたび穏やかになっていた。春がもうじき始まるのかもしれない。スィズ軍曹が車のそばに立って、手を振っている。不機嫌であることを示すために、ヴァランダーは警察本部への道中、一言も口を利かなかった。ムルニエース大佐と同じ廊下にある彼の部屋まで案内しようとするスイズ軍曹には、手を振って断った。もう自分一人で行けると思った。しかし、やってみるとうまくいかず、途中で何度か人に訊かなければならなかった。ムルニエース大佐の部屋の前までできて、ノックしかけたが、思い留まり、自分の部屋に行った。まだゆうべの疲れが残っている。ムルニエース大佐に立ち向かう前に、少し考えをまとめておこうと思った。コートを掛けていたとき、電話が鳴った。

「おはよう」プトニス大佐の声だった。「よく眠れましたか、ミスター・ヴァランダー？」

おれがゆうべまんじりともしなかったことは、よく知っているだろうが、とヴァランダーはムカッとした。盗聴マイクからおれのいびきは聞こえなかったはずだ。すでに報告書があんたの机の上に載っているんだろう？

「まあなんとか」とヴァランダーは言った。「尋問のほうはどうですか？」

「残念ながらあまりうまくいっていない。だがまた今日も引き続き午前中は取り調べをします。新しく手に入れた情報を被疑者に突きつけて、自分の置かれた状況をよく考えろと言うつもりですよ」

「私はなんの役にも立っていない気がする」ヴァランダーは言った。「自分になにができるのでしょうか」

「有能な警官はとかく性急なもの」プトニス大佐は言った。「もしよかったら、これからちょっとそっちに行こうと思うのですが」

「どうぞ、部屋にいますから」

十五分後、プトニス大佐はヴァランダーの部屋に現れた。その後ろからコーヒーカップを載せたトレーを持った若い警官がやってきた。プトニスは疲れているようだった。目のまわりに黒い隈《くま》ができている。

「だいぶ疲れているようですね、プトニス大佐」

「取調室は空気が悪いですからな」

「たばこの吸いすぎではないですか？」

「きっとそうだろう」大佐は言った。「スウェーデンの警察官はめったにたばこを吸わないそうですな。私はたばこがなかったら、とてもやっていけないと思いますよ」

リエパ中佐のことが思い出された。彼は喫煙所でしかたばこを吸ってはいけないスウェーデンの警察の決まりをおかしな慣習として報告したのだろうか？　そんな時間があっただろうか？

プトニスはポケットからたばこを取り出した。

「吸ってもいいかな？」大佐が訊いた。

「かまいません。私自身は吸いませんが、たばこの煙に苛立ちはしませんから」

ヴァランダーはコーヒーを飲んだ。苦い風味で、濃いコーヒーだった。プトニスは天井に立ち上るたばこの煙を見ながら、物思いに沈んでいた。

「なぜ私を監視するのです？」ヴァランダーが訊いた。

プトニスは一瞬呆然とした。

「いま、なんと？」

芝居が上手だな、とヴァランダーは思った。怒りがふたたび体中にみなぎった。

「なぜ私に監視をつけるのです？　私に見張りがついていることにはとっくに気がついていた。しかし、目覚まし時計の中に盗聴マイクを仕掛けるとは、どういうことです？」

プトニスは黙って彼の言うことを聞いていた。

「目覚まし時計に盗聴マイクをつけたのは、残念なことだがなにかの間違いでそうなったのにちがいない」とプトニスは言った。「私の部下には仕事熱心な者がいますからね。ただ、私服の警官をあなたにつけたのは、あなたを守るためですよ」

「なにが起きると思っているのです？」

「何ごとも起きないことを願ってますよ。しかし、リエパ中佐がなぜ殺されたのかを解明するまでは、用心するに越したことはないからです」

「私は自分のことは自分で守れる」ヴァランダーは抗議した。「今後、盗聴マイクはお断りする。今度そういうものを発見したら、すぐに帰国すると言っておきます」

「申し訳ない」プトニスは慌てて言った。「さっそく責任者に厳しく注意しておきます」

「命令を出したのは大佐、あなたなのですね？」

「盗聴マイクの命令は出してない」大佐はすぐに言った。「それは、残念ながら私の部下の勇み足だ」

「マイクはじつに小さなものです」ヴァランダーは言った。「かなり高性能のものだと思います。わたしの部屋の隣で盗聴していた者がいたにちがいない」

　プトニスはうなずいた。

「そのとおりでしょう」

「冷戦は終わったのだと思っていたのですが」ヴァランダーが言った。

「新しい時代がそれまでの時代に取って代わるとき、古い社会が部分的に残っているものですよ」プトニスが哲学的な物言いをした。「それは警察に関しても言えるのではないかと思う」

「直接捜査と関係のないことを訊いてもいいですか」ヴァランダーが言った。

　プトニスはふたたび疲れた笑いを浮かべた。「もちろん。ただ、満足のいく答えを差し上げられるかどうか、わかりませんよ」

　ヴァランダーは、東ヨーロッパの警察官のイメージとして彼が描いていたものよりはるかに、大げさなほど、礼儀正しいプトニスのマナーを思った。そして、最初にプトニスに会ったとき、猫のようだと思ったことを思い出した。ほほえむ猫科の動物だ。行儀のいい、笑みを浮かべる猫科の動物。

「私は自分がラトヴィアでなにが起きているか、よく理解できていないことを率直に認めます」とヴァランダーは話し出した。「ただし、昨年の秋のことは知っています。街路を戦車が走り、路傍に死者が倒れていた。人々はソ連の特殊部隊〈ブラックベレー〉をとくに恐れた。ソ連私はここに来てからバリケードの残骸を見ました。建物の外壁に銃撃戦の跡を見ました。ソ連から自由になりたいという人々の意志がここにはある。支配から解放を勝ち取るのだという意志です。いま、その意志を妨害しようという勢力がある」

「自由を求める野心の正当性については、様々な解釈がある」プトニス大佐は間をおいて言った。

「警察はこのような状況下で、どこに立っているのですか?」ヴァランダーが訊いた。

プトニスは驚いたようにヴァランダーを見た。

「われわれの任務はいうまでもなく治安の維持です」

「戦車に乗ってどのように治安を維持すると言うのです?」

「私は人々に慌てさせないという意味で言っているのですよ。市民が不必要に傷つくことなどないように」

「しかし、戦車が町に出現するということ自体、なにより治安を乱すことではありませんか?」

プトニスは答える前にゆっくりと念入りにたばこの火を消した。

「あなたも私も警察官だ。われわれには高い目標がある。犯罪を告発し、市民の暮らしを守ることです。だが、あなたと私は異なる社会制度のもとで働いている。そのために、当然のことながら働き方もちがってくるのですよ」

「さっき、様々な解釈があると言われたが、警察組織に関しても同じことが言えるのではありませんか?」

「警官は西欧社会では政治的に中立的な公僕とされていることは知っています。警察組織は時の政権によって立場を変えることはないのでしょう。原則として、我が国でも同じことが言えるのです」

「しかし、ここには政党は一つしかないのでは？」

「いや、いまではちがいます。新しい政治団体が最近結成されています」

ヴァランダーはプトニスが巧妙に問題の核心を避けて答えていることに気がついた。ズバリ訊いてみようと思った。

「あなた自身はどう思っているのです？」

「なにについて？」

「独立について、解放についてです」

「ラトヴィアの警察組織の大佐はそのような質問に答えるべきではない。外国人に対してなら、なおさらのことです」

「ここには盗聴マイクはないですよ」ヴァランダーは食い下がった。「答えは、あなたと私の間に留まります。それに私はまもなく帰国する身です。深い信頼のもとで話してくれたことを、広場に立って大声で公表したりなどしませんよ」

プトニスは長いことヴァランダーを見つめていた。

「もちろん私はあなたを信頼していますよ、ミスター・ヴァランダー。我が国でいま起きていることに心を痛めていると言うことはできます。それはほかのバルト諸国についても同じことです。同じことがソ連についても言えます。しかし、同僚のみんながみんな、そう思っているとはかぎらない」

　そう、ムルニエース大佐のように、とヴァランダーは考えた。もしそれを声に出して言ったところで、彼は認めないだろうが。

　プトニス大佐は立ち上がった。

「示唆に満ちた会話でした」と言った。「だが、私はこれから取調室で不愉快な人物に会わなければならない。今朝はただ、妻のアウスマが、よかったら明日の晩に家に来ていただきたいと言っていることを伝えに来たのですよ。今晩は別の約束があるというので」

「ええ、明日の晩、喜んで、と伝えてください」ヴァランダーは言った。

「ムルニエース大佐が午前中に部屋に来てほしいと言っていますよ。リエパ中佐殺害捜査ではなにを中心に据えるべきか意見を聞きたいとのことです。私はこれからの尋問でなにかわかったら、もちろんすぐに知らせましょう」

　プトニスは出ていった。ヴァランダーは夜中に針葉樹林の狩猟小屋から戻ってから作ったメモを読み直した。

「われわれはムルニエース大佐を疑っている」とウピティスは言っていた。「リエパ中佐は誰かにだまされたのだと思う。ほかには説明がつかない」

　ヴァランダーは窓辺に立って、眼下にリガの建物の屋根を見下ろした。いままでこれに類似した事件の捜査をしたことがあっただろうか、と自問した。いま彼がいる場所は、自分が経験したことのない人生を生きている人々の世界だ。どのように取り組んだらいいのだろう。もしかすると、もう国に帰るのがいいのかもしれない。しかし同時に彼は自分が関心をもっていることも否定できなかった。なぜあの強い近眼の、小さな体の大佐が殴り殺されたのか知りたいと思った。どこに見えない糸口があるのか？　机に向かい、もう一度メモに目を通した。電話が鳴った。ヴァランダーは受話器を持ち上げた。ムルニエース大佐だろうと思った。

雑音が聞こえ、それから意味不明のわめき立てる声がした。やっとそれはひどい英語で話そうとしているビュルクであることがわかった。

「私ですよ、ヴァランダーです！　聞こえますよ！」

「クルトか！」ビュルクが叫んだ。「そっちの声はほとんど聞こえないんだ。バルト海の向こうとこっちで、こんなに通話が聞き取れないなんて、まったく。どうだ、聞こえるか！」

「ええ、聞こえます。叫ばなくても大丈夫ですよ」

「なんだって？」

「叫ばないで、ゆっくり話してください」

「どうだい、仕事の具合は？」

「手間取ってます。前に進んでいるのかどうかわかりません」

「もしもし？」

「手間取ってると言ったんです。聞こえますか？」

「ほとんど聞こえない。ゆっくり話してくれ。叫ぶな。どうだ、聞こえるか！」

次の瞬間、回線から雑音が消えた。まるでビュルクが隣の部屋から電話をかけてきたかのように鮮明になった。

「やっとよくなった。あんたがなんと言ったのか、聞こえなかったよ」

「ゆっくりとしか進まないと言ったんです。いや、進んでいるのかどうかもわからないとも言いました。プトニスという名の大佐が昨日から被疑者を尋問しています。しかし、結果が出るかどうか、わかりません」

「きみはそこで何か役に立っているのかね？」

ヴァランダーは答える前に一瞬ためらった。それからきっぱりと言った。

「ええ。こっちに来てよかったと思います。もう少しいさせてもらえれば」

「こっちはなにも特別なことは起きていない。静かなものだ。きみはそっちでもうすこし捜査協力を続けていいよ」

「そう言えば、救命ボートの行方はわかりましたか？」

「いや、全然わからない」

「なにか、私が知っておく方がいいことはありますか？　マーティンソンは近くにいますか？」

「いや、彼はインフルエンザで休みだ。ラトヴィアに引き継ぎをしたので、こっちは事件の捜査はしとらんよ。新しい進展はなにもない」

「雪はもう始まりましたか？」

ビュルクがなんと答えたかはわからない。通話が途切れてしまったのである。まるで誰かが切ったかのように。ヴァランダーは受話器を置いた。父に電話をしなければ、と思った。書いた絵はがきも投函していない。リガでなにか土産を買わなければならないとも思った。ラトヴィアからの土産物といったら、なんだろう。

短時間だったが、彼は少しホームシックになった。それから冷たくなったコーヒーを飲み干して、またメモに目を戻した。三十分後、彼はきしむいすに寄りかかって背中を伸ばした。やっと疲れが消えたような気がする。さて、なによりもまずバイバ・リエパと話をしなければならない。それをしなければ、おれはすべて推定に基づいて行動することになってしまう。彼女はなにか決定的な情報をもっているにちがいない。ウピティスがゆうべおれから訊き出したことはいったいなんなのかを彼女に訊くのだ。おれからなにを訊きたかったのか。あるいは、おれがなにを知っていると思ったのか？

ヴァランダーは紙の上にバイバ・リエパの名前を書き、丸で囲んだ。そしてその後ろに感嘆符を付けた。それからムルニエースの名前を書き、その後ろに疑問符を付けた。メモ用紙をまとめて、廊下に出た。ムルニエースの部屋のドアをノックすると、中からうなるような声が聞こえた。部屋をのぞいて、大佐が電話中とわかった。大佐は中に入れと手振りで知らせ、くたびれたいすを指さした。ヴァランダーはすすめられたいすに腰を下ろした。ムルニエース大佐は興奮していた。ときどき大佐の声が怒鳴り声に変わった。病気持ちでむくんではいるが、大佐にはまだまだ力があるのだとヴァランダーは思った。言葉はまったく理解できなかった。ただ、よく聴くと、それはラトヴィア語ではなかった。言葉のメロディーがちがうのだ。さらに注意して聴くと、ロシア語だとわかった。通話は、最後にムルニエースが命令調でなにか強く言ったところで終わった。大佐は受話器を叩きつけるように置いた。

「馬鹿者どもが」と言って、大佐はハンカチを出して額の汗をぬぐった。それからヴァランダーに向き直ると、いつもの落ち着いた顔に戻り、笑みさえ浮かべた。

「言われたことに従わない部下にはまったく手こずる。スウェーデンでもそういうことがあるかね？」

「しょっちゅうです」ヴァランダーは調子を合わせた。

彼は机を挟んで向かい側に座っている男を観察した。この男がリエパ中佐を殺したのか？ ああ、それはあり得る、と彼は自問自答した。長年警察官として働いてきた経験から、彼は確固たる信念をもっている。殺人者という者はいない。殺人を犯す人間がいるのみだ。

「もう一度資料を検討しようと思う」ムルニエース大佐が言った。「いまプトニス大佐が事件になんらかの形で関与したと思われる男を尋問している。その間、われわれは調書の中に糸口を見つけようではないか？」

ヴァランダーははっきり言うことに決めた。

「私は現場調査の報告はいい加減だと思います」

ムルニエースは眉毛を上げた。

「どこが？」

「スィズ軍曹が調書を訳してくれたとき、数カ所、おかしいと思うところがありました。まず、明らかに誰も埠頭に行って現場調査をしていないと思われることです」

「そこでなにが見つかるはずだったというのかね？」

「車のタイヤの跡ですよ。リエパ中佐は真夜中にそこまで歩いていったとは考えられませんから」

ヴァランダーはムルニエース大佐が反応するかと思い、黙ったが、なにも言葉がなかったので続けた。

「凶器も探さなかったようですね。なにより、殺された場所と死体発見の場所が同じとはとうてい考えにくい。スィズ軍曹が訳してくれた調書には、それが同一であるとだけ、簡単に書かれている。そう判断するにいたった理由はなにも挙げられていない。一番おかしいのは、目撃者の話が取れていないことです」

「目撃者はいないのだ」ムルニエースが言った。

「なぜそうとわかるのです？」

「港湾警備詰め所で訊いたのだ。誰もなにも見ていない。そのうえ、夜、リガの町を出歩く者はいない」

「いや、私が考えているのは、リエパ中佐の住まいのほうです。中佐は夜遅い時間に家を出たわけです。ドアが閉まる音を聞いて、外を見た人が近所にいたかもしれない。やってきた車を見た者がいたかもしれない。よく探せば、なにかを見た、聞いたという人間が、必ずいるものです」

ムルニエースはうなずいた。

「それはいま調べているところだ。中佐の写真を持って隣近所を聞き回っている」

「しかし、それはちょっと遅過ぎはしませんか？　人は忘れるものです。日付や時間を間違ったりすることもある。リエパ中佐は毎日のように自宅を出たり入ったりしていたでしょうから」

「いや、ときには、少し時間をおくほうがいいこともある」ムルニエース大佐が言った。「リエパ中佐が殺されたという噂が広まると、そう言えばあれを見た、これを見たという人間が出てくる。その人たちなりに、嘘を言うつもりはないのだろうが。数日待つと、人々は落ち着く。興奮して、いい加減なことを口走ったりせずに、落ち着いてほんとうに見たことを話すことができるようになるのだ」

ヴァランダーはムルニエースの意見が正しいのはわかっていた。しかし、同時に、彼は経験から、二度聞き込み調査をするのがいいと思っていた。事件発生後なるべく早くと少し時間をおいてからと。

「ほかにおかしいと思ったことは？」ムルニエースが訊いた。

「リエパ中佐はなにを着ていましたか？」

「なにを着ていた？」

「制服でしたか、それとも私服でしたか？」

「制服だった。細君に仕事で出かけなければならないと言っている」

「ポケットにはなにが入っていました？」

「たばことライターだ。硬貨が数個。ペン。あっておかしいようなものは何一つなかった。なくなったものもない。胸ポケットには警察手帳が入っていた。財布は家において出た」

「武器は携帯しましたか？」

「リエパ中佐は実際に使用する可能性があると思われるとき以外、武器は携帯しなかった」

「中佐はどうやって本部に通勤していました？」

「もちろん運転手付きの車だ。しかし、たいてい彼は歩いて出勤してきた。どういうわけか」

「バイバ・リエパの調書によると、彼女は外に車が停まった音がしたかどうか、わからないと言っていますね？」

「当然のことだ。勤務ではなかったのだから。リエパ中佐はだまされたのだ」

「しかし、中佐はそのときはまだそれを知らなかった。家には戻らなかったのですから、きっと中佐はなにかの理由で車が来ないのだと判断したのでしょう。その後、どうしたと思いますか？」

「おそらく歩くことにしたのだろう。しかし、それははっきりしていない」

ヴァランダーはほかの質問が思いつかなかった。だが、ムルニエースと話してみて、改めて調書がいい加減であるという実感を強めた。あまりにもひどいので、誰かの手が加えられたのかと思うほどだ。そうだとすれば、なにを隠すためだろう？

「私はリエパ中佐の家とその付近に行ってみたい」ヴァランダーが言った。「スイズ軍曹に頼もうと思います」

「なにも見つからんよ」ムルニエースは言った。「もちろん、どうぞ自由に動いてもらってい い。取り調べでなにか新しいことがわかったら知らせましょう」

呼び鈴を押すとスィズ軍曹が戸口に現れた。ヴァランダーは車で町を見せてほしいと頼んだ。ふたたびリエパ中佐の悲運と取り組む前に、少し気分転換の必要があると感じた。

スィズ軍曹は自分の町を案内するのがうれしそうだった。運転しながら饒舌に道路や公園の説明をした。町を誇りに思っていることがわかった。車は長いアシパシアス大通りを走った。左には川が流れている。スィズ軍曹は歩道に沿って車を停めると、高い自由記念碑を指さした。ヴァランダーはこの巨大なオベリスクがなにを物語っているのかと考えた。ウピティスが、自由は人々のあこがれの対象でもあり怖れのもとでもあると言っていたことを思い出した。記念碑の下には汚れたぼろをまとった男たちが寒そうに座っていた。中の一人が道に落ちているたばこの吸い殻を拾ったのをヴァランダーは見た。リガは非情なコントラストの町だ。目に見えるもの、わかったと思うものは次の瞬間まったく別の顔を見せる。むき出しのコンクリートの外壁の高層建築が、戦前の装飾をほどこした、朽ちかけた建物と混在している。立派な大通りの先に狭い路地があると思えば、灰色のコンクリートと巨大な御影石で造られた、冷戦の落とし子である立派な広場に繋がっている。

赤信号で車が停まったとき、ヴァランダーは車窓から人々を眺めた。この人たちは幸せなのだろうか？　スウェーデンの人間とはちがうのか？　しかし、とてもそんなことはわからなかった。

「ヴェルマンスパルケンという名の公園です」軍曹が説明した。「公園の向こう側にリガとスパルタークという二軒の映画館があります。左手にエスプラナーデン大通りがあります。この角を曲がると、ヴァルデマルガータンに入ります。町中を通っている運河にかかっている橋を渡ると、右手に国立劇場が見えます。これからまた左に曲がります。十一月十一日記念桟橋に入りますが、このまま続けますかヴァランダー大佐？」

「いや、もういい」ヴァランダーは答えた。大佐と呼ばれるのは居心地が悪かった。「あとで土産物を買うのを手伝ってくれ。さて、これからリエパ中佐の家の近くまで行ってほしい」

「スカルヌガータンです」スィズ軍曹が言った。「リガの旧市街の真ん中です」

ジャガイモの袋を降ろしていたトラックの後ろで急ブレーキを踏んだ。ヴァランダーは軍曹にいっしょに来てもらおうかと一瞬考えた。彼がいなければ聞き込み調査はできない。しかし同時に、一人で思索したり、観察したりもしたかった。

「あれがリエパ中佐の家です」とスィズ軍曹は、両隣を高い建物に挟まれて窮屈そうに立っている建物を指さした。

「道路に面した部屋か？」ヴァランダーが訊いた。

「二階の左から四つ目の窓です」

「車で待っていてくれ」ヴァランダーは言った。

真昼であるにもかかわらず、道路に人影がなかった。ヴァランダーはゆっくりと、リエパ中佐が最後の晩歩いたにちがいない道を歩いていった。いま彼はリードベリが言っていた言葉を思い出していた。警察官はときには俳優でなければならない。未知の事柄を感情移入して理解するのだ。犯人、あるいは犠牲者の肌の中に潜り込むのだ。その立場にいる人間がなにを考え、どのように反応するか、自分がその人物になりきって想像してみるのだ。ヴァランダーはその建物の玄関に行き、扉を開けてみた。玄関ホールは暗く、小便の匂いがした。扉を放すと、低く閉まる音がしただけで、きしみ音はなかった。

その暗い玄関ホールの上がり口を見たとき、ヴァランダーの頭にある考えが浮かんだのだった。なにがそうさせたのかわからなかった。それは一瞬のことで、すぐに消えてしまった。だが、非常に重要なことだったので、いままで見たものすべてが一気に色あせてしまった。

以前になにかがあったのだ。

中佐がスウェーデンに来るまでに、すでに多くのことが起きていたのだ。フォセル夫人がモスビー・ストランドで見つけた救命ボートは不気味なほど大きな規模の事件のほんの一端にすぎなかったのだ。リエパ中佐が追っていた事件の関連項目の一つだったのだ。それこそ、ウピティスがヴァランダーから聞き出したかったことだ。リエパ中佐は心を許してヴァランダーに疑惑を話したか？　中佐はその時点で知っていた、あるいは疑っていた、祖国で起きている事件のことを、ヴァランダーに漏らしていたか？

ヴァランダーは突然、いままで当然気づくべきだった、ある可能性に気がついた。リエパ中佐は同僚の誰か——ムルニエース大佐かもしれない——にだまされたのだというウピティスの推測が正しければ、ウピティス以外の人間もまた同じ疑問をもったのではあるまいか。すなわち、スウェーデンの警察官クルト・ヴァランダーはどこまで知っているのか？　リエパ中佐は彼に知っていることや疑っていることを話したのではないか？

　ヴァランダーは、リガに到着してからときどき感じた恐怖感はこれだったのだと思った。いままでは無防備すぎたのかもしれない。救命ボートの男たちとリエパ中佐を殺した者たちが、躊躇なく人を殺すことははっきりしている。

　彼は道路をわたって建物の向かい側に立ち、窓を見上げた。バイバ・リエパは絶対に知っているにちがいない。だが、なぜ彼女は自分で狩猟小屋に来なかったのだろう？　彼女もまた監視されているのだろうか？　そのためにおれはミスター・エッカースにされたのだろうか？　なぜおれはウピティスに会わせられたのだろう？　ウピティスとは何者か？　隣の部屋でドアの隙間から耳を澄ましていたのは誰だろう？

　状況の中に身を置いてみるのだ、とヴァランダーは思った。リードベリだったら、いまきっとそうするだろう。

　リエパ中佐はスウェーデンから帰国した。彼はプトニス、ムルニエース両大佐に報告をした。それから帰宅した。スウェーデンでの捜査に関する報告の中のなにかが、何者かにリエパ中佐の殺害を直ちに決めさせたのにちがいない。家に帰った中佐は夫人と夕食をとり、スウェーデンの警官クルト・ヴァランダーから贈られた本を見せた。中佐は家に帰ってきて安心していた。これが彼の人生最後の日になるかもしれないと思っている様子は微塵もなかった。

リエパ中佐が殺されたあと、リガにやってきたヴァランダーにリエパ夫人が接近してきた。ヴァランダーはエッカースという人物に仕立てられ、ウピティスという男に様々なことを訊かれた。それはヴァランダーがなにをどこまで知っているかを知るためだった。しかし、ヴァランダーは協力を依頼された。が、どのような方法での協力かは示されなかった。ヴァランダーは事件はこの国の政治的不安定さと関係があることははっきりした。そして、その政治的不安定の問題にリガの警察官で中佐のリエパが深く関わっていたこともわかった。つまり、ここにもう一つ、時間的にさかのぼって考察しなければならないことを示唆するヒントがある。この国の政治である。リエパ中佐が最後の晩、夫人と話したのはそれだったのだろうか？　十一時ちょっと前、電話が鳴った。誰からの電話かはわからない。だがリエパ中佐はそれが死の執行を約束するものであるとは知らない。彼はこれから仕事をしなければならないと言って、家を出た。二度と帰宅することはなかった。

迎えの車は来なかった、とヴァランダーは考えを続けた。中佐はそこで少し待ったはずだ。その時点でもまだ彼はなにも疑っていない。しかし、しばらくして彼は車が故障したのだろうと思った。そこで、歩いていくことにした。

ヴァランダーはポケットからリガの地図を出し、歩き出した。

スイズ軍曹は車の中から彼を見ていた。軍曹は誰におれのことを報告するのだろう？　ムルニエースか？

夜遅くリエパ中佐にかかってきた電話の声は、信頼に満ちたものだったにちがいない。中佐は何の疑惑ももたなかったのだ。用心しなければならないだけの理由が十分にあり、実際に用心深かった中佐だ。中佐はいったい誰を一番信用していたのだろう？

答えはすぐに見つかった。バイバ・リエパ、彼の妻にちがいない。

ヴァランダーは地図を持って歩いてもこれ以上のことはわからないと思った。最後の晩、中佐を迎えに来た人々——一人であるはずはない、絶対に複数の人間だ——は、用心深く行動したにちがいない。この先に進むには、ほかの角度から攻めなければならない、とヴァランダーは思った。

スィズ軍曹が待っている車に戻り始めたとき、ヴァランダーはふと、リエパ中佐のスウェーデン報告を文書の形で見たことがないのに気がついた。イースタに滞在した数日間、リエパ中佐が熱心にメモを取っていたのをヴァランダー自身、何度も見ている。捜査をしたら、できるだけ早いうちに、できるだけ詳しく文書にしたためることの重要性を中佐が繰り返し話しているのも聞いていた。熟練した警察官は、記憶はすぐにあいまいになることを熟知している。だが、リエパ中佐の報告書はスィズ軍曹が訳してくれたものの中にはなかった。最後に中佐に会ったときに報告を受けたと話したのは、プトニス大佐かムルニエース大佐だ。

ヴァランダーはリエパ中佐を思い浮かべた。飛行機がマルメのスツールルップ空港を離陸するや、中佐は前のテーブルを倒してさっそく報告書を書き始めたはずだ。ストックホルムのアーランダ空港での待ち時間も書き続けたにちがいない。旅の最後の区間、バルト海上空を飛んでリガに到着するまでもそうしていたにちがいない。

「リエパ中佐はスウェーデンでの仕事の報告書を提出しなかったのかね？」車に乗り込みながらヴァランダーは訊いた。

スィズ軍曹は目を瞬かせた。

「そんな時間はなかったと思います」

彼ならきっと間に合っただろう、とヴァランダーは心の中で呟いた。報告書はどこかにきっとある。誰か、おれにそれを見られたくない者がいるのだ。

「次は土産物だ」ヴァランダーが言った。「デパートに行ってみたい。それからランチだ。列を無視するのはやめてほしい」

セントラル・デパートの前に車を停めた。一時間、ヴァランダーは後ろから来るスィズ軍曹とデパートの中をうろついた。人が大勢出ていた。だが、品物はごくわずかしかなかった。本とレコードのコーナーに来て、彼は関心をもって立ち止まった。オペラの曲をロシアの歌手とオーケストラが演奏しているレコードを何枚か買い求めた。値段はとんでもなく安かった。絵画集も同じく安い値段で、これもまた数冊買った。誰にプレゼントするか決めていたわけではなかった。品物を包んでもらい、彼は軍曹といっしょにこっちのレジ、あっちの列とかけずり回った。すべてに時間がかかり、終わったときにはすっかり汗をかいていた。

外に出たとき、ヴァランダーはためらいなくランチはホテルで食べようと軍曹に言った。自分の言葉がついに聞き入れられたと思ったのか、軍曹は満足そうにうなずいた。

ヴァランダーは買ったものをもって自分の部屋に行った。上着を脱いで、手を洗った。心のどこかで、ミスター・エッカースはいないかという電話を漠然と待っている自分に気がついた。だが、電話は鳴らず、ヴァランダーはまたとびきりスローなエレベーターに乗って一階に戻った。ホテルに着いたとき、スイズ軍曹がいっしょにいることにかまわず、ヴァランダーは電話がなかったかフロント係に訊いた。フロント係は首を振り、ヴァランダーに部屋の鍵を渡したのだった。いまヴァランダーはロビーを見渡した。監視人はいないようだ。スイズ軍曹には先にレストランに行くように言ってある。別のテーブルに案内されるかもしれないという希望があった。

そのとき、一人の女が手を振っているのが見えた。新聞と絵はがきを売っている売店のカウンターの中だ。彼女が手を振っている相手が自分かどうかわからず、彼はあたりを見回した。それから彼女のほうへ足を運んだ。

「ミスター・ヴァランダー、絵はがきはいかがですか？」と女は訊いた。

「いまはいらない」そう答えながら、なぜこの女は自分の名前を知っているのだろうとヴァランダーは思った。

カウンターの中の女は灰色のワンピース姿で、年齢は五十歳ほどだろうか。なぜか真っ赤な口紅をつけていた。この人には、それが似合わないと正直に言ってくれる女友達がいないのだろうとヴァランダーは思った。

女は絵はがきを数枚彼に差し出した。

「きれいでしょう？　美しいラトヴィアを、観光して回りませんか？」

「残念だが、時間がない」とヴァランダーは言った。「ほんとうはぜひ、国内を一周してみたのだが」

「それなら、オルガンのコンサートぐらいは行けるでしょう?」女が言った。「クラシック音楽がお好きだから、ミスター・ヴァランダーは」

ヴァランダーはギクリとした。なぜこの女はおれの嗜好を知っているのだ? パスポートにはそんなことは書いていない。

「ガートルート教会で今晩オルガンコンサートがあります。始まりは七時です。ここに地図を描いておきましたよ」

彼女はそれを差し出した。裏返してみると、ミスター・エッカースという文字が書かれていた。

「コンサートは無料です」と女はヴァランダーが胸の財布に手を伸ばしたのを見て言った。

ヴァランダーはうなずいて地図をポケットにしまった。絵はがきを数枚もらってレストランに向かった。

今度はバイバ・リエパに会えるだろう、とヴァランダーは思った。

スィズ軍曹が手を振った。場所は……、いつもの窓側の席だった。いつもとちがってレストランは満員だった。ヴァランダーは初めてウェイターたちが走り回っているのを見た。

ヴァランダーは席についてスィズ軍曹に絵はがきを見せた。

「我が国は美しいです」軍曹は胸を張った。

不幸な国だ、とヴァランダーは思った。痛めつけられ、傷ついた国。銃で撃たれ、死にかかっている動物のようだ。

今晩おれはその中の、翼を撃たれ傷ついた鳥に会うことになる。

バイバ・リエパだ。

11

五時半、ヴァランダーはホテルを出た。一時間以内に尾行者をまくことができなければ、手の打ちようがなくなると思っていた。スィズ軍曹とはホテルでいっしょにランチをとったあと、部屋で報告書を書くと言って別れた。部屋に戻ると、どうやって追跡者から逃げおおせるか、真剣に考えた。

彼はいままで一度も尾行された経験はなかった。また疑惑の人物を見張った経験もほとんどなかった。記憶をチェックし、リードベリがなにか尾行について賢いことを言っていなかったか思い出そうとした。だが、監視、尾行、見張りに関して、リードベリの意見を思い出すことはできなかった。そのうえ、考えてみると、状況は非常に自分にとって不利だった。それはこの未知の町では、地理的な勘を働かせることができないためだった。チャンスがあったらその場で決断しなければならない。うまくいくとはとても思えなかった。

それでも、やってみるよりほかはない、と思った。バイバ・リエパは、もしほんとうに意味があると思わなければ、これほど危険を冒しておれに会おうとはしないだろう。中佐と結婚していた人なら、わざわざ不必要な、人目に立つおそれのある行為を冒すとは思えなかった。

ホテルを出たときはすでに暗くなっていた。行き先を告げずに、また、何時に戻るとも言わずに、彼はフロントにキーを預けた。オルガンコンサートが開かれるガートルード教会はホテル・ラトヴィアのすぐ近くだった。ヴァランダーは、仕事帰りの人々の群れに紛れ込むことができるかもしれないという希望を漠然ともった。

　風が吹き始めた。厚いジャケットのボタンを上までしっかりかけると、あたりを見回した。当然ながら、尾行者らしき人間の影は見あたらなかった。もしかすると、尾行者は一人だけではないかもしれない、とヴァランダーは思った。経験を積んだ尾行者は後ろからつけることはめったになく、たいてい標的となる人間の前方にいるとどこかで読んだことがある。ヴァランダーはゆっくりと歩き、ショーウィンドーの前でたびたび立ち止まった。夕方の散歩をしている外国人観光客を装う以外、良いアイディアが浮かばなかった。国に帰る前になにか土産物を探してぶらぶらしている外国人だ。道幅の広いエスプラナーデン大通りを渡り、内閣府の建物の裏通りに入った。いっとき、タクシーに乗り込んでここから離れ、次のタクシーに乗り換えることを考えたが、尾行者たちの目はそんなに簡単にはごまかせないだろうと思った。彼らにはもちろん車があるだろうし、タクシーに乗ったところで、行き先も乗り換えも向こうはみんな手の内でわかるだろう。

　彼はしょぼくれた紳士服が飾ってあるウィンドーの前に立ち止まった。ガラスに映る、後ろを行き交う人間に見覚えのある者はいなかった。さて、これからどうしよう、と彼は考えた。バイバ、ミスター・エッカースがどのようにしたら監視者に見つからないように教会へ行けるのか、教えてくれればよかったのに。彼はまた歩き出した。手が冷たい。手袋を持ってこなかったことが悔やまれた。

急に思い立って、彼はいま通り過ぎたカフェに飛び込んだ。中はたばこの煙が充満していて、大勢人が入っていた。ビールとたばこと汗の匂いが入り交じっている。ヴァランダーは見回して空テーブルを探した。空いたテーブルはどこにもなかったが、スツールが一脚見つかった。隣で年輩の男が二人、熱心に話をしていたが、ヴァランダーが座っていいかというジェスチャーをするとうなずいた。ブラウスの脇の下に汗がにじんでいるウェートレスが彼になにか言った。彼はカウンターのビールを指さした。その間もずっと彼は表のドアから目を離さなかった。尾行者は入ってくるだろうか？　ウェートレスが泡の立ったビールを運んできた。勘定を札で払うと、ウェートレスはベタベタのカウンターに釣り銭を置いた。汚い革ジャケットを着た男が入ってきた。ヴァランダーは目でその男を追った。男は数人の男が待っていたテーブルに歓声で迎えられた。ヴァランダーはビールを一口飲み、腕時計を見た。六時五分前。これからどうするか、決めなければならない。彼の席の斜め後ろにトイレがあった。誰かがドアを開けるたびに臭いが席にまで漂った。ビールを半分ほど飲んだとき、彼は立ち上がってトイレに行った。裸電球が一個、天井からぶら下がっていた。両サイドにトイレのブース、真ん中が通路になっていて、その先に小便用の便器が一個あった。裏口がどこかにあるかもしれないと思ったが、突き当たりはレンガ造りのがっちりした壁だった。出口はない、ここから出ることは不可能だ、と彼は考えた。目に見えないものからどうやったら逃げることができるか？　ミスター・エッカースは残念ながら歓迎されない客を同伴することになる。身動きがとれない自分に苛立ちを感じた。便器の前に立ったとき、トイレのドアが開いて、男が一人入ってきて、ブースに入った。

その男はヴァランダーのあとからカフェに入ってきた男だった。ヴァランダーは顔と服装の記憶は抜群によかった。彼は間違いでもかまわないと思った。そして迷いなく行動を起こした。そのままトイレを出てたばこの煙が充満している店を脇目も振らず外に出た。道路に出るとあたりをうかがった。周辺の建物の暗い入り口を目を凝らして見たが、怪しい影はなかった。それから急ぎ足でもと来た道を引き返した。小さな路地に入り、全速力で走った。大通りに出ると、ちょうどバス停にバスが停まっていた。ドアが閉まりかかっているそのバスに飛び乗り、次のバス停で降りた。料金のことは訊かれもしなかった。大通りを避けて、小さな横道に入った。街灯の下で地図を取り出し、だいたいの見当をつけた。まだ時間的余裕はあった。少しここでゆっくりしてから動こうと思った。彼は建物の入り口の暗がりに身を潜めた。十分経ったが、それらしき者の姿は見えなかった。まだ尾行者を振り切ってはいないかもしれないという不安をもちながらも、ヴァランダーはこれで自分にできることはやったという気分だった。

七時九分前、ヴァランダーは教会の門をくぐった。すでに教会は人であふれていた。内陣（教会堂の東端で聖壇の周囲にある礼拝式などがおこなわれる部分）の近くのベンチの前列に一つ空席があった。彼は腰を下ろし、絶え間なく人が入ってくる入り口に注意を払った。教会内のどこにも、尾行者らしき者の影も、バイバ・リエパらしき影も見えなかった。

オルガンの音が突然響き渡ってクルト・ヴァランダーを驚かせた。まるで教会の建物全体が音楽で爆破されたようだった。ヴァランダーは子どものときに父親に連れられて教会へ行ったときのことを思い出した。オルガンの音にたまげて大声で泣き出したのだった。いま、彼はオルガンのメロディーに慰めを感じた。バッハは生まれた国だけのものではない。彼の音楽はどこでも愛されている。ヴァランダーは音楽を記憶の底に沈めた。電話をかけたのはムルニエースかもしれない、と彼は思った。スウェーデンから帰ったリエパ中佐が話したなにかが、ムルニエースに中佐を黙らせる行動を起こさせたのだ。リエパ中佐はムルニエース大佐からその晩の勤務を命じられたのかもしれない。中佐が警察本部内で殺されたかもしれないという可能性を否定するものはなにもない。

　突然ヴァランダーは我に返った。誰かに見られているような気がした。横を見てみたが、そこには目をつぶり集中して音楽を聴いている人々しかいなかった。広い真ん中の列には人々の背中と頭しか見えない。そのまま真ん中の列の向こう側の通路席まで視線を動かした。

　バイバ・リエパが彼の視線をとらえた。彼女は老人の多い列の真ん中に座っていた。毛皮の帽子をかぶっている。ヴァランダーが彼女を見つけたことを確認すると、視線を外した。それから約一時間の演奏時間の間、彼はバイバ・リエパのほうを見ないように努力した。それでも何度か気がつくと目が彼女に引かれていた。バイバ・リエパは目をつぶって音楽を聴いていた。これは現実のことだろうか、という思いがヴァランダーの胸中にあった。彼女の夫リエパ中佐が彼のアパートのソファでマリア・カラスの『トゥーランドット』を聴いたのは、ほんの数週間前のことだ。外が吹雪の日だった。いま彼はリガの教会にいる。リエパ中佐はもういない。その夫人が目をつぶってバッハのフーガに聴き入っている。

ここからどうやって抜け出すか、彼女は知っているだろう。この場所を指定したのは彼女だ。おれではない。

コンサートが終わると聴衆はそそくさと立ち上がった。教会の出口は混み合った。ヴァランダーは人々が帰宅を急ぐ様子に少なからず驚いた。いままで聴いていた音楽などまったくなかったようだ。まるで教会の爆撃が宣告されたかのような急ぎ方だった。この混雑で彼はバイバ・リエパの姿を見失った。ひじを張って我先に教会から出ようとする人々といっしょに彼は出口に向かった。しかし、出口の手前のホールで彼女の姿を見つけた。左側の通路の奥にひっそりと立っていた。目の合図を受けて、ヴァランダーは出口に向かう人々の流れから離れた。

「こちらへ」とひとこと言って、彼女は古い墓石の後方にある小さなドアに向かった。彼女の手よりも大きい鉄の鍵を回してドアを開け、二人は外に出た。そこは墓地だった。彼女はあたりを見回して、墓石と錆びた鉄の十字架の間を急いだ。裏通りに面した鉄のゲートを出て、墓場をあとにした。暗がりで突然エンジンをかける音がした。これはロシア製の車ラーダだとヴァランダーは確信した。二人は車に乗り込んだ。運転手はまだ子どもの面影を残した若い男だった。強烈なたばこの匂いがした。バイバ・リエパは恥ずかしそうな不安げな笑いを浮かべた。車はヴァルデマルガータンと思われる大きな通りを走った。北に向かい、スイズ軍曹とのドライブで見覚えのあった公園を通り過ぎ、左に曲がった。バイバ・リエパが運転手になにか訊くと、運転手は首を振った。ヴァランダーは彼がしばしばバックミラーに目をやっていることに気がついた。ふたたび左に曲がったあと、運転手は急にアクセルを踏み、方向転換して反対方向の車線に入った。車はふたたびさっきの公園のそばを走った。ヴァランダーは公園の名前がヴェルマンパルケンであることを思い出した。そのまま車は町の中心部に入った。バイバ・リエパは体を乗り出していた。まるで運転手の首に吹きかける息で静かな命令を与えているようだった。車はアスパシアス大通りを走った。それから古くからの町の広場を抜けて橋を渡った。そこはヴァランダーの知らない地域だった。

いまにも崩れそうな工場と壊れかかっている住宅の密集している地域に入った。車の速度が落ちた。バイバ・リエパはやっと座席の背にもたれかかった。追跡の車があったとしても、うまくまけたのだろうとヴァランダーは思った。

数分後、いまにも崩れ落ちそうな二階建ての古い家の前まで来て車はブレーキを踏んだ。バイバ・リエパはヴァランダーを見てうなずき、二人は車を降りた。彼女は先に立って鉄柵のゲートを開け、砂利道を通って、手に用意していた鍵で建物のドアを開けた。ヴァランダーは後ろで車が立ち去る音を聞いた。玄関に入ると、かすかに消毒剤の匂いがした。赤い布のランプシェードから鈍い光が漏れていた。ヴァランダーは、ここは一風変わったナイトクラブなのだろうかと首をかしげた。バイバ・リエパは厚いコートを脱いで壁に掛け、ヴァランダーは玄関にあったいすに厚いジャケットを置いて、彼女の後から部屋に入った。そこは居間だった。最初に目に入ったのは壁に掛かっている大きな十字架だった。バイバ・リエパは部屋の電気をつけた。明るくなると急にほっとした様子を見せ、彼にいすをすすめた。

あとで、それもずっと経ってから、ヴァランダーはそのときの部屋の様子を思い出そうとしたが、なにも思い出せなかった。記憶に残っている唯一のものは、カーテンが引かれた二つの窓の間の壁に掛かっていた一メートルもあるような大きな十字架だけだった。それと玄関ホールに漂っていたかすかな消毒剤の匂い。しかし、そのあとバイバ・リエパが恐ろしい話をしたときに座っていた、くたびれた肘掛けいすの色は何色だったか？　そういうことはなにも覚えていなかった。まるで家具の見えない部屋で話をしたような不思議な感じだった。黒い十字架は、神秘的な力で空中に浮かんでいたのかもしれなかった。

バイバ・リエパは焦げ茶色のスーツを着ていた。それはリエパ中佐がイースタのデパートで買ったお土産であることを、ヴァランダーはあとで知った。夫の思い出のためにそれを着たとリエパ夫人は言ったが、ヴァランダーは、夫の中佐が無念にもだまされて誘い出され殺された事件を、決して忘れないという彼女の決意をそこに見るような思いがした。彼らはそこで凝縮した時間を過ごした。ときどきどちらかがトイレに立つか、リエパ夫人が紅茶をいれるために席を立ったが、それ以外は向かい合って話をした。話はたいてい、彼が質問をし、彼女が口数少なく答える形で進んだ。

まず、ミスター・エッカースを消去するところから話が始まった。もはや彼の存在は必要がなくなったのである。

「なぜエッカースという名前を選んだのですか？」ヴァランダーが訊いた。

「深い意味はありません」彼女は答えた。「そんな名前があるかどうかも知りません。わたしが思いついたのです。電話帳を見たらそんな名前があるかもしれませんけど」

初め、バイバ・リエパの話し方はウピティスと同じようにとつとつとしたものだった。その話題には触れるのも恐ろしく、核心の話をするには時間がかかるというような態度だった。ヴァランダーは言葉の下に流れる別の意味合いを聞き漏らすまいと、言葉の一つひとつに注意深く耳を傾けた。ラトヴィア社会ではそのような遠回しな話し方がよくあるということはすでに学んでいた。リエパ夫人は、ウピティスと同じく、怪物が暗闇に悪意を抱いて潜んでいる、決して解決しない闘争が繰り広げられていると話した。また、復讐と憎しみ、コントロールが利かなくなりだした社会の恐怖、第二次世界大戦以降抑圧されてきた民衆について話した。ヴァランダーは、リエパ夫人は当然反共産主義で、反ソヴィエト主義者で、東欧諸国がいつも非難してきた内なる西寄りの人間、内なる敵なのだろうと推測した。だが彼女は慎重に検討した意見以外は絶対に口にしなかった。あとで、彼はリエパ夫人が自分に求めたのは理解だったのだとわかった。彼女はヴァランダーの教師だった。まだ全貌が見えない事件を紐解《ひもと》くのに必要な知識を教えたのだ。この国の社会背景についてヴァランダーに無知でいてほしくなかったのだ。ヴァランダーは自分がこれまで東欧諸国になにが起きているのか、まったく知らなかったと気がついた。

「クルトと呼んでください」とヴァランダーは言ったが、彼女はただ首を振って、初めから決めていた礼儀を保つ距離を縮めようとはしなかった。彼女にとって、彼はいつもミスター・ヴァランダーという存在だった。

ヴァランダーはここはどこかと訊いた。

「友人のアパートです」と彼女は答えた。「生き延びるために、わたしたちはすべてを分かち合わなければならないのです。とくに自分だけのことを考えるように励行される国で、またそのような時代には」

「私は共産主義はその反対と思っていた」ヴァランダーが言った。「共産主義で唯一通用する価値観は全体で行動する、全体の利益を考えるということかと思っていました」

「ええ、かつてはそうだったのです」とバイバ・リエパは答えた。「でも、その時代はすべてがいまとは違っていました。もしかすると将来そのような夢を実現することができるかもしれない。でも、一度死んだ夢は決してよみがえらないのですね。ちょうど死んだ人間が生き返ることがないのと同じように」

「なにが起きたのです？」ヴァランダーが訊いた。

一瞬、彼女は質問の真意がわからないようだったが、まもなくヴァランダーが夫の話を始めたのだとわかった。

「カルリスはあざむかれ、殺されたのです」と彼女は言った。「あまりにも規模の大きい、あまりにも重要な人物が関与している犯罪の裏側にあるものを、深く追及しすぎたのです。そんな彼を生かしておくことはできないという判断が下されたのです。カルリスは危険を承知で生きていました。でも彼はまだ、自分が二重生活をしている、ノメンクラツーラ（制度）内部の裏切り者であるとは見破られていないと思っていたのです」

「中佐はスウェーデンから帰国し、報告をするためそのままっすぐ警察本部へ向かった。あなたは空港に迎えに行きましたか？」

「いいえ、その日にカルリスが帰ってくるとは知りませんでした」バイバ・リエパは言った。「もしかすると電話をしようとしたかもしれませんが。いまではそれを知るよしもありません。警察本部に電報を打って、わたしに知らせるように頼んだかもしれない。それもわかりません。彼はリガに着いてからわたしに電話をくれました。帰国を祝いたくても、家になんの用意もありませんでした。友人の一人が鶏をくれました。食事の用意がちょうどできあがったときに、カルリスが帰ってきたのです。あの美しい本を持って」

ヴァランダーは恥ずかしい気がした。あの本は時間がなくて間に合わせに買ったもので、入念に選んだものではなかった。とくに思い入れがあって買ったものではなかったのだ。いまの言葉を聞いて、彼は彼女をだましているような気がした。

「リエパ中佐は家に帰ってきたとき、なにか言ったでしょう？」ヴァランダーはそう言ったが、話しながら自分の英語の語彙の貧しさに苛立ちを感じた。

「ええ。興奮していました」と彼女は言った。「もちろん彼は心配もしていたし、怒ってもいました。でも、なにより喜んでいたのを覚えています」

「なにに対して？」

「とうとうはっきりわかったと言っていました。自分には確信がある、と何度も言っていました。カルリスは家の中に盗聴器が仕掛けられていると疑っていたので、わたしを台所に引っ張っていって、蛇口から水を流しながらわたしの耳元でささやきました。深刻で巨大な陰謀を発見したというのです。このことを知ったら西側の国々もバルト諸国でいったいなにが起きているかついに理解するだろうと」

「中佐はその言葉を使ったのですか？　バルト諸国における陰謀と？　ラトヴィアではなく？」

「ええ。確かです。彼はよくバルト諸国はそれぞれちがうのに同じもののように見なされることに腹を立てていましたが、あのとき彼が言ったのはラトヴィアだけのことではありませんでした」

「陰謀という言葉を使ったのですね？」

「ええ、コンスピラシーと」

「その内容はわかりましたか？」

「ほかの人間同様、カルリスも、犯罪者と政治家、そして警察の間には直接の繋がりがあるということを知っていました。カルリスも、様々な犯罪の実行をカバーし合うのです。そのためにあらゆることを分かち合うのです。カルリスは何度も賄賂を供されました。でも、彼は決してそれを受けませんでした。そんなことをしたら彼の自尊心が潰れてしまいます。カルリスは長い時間をかけてこの地下の繋がりを調べていました。誰が関与しているのか。もちろん、わたしはこのようなこと全部を知っていました。つまりわたしたちの生きている世界は、基本的にすべて陰謀で成り立っているということです。集団的芝居の世界で、怪物が育まれてしまったのです。陰謀がしまいには唯一通用するイデオロギーになってしまったのです」

「いったいいつ頃からリエパ中佐はその調査をしていたのですか？」

「わたしたちは結婚して八年になりました。でも彼はわたしたちの出会いよりも前から調査をしていました」

「どのような結果になると予測していたのでしょう？」

「カルリスは真実以外のなにも求めていませんでした」

「真実？」

「ええ、後の世のために。いつか別の時代が来ると彼は信じていましたから。占領下でどのようなことが実際におこなわれていたかを暴くことができる時代がきっと来ると」

「リエパ中佐は共産主義政府に抵抗する人間だったのですね？　その彼がどうして警察内で高官になることができたのです？」

ヴァランダーの言葉が彼女の夫を厳しく非難するものと受けとったらしく、彼女は突然激情に駆られたように話し出した。

「どうしてわからないのですか？　彼は共産主義者だったのですよ！　共産主義が裏切られたことに絶望していたのです。腐敗と無関心を悲しんでいたのです。ほかの社会になるはずだった夢が欺瞞にすり替えられてしまったからです」

「彼は二重生活をしていた、というのですね？」

「あなたにはきっと想像もつかないでしょう。来る年も来る年も、実際の自分ではないお面をかぶり、軽蔑している意見を自分の口から述べ、自分が憎んでいる政府を擁護することの苦しさなど。でも、それが現実なのです。カルリスだけではありません。わたしだってそうですわ。別の世界がいつか来るという希望を捨てない人間はみんなそうやって生き延びているのです」

「彼は興奮していたと言いましたね。なにを見つけたのでしょう？」

「わかりません。それを話す時間はありませんでした。秘密の話はいつもベッドで、上掛けをかぶって話すのです。誰にも聞かれないように」

「それじゃ、なにも聞いていないのですね？」

「ええ。おなかが空いていたようで、まず食事をしたのです。きっとこれから少なくとも数時間はくつろげると思ったのだと思います。発見したことをゆっくり考えるつもりだったと思うのです。もしあのとき電話がかかってこなかったら、ワイングラスを片手にきっと歌っていたでしょう」

彼女は急に押し黙った。ヴァランダーは待った。リエパ中佐はすでに埋葬されているのかさえ、彼は知らなかった。

「よく考えるのです。なにかヒントになるようなことを言ったかもしれません。重大な発見をした人はときに無意識のうちに口を滑らすことがあるものですよ」

バイバ・リエパは首を振った。

「わたしはずいぶん考えました」と言った。「でも、なにも言わなかったのは確かです。なにかスウェーデンで見つけたのでしょうか？　それとも頭の中でなにか重大な問題解決の糸口を見つけたのでしょうか？」

「家になにか彼が書いたものは残っていましたか？」

「いいえ。わたし、それはずいぶん探しました。でも、カルリスはとても用心深い人でした。メモのたぐいはとくに危険なものです」

「友人に、たとえばウピティスになにか渡さなかったですか？」

「いいえ。もしそうしたとしたら、必ずわたしに言ったはずですから」

「中佐はあなたを信用していた？」

「ええ、わたしたちはお互い、信じ合っていました」

「ほかにも誰か、彼が信用していた人はいましたか？」

「もちろん友達は信用していました。でも、わかっていただきたいのですが、誰かを信頼したら、その信頼がそのままその人の重荷になってしまうということがあるのです。その意味で、わたしほどに彼が信頼していた人はいなかったと言えます」

「全部知りたい」ヴァランダーは言った。「中佐の言った陰謀について、あなたが知っているどんなことでも、意味があるのです」

バイバ・リエパは少しの間黙って考えていた。緊張のため、ヴァランダーは汗をかき始めた。

「わたしたちの出会いの数年前、一九七〇年代の終わり頃ですが、この国についてカルリスの目を開かせた決定的な出来事がありました。彼はそのことについてよく話しました。人は誰でも、その人なりの方法で目を開かなければならないのだと言っていました。彼はよく、当時わたしには理解できなかった比喩を使って説明していました。ある人々は雄鳥の鳴き声で目を覚まし、ある人々はあまりの静けさで目を覚ます、というものでした。もちろんいまではわたしもこの言葉の意味がわかります。彼の目を開かせた事件というのは、いまから十年以上も前のことですが、当時彼は手強い事件を長いこと捜査していて、ついに犯人を突き止めたのでした。それは教会からイコンを盗み出した男でした。世界に一つしかないような、国宝級の貴重なイコンを盗み、外国へ送って莫大な利益を上げていたのです。証拠は十分にそろい、カルリスはその男を逮捕しました。必ず有罪にすることができると確信していたのですが、そうはならなかったのです」

「どうなったのですか？」

「その男は無罪にはなりませんでした。というのも、裁判にかけられなかったからです。捜査は中止されました。なにも知らなかったカルリスは、もちろん裁判を要求しました。でもある日、その男は留置所から釈放され、報告書はすべて極秘扱いになりました。カルリスはすべて忘れるように命令されました。それは彼の上司から直接言い渡されたのです。いまでもそのときの上司の名前を覚えています。アムトマニスという人でした。カルリスはアムトマニス自身が、その犯罪に加わっていたと確信していました。おそらく利益を山分けしていたのでしょう。この事件で彼はとても苦しんだのです」

ヴァランダーの胸に突然、吹雪の晩、自分のアパートのソファに座っていた近眼の小柄な中佐が浮かび上がった。自分は宗教的な人間だと彼は言っていた。特別な神を信じているわけではないが、それでも自分は宗教的な人間だ、と。

「それからなにが起きたのですか？」ヴァランダーは自分で追想をさえぎった。

「その時点では、まだわたしたちは出会っていませんでした。でも、彼がとても苦しんだことはわかります。西側の国に亡命することも考えたかもしれません。警官として働くのを止めようとしたかもしれません。思えば、彼にその仕事を続けるように説得したのは、わたしだったかもしれませんわ」

「あなたがたはどのようにして出会ったのですか？」

彼女がいぶかしげに彼を見た。

「そんなこと、どうでもいいではありませんか？」

「そうかもしれません。わからない。しかし、あなたに手を貸すのなら、なんでも知っておかなければなりません」

「どのようにして出会ったのか、ですか？」バイバ・リエパは悲しそうな笑顔を見せた。「友人を通してです。彼のことは、ほかの警察官とはちがう、若い警察官がいるという形で耳にしていました。外見は地味な人ですが、わたしは最初に会ったときから彼を好きになったのです」

「それから？　結婚したのですか？　そして彼は警察官の仕事を続けた？」

「わたしたちが出会ったころ、カルリスは部隊長でした。でも、彼は異常に早く出世したのです。階級が上がるたび、彼は家に帰ってきて、また目に見えない喪章の黒布がもう一枚肩に掛けられたと言ったものです。そして彼はふたたび政治家と警察と犯罪者たちの繋がりを秘密裏に調べ始めました。証拠を探していたのです。すべての関係を明らかにする決心をしていました。そしてあるときとうとう、ラトヴィアには政治家と警察と犯罪者の連絡を仕事とする特別な地下の国家機関があるとわたしに話しました。三年ほど前で、わたしはそのとき初めて彼が陰謀という言葉を口にするのを聞いたのです。そのころ彼は追い風を受けていると感じていたことも忘れてはなりません。モスクワのペレストロイカはラトヴィアにも押し寄せていました。そしてわたしたちはこの国のためになにができるか、なにをなさなければならないか、オープンに話し合う場をもつようにさえなりました」

「リエパ中佐の上司はまだアムトマニスでしたか？」

「いいえ、アムトマニスは亡くなりました。そのあとに来たのがプトニスとムルニエースです。カルリスはどちらにも疑念をもっていました。二人のうちのどちらかが、彼が探りを入れようとしていた陰謀に加わっている、もしかするとその中心人物かもしれないと思っていました。警察の中にコンドルとタゲリがいると言っていました。でも、誰が誰なのかはわからなかったのです」

「コンドルとタゲリ？」

「コンドルというのはハゲタカで、タゲリはきれいな声で鳴く無垢の鳥のこと。カルリスは若いころとても鳥が好きだったのです。鳥類学者になることを夢見たこともあったくらい」

「だが、中佐は誰がどの役割をしているのかわかったのでしょうか？　コンドルはムルニエースだとわかったのでしょうか？」

「それはずっとあとのことです。いまから十カ月ほど前のこと」

「なにが起きたのです？」

「カルリスは大規模な麻薬取引を嗅ぎつけました。『われわれを二度殺すことができる』悪魔的な計画だと言っていました」

「二度殺すことができる？　どういう意味ですか？」

「わかりません」

バイバ・リエパは突然立ち上がった。これ以上話を続けるのが怖そうな様子だった。

「紅茶をいれましょう。申し訳ありませんが、コーヒーはないのです」

「私は紅茶も好きですよ」

彼女は台所に消えた。ヴァランダーは残り時間に訊かなければならないことを考えた。彼女は正直に話しているという印象だった。だが、いまに至っても、ウピティスとバイバ・リエパが自分からどのような協力を期待しているのか、見当がつかなかった。彼らの期待に応えることができるのか、自分の力に自信がなかった。おれはイースタという小さな町の平凡な犯罪捜査官にすぎない。あんたたちに必要なのはリードベリのような頭の切れる捜査官だ。だが、リードベリはもう死んでいる。リエパ中佐と同じだ。死者は助けてはくれない。

バイバ・リエパはティーポットとカップをトレーに載せて入ってきた。ここにはほかにも人がいるにちがいない、とヴァランダーは思った。こんなに早く湯を沸かせるはずがない。おれは行くところ行くところで目に見えない見張りに監視されているのだ。ラトヴィアは、まわりで起きていることのほんの一部しか当人にはわからない国だ。

バイバ・リエパの顔には疲れの色が現れていた。

「あとどのくらい続けられますか？」ヴァランダーは訊いた。

「もうあまり時間がありません。わたしの家は監視されています。長い時間離れていることはできないのです。でも、明日の晩また話を続けましょう」

「いや、明日の晩はプトニス大佐の家に呼ばれています」

「わかりました。それじゃ明後日は？」

彼はうなずき、紅茶を一口飲んだ。薄い紅茶だった。それからまた質問に戻った。

「中佐が『われわれを二度殺すことができる』麻薬取引と言ったことについて、あなたはきっとずいぶん考えたでしょう？　ウピティスもまたそのことを考えたにちがいない。ウピティスとこの話をしましたか？」

「あるときカルリスは、脅迫するためなら人はなんでもするものだ、と言ったことがあるのです」と彼女は言った。「どういう意味かとわたしが聞き返しますと、彼はただ、大佐のうちの一人が言った言葉だと言いました。なぜそのことを思い出すのか、わかりません。そのころカルリスは口が重く、沈み込んでいたためかもしれません」

「脅迫？」

「ええ、彼はその言葉を使いました」

「脅迫の対象は誰です？」

「わたしの祖国、ラトヴィアです」

「ほんとうにそう言ったのですか？　一国が脅迫されていると？」

「ええ。もし少しでも確信がなかったら、わたしはそんなことは言いません」

「大佐のうちのどちらが脅迫という言葉を使ったのでしょう？」

「ムルニエースだと思います。でも、確かではありません」

「リエパ中佐はプトニスについてはどう言っていました？」

「プトニスは最悪の連中の一人ではないと」

「それはどういう意味なのだろう？」

「プトニスは法を守るということです。誰からの賄賂でもかまわず受け取ることはないということでもあります」

「ということは、彼は収賄するのですね？」

「それは誰もがやっていることです」

「しかし、リエパ中佐は受け取らなかった？」

「決して。彼は特別な人でした」

　彼女の様子が落ち着かなくなった。ヴァランダーは残りの質問は次の機会に回すことに決めた。

「バイバ」と彼は呼びかけた。彼女の名前を言うのは初めてだった。「今晩私に話したことをもう一度ゆっくり考えてください。明後日、私はもう一度同じことを訊くかもしれません」

「ええ」彼女は返事をした。「わたしはどっちみち考えることしかしていませんから」

一瞬、彼女がふたたび泣くかと思ったが、我慢できたらしく、立ち上がった。片側の壁に掛かっていたカーテンを開けると、そこにドアがあった。

そのドアを開けて女が一人部屋に入ってきた。若い女だった。彼女はチラリとヴァランダーに笑いかけると、テーブルの上のカップを片づけだした。

「彼女の名前はイネセといいます」バイバ・リエパが紹介した。「あなたが今晩会ったのは彼女です。誰かに訊かれたら、そう答えてください。ホテル・ラトヴィアのナイトクラブで会った、愛人だと言えばいいのです。彼女の家は定かに覚えてはいない。ただ橋の向こう側だったと。彼女の名字は知らない。なぜなら彼女はあなたがラトヴィアにいる間だけの臨時の愛人だから。仕事は事務員だと思うと言えばいいのです」

ヴァランダーは驚いてバイバの話を聞いた。彼女はラトヴィア語でイネセと呼ばれた女になにか言った。すると若い娘はヴァランダーの前に立った。

「よく見るのです、彼女の外見を」とバイバ・リエパは言った。「明後日、あなたを連れてくるのは彼女です。八時過ぎにホテルのナイトクラブに行ってください。彼女はそこにいますから」

「あなたは今晩のことをどう説明するのです？」

「教会の音楽会へ行って、そのあと弟の家に行ったというつもりです」

「弟？」

「車を運転している男はわたしの弟です」

「ウピティスに会うとき、どうして私の頭に頭巾をかぶせたのですか？」

「彼はわたしより賢い人だから。わたしたちはあなたが信用できるかどうか、わからなかったのです」

「いまはわかるのですか？」

「ええ」彼女は真剣な顔で言った。「信頼しています」

「あなたがたはいったい、私になにを期待しているのです？」

「それは明後日に」と彼女は言った。「急がなければなりません」

車が鉄柵のゲートの前で待っていた。リガへ戻る道、バイバ・リエパは静かだった。泣いているのだとヴァランダーは思った。ホテルの近くまで来て彼を車から降ろすとき、彼女は手を差し出した。聞き取れない言葉をラトヴィア語でささやき、ヴァランダーを降ろすと車はすぐに消えた。腹が減っていたが、彼はまっすぐ部屋に行った。グラスにウィスキーを注ぐと、ベッドカバーの下に潜り込んだ。

バイバ・リエパのことを思った。


夜中の二時過ぎ、彼は服を脱いで初めてベッドの中に入った。夢の中で、彼はそばに誰かがいるという感じがした。それは、彼の愛人として紹介されたイネセという女ではなかった。誰か別の女、だが、夢ではその顔が見えなかった。

スィズ軍曹は朝の八時ちょうどに迎えに来た。八時半、ムルニエース大佐がヴァランダーの部屋にやってきた。

「リエパ中佐を殺害したと思われる者を捕まえた」大佐が言った。

ヴァランダーは驚きの目を見張った。

「プトニス大佐がこの二日間尋問していた男ですか？」

「いや、彼ではない。あれは背後でずる賢いことをしていた小悪党だろう。いま捕まえたのは、別の男だ。いっしょに来てくれ」

彼らは地下室に入った。ムルニエース大佐は大きな部屋に繋がる入り口の小部屋のドアを開けた。片側の壁にマジックミラーがあった。ムルニエースはヴァランダーに近くに来るよう合図をした。

中の部屋はむき出しのコンクリート壁で、テーブルが一個といすが二脚あった。その一つのいすにウピティスが座っていた。片方のこめかみに汚れた包帯を巻いていた。着ているシャツは、場所もわからない狩猟小屋で会ったときのと同じものだった。

「あれが？」ヴァランダーはウピティスから目を離さずに訊いた。自分の動揺が見破られることを恐れた。いや、ムルニエースはすでに知っているのか？

「われわれがずっと監視していた男だよ」ムルニエースが言った。「挫折した学者、詩人、蝶の蒐集家、ジャーナリストということになっている。アルコール中毒者。口の軽い男だ。横領、着服を繰り返して数年服役した経験がある。それよりも重い犯罪に関与しているとわかっていたが、われわれは長い間証拠を挙げることができなかった。この男がリエパ中佐の殺害に一役買っているのではないかという匿名の電話を受けたのだ」

「それで、証拠はあるのですか？」

「彼はむろんなにも認めない。しかしわれわれは、自供と同じほど重く評価できる物証を手に入れた」

「それは？」

「殺害に使った凶器だ」

ヴァランダーは後ろを振り返ってムルニエース大佐を正面から見た。

「凶器だよ」ムルニエースが繰り返した。「私の部屋に来てくれ。あの男の逮捕について説明しよう。プトニス大佐もいずれ私の部屋に来るはずだ」

ヴァランダーはムルニエースの後ろから階段を上がった。大佐が軽く鼻歌を歌っているのが聞こえた。

誰かにだまされたのだ、とヴァランダーは恐怖に駆られた。

誰かがおれをだましたのだ。それが誰か、おれにはわからない。

誰に、なんのためにだまされたのか、おれにはわからない。

12

ウピティスが逮捕された。家宅捜索で、警察は彼の部屋から血痕と毛髪のついた棍棒を見つけた。ウピティスはリエパ中佐が殺害された日の夕方から夜にかけてのアリバイがなかった。酒を飲んでいた、友人たちと会っていたと言ったが、友人たちの名前は思い出せなかった。ムルニエース大佐はウピティスのアリバイを証明することができる友人たちの取り調べに一部隊をあげての警察官を送り込んだが、アリバイはとれなかった。ウピティスを見かけたという者も、彼の訪問を受けたという者もいなかった。ムルニエースは張り切って仕事をしたが、プトニスは静かにそのさまを傍観していた。

ヴァランダーは身のまわりに起きていることを理解しようとした。マジックミラーを通してウピティスを見たときの彼の最初の反応は、ウピティスもまただまされたのだということだった。しかし、その後、彼は疑い始めた。あまりにも多くのことが不明瞭だ。バイバ・リエパは陰謀がこの社会のどこにも共通する規範であると話していたが、その言葉がヴァランダーの頭の中で響いた。ムルニエースが腐敗した警官であるというリエパ中佐の疑惑が正しかったとしても、またムルニエースこそ中佐殺害の背後人物だとしても、ヴァランダーはウピティス逮捕はどう考えても突拍子もないことに思えてならなかった。ムルニエースは単にその人間が邪魔だからといって、無実の人間を裁判にかけるつもりだろうか？　それほどの暴挙をするのだろうか？

「もしあの男が有罪ならば」ヴァランダーはプトニスに訊いた。「どのような罰を受けるのですか？」

「我が国は古い慣行に従っている国です。死刑もあり得ます」プトニスは答えた。「警察の高官を殺害するのは、もっとも重い罪の一つです。おそらく銃殺でしょうな。個人的に私はその罰が適当だろうと思います。あなたはどう思います？　ヴァランダー警部」

ヴァランダーは答えなかった。いま自分は犯罪者を死刑にする国にいるのだと思うと、驚きのあまりしばらく口が利けなかった。

プトニスは終始距離を置いてこの逮捕劇を見ているとヴァランダーは感じた。大佐二人はいつも互いに連絡をし合わずに、別方向を捜査しているらしいことは察知していた。ムルニエースに匿名で入った情報に関しては、プトニスは知らされてもいなかった。ヴァランダーは猛烈な勢いで活動を開始したムルニエースを傍らに、プトニスを部屋に呼び、スィズ軍曹にコーヒーを用意してもらって、いったいなにが起きたのか説明してほしいと頼んだ。リガに到着した最初の日から大佐二人の間に緊張を感じたことを思い出し、ことがこれほど混乱したいま、率直に自分の疑問をプトニスにぶつけてもなにも失うものはないと判断したのだった。

「ほんとうに犯人に間違いないのですか？」ヴァランダーは訊いた。「動機はなんです？　証拠は血痕と髪の毛が数本付いた棍棒だとか？　血液を調べもしないで、なぜそれが証拠になるのです？　毛は猫の毛かもしれないではないですか？」

プトニスは肩をすくめた。

「いずれわかりますよ」と言った。「ムルニエース大佐は自分のやっていることがわかっているはずです。大佐が間違った人間を捕まえたことはいままでありません。彼は私よりもずっと効果的な捜査をしますからね。しかしヴァランダー警部は疑問をおもちのようだ。なにを根拠にした疑問かと訊いてもよろしいかな？」

「疑っているわけではありません」ヴァランダーは答えた。「私自身、何度も、まさかこの人物がと思うような犯人を挙げたことがありますから。ただ、今度の場合、ほんとうに間違いないのかと思うのです。それだけですよ」

彼らは静かにコーヒーを飲んだ。

「もちろん、リエパ中佐殺害の犯人が捕まればそれに越したことはありません。しかしあのウピティスという男が警察官を暗殺しようとする複雑な犯罪者集団のリーダーとはとても思えません」

「麻薬常習者かもしれない」プトニスは少し考えてから答えた。「麻薬中毒者はどんなことでもやりますからね。背後にいる誰かが彼に命令したのかもしれません」

「リエパ中佐を棍棒で殺せ、と命令した？　ナイフとかピストルというのならわかります。しかし、棍棒でとは。それに死体をどうやって港まで運んだんです？」

「それは知らない。が、それもじきムルニエース大佐が調べ上げるでしょう」

「あなたが尋問していた男はどうなりました?」

「うまくいっていますよ。まだ彼はなにも決定的なことは認めていませんが、それももうじきでしょう。あの男が麻薬取引に関与していることは確かなのです。その連中がスウェーデンに漂着した例の救命ボートの男たちを殺したのと関わりがあるのも確かです。いま私は彼が自供するのを待っている。自分が置かれた状況が早く理解できるように時間を与えているのですよ」

プトニスは部屋を出ていった。ヴァランダーはそのまま部屋に残って考えをまとめることにした。バイバ・リエパは友人のウピティスが夫を殺害した犯人として捕まったことをもう知っただろうか。松林の中の狩猟小屋での対話を思い出した。ウピティスはあのとき、スウェーデンの警察官がなにを知っているかを恐れていたのだ。場合によってはヴァランダーをも棍棒で殴りつけて殺すつもりだったかもしれない。ヴァランダーはこれまで自分が試みたすべての推理ががたがたと崩れていくのがわかった。手がかりはすべて一つずつ冷めていく。彼はそれらを頭の中で集めてみて、少しでもまだ使えるものがないかどうか、検証してみた。

一時間ほど部屋で考えているうちに、ヴァランダーはもはや一つしかやることはないという結論にいたった。スウェーデンに帰ることだ。リガに来たのはラトヴィアの警察が彼に協力を求めたからだ。なにも手伝いができなかったが、いま犯人が逮捕されたのなら、もはやここに留まる理由はなにもなかった。ただ自分が当惑していることだけ認めればよかった。ひょっとすると自分が追っていた男に夜連れ出されていろいろ訊かれたのかもしれないということに。

彼は全体の芝居における自分の役どころを知らずに、ミスター・エッカースという役を引き受けさせられたのだった。いま唯一できる賢明なことは、このままなにもかも投げ捨ててまっすぐスウェーデンに帰ることだった。

だが、心の中に抵抗があった。嫌気と当惑の下に、別の感情があった。バイバ・リエパの怯えと反骨精神、ウピティスの疲れた目。この国には彼には見えないものが多くあるかもしれないが、同時に自分には見えてほかの者たちには見えないものもあるかもしれない。

あと何日か滞在してみよう。

部屋に座ってあれこれ考えるのではなく、実際的なことがしたくなって、ヴァランダーは廊下で退屈そうに待っていたスィズ軍曹に、リエパ中佐が亡くなる前年の一年間に提出した報告書を持ってくるように頼んだ。現在より先に進めないのなら、過去にさかのぼってみようと思ったのだった。彼の仕事の記録の中になにかヒントがあるかもしれない。

スィズ軍曹は張り切ってその命令を受け、三十分後にはほこりをかぶったホルダーの山を抱えて戻ってきた。

六時間後、スィズ軍曹は喉を嗄《か》らせ、頭痛を訴えた。ヴァランダーは軍曹にも自身にも昼食の休憩を与えなかった。彼らはホルダーの一つひとつに目を通した。スィズ軍曹は英語に翻訳し、説明し、質問に答え、さらに翻訳を続けた。いまやっと最後のホルダーの最後の記録の最後のページにたどり着いた。ヴァランダーは失望を禁じ得なかった。手元のノートにはリエパ中佐が死ぬ一年前からの仕事がメモされていた。強姦魔の逮捕、リガの郊外の町を長期間にわたって荒らした泥棒の逮捕、郵便物に関する詐欺事件二件の解決、殺人事件の解決三件、そのうちの二件は親しい者による犯行だった。バイバ・リエパが話していたリエパ中佐が密かにおこなっていた調査を示唆するようなものはどこにも見当たらなかった。リエパ中佐がまじめできに几帳面すぎるほどの性格であることは疑問の余地がなかった。だが、ヴァランダーが記録から得ることができたのは、それだけだった。彼はスィズ軍曹にホルダーを戻すように頼み、部屋に残って考えた。唯一の収穫は、紛失しているものがあるという発見だった。中佐は秘密の調査の記録をどこかに隠したにちがいない。すべてを頭の中でだけ記憶しておくことは不可能だ。リエパ中佐は見つかることを承知で危険を冒していた。遺書を用意しなかったら、後の世の人々に知らせるという思いで密かにおこなってきた調査はなんの役にも立たないではないか。交通事故などの予期せぬ死が訪れたら、中佐の調べたことは残らない。どこかに文書の形で保存されているにちがいない。誰かが知っているはずだ。バイバ・リエパか？　それともウピティスか？　リエパ中佐には妻も知らないようなことを託す腹心の友がいたのだろうか？　ありえないことではない。信頼がそのままその人の重荷になってしまうということがある、とバイバ・リエパは語っている。それは中佐の思いでもあったはずだ。

スィズ軍曹が記録保存庫から戻った。

「リエパ中佐には奥さん以外に家族がいたか？」ヴァランダーが訊いた。

「わかりません」軍曹は首を振った。「でも、それは夫人が知っているでしょう？」

ヴァランダーはいま公式にバイバ・リエパにそれを訊くのは避けたかった。これからは自分なりの方法で調べるほかはないと考えた。情報や信頼をまき散らすのを避け、ほかの者たちにさとられないようにするのが賢明、自分自身が決めた方向を一人で捜査しようと心に決めた。

「リエパ中佐の個人情報があるにちがいない。それを見たいのだが」ヴァランダーはスィズ軍曹に言った。

「それは、自分には手に入れることができません」軍曹が答えた。「警察官の個人情報を取り出せるのは、ごく限られた者だけです」

ヴァランダーは電話を指さした。

「それじゃそのごく限られた者に、電話をかけてくれ」ヴァランダーは言った。「スウェーデンからの警官がリエパ中佐の個人情報を見たがっていると言うのだ」

スィズ軍曹はしばらく電話をかけ回っていたが、しまいにムルニエース大佐から返事を得た。リエパ中佐の個人情報はすぐに閲覧できるようにするとのことだった。四十五分後、それはヴァランダーの机の上に置かれた。赤いホルダーで、扉を開けると最初のページにはリエパ中佐の写真があった。写真は古いものだったが、ヴァランダーはリエパ中佐がほとんど十年前と変わっていないことに注目した。

「翻訳してくれ」ヴァランダーが言った。

スィズ軍曹は首を振った。

「自分は規則により赤いホルダーの内容を見ることが禁じられています」

「ホルダーを私のために持ってくることができるのなら、翻訳することもできるのではないか？」

　スィズ軍曹はかたくなに首を振った。

「許可されていません」

「私が許可を与える。リエパ中佐には夫人以外に親類縁者がいたかどうか、それだけ言ってくれればいい。その後、目にしたことすべてを忘れるように命じる」

　スィズ軍曹は不機嫌な顔で腰を下ろし、ホルダーを開いた。ヴァランダーはスィズ軍曹がまるで死体を調べるかのように、いかにも嫌そうにページを開いていくことに注目した。

　リエパ中佐には父親がいた。個人情報によれば、父親の名前は息子と同じカルリスで、ヴェンツピルスに住む、退職した元郵便局長だった。ヴァランダーはホテルの売店で赤い口紅を塗った女が見せてくれた観光案内書を思い出した。海辺の観光地ヴェンツピルスも確かその中にあった。リエパ中佐の個人情報には、父親は七十四歳で、妻が亡くなったあと一人暮らしとあった。ヴァランダーは最初のページにあるリエパ中佐の写真をもう一度見てから、ホルダーを脇に押しやった。そのときムルニエース大佐が部屋に入ってきた。スィズ軍曹はホルダーからできるだけ離れたところに身を置くように部屋の隅に立った。

「なにか見つけたかな？」ムルニエースが訊いた。「われわれが見逃したことがあったか？」

「なにも」ヴァランダーが答えた。「いま中佐の個人情報を記録保存庫に戻すところでした」

　軍曹はホルダーを受け取ると部屋から出ていった。

「逮捕した男の尋問のほうはどうなっています？」ヴァランダーが訊いた。

「必ず吐かせてみせる」ムルニエースが激しい語調で言った。「あの男に間違いないのだ。プトニス大佐は確信がもてないようだが」

ヴァランダーはその瞬間、この混乱の中から一人抜け出ることに決めた。もはや自分の頭の中でだけ、考えている段階ではない。

嘘偽りの国では、半分の嘘なら立派なものかもしれない。自分なりの方法で真実を突き止めることが許されているのだから、一つ、真実を混ぜた嘘で体当たりしてみるのだ。

「リエパ中佐がスウェーデンに来たとき私に言ったことで、気になることがあるのです」ヴァランダーは話しだした。「どういう意味だったのかわかりません。だいぶウィスキーを飲んでいましたから。だが、彼は同僚の中に信用できない人間がいると言ったのです」

ムルニエースは顔色一つ変えずに聞いていた。

「酔っぱらっていたのかもしれませんが」と彼は話を続けた。死人に嘘をつかせることに良心の痛みを感じた。「私が誤解していなければ、彼は上司の誰かがこの国の犯罪者集団と通じているのではないかと疑っているようでした」

「たとえ酔っぱらいの話だとしても、興味深い意見だ」ムルニエースがうなずいた。「もしリエパ中佐が上司と言ったのなら、プトニス大佐と私しかいない」

「名前は言いませんでした」ヴァランダーが言った。

「彼は疑惑の根拠も言ったか?」

「麻薬取引のことを言っていました。東ヨーロッパを通る新しい麻薬ルートの話です。政府の人間の協力、それもかなり高官の保護がなければ、そのような活動はできないはずだと言っていました」

「非常に興味深い話だ」ムルニエースは言った。「私はいつもリエパ中佐を賢い人間だと思っていた。とくに道義心の強い人間だと」

この男はまったく平然としている、とヴァランダーは思った。ほんとうにこの男がリエパ中佐をだまして闇討ちにしたのだろうか？

「それで、ヴァランダー警部はどのような結論に達したのだね？」ムルニエースが訊いた。

「べつに結論はありません。ただこの話をしておきたかっただけです」

「話してくれてよかった」ムルニエースが言った。「ぜひプトニス大佐にも話してくれ」

ムルニエースは部屋から出ていった。ヴァランダーはジャケットを着込み、廊下で待っていたスィズ軍曹に合図してホテルまで送ってもらった。部屋に戻ると彼はベッドカバーで体を包んで一時間だけ仮眠した。冷たい水で急いでシャワーを浴びると、スウェーデンから持参した紺のスーツを着た。七時を少しまわったころ、一階のロビーに下りると、スィズ軍曹がカウンターにもたれかかって待っていた。

プトニス大佐はリガから二、三十キロほど南の郊外に住んでいた。車の中でヴァランダーは、自分はこの国ではいつも暗闇の中で動くと考えていた。暗闇をドライブし、暗闇で考える。後部座席で、彼は軽いホームシックにかかった。自分の役割がはっきりしないせいだと思った。

彼は暗い外を眺めた。明日は父親に電話をしようと決めた。父親はきっといつ帰ってくるのかと訊くだろう。

もうじきだ、と答えよう。もうじき帰ると。

スィズ軍曹は主幹道路から下りて、高い鉄柵のフェンスの中に車を乗り入れた。建物までの車寄せはアスファルト舗装されていた。ヴァランダーはプトニス大佐の私道はいままで車で走ったラトヴィアの道路の中で一番立派だと思った。スィズ軍曹は電気が煌々《こうこう》と照らされたポーチの前で車を停めた。ヴァランダーは突然別の国に来たような気がした。車を降りると、そこは暗闇も崩れ落ちた建物もない別天地だった。

プトニス大佐はポーチに立ってヴァランダーを迎えた。警官の制服ではなく、仕立てのいいスーツを着ていた。ヴァランダーは救命ボートの男たちのことを思い出した。プトニスのそばには妻が並んで立っていた。プトニスよりもずっと若い。おそらく三十歳にもなっていないのではないかとヴァランダーは推測した。あいさつを交わしたとき、彼女はきれいな英語を話した。ヴァランダーは美しい家の中に足を踏み入れた。苦労の多い長旅をしてきた者のように、美しい家を称賛する気持ちだった。プトニス大佐はクリスタルのウィスキーグラスを片手に、家の中を案内した。この家が自慢であることを隠そうともしなかった。ヴァランダーは調度品がすべて西側からの輸入品であることに気がついた。そのためか、家全体が展示室のような、冷たい印象を与えていた。

おれも、物がなにもないこのような国に住んでいたら、この人たちのようになるのだろうか、とヴァランダーは考えた。だが、これらを買いそろえるには、莫大な金が必要だっただろう。警察の大佐がそれほどいい収入を得るのだろうか、と思った。賄賂だ。収賄と腐敗。だが、すぐにまた彼はその考えを否定した。プトニス大佐のこともその妻アウスマのことも知らない。もしかするとラトヴィアにはまだ、昔の素封家の財産があるのかもしれない。いまの支配が始まってから五十年近い歳月が経っているにもかかわらず。

賄賂だと決めつける前に、プトニスについてなにを知っている？　なにも知らないではないか。

彼らは高い天井から吊されたシャンデリアが照らすテーブルで食事をした。

ヴァランダーは会話の中でプトニスの妻も警察で働いていることを知った。別の部門だという。秘密の仕事をしているような印象を受けた。ヴァランダーはラトヴィアのＫＧＢではないかと勘ぐった。アウスマはスウェーデンについていろいろと質問をした。ワインのおかげで、ヴァランダーは用心していたにもかかわらず饒舌になった。

食事が終わるとアウスマはコーヒーをいれに台所へ姿を消した。プトニスは牛革のソファセットが置かれた居間でコニャックをすすめた。ヴァランダーは自分には一生こんな家具は買えないだろうと思った。そう考えたとき、彼は急に攻撃的になった。なぜか個人的な責任を感じたのだ。ここで抗議しないと、プトニスの家に使われた賄賂に自分も貢献したような気がしたのだった。

「ラトヴィアはコントラストの国ですね」ヴァランダーは下手な英語で言った。

なたのような家に住むことはできないでしょう」

「そういう面もあります。だが、この国ほど極端ではない。スウェーデンの上級警察官は、あなたのような家に住むことはできないでしょう」

プトニスは言い訳するように両手を広げて肩をすくめた。

「妻と私は決して金持ちではない」プトニスは言った。「しかし、長い間倹約したのです。私はもう五十五歳を過ぎています。引退したら、快適な生活をしたいのです。間違っていますか？」

「いや、間違いとかいう問題ではない」ヴァランダーは言った。「ちがいを言っているのです。リエパ中佐は、私にとってバルト諸国からの初めての人でした。中佐に会ったとき、私は失礼ながら大いなる貧困の国からきた人という印象を受けたのです」

「確かにここには貧しい人々が大勢います。それは否定しない」

「ほんとうのところはどうなんです？」

プトニス大佐は探るような目でヴァランダーを見た。

「質問の意味がわかりませんが？」

「賄賂ですよ。腐敗の実態です。犯罪者集団と警察との関連です。リエパ中佐がスウェーデンに来たときに聞いたのですよ。あのときの中佐は、いまの私くらい酔っていたと思いますが」

プトニス大佐の顔に笑いが浮かんだ。

「もちろんです」プトニスは言った。「もちろん、できるだけ答えましょう。だがその前にリエパ中佐がなにを言ったか聞かなければなりません」

ヴァランダーは数時間前にムルニエースの前ででっち上げた半分真実半分嘘の話を披露した。

「もちろんラトヴィア警察でも、本来あってはならないことが起きることもあります」プトニスは説明した。「警察官の多くは安月給取りです。袖の下を出されて誘惑を感じない者はいないでしょう。しかし同時に私は、残念ながらリエパ中佐は物事を大げさに考える傾向があったと言わなければならない。彼の正直さと勤勉さは、称賛に値する。しかし、彼はときどき、頭の中で想像したことと事実を混ぜてしまったのではないかな？」

「中佐が針小棒大の話をしたというのですか？」

「残念ながら」

「上司の一人が犯罪活動に関与していると言った彼の言葉も同様でしょうか？」

プトニス大佐はコニャックの入ったグラスを両手で温めた。

「ムルニエース大佐か私のことを言っていた、ということになりますね」考えながらプトニスが言った。「驚いたな。なんとも見当違いな、無分別な意見だ」

「しかし、それなりの根拠があったのではないでしょうか？」

「リエパ中佐はムルニエース大佐と私の年の取り方が遅すぎると思ったのでしょうかね」プトニスはまた笑いを浮かべた。「彼の出世をわれわれが阻んでいると思ったのかもしれませんな」

「リエパ中佐は出世主義者のようには見えませんでしたが」

プトニスは黙ってうなずいた。

「それでは、考えられる答えを一つ言いましょう」プトニスが言った。「ただし、あなたを信頼して、ここだけの話です」

「私は口の堅い人間です」

「ムルニエース大佐は十年ほど前に非常に残念な弱さを披露したことがある」プトニスが話し出した。「ムルニエース大佐は深刻な横領事件の容疑で逮捕された繊維工場の社長から賄賂を受け取っていたことが発覚し、捕まったのです。大佐は社長の共犯者が決定的証拠となる文書を隠すのを見て見ぬ振りをした見返りに、賄賂を受け取っていたのです」

「その後、どうなりました？」

「事件はもみ消されました。その社長はしるし程度の罰を受けた後一年も経たないうちに、我が国有数の森林業会社の社長に就任しましたよ」

「ムルニエースは？」

「なにも懲罰はありません。彼自身は深く反省したでしょう。当時彼は疲労困憊の極致で、そのうえ精神的に非常に苦しい離婚訴訟の最中でした。この事件の取り扱いを任された警察内部の局は、ムルニエースの罪は問わないと決定しました。リエパ中佐は、このとき一度のムルニエース大佐の弱さを、慢性の性格破綻から来るものという見方をしたのかもしれませんね。もう少しコニャックはいかがですか？」

ヴァランダーはグラスを差し出した。理由はわからないが、いまプトニスの話した言葉のなにか、そして数時間前のムルニエースの言葉のなにかが、ひっかかった。そのときアウスマがコーヒーをトレーに載せて現れた。そして帰国する前に絶対見ておくべきだと言って、リガの近くの観光の名所をいくつか挙げて熱心に説明をし始めた。彼女の話を聞きながら、ヴァランダーの胸で不安が不気味にうねり出した。いまのプトニス大佐の話の中になにか決定的なことがあったのだ。聞いているときには気がつかなかった、なにかおかしなことがあるのだ。

「スウェーデンの門」アウスマが言った。「スウェーデンがヨーロッパの偉大な国だったときの記念碑、まだごらんになっていらっしゃらないでしょう?」

「ええ、残念ながら」

「いまでもスウェーデンは偉大な国ですよ」プトニスが言った。「小さな国ながら、うらやましいほど豊かな国だ」

漠然とした警鐘が消えてしまうことを恐れて、ヴァランダーは失礼と言ってトイレに立った。ドアをロックして便座に腰を下ろした。だいぶ前に、リードベリから受けた教訓があった。目の前の、あまりにも近いところに糸口がぶら下がっているときは見えないものだ。そのようなときは時を待たずに頭に浮かぶことを徹底的に検証するのだ。

わかった。ムルニエースが昼間言った言葉、そしてプトニスがちょっと前に言った言葉。二人はリエパ中佐のことを別の言葉で表現したのだ。

ムルニエースは、リエパ中佐は賢いと言った。一方プトニスは無分別と言ったのだ。いまプトニスが話したムルニエースの前歴を思えば、うなずける。しかし、そこまで考えたとき、彼ははたと気がついた。なにかがおかしいと思ったのはまさにこのことだった。自分は彼らから反対の言葉を聞くと思ったのだ。

バイバ・リエパはムルニエースを疑っていた。カルリスは彼にだまされたのではないかと。もしかするとおれは完全に間違っているのではないか、とヴァランダーは思った。おれがムルニエース大佐の中に見ようとしているものは、ひょっとするとプトニス大佐の中にあるのではないか？　リエパ中佐を賢いと言ったのは、ムルニエースだった。おれは彼の口から反対のことを聞くと思っていたのではないか。ヴァランダーはそのときのムルニエースの声を思い出した。そして突然、ムルニエース大佐はなにかもっと言いたかったのではないかという気がした。リエパ中佐は賢い人だ、道義心のある人だ、と彼は言った。真実を言っていたのは彼のほうだったのだ。

ヴァランダーはこのことを考えた。そして自分があまりにも容易にほかの人間が言ったことをそのまま受け取っていたことに気がついた。

彼はトイレの水を流して、居間に戻った。テーブルの上にコーヒーとコニャックが待っていた。

「娘たちですよ」とアウスマが写真立ての中の少女二人をヴァランダーに見せた。「アルダとリヤです」

「私にも娘がいます。リンダと言いますが」ヴァランダーが言った。

その後の会話は他愛もないことばかりだった。ヴァランダーは失礼にならないほどの時刻に、なるだけ早くホテルに戻りたいと思ったが、スィズ軍曹に送られてホテルに着いたのは一時近かった。途中、車の後部座席で眠り込んでしまった。羽目を外して飲み過ぎたことを悔やんだ。明朝はきっと二日酔いでぐったりして頭が痛くなるだろうと気が重くなった。

ベッドについて、彼はしばらく暗闇をにらんでいた。

関連があるのだ、と思った。リエパ中佐と救命ボートの殺された男たち、そしてウピティスの逮捕。これらは互いに関連し合っているのだ。ただおれにはそれが見えないだけだ。また、おれの頭の後ろ、この薄い壁の向こうには、おれにはやはり見えないが、おれの寝息をうかがっている者たちがいる。

彼らはおれがしばらく眠らず暗闇の中で考えていたと、明日報告するのだろうか？そのようにして、おれの中に入り込むことができると思っているのか？

外の道路をトラックが一台ガタガタと通り過ぎた。

眠りに落ちる寸前、リガに来てからもう四日経ったと思った。

13

翌朝目が覚めたとき、昨晩おそれたとおり、彼は二日酔いでぐったりしていた。こめかみが脈打ち、歯を磨いたときに吐き気がした。頭痛薬を二錠水に溶いて、次の日に影響しない酒が飲めた時代は完全に終わったのだと自分に言い聞かせた。

鏡に映った自分の顔を見て、ますます父親に似てきたと思った。二日酔いのせいで、単にやる気のなさだけでなく、なにかを失ったように感じた。青白い、むくんだその顔には、間違いなく老いの最初の兆候が現れていた。

七時半、彼はホテル内のレストランへ行ってコーヒーを飲み、目玉焼きを食べた。コーヒーを飲むと、気分の悪さが少し落ち着いた。スィズ軍曹が迎えに来るまでの三十分、彼はモスビー・ストランドの海岸に漂着した、上等な背広を着た二人の男の死体発見から始まった複雑な事件の個々の事実をまたもや胸の中で復習してみた。顔の見えない裏切り者はムルニエース大佐ではなくプトニス大佐かもしれないという、前の晩の発見を消化しようとしてみた。しかし考えれば考えるほど、彼は振り出しに戻ってしまうのだった。すべてが流動的で、透明性がないのだ。ラトヴィアのような国での捜査は、スウェーデンでのそれと比べると、まったく土台からちがうと思った。全体主義の国ではつかみどころがなくなる傾向があって、集められた事実と証拠の組み合わせが、事件を解決に導くどころか、限りなく複雑なものにしてしまうらしい。

もしかすると、ラトヴィアでは事件が起きたら、まずその事件を捜査するかどうかを決める審議から始めなければならないのかもしれない、と彼は思った。もしかするとその事件は、この国の社会に蔓延しているふつうの行為で、犯罪ではないと見なされるかもしれないのだ。

立ち上がって、外の車のそばで待っている軍曹のほうへ歩きながら、今日はいままで以上にはっきりと大佐たちに答えを求めなければならないと思った。このままでは、彼らが自分の鼻の先でドアを閉めようとしているのか開けようとしているのか、わからない。

車はリガの町を走った。汚れて崩れ落ちそうな建物や荒れ果てた広場を見て、ヴァランダーはそれまでの人生で経験したことのない憂鬱をまたもや味わった。いま自分の目に映る、バス停で待っている人々、道を急ぐ人々の心には、荒廃と絶望があると思うと、ヴァランダーは震えた。家がまた恋しくなった。しかし家が恋しいと言っても、自分はそもそもなにを恋しがっているのだろう?

リガ警察本部の自分の部屋に入ると、電話が鳴っていた。ヴァランダーはスィズ軍曹にコーヒーを頼んで、受話器を取った。

「おはよう」ムルニエースだった。いつも不機嫌なムルニエース大佐の声が明るかった。「昨晩は楽しかったかね?」

「リガに来てからあれほどのごちそうは食べたことがありませんでした」ヴァランダーは言っ

た。「しかし、どうも飲み過ぎたようです」

「節度を守るという徳は、我が国にはないものでね」ムルニエースが言った。「スウェーデンの成功の秘密は、国民が節度というものに高い評価を与えた結果だと理解しているのだが、ちがうかね？」

ヴァランダーは適当な答えを見つけることができなかった。ムルニエースは続けて言った。

「私の机の上に、非常に興味深い書類がある」彼は言った。「それを読んだら、昨夜プトニス大佐のうまいコニャックを飲み過ぎたことなど、吹き飛んでしまうと思うが」

「なんの書類ですか？」

「ウピティスの自供だよ。昨夜彼が自白し署名したものだ」

ヴァランダーはなにも言わなかった。

「もしもし？」ムルニエースの声が高くなった。「すぐ私の部屋に来られるかね？」

廊下に出ると、コーヒーを持ってきたスィズ軍曹にぶつかった。そのコーヒーを持ってムルニエースの部屋に行くと、大佐は机の向こう側から疲れた笑顔を見せた。

「これがウピティスの自供の調書だ」ムルニエースは言った。「これを翻訳してあげられるのは、うれしいことだ。驚いているようだが？」

「はい」ヴァランダーは答えた。「自供をさせたのは大佐ですか？」

「いや」ムルニエースが言った。「プトニス大佐はエマヌエリス班長に尋問の続きを命じたのだ。エマヌエリスは期待以上の仕事をした。彼は将来が嘱望される男だ」

ヴァランダーはムルニエース大佐の声に皮肉が込められているような気がした。それとも慢性疲労の、失望した警官の普段の声なのか？

「アルコール中毒者で、蝶の蒐集家で、詩人のウピティスはすべてを告白することに決めたのだ」ムルニエースが話を続けた。「共犯者二人は、ベルイクラウスとラピンだが、ウピティスが二月二十二日から二十三日にかけての夜中、リエパ中佐を殺害したと証言している。この三人の男は依頼された仕事の請負人だ。仕事はリエパ中佐を抹殺すること。依頼主は誰かわからないとウピティスは言っている。おそらくそれは真実だろう。仕事の依頼は複数の人間を経て、当人のところに届くのだ。リエパ中佐は警察の高官なので、支払い額は大きかった。ウピティスと二人の共犯者は、ラトヴィアのふつうの労働者が百年かかって稼ぐような金を山分けした。仕事の依頼は二カ月ほど前に来た。つまり、リエパ中佐がスウェーデンへ行く以前のことだ。仕事の期限は最初決められていなかった。重要なのはウピティスと二人の共犯者が失敗しないことだった。だが突然、様子が変わった。殺害の三日前、つまりリエパ中佐がまだスウェーデンにいるとき、ウピティスは仲立ちをした人間からメッセージを受け取った。リエパ中佐がリガに戻り次第すぐ計画を実行せよという命令だった。なぜ急にそのような命令が出されたのかは知らされなかった。だが、請負金額が増やされ、ウピティスは車も使えることになった。ウピティスはその日から毎日スパルタークという映画館に行けと命じられた。朝と夕方の二回。建物の屋根を支える大黒柱に、ある日、書き付けがあるという。西側の国でいう落書き《グラフィティ》だ。それはリエパ中佐殺害を即座に実行せよという命令を意味するものだった。リエパ中佐が帰国する日の朝、書き付けがそこにあった。そしてウピティスはベルイクラウスとラピンにすぐさま連絡した。間に立った人間は、リエパ中佐は夜遅く自宅から誘い出されると話した。その後、リエパ中佐をどう始末するかは、彼らの仕事だった。彼らは、リエパ中佐は用心して、銃を持ってくるだろうと思った。抵抗するだろうと思った。だから、中佐が家の外に出たところですぐに殴り倒すという計画を立てた。もちろん、不成功に終わるというリスクはあった」

ムルニエースは突然話をやめてヴァランダーを見た。

「話が早すぎるかね?」

「いえ、わかります」

「三人はリエパ中佐の住む建物まで車で行った」ムルニエース大佐が言った。「入り口の照明灯の電球を取り外して、物陰に隠れた。それぞれ手に武器を持っていた。その前に彼らはビアホールへ行って、ビールをたっぷり飲んで景気づけをした。リエパ中佐が入り口から出てきたとき、彼らは襲いかかった。ウピティスは、ラピンの一撃がリエパ中佐の首に当たったと言っている。ベルイクラウスとラピンを捕まえたら、きっと二人は互いを責め立てるだろう。だが、スウェーデンの法律とは異なり、我が国の刑法は、どっちが首謀者かわからないときは、二人ともを罰することになっている。リエパ中佐が道に倒れると、彼らは車を動かしてリエパ中佐を後部座席に乗せた。港に向かう途中で中佐は意識を取り戻した。だが、ラピンがまた頭を殴りつけた。埠頭まで運んだときにはすでに中佐は死んでいたとウピティスは言っている。彼らは中佐がなんらかの事故に遭遇したように見せかけるつもりだった。それに失敗したわけだが、しかしウピティスにしても仲間にしても、警察の目を逸らすために工夫をこらした様子はとくにない」

ムルニエースは調書を机の上に置いた。

ヴァランダーは狩猟小屋で過ごしたあの夜のことを思い出した。ウピティスのこと、そして彼の質問、そして誰かが耳を澄ましていた隣室から漏れる一筋の明かり……。

われわれはリエパ中佐がだまされたのではないかと思っている。われわれはムルニエース大佐が怪しいと思っている。

「リエパ中佐がその日に帰ってくるということが、どうして彼らにわかったのですか？」ヴァランダーが訊いた。

「アエロフロート航空の人間に賄賂を使ったのではないか。乗客名簿を見ればわかる。もちろん、どうやってそれがわかったのかは、今後調べるつもりだが」

「リエパ中佐が殺された理由はわかりましたか？」

「われわれのような国では、噂が早く広まるものだ。リエパ中佐は犯罪者集団のやつらにとって、あまりにも目障りな存在だったのではないか」

ヴァランダーは次の質問をする前によく考えた。ウピティスの自白を報告するムルニエース大佐の話を注意深く聴いて、彼はなにかが間違っていると思った。それもとんでもなく間違っている、と思った。しかし、すべてが嘘だとしても、もはや、なにが真実なのか、わからなくなっていた。嘘の上にまた嘘が重ねられる。ほんとうに起きたこと、そしてその理由は、もはやや日の光の下に曝されることはないのだ。

もう質問は残っていなかった。訊きたいことはなにもない。ただ、漠然とした、なんの根拠もない自分の主張だけがあった。

「あなたはウピティスの自供と称されるものがすべて嘘だということを、もちろん知っているのですよね」ヴァランダーは言った。

ムルニエースは眉をひそめた。

「真実であろうはずがないと言うのかね？　これはまた、なぜだ？」

「単純な理由です。ウピティスはリエパ中佐を殺してはいない。自白はすべて口移しに言わされた作り物です。強要されたにちがいありません。そうでなければ、突然発狂したとしか思えません」

「なぜウピティスのように疑わしい人物がリエパ中佐殺害の犯人ではないというのか？」

「なぜなら、私はウピティスに会ったことがあるからです」ヴァランダーは言った。「私は彼と話をしたことがあるからです。リエパ中佐殺害の容疑から絶対に外していい人間が一人いるとすれば、それはウピティスだと思っているからです」

ムルニエースの驚きは芝居ではなかった。ということは、あの狩猟小屋の隣の部屋でドアの隙間から話を聴いていたのは、ムルニエースではないということになる。それではあれは誰だったのか？　バイバ・リエパか、それともプトニス大佐か？

「ウピティスに会ったことがあると言ったな？」

ヴァランダーはまたもや嘘と真実を混ぜることに決めた。そうしなければならない。バイバ・リエパを守るためだ。

「ホテルに訪ねてきたのです。ウピティスと名乗りました。プトニス大佐がマジックミラーの部屋から取調室の彼を見せたとき、すぐにわかりました。私を訪ねてきたとき、彼はリエパ中佐の友人だと言っていました」

ムルニエース大佐はそれまで深くいすに座っていた姿勢を正した。ヴァランダーは大佐が極度に緊張していることがわかった。大佐はいま彼が言った言葉に注意を集中させていた。

「不可解だ、じつに不可解な話だ」

「彼が私を訪ねてきたのは、私にリエパ中佐は同僚によって殺害されたのだと伝えるためでした」

「ラトヴィア警察の警察官にか？」

「はい。ウピティスはそれを調べてくれと私に頼みに来たのです。どうして彼がスウェーデンから警官が来ていることを知ったのか、わかりませんが」

「彼はほかになにを言った？」

「リエパ中佐の友人たちは証拠をもってはいないが、リエパ中佐自身から、脅されていると聞いていると話しました」

「脅されている？　誰から？」

「警察内の誰かからです。もしかするとKGBからも」

「なぜ脅迫されていたのか、理由を言っていたか？」

「ウピティスが自白したと言われる、リガの犯罪者集団が計画したリエパ中佐殺害と同じ理由です。当然、ここには関連が見えます」

「どのような関連だ？」

「ウピティスの主張は二回とも正しいということです。二回目のほうはでっち上げだったとしても」

ムルニエースはにわかに立ち上がった。

ヴァランダーは、〝スウェーデンからの警察官〟はやりすぎたのだと思った。越えてはいけない境界線を越えてしまった。だが、彼を見るムルニエースの目には懇願するような表情が浮かんでいた。

「これはプトニス大佐にも知らせなければならない」ムルニエースが言った。

「はい」ヴァランダーは答えた。

ムルニエースは電話に手を伸ばした。十分後、プトニス大佐が部屋に入ってきた。ヴァランダーが昨夜の礼を言うひまもなく、ムルニエースはラトヴィア語で興奮し咎めるような調子で、ヴァランダーがウピティスと会ったという話をプトニスにまくしたてた。ヴァランダーはもしあの晩狩猟小屋で隠れて話を聴いていたのがプトニスだったら、顔に表れるにちがいないと思い、注目した。だがプトニスの顔は無表情だった。ヴァランダーが期待したような表情の変化はなにも現れなかった。ウピティスが自白を強要された理由を見つけようと思ったが、とうてい無理なことだった。しまいに彼はあきらめた。

　プトニスの反応はムルニエースのものとはちがっていた。

「なぜ犯罪者ウピティスと会ったといままで言わなかったのですか？」

　ヴァランダーは答えられなかった。いま彼はプトニス大佐の目に、それまで二人の中にあった信頼を自分が踏みにじったと映ったのだと思った。同時にヴァランダーは、プトニス大佐の家に招かれたその晩にウピティスが自白したというのは、単なる偶然なのだろうかと思った。全体主義の国で、そもそも偶然などというものがあるのだろうか？　プトニスは被疑者の尋問は一人でするに限るとは言わなかったか？

　しかし、まもなくプトニスの憤慨は鎮まったようだった。彼はヴァランダーの肩を叩いて笑顔を見せた。

「蝶の蒐集家で詩人のウピティスは狡猾な男ですよ」プトニスは言った。「リガを訪問しているスウェーデンの警官を訪ねて、自分に向けられる嫌疑を誰かほかの者に向けようとしたのでしょう。しかし、ウピティスの自供は本物です。そう長くは抵抗できないだろうと私が予期したとおりになりました。リエパ中佐殺害事件はこれで一件落着というわけです。もはや、あなたをわずらわせ、リガに留まっていただく理由はありません。さっそく帰国の手はずを整えましょう。もちろん、正式のルートを通してスウェーデン外務省にわれわれの感謝の意を伝えましょう」

　この瞬間、自分のラトヴィア訪問はまもなく終了するのだとわかったまさにそのとき、ヴァランダーは大規模な陰謀は実際にあるのだと直感した。規模だけでなく、真実と嘘のバランス、見せかけと実際の状況との間のバランスが巧妙に築かれていることに気がついた。リエパ中佐は、いままで自分が思っていたとおり、優秀な、そして尊敬に値する警察官だったのだとわかった。バイバ・リエパの恐怖がよくわかった。それと同じほどに彼女の反骨精神も理解できた。自分は帰国しなければならないが、その前にもう一度彼女に会わなければならないと思った。そうしなければならない負い目があった。それは死んだリエパ中佐に対する負い目でもあった。

「わかりました。私はこれで帰国しますが、それは明日にします。いままでまったく時間がなかったので、まだこの美しい町を見ていません。昨夜、大佐夫人の話を聞いたこともあり、ぜひそうしたいと思います」

ヴァランダーは二人の大佐に対して話していたのだが、最後の言葉はプトニスに向けた。

「スィズ軍曹はとても優秀なガイドです」ヴァランダーは続けた。「私の仕事はこれで終わったとしても、今日一日、彼を使わせてくれますか」

「ああ、もちろんだ」ムルニエースが言った。「この奇妙な事件がやっと終わりに近づいたことを祝おうではないか。なんの贈り物もせず、乾杯もせずにあなたを帰国させるのは失礼というものだ」

ヴァランダーは今晩の予定を考えた。イネセ。彼の臨時の愛人を装って、夜にホテルのナイトクラブで待つことになっている。そしてバイバ。彼女には必ず会わなければならない。

「いや、そんな大げさなことはいりません」と彼は言った。「われわれは警官です。芝居初日の成功を祝う俳優ではないのですから。それに今晩は先約があります。若いご婦人といっしょに過ごすことになっていますので」

ムルニエースはほほえみ、机の下の棚からウオッカを一瓶取り出した。

「それを邪魔するつもりはない。それではいま乾杯をしようではないか」

彼らは急いでいる、とヴァランダーは思った。少しでも早くおれを追い払いたいのだ。

彼らは乾杯し、酒を一気に飲み干した。ヴァランダーはグラスを空けながら、この二人のうちのどちらがリエパ中佐殺害の命令を出したのだろうと見比べた。それはいま唯一気になることだった。またそれは唯一彼が知り得ないことだった。プトニスか、ムルニエースか？　だがいまは、リエパ中佐が正しかったということはわかっている。彼が秘密裏に調べた真実は、誰にも知らされず墓石の下に彼といっしょに埋められている。もしもそれをなんらかの形で書き残さなかったとすれば。バイバ・リエパがほんとうに夫を殺した犯人を知りたかったら、中佐が書き残したかもしれないその記録こそ、探し出さなければならないのだ。そうしたら、なぜ犯人でもないウピティスが偽の自供をさせられたのかがわかる。もしかするとウピティスはリエパ中佐を殺害したのが大佐二人のどちらなのかを知ろうと、下手な動きをして捕まったのかもしれないではないか。

おれはいま、いままで出会ったこともないほど狡猾な犯罪人と酒を飲んでいるのだ、とヴァランダーは思った。ただ、この二人のうちのどっちがそうなのかがわからないのだ。

「明日は空港まで見送りますよ」乾杯が終わったとき、プトニスが言った。

ヴァランダーはリガ警察本部を出てスィズ軍曹の後ろを歩きながら、自分が釈放されたばかりの囚人のように感じた。それから彼らは車で町を見て回り、軍曹は指さし、説明し、歴史を語った。ヴァランダーは指さされたものを見てはうなずき、適当に「ああ」とか「じつに美しい」などと答えた。しかし、心の中ではずっと別のことを考えていた。自供したとされるウピティス。彼には選択の余地がなかったのではないか。ムルニエース、またはプトニスはいったいなにをもってウピティスを脅したのだろうか？　脅迫手段のカタログの中からなにを選んだのだろう。カタログの厚さについて、ヴァランダーは想像したくもなかった。

ウピティスにもやはりバイバのような存在がいたのだろうか？　子どもがいるのだろうか？　ラトヴィアでは、子どもはまだ銃殺されるのだろうか？　いや、もしかすると、子どもにもう未来はないと脅すだけで十分だったのか？

全体主義の国はそのように統治するのか？　人々に人生を閉ざすやり方で。

そんな中で、ウピティスにどのような選択があったというのか。

やってもいない殺人と裏切りをしたと自供したことで、彼は自分の命、家族の命、そしてバイバ・リエパの命を救ったのだろうか？　ヴァランダーは自分の限られた知識の中から、共産主義の歴史の中で、いわゆる〝公開裁判〟と呼ばれる恐ろしい不正の数々を思い出した。いまウピティスが引き受けさせられているのはその種のことだ。ヴァランダーは、なぜ人々が決して犯していない犯罪を自分がやったと自供するに至るのか、自分には理解できないと思った。自分の親友、自分自身が求めている未来を担っている人間を、冷静に計画して殺害したと認めるとは。

いずれにせよ、おれには決してわからないだろう。

いったいなにが起きたのか、決しておれは知ることがない。それもいい。聞いてもきっと理解できないだろうから。だが、バイバ・リエパは理解できるはずだ。だから彼女には知らせなければならないのだ。どこかにリエパ中佐の最後の書き物がある。彼の遺書と言ってもいいものだ。その遺書はまだ死んではいない。生きているのだ。だがそれは不安を感じ、どこかに隠れているのだ。それを中佐の霊が護っているのだ。

おれが探し出さなければならないのは、その〝守護神〟だ。バイバ・リエパにそのことをわかってほしい。どこかに失われてはならない秘密が存在するのだ。巧妙に隠されている。彼女だけが見つけることができ、解読することができるものだ。彼が信頼していたのは彼女だった。すべての天使が地に墜ちた世界で、彼女だけはリエパ中佐の天使としてあり続けたのだ。

リガの旧市街の古い塀の門まで来て、スィズ軍曹は車を停めた。ヴァランダーは車を降りた。これがプトニス大佐の妻が話していたスウェーデンの門にちがいないと思った。外は寒く、さらに気温が下がっていた。ぼんやりとしたまま、彼はひびの入ったレンガを見つめ、昔の痕跡を見つけようとしたが、すぐに不可能であると知り、車に戻った。

「続けますか？」

軍曹が訊いた。

「そうしてくれ」ヴァランダーが言った。「観光名所というところ、すべてが見たい」

スィズ軍曹が運転好きであることはもうわかっている。たとえ寒くても、たとえ軍曹がバックミラーからときどき様子をうかがっているとわかっていても、ヴァランダーは車の中のほうがホテルの部屋よりもまだましだと思った。今晩のことを考えた。バイバ・リエパとは絶対に会わなければならない。それを妨げるようなことは起きてはならなかった。ちょっとの間、彼はいますぐバイバ・リエパと連絡を取るほうがいいのではないかと思った。彼女が教えているという大学に行って、面会を申し込むのだ。そして人影のない廊下でいま彼が考えていることを話すのだ。だが、彼は彼女の専門分野を知らなかった。それになにより、この町には大学がいくつあるのかも知らなかった。

また、ゆっくりと意識に上ってきたことがほかにもあった。ほんの三回、しかも警察で会ったとき以外は短い時間、人の目を盗んで、救いようのない状況に絶望しているバイバ・リエパに会っただけなのに、彼女に対し、リエパ中佐の突然の死に関する話をするだけではない感情が生まれていることだった。それは彼が慣れている、ふだんの感情からかけ離れた、はるか遠いところにあるものだった。彼は不安を覚えた。心の中で父親の怒っている声が聞こえた。迷える息子が、警察官になっただけでも腹立たしいのに、殺されたラトヴィアの警察官の未亡人に惚れるというバカをしでかすとはと愚痴っているのが響く。

そういうことなのか？　自分はバイバ・リエパに惚れてしまったのか？

そのとき、まるで人の心の声が聞こえるように、スィズ軍曹が手を伸ばして横に広がっているレンガ造りの建物を指さし、リガ大学だと言った。ヴァランダーはその殺風景な建物群を車の窓を通して眺めた。この刑務所のような建物のどこかにバイバ・リエパがいるかもしれない。この国の公の建物はどれも刑務所のような外観だと思った。そして、中にいる人々はきっと囚人なのだろうと思った。だが中佐はちがった。そしてウピティスも。たとえ決して終わらない悪夢ではなく実際に捕らえられていても。まもなくヴァランダーは疲れ、軍曹にホテルへ戻ってくれと言った。自分でもはっきりわからないまま、午後二時にまた迎えに来てくれと頼んだ。

ホテルに戻るとフロントですぐに監視役の灰色の背広の男が目に入った。大佐たちはもはや目立たないように気を遣うことさえもやめたのだ、とヴァランダーは思った。彼はレストランに足を向けると、いつも案内されるテーブルではないところにどっかりと腰を下ろした。ウェイターは困り切った顔をしていたが、ヴァランダーは知らぬふりをした。これで客をどのテーブルに着かせるか決める役所仕事をしているやつらを困らせることができる、と彼は怒りも露にウェイターをにらみつけた。ビールと強い酒《アクワビット》を注文し、いすに深く腰掛けた瞬間、尻にいつもの腫れ物がまたもやできていることに気がつき、彼の怒りは倍増した。彼は二時間以上もレストランにねばった。グラスの酒がなくなるとウェイターに合図して追加を注文した。しだいに酔いが体中に回り、意識がもうろうとしてきた。すっかりセンチメンタルになって、彼はスウェーデンに帰国するときにバイバ・リエパがいっしょに来ることを想像した。レストランを出たとき、彼はロビーのソファに座っている灰色の背広の男に手を振った。自分の部屋に入ると、彼はベッドの上に横たわり眠りに落ちた。しばらく時間が経ってから、誰かが彼の頭の中でノックしているような気がして目が覚めた。それは現実の音で、音は部屋のドアから来ていた。スィズ軍曹がドアをノックしているのだった。ヴァランダーは慌ててベッドから跳ね上がり、冷水で顔を洗った。彼は軍曹にリガの郊外へ行ってくれと頼んだ。自然の中を歩きたかった。今晩バイバ・リエパに会わせてくれる、〝愛人〟に会う前に考えておかなければならないことがあった。

ヴァランダーは森の中で寒さに震えた。地面は凍って固かった。歩きながら彼は望みのない状況を思った。

われわれはネズミが猫を追いかける時代に生きている。だが、それさえも定かではない。なぜなら、もはや誰がネズミで誰が猫なのかの区別もつかないからだ。それがおれの生きている時代だ。なにもかもが見かけとはちがう、なにもかもがめちゃくちゃな時代に、どうして警官でなどいられようか？

スウェーデンでさえも同じだ。昔は理解していると思っていた国だ。だが、その国さえもこの時代の例外ではない。おれは一年前、泥酔して車を運転した。だが何ごとも起きなかった。同僚たちがおれを囲んで護ってくれたからだ。あのときも追跡者は犯罪者と握手したのだ。

彼は松林を歩き、スィズ軍曹はどこか後方にいた。車の中で待っているのだろう。そのときヴァランダーは突然決心した。帰国したらトレレボリのゴム工場の警備主任の仕事に応募しよう。ようやく、いま彼は決心がついたのだった。むりやりに自分を説得したわけではない。だがなんの迷いもなく、彼は警察官をやめるときがきたと思った。

彼は興奮して車に戻った。車をふたたびリガに向かわせ、軍曹に別れを告げてフロントに鍵をもらいに行った。プトニスから封筒が一つ届けられていた。明朝九時半、ヘルシンキ経由の切符が用意できたという知らせだった。ヴァランダーは部屋に行って、生ぬるい湯に浸かり、ベッドの中に潜り込んだ。愛人役のイネセに会うまでまだ三時間あった。彼はまたもこの事件を頭の中で順を追って考えた。そしていま、彼はリエパ中佐の考えが読めた。カルリス・リエパが感じたにちがいない憎しみの深さを想像することができた。憎しみ、さらに、一連の証拠を入手できるだけの力がありながら、手も足も出せない怒りも。リエパは腐敗の中核の黒い心臓を見たのだ。それはプトニスかムルニエース、あるいは両者ともが犯罪者と会い、マフィアさえもできないような巨大な陰謀、すなわち国がコントロールする犯罪活動を許可した姿だった。リエパ中佐はそれを見た。そして、あまりにも多くを知りすぎたのだ。だから殺されたのだ。残っているのは、行方不明の彼の遺書、すなわち彼が調査したもの、彼が集めた証拠の記録である。

ヴァランダーはベッドの上に起き上がった。

この遺書の重大さが、いまようやくわかったのだ。いま自分がおこなった推理に、プトニスやムルニエースが気がつかないはずがない。彼らもまた自分と同じ結論に達したはずだ。そしてまた自分と同じようにリエパ中佐が隠したにちがいない証拠を探しているにちがいないのだ。

ヴァランダーはふたたび恐怖を感じた。この国で、スウェーデン人の警察官を消すのはごく簡単なことにちがいない。事故だったことにすればよい。口先だけの調査がおこなわれ、悔やみの言葉とともに鉛の棺がスウェーデンに送られる。

もしかすると、おれはすでに知りすぎたと思われているのではないか？

あるいは、いまやぶからぼうに帰国せよと急《せ》かすのは、おれがなにも知らないという確信があるからか？

おれは誰も頼ることができない、とヴァランダーは考えた。おれはまったく一人だ。バイバ・リエパと同じようにしなければならない。誰を信じるかを決めるのだ。そしてリスクを冒すのだ、たとえ結果的に間違いであろうとも。自分はまったく一人だ、と彼は繰り返して思った。そしておれのまわりには、しっかりとおれを見張っている耳目がある。中佐と同じ運命をおれに負わせるのになんのためらいも感じない連中だ。

もしかすると、バイバ・リエパにもう一度会うのは危険すぎると思うべきなのだろうか？

彼はベッドから出て窓際に立ち、リガの家々の屋根を見下ろした。すっかり暗くなっていた。まもなく七時になる。決断しなければならない。時が迫っている。

おれはじつに気の小さい男だ、と彼は思った。なによりもおれは、死をも恐れずに危険を冒して行動するような警官ではない。できればおれは、平和なスウェーデンの片田舎で、空き巣や横領など、流血騒ぎとは無縁の事件の捜査をしたいと思っているのだ。

それからバイバ・リエパのことを考えた。彼女の恐怖と反骨精神を思った。そして、いまここで逃げ出したら自分自身が許せないと思うようになるだろうと考えた。

八時を回ったころ、ヴァランダーはダークスーツを着て、下のナイトクラブへ行った。くたびれた灰色の背広を着た新顔の男がロビーで新聞を読んでいた。今回はヴァランダーも手を振りはしなかった。夜はまだ始まったばかりだったが、薄暗いナイトクラブはすでに満員だった。テーブルの間を縫うように歩きながら、壁際に座っている女たちのほうを見た。女たちは招くように笑い返した。やっと空いているテーブルを見つけて腰を下ろした。今晩は頭をすっきりさせておくために飲むべきではないと思ったが、ウェイターがやってくるとウィスキーを注文してしまった。生演奏の楽団はまだで、騒がしい音楽は黒い天井から吊されたスピーカーから響くものだった。

イネセがどこからともなく現れた。自分の役割を迷いなく演じる姿にヴァランダーは驚いた。数日前に見た恥ずかしそうな様子はどこにもなかった。厚化粧をして、挑発的なミニスカートをはいている。ヴァランダーは自分も芝居をして彼女の相方をつとめることなど、まったく考えていなかったことに気づいた。握手をしようと手を伸ばした彼を無視して、彼女は体を彼にあずけてキスをした。

「まだ席を立ってはだめよ」彼女はささやいた。「わたしになにか飲み物を注文してくれる？笑うのよ。わたしと会えてうれしそうな顔をして」

彼女はウィスキーを飲み、落ち着かなそうにたばこを続けて吸った。ヴァランダーは若い女性に気に入られて喜んでいる中年の男を演じた。耳をつんざくばかりの大音響の中で、彼は今日、軍曹にガイドしてもらって町を観光したことを話した。イネセは入り口が見えるような席を選んで座っていることにヴァランダーは気がついた。翌日帰国することになったとヴァランダーが言ったとき、彼女の体がギクリと動いた。この女はどこまで知っているのだろうか、とヴァランダーは思った。彼女はバイバ・リエパが語っていた〝友人〟の一人なのだろうか。この国の未来がオオカミどもに食われないように立ち上がった彼らの友人たち。

だが、この女さえもおれは信じてはならないのだ。彼女もまた二重生活をしているかもしれない。無理強いされ、あるいは必要から。あるいは絶望のあまりの自暴自棄から。

「勘定を払って。すぐに店を出るから」

照明が明るくなり、ピンクのサテンのジャケットを着た演奏者たちが現れて、音合わせを始めた。ヴァランダーはウェイターに勘定を払った。イネセはほほえみ、ヴァランダーの耳に口を当てて恋人同士のささやきを装った。

「トイレの隣に裏口のドアがあるわ」彼女が言った。「鍵が閉まっているけど、ノックすればドアが開きます。そこはガレージよ。白いモスクヴィッチを探して。右前輪の泥よけが黄色い車よ。車には鍵がかかっていないわ。後部座席に座って。わたしもすぐに行くわ。いまは笑って、わたしの耳にささやいて、キスをするのよ。それから行って」

彼は言われたとおりにした。それから立ち上がった。トイレの隣のスチール製のドアをノックすると、すぐにカチッという音が聞こえた。トイレには人の出入りが多かったが、ガレージに通じるドアから出ていく彼の姿に目を留めるものはいないようだった。

おれは秘密の出入り口ばかりの国にいる、とヴァランダーは考えた。何ごとも公然とは起きない。

ガレージは狭かった。オイルとガソリンの臭いがした。照明は暗い。片輪のないトラック、自転車が数台、そして白いモスクヴィッチが停まっていた。ドアを開けてくれた男はすぐに姿を消した。ヴァランダーは車のドアに触ってみた。確かに鍵はかかっていない。彼は後部座席に忍び込み、待った。すぐにイネセがやってきた。急いでいる。車を発進させると、ガレージの扉が自動的に上がった。車はホテルの建物を出て左に曲がり、ホテル・ラトヴィアが中心にある広い通りを後にした。イネセはバックミラーに鋭い目を向けて、後方から来る車をチェックしている。次々に角を曲がり、方向を変えた。ヴァランダーはまもなく方角がまったくわからなくなってしまった。二十分もめちゃくちゃに走った後、やっと誰も追跡してこないと確信したらしく、イネセはヴァランダーにたばこを一本くれと頼み、彼は火をつけて渡した。長い鉄橋を渡り、薄汚い工場地帯を抜け、バラックの住宅の群を通り過ぎた。イネセがブレーキを踏みエンジンを止めたとき、ヴァランダーはその建物が先日のものと同じかどうか、判別できなかった。

「急いで」イネセが言った。「時間がないのよ」

バイバ・リエパがドアを開けてくれた。彼女は早口でイネセと言葉を交わした。おれが早くも明日リガを出発すると決まったといまイネセは知らせたのだろうか、とヴァランダーは思った。だが、バイバはなにも言わず、彼のジャケットを受け取り、いすの背に掛けた。イネセは姿を消し、二人はふたたび厚いカーテンの部屋で向かいあった。ヴァランダーはどのように話を始めていいのかわからなかった。なにを話せばいいのかもわからなかった。そこで彼はリードベリが始終教えてくれたとおりにすることにした。事実をそのまま言うのだ。それ以上悪くなることはない。正直に話すのだ。

彼女の夫を殺したのは自分だとウピティスが自供したというヴァランダーの話を聞いて、バイバ・リエパはまるで急な痛みをこらえるように、ソファの隅に体を丸くして座り込んだ。

「それは真実ではないわ」押し殺した声で彼女は言った。

「英語に訳された彼の自供を聞いたのです」ヴァランダーが言った。「共犯者が二人いるそうです」

「真実じゃないのよ！」彼女は叫んだ。それは堰を切った奔流のような激しい勢いで彼女の口から発せられた。イネセが暗がりから現れてドアのそばに立った。ドアはおそらく台所に通じているものだろう。イネセはヴァランダーを見た。その瞬間、彼は自分のなすべき役割がわかった。ヴァランダーはソファに座って激しく体を震わせて泣いているバイバ・リエパのそばに移った。バイバ・リエパの涙は、想像さえしていなかったウピティスの裏切りに対するものだろうか。それとも虚偽の自供を強要されて真実が永遠に葬られることを悲しんでいるのか。ヴァランダーは黙って彼女を抱きしめた。バイバ・リエパは号泣し、まるで長い痙攣に襲われたかのように彼にしっかりとすがりついて離さなかった。

おれはあのとき、目に見えない境界線を越えたのだ、そしてバイバ・リエパを愛している自分を認めたのだ、とあとで彼は思った。あのとき彼は、自分が彼女に感じる愛は、自分を必要としている人間に対するものだと思った。いままでこのように感じたことがあっただろうか。

イネセがティーカップを二つ持って現れた。彼女はバイバの髪をそっとなでた。まもなくバイバ・リエパは泣きやんだ。顔がすっかり青ざめていた。

ヴァランダーはなにがあったか話した。そしてスウェーデンに帰ることになったということも伝えた。彼は自分の推測をすべて話した。話してみると、自分でも驚くほど信憑性があるように思えた。最後に、どこかにリエパ中佐の秘密の書き物が隠されているにちがいないと言うと、バイバ・リエパは深くうなずいた。

「そうだと思います」彼女は言った。「どこかに隠したにちがいありません。彼は記録していたに決まっています。遺書というものは必ずしもお決まりの形を取っているとはかぎりません」

「しかし、あなたはその隠し場所がどこか、わかりませんか?」

「彼はなにも言いませんでした」

「あなたのほかに、誰か心当たりは?」

「誰も。彼はわたしだけしか信じていませんでしたから」

「ヴェンツピルスにいる父親はどうですか?」

彼女は驚いて彼を見た。

「調べたのです」ヴァランダーは言った。「一つの可能性ではないかと思ったものですから」

「カルリスは父親をとても敬愛していました」バイバ・リエパは言った。「でも、彼は絶対に大切な文書を父親に預けるような人ではありません」

「それじゃどこに隠したのでしょう? それともどこかに預けたか?」

「家にはありません。あそこは危険すぎるからです。警察に疑われたら、それこそ家全部を壊されかねないのです」

「考えるのです」ヴァランダーが言った。「時をさかのぼって考えるのです。可能性のあるところを徹底的に」

彼女は首を振った。

「わからないわ」彼女が言った。

「リエパ中佐は最悪の事態を考えていたにちがいない。同時に中佐はあなたがきっと理解すると信じていた。あなたならきっと隠した書き物を見つけてくれると。そしてそれは絶対にあなたにしかわからないところにあるのですよ」

バイバ・リエパは突然彼の手をつかんだ。

「助けてください」彼女は言った。「行かないで」

「私がここに留まることは不可能です」ヴァランダーが言った。「なぜ帰国しないのかと、大佐たちは不審に思うでしょう。私が帰国しないことが大佐たちにバレないわけがありません」

「戻ってくればいいでしょう?」彼の手を強く握ったまま、バイバ・リエパは言った。「リガに恋人ができたのですから、観光客として戻ってくることができるでしょう?」

おれが愛しているのはあんただ。愛人役のイネセではなく。

「リガに恋人がいる。そうでしょう?」

彼はうなずいた。そうだ、おれにはリガに恋人がいる。だが、それはイネセではない。

彼はなにも言わなかった。彼女もまた無理に答えさせようとはしなかった。彼が戻ってくると信じたようだった。イネセが部屋に入ってきた。バイバ・リエパはウピティスが嘘の供述をしたことのショックから立ち直ったように見えた。

「わたしの国では、人は話せば死ぬのです」と彼女は言った。「沈黙すれば死ぬのです。あるいは望まれる答えを言わなければ死ぬのです。あるいは間違った人に話せば死ぬのです。でもウピティスは強い人です。わたしたちが決して彼を見捨てないと知っています。彼の自供が嘘だとわたしたちにはわかっていると思っているはずです。だからわたしたちは必ず最後に勝利します」

「勝利する？」

「わたしたちがほしいのは真実だけです」彼女は言った。「わたしたちは高潔と清廉がほしいのです。わたしたち自身が選ぶ自由の中で生きる自由がほしいのです」

「私には話が大きすぎる」ヴァランダーが言った。「私が知りたいのは、誰がリエパ中佐を殺したかです。なぜ二人の男が殺されて救命ボートに乗せられ、スウェーデンの海岸に漂着したのか、です」

「戻ってきてください。そうしたら、この国について教えて差し上げます」バイバ・リエパが言った。「わたしだけでなくイネセも」

「できるかどうか、わからない」ヴァランダーが答えた。

バイバ・リエパが彼を見た。

「あなたは裏切る人ではないわ」と彼女は言った。「もしそうなら、カルリスが間違っていたことになります。でも、彼は決して間違いをしない人でした」

「無理です」ヴァランダーが言った。「私がもし戻ってきたら、すぐに大佐たちの知るところとなるでしょう。身元を偽らないかぎり。ほかのパスポートを使わないかぎり」

「それはこちらで手配します」バイバ・リエパは必死になって言った。「あなたさえ戻ってくると約束してくだされば」

「私は警察官ですよ」ヴァランダーが言った。「偽の身分証明書を使って外国に出るようなことがあれば、職業生活と社会生活を危険にさらすことになる」

そう言ったとたん、彼は後悔した。バイバ・リエパの目をまっすぐに見た。そこには死んだリエパ中佐の顔が浮かんでいた。

「わかった」ヴァランダーは言った。「戻ってきましょう」

夜が更けていった。ヴァランダーはリエパ中佐が残したにちがいない遺書の在処《ありか》を探すために、バイバ・リエパの記憶を徹底的にチェックした。バイバ・リエパは遺書を探し出すことにすべての望みを託した。しかし、どこにもその手がかりは見つからなかった。しまいには話すこともなくなった。

ヴァランダーは夜の暗闇のどこかに犬が潜んでいて、自分を見張っていると思った。決して監視の目を休めない大佐たちの犬だ。現実のことと思えないまま、自分はある計画に巻き込まれていくのだと思った。その目的は彼をふたたびリガに来させること、そして秘密裏におこなわれなければならない犯罪の調査をさせるのだ。まったく知らない国で、彼は警察官ではなく個人として一件落着のスタンプを押された事件の捜査をするのだ。ヴァランダーはこの計画の無鉄砲さがわかったが、バイバ・リエパの目から視線を逸らすことができなかった。彼女の声には確信があって、彼は抵抗できなかった。

イネセがもう時間だと知らせたとき、時計はすでに二時近かった。イネセは先に部屋を出たので、ヴァランダーはバイバ・リエパと二人だけで静かに別れを惜しんだ。

「スウェーデンに仲間がいます」彼女が言った。「彼らがあなたに連絡するでしょう。あなたがふたたびリガに来るための手続きは彼らがしてくれます」

そう言うと彼女はさっと身を寄せて彼の頬にキスした。

イネセがホテルまで車で送ってくれた。鉄橋まで来たとき、彼女はバックミラーを見てうなずいた。

「来たわ。ホテルの前で、別れがたいという芝居をするのよ」

「ああ、やってみよう」ヴァランダーが言った。「きみをぼくの部屋に誘うのはどうかな？」

彼女は笑った。

「わたしは身持ちの堅い女よ」彼女は言った。「でも、次に来たときには、そこまで進んでもいいかもしれませんね」

ホテルの前で降ろされたヴァランダーは、彼女との別れに悲しんでいる恋人の役を演じて、呆然として車を見送った。

翌日、彼はアエロフロート航空機に乗り、ヘルシンキ経由で帰国した。

大佐二人は空港まで見送りに来た。真に別れを惜しんでいるように見えた。

この二人のうちのどちらかが、リエパ中佐を殺したのだ、とヴァランダーは思った。いや、もしかすると、二人でやったのかもしれない。イースタのような小さな町の警官にそんなことがわかるはずもない。

夜遅く彼はイースタに着き、マリアガータンのアパートの鍵を開けた。

すでにすべてが淡い夢のように思えてならなかった。もうバイバ・リエパには決して会えないだろう、と思った。なにもわからないまま、彼女は殺された亭主のことを嘆き悲しむようになるのだ。

飛行機の中で買ったウィスキーの口を開けて飲んだ。

眠る前に、彼はマリア・カラスの歌に長いこと聴き入った。

疲れていた。そして不安だった。

これからいったいなにが起きるのだろう。

14

帰国して六日後、ヴァランダーのアパートに手紙が届いた。

長い、やっかいな一日が終わって仕事から戻ってきた彼は、アパートに入ってすぐの床の上にそれを見つけた。午後中ぼた雪が降った日で、彼はしばらく階段の踊り場で雪を払ってから部屋に入った。

あとで考えると、彼らからの連絡を決して待っていなかったわけではなかった。頭の中ではずっと彼らが連絡してくるとわかっていたのだが、もっと先だといいと思っていた。というのも、まだ心の準備ができていなかったからだった。

それは玄関マットの上に落ちていた、ごくふつうの茶封筒だった。最初はダイレクトメールだろうと思った。封筒の表に会社名が印刷してあったからだ。彼はそれを入り口の小テーブルの上に置き、忘れてしまった。以前冷凍しておいた魚のグラタンで夕食を済ませたとき、手紙のことを思い出して、小テーブルから持ってきた。〈リップマン園芸会社〉と封筒に印刷してあった。園芸会社がダイレクトメールを送るには変な季節だなと彼は思った。一瞬、封筒を開けずに捨てようかという思いが脳裏をかすめた。だが、ふだんから彼は単なるダイレクトメールといえども開けずにそのままくずかごに捨てることができない質《たち》の人間だった。これは彼の職業に起因する悪い習慣だといつも思っていた。派手な印刷の広告の中になにか隠されているかもしれない、と思ってしまうのだ。自分は行く手にある石をすべて裏返しにしてから歩を進める男のように生きていると思うことがよくあった。その下にあるものを確かめなければ気が済まなかった。

封筒を開けると、中に手書きの便せんが入っていた。彼らからの連絡だった。

彼は手紙をテーブルの上に置き、コーヒーをいれた。彼らがなんと言ってきたのか読む前に、気持ちを落ち着けなければならないと思った。バイバ・リエパのためにそうしなければならなかった。

一週間前、ストックホルムのアーランダ空港に戻ったとき、彼の心の中には漠然とした悲しみのようなものが渦巻いていた。しかし同時に、もはや常時監視されている国にいるのではないという安心感も胸に広がり、パスポートチェックの窓口の女性検査官にパスポートを差し出しながら、彼としては珍しく「ほっとするね、やっぱり国に帰ってくると」と言葉をかけた。だが検査官はただ彼の視線を避けるようにして、パスポートを開けもせずに突き返してきただけだった。

これがスウェーデンだ、と彼は考えた。表面上はすべてが明るく清潔に見える。空港はゴミも汚れも付かないように造られている。ここではすべてが目に見えるのだ。すべてが外見どおりだ。憲法に保障されている安全こそ、スウェーデン人の宗教であり、第一の関心事だ。我が国では飢え死には犯罪である、と世界に知らしめている。だがその一方で、われわれは用事がなかったら決して知らない人間と口を利かない。なぜなら知らないものはわれわれに害をもたらし、われわれの国を汚し、ネオンの光を暗くするかもしれないからだ。われわれは帝国を築かなかったから、それが崩壊するのを見ることはない。しかし、われわれは世界で一番いい国を創り上げたと信じている。たとえサイズは小さくとも。パスポート検査官は天国の門番なのだ。好景気の祭りが終わったいま、われわれ警察官は世界でもっとも外国人を締め出す国の検査官になり果ててしまっている。

安心感はまたたく間に憂鬱さに取って代わられた。クルト・ヴァランダーの世界には、すなわち、年金生活者の天国、あるいは半分衰退したこの天国には、バイバ・リエパの居場所はどこにもない。彼女がここにいる姿は想像することもできなかった。この明るさの中には、なにもかもが清潔に見え、なにもかもを照らし出す蛍光灯の明るさのまやかしの中には、彼女の居場所はない。帰国したばかりですでに彼は彼女が恋しくなっていた。スーツケースを引っ張って、刑務所の廊下を思わせる長い通路を、新しい国内便ターミナルへ向かって歩きながら、彼はすでにリガに戻りたくなっていた。目に見えない犬が彼を見張っている町リガに。マルメ行きの便は遅れた。彼の切符は格安切符ではなかったらしく、ビジネス客用の遅延を謝るサンドウィッチが配られた。長い時間、彼はゲートの待合室の窓から、雪の中を離着陸する航空機を見ていた。まわりではスーツ姿のビジネスマンたちが申し合わせたように手に持った携帯電話で話していた。驚いたことに中の一人が、携帯電話で子どもに「ヘンデルとグレーテル」らしき童話を読んで聞かせている声が聞こえた。彼自身、娘のリンダに公衆電話から電話をした。

思いがけず、彼女は家にいた。娘の声を聞いたうれしさで、一瞬だったが、彼はストックホルムに二、三日滞在しようかと思った。だが、リンダは忙しそうだった。彼は急な思いつきを娘には言わなかった。そしてバイバのことを考えた。彼女の恐怖、彼女の反骨精神。そして、果たして彼女はスウェーデンの警察官がほんとうに戻ってくると信じているのだろうか、と思った。だが、自分にいったいなにができるというのだろう、とも思った。もし戻ったら、犬たちが待ちかまえている。彼らに見つからないことはあり得なかった。

マルメのスツールップ空港に着いたとき、迎えに来ている者はいなかった。彼はタクシーでイースタに向かった。車中、彼は乱暴な運転をするドライバーと天候の話をした。霧と車のライトに舞う粉雪のことを話したあとは、なにも話題がなかった。なぜか突然、バイバ・リエパの香水の匂いが車の中に漂ったような気がした。そして、もう二度と会えないかもしれないと急に不安になった。

帰国した翌日、ヴァランダーはルーデルルップの父親を訪ねた。ホームヘルパーの女性が父親の髪の毛をカットしてくれたらしく、彼は久しぶりにすっきりして見えた。ヴァランダーは土産物のコニャックを持っていったが、そのラベルを見て父親は満足そうにうなずいた。

自分でも驚いたことに、ヴァランダーは父親にバイバ・リエパのことを話した。

父親がアトリエとして使っている昔の馬小屋でのことだった。イーゼルにはまだ完成していない絵があった。風景画はいつもながらのモチーフだった。今日のは、左の前景にキバシオオライチョウがいるほうの絵であることにヴァランダーは気づいた。彼がコニャックの瓶を持ってやってきたとき、父親はちょうどライチョウのくちばしに色を付けているところだった。彼は絵筆を置くと、手をテレビン油の臭う布きれで拭いた。ヴァランダーはリガに行っていたことを話した。そして突然、自分でもわからないままに、リガの町の話の途中で、彼はバイバ・リエパの話をしたのだった。殺された警察官の未亡人だとは言わなかった。ただ彼女の名前と、彼女に出会ったことと、彼女に会えないのが寂しいとだけ言った。

「子どもはいるのか？」父親が訊いた。

　ヴァランダーは首を振った。

「子どもを作れるのか？」

「そうだと思うけど、そんなことがわかるはずはないじゃないですか？」

「彼女の年はわかっているんだろうな？」

「おれより若い。三十三歳くらいかな」

「それじゃ子どもがまだ作れるはずだ」

「なぜ子どもが作れるかどうかなどと訊くんです？」

「おまえにはそれが必要だと思うからだ」

「もうすでに一人いるじゃないですか。リンダがいます」

「一人というのは少なすぎる。どういうものかを知るには、少なくとも二人の子どもが必要だ。スウェーデンに連れてこい。その女と結婚するんだ！」

「そんなに簡単じゃないですよ」

「警官だからといって、なぜなにもかも複雑にせなならんのだ？」

ほら、やっぱり話は必ずそこに行くのだ。なんの話をしていても、おれがかつて警察学校へ行ったことを責めずにはいられないのだ。

「父さん、秘密が守れますか？」ヴァランダーは訊いた。

父親は不審そうな顔で息子を見た。

「秘密が守れるかだと？」父親が言った。「話し相手もいないわしに、それ以外のなにができるんだ？」

「警官をやめようと思うんです」ヴァランダーは言った。「ほかの仕事を探すかもしれない。トレレボリのゴム工場の警備主任の仕事です。でもまだ、たぶん、の段階ですが」

父親はしばらく息子の顔を見ていた。

「分別あることをするのに遅すぎるということはない」としまいに言った。「唯一後悔するのは、その決断をするのにこんなに時間がかかったということだろうよ」

「たぶん、と言ったでしょう。まだ決めたわけじゃありませんよ」

だが、父親はもう聞いていなかった。ふたたびイーゼルに向かい、キバシオオライチョウのくちばしを塗っていた。ヴァランダーは古い手押しぞりに座り、しばらく黙って父親を見ていた。それから父親と別れた。自分には話し相手が誰もいない、と彼は考えた。四十三歳。自分には信じられる人間がいない。リードベリが死んだとき、彼はこれほど寂しくなるとは思ってもいなかった。彼にはもはや娘のリンダしかいなかった。しばらく前に別れた、娘の母親のモナには近づくことができなかった。彼女はもう彼にとっては知らない人も同然だった。マルメに住んでいる彼女の生活を彼はほとんどなにも知らなかった。

コーセベリヤへの道を通り過ぎて、クリシャンスタ警察のユーラン・ボーマンを訪ねてみようかと思った。彼となら、今回のこともすっかり話せるかもしれない。

だが、ヴァランダーは結局クリシャンスタへは行かなかった。ビュルクに報告書を出してから、彼は自室に入った。マーティンソンやほかの同僚が食堂でコーヒーを飲みながらリガについていくつか質問をしたが、まもなく彼は誰も彼の話に関心をもっていないことに気づいた。彼はトレレボリの工場の警備主任職に応募書類を送った。働く気が少しでもかき立てられるようにと、自室の机などを並び替えてもみた。ヴァランダーに労働意欲がないことに気づいたビュルクは、自分がロータリークラブに頼まれた講演をヴァランダーに譲って元気づけようとしたが、逆効果だった。コンティネンタル・ホテルでの昼食会でおこなった、警察の近代的な捜査技術についてのヴァランダーの話は失敗だった。終わるが早いか、彼は自分がなにを話したのかさえ覚えていなかった。

次の朝、目が覚めると、彼は自分が病気なのではないかと思った。

警察内の医者に行って、徹底的に調べてもらった。医者はどこにも問題はないと宣言したが、一つだけ、体重増加には気をつけるほうがいいと言った。リガから帰国したのは火曜日だった。土曜日の夜、彼はオーフースに行って食事をし、ダンスをした。何度か踊ったあと、クリシャンスタで作業療法士をしているエレンという女性が、自分のテーブルに来るようにヴァランダーを誘った。だが、バイバ・リエパの顔が頭から離れなかった。どこへでも影のようにヴァランダーについてきた。ヴァランダーはオーフースを早々に切り上げて家に帰った。海岸道路を走り、シーヴィックの市《いち》が毎年夏に開かれる、海に臨む広い野原の脇で車を停めた。ここで彼は去年、ピストルを手に殺人者を追いかけたのだった。いま目の前の野原には、薄く雪が積もり満月が輝いている。バイバ・リエパの姿がはっきり見えた。彼女を頭の中から追い払うことはできなかった。そのあとイースタまで車を走らせると、自分のアパートで酔いつぶれるまで飲んだ。音楽を最大ボリュームでかけた。隣人たちが壁を叩く音がした。

日曜日の朝、ベッドの中で、彼は不整脈を感じた。その日一日、彼はなにかが起きるのではないかと思って過ごした。

手紙が来たのは月曜日だった。台所のテーブルに向かって、彼は達筆な手書きの手紙を読んだ。それはヨーセフ・リップマンという男からの手紙だった。

貴殿は我が国の友人です、とヨーセフ・リップマンは書いていた。リガから、あなたが大変な働きをしてくれたことを聞き及んでおります。再旅行については、われわれのほうから近日中に詳しく連絡します。ヨーセフ・リップマン。

自分の〈大変な働き〉とはなにを指しているのだろう、とヴァランダーは思った。それに、近日中に連絡してくるという〈われわれ〉とは誰のことか？　彼は手紙の短い文章に苛立った。ほとんど一方的な通達だった。おれの意見はどうでもいいのか？　彼は何者かわからない人間たちの秘密の活動に参加するかどうか、まったく決めていなかった。決意や意志よりも迷いや悩みのほうがずっと大きかった。バイバ・リエパにもう一度会いたい。それだけは確かだった。だが、彼はその動機だけでは十分ではないような気がしていた。まるで自分が片思いの少年のような気分だった。

だが、翌日目が覚めたとき、彼の心の中にはそれでも決心らしきものができていた。出勤し、埒《らち》のあかない組合の会合に出たあと、彼はビュルクの部屋に行った。

「休暇がたまっていると思うので、取りたいのですが」彼は話を切り出した。

ビュルクはうらやましさと同情の混じった目で彼を見た。

「私もそうしたいものだな」ビュルクはため息をついた。「いま警視庁からの長い通達文を読んだばかりだ。国中の警察署長がみな、机に乗り出して必死になってこれを読み、私と同じ思いをしていると思う。最後まで読んでも、ちんぷんかんぷんだ。大規模な組織再編成に関するいままでの文書について、意見を述べよとあるが、どの文書のことかも、さっぱりわからん」

「休暇を取ったらどうです、署長も」ヴァランダーが提案した。

ビュルクは目の前の書類を不機嫌に脇に押しやった。

「そんなことはできん」と答えた。「引退したとき初めて時間ができるんだろうよ。それまで命があればの話だが。だが、在職中にぽっくり逝ってしまったら、それこそ愚かなことだ。休みを取りたいと言ったかね？」

「はい。アルプスで一週間スキーをしてこようと思います。いま休みを取れば、六月末の夏至祭のときに働いて人手不足を手助けすることができます。夏休みは七月の終わりにもらえればいいですから」

ビュルクはうなずいた。

「飛行機の団体旅行で行くんだろう？　よく席が取れたね。この時期はもう満席かと思ったが」

「いや、ちがいます」

ビュルクが問いかける目つきをした。

「アルプスまでは車で行くんです。団体旅行が好きじゃないもので」

「そりゃ、誰だってそうだ」

ビュルクは急に自分がボスであることを思い出したときの、形式的な顔つきになった。

「いまやっているのはなんの捜査だ？」

「めったにないほど暇なんです。急ぎのはスヴァルテで発生した暴行事件くらいなものです。誰かほかの者に代わってもらいます」

「いつからだ？　今日これからか？」

「木曜日でいいです」

「いつ戻る？」

「確か十日間、休暇が取れるはずです」

ビュルクはうなずいて、それを書き付けた。

「いま休暇を取るのはきっといいと思うよ」ビュルクが言った。「ちょっと疲れているようだったからね、このところ」

「ちょっとなんて程度ではないんです」ヴァランダーははっきりとそう言い、署長の部屋を出た。

その日は仕事の始末に追われた。電話をかけまくり、また銀行からの給料の振り込みについての不具合の問い合わせにも文書で答える必要があった。仕事をする合間に彼は気になることも調べた。ストックホルムの電話帳を開き、リップマンという名前を探した。数人のリップマンが見つかったが、〈リップマン園芸会社〉という会社名は載っていなかった。

五時過ぎ、机の上を片づけて署を出た。回り道をして新しくできた家具センターに寄った。アパートに置きたいと思うような革の肘掛けいすが見つかったが、値段が高すぎた。それからハムヌガータンの食料品店に行き、ジャガイモとベーコンを買った。レジで金を払おうとしたとき、若い店員が親しげに笑いかけてきた。そう言えば、数年前、この店に入った強盗を捕まえたことがあったと思い出した。彼は家に帰って、夕食を作り、食後、テレビの前に座った。


九時過ぎ、彼らから連絡があった。

電話が鳴り、男が外国訛りのスウェーデン語で、ホテル・コンティネンタルの斜め向かいのピザハウスまで来てくれと言った。急にヴァランダーはこそこそと動くのが嫌になり、男の名前を訊いた。

「用心しなければならない理由が十分にあるから訊くのです」ヴァランダーがはっきりと言っ

た。「自分がなにに加担することになるのか、知らなければならない」

「私の名前はヨーセフ・リップマン。あなたに手紙を書いた者です」

「それで、誰なんです、あなたは？」

「小さな会社を経営している者です」

「園芸会社の経営ですか？」

「そう言ってもいい」

「私になにを望んでいるんです？」

「それは手紙にはっきり書いたと思いますが」

ヴァランダーはここで電話を切ろうと思った。答えにならない答えばかりで、腹が立ってきた。目に見えない顔に囲まれるのは、もううんざりだった。彼らは執拗に働きかけてきて、当然のことのように関心を示せ、協力しろと要求する。このリップマンという男が、ラトヴィアの大佐たちのどちらかの手先ではないという証拠はどこにもないではないか。

ヴァランダーは車を使わず、町の中心に向かってレゲメントガータンを歩いた。ピザハウスに着いたとき、時刻はすでに九時半を回っていた。十ほどのテーブルに客がいた。が、リップマンかもしれないと思えるような一人客はいなかった。彼はいつかリードベリが教えてくれたことを思い出した。待ち合わせの場所に行くときは、先に行くほうがいいか、あとに行くほうがいいか、考えておくことだ。この忠告のことをすっかり忘れていた。だが、今度の場合、そんなことに意味があるのかどうかはわからないと思った。彼は隅のテーブルに座りビールを注文して、待った。

ヨーセフ・リップマンはあと三分で十時というときに店に入ってきた。ヴァランダーは自分をアパートからおびき出すためのたくらみだったのではないかと疑い始めたところだった。しかし、ドアが開いて男が一人入ってきたとき、ヨーセフ・リップマンだとすぐにわかった。六十代で、体には大きすぎるコートを着ていた。テーブルの間を用心深く歩いてくる。まるで地雷を踏んだりその上に倒れたりするのを恐れるような足取りだった。ヴァランダーに笑いかけてコートを脱ぎ、真正面に腰を下ろした。警戒して、あたりを盗み見た。近くのテーブルで二人の男が、その場にいない男をこき下ろしているのが聞こえた。

ヴァランダーはこのヨーセフ・リップマンという男はユダヤ人かもしれないと思った。少なくとも、ユダヤ人のような外見をしていると思った。顎にはひげはなかったが、毛が濃いために黒ずんでいた。縁なし眼鏡をかけた目の色は黒かった。ヴァランダーはユダヤ人のようだと思いながらも、それではどういう外見をユダヤ人と言うのかと自問したが、答えられなかった。

テーブルに来たウェートレスに、リップマンは紅茶を注文した。その丁重な話し方にヴァランダーは、長い間屈辱を味わってきた人間の一面をかいま見たような気がした。

「来てくださって、大変ありがたい」リップマンが言った。ヴァランダーは聞き取れないほど低いその声を聞き取るために、体をテーブルの上に傾けなければならなかった。

「ほかに方法がなかったもので」ヴァランダーは答えた。「まず手紙、それから電話を受けたわけだが、そもそもあなたは誰なのか、そこから始めてもらいましょうか」

リップマンは話を避けるように首を振った。

「私が誰かなど、なんの意味もありません。重要なのはあなたです、ヘル・ヴァランダー」

「いや、そうではない」ヴァランダーはふたたび苛立ちを感じた。「もしここであなたが何者であるかを話してくれなければ、私は話を聞くつもりはない」

ウェートレスが紅茶を運んできた。話は彼女が行ってしまうまで宙に浮いたままになった。

「私は単に手配を請け負う者であり、メッセンジャーにすぎません」ヨーセフ・リップマンは言った。「メッセンジャーの名前を訊く人がいますか？　そんなことは重要ではない。わたしたちは今晩こうして会っていますが、このあと私は消えるのです。おそらく一生会うことはないでしょう。第一に、これは信頼の問題ではなく、実際的な行動の問題です。安全は常に実際的な問題です。私の意見では、信頼もまた実際的な性質をもっているとは思いますが」

「それじゃ、もうこの話はないことにしましょう」リップマンが言った。

「バイバ・リエパからの伝言があります」ヴァランダーが急いで言った。「それも聞かないでいいのですか？」

ヴァランダーはいすに深く腰掛けた。そして目の前に座っている男を観察した。まるで重度の病を患っている人間のようにいすに体を丸めて座っている。次の瞬間にも崩れそうだ。

「あなたが誰なのかを知るまで、なにも聞きたくない」とヴァランダーは繰り返した。「これだけははっきりしている」

リップマンは眼鏡を外して、ゆっくりと紅茶にミルクを注いだ。

「あなたのためを思って、こうしているのです」リップマンが言った。「あなたの安全のためにです、ヘル・ヴァランダー。わたしたちの世界では、知らなければ知らないほど安全なのですから」

「私はラトヴィアに行ってきました」ヴァランダーは言った。「あの国に行って、いつも見張られていること、いつもコントロールされていることがどういうことか、わかったと思います。しかし、ここはスウェーデンですよ。リガではない」

リップマンはうなずき、沈黙した。

「あなたが正しいのかもしれない」しばらくしてリップマンが言った。「もしかすると私は、現実が変化していることが理解できない老人になってしまったのかもしれない」

「園芸会社を経営しているのですか？」ヴァランダーはリップマンから話を引き出すために訊いた。「それもまた昔とは変わったでしょう？」

「スウェーデンに来たのは一九四一年の秋でした」と言ってリップマンはゆっくり紅茶カップをスプーンでかき回した。「私はまだ若かった。絵描きになる、いつか立派な絵描きになるという夢をもっていました。凍るように寒い明け方、ゴットランド島の断崖が見えたとき、やっとスウェーデンに着いたことがわかったのでした。舟底からは水が漏っていたし、いっしょに祖国を出てきた仲間はひどい病気にかかっていました。栄養失調で、結核でした。だが、あの寒い朝のことは決して忘れません。三月初めで、私はそのとき、いつかスウェーデンの海岸を、わたしたちの目に映った自由をきっと絵に描くと心に誓ったものです。凍るような寒さの中で、霧の向こうにぼんやりと見える黒い岩。天国の門はきっとこのように見えるのだ、と思いました。しかし、私がその絵を描くことは決してありませんでした。庭師になったからです。いま私はスウェーデン企業にオフィスの鉢植え植物の配置をアドバイスする仕事をしています。とくにコンピューターなどの新しい分野の企業では、緑の葉っぱの中に器機を隠したがる傾向があるので需要が大きいのです。天国の絵を描くことはもうないでしょう。私はそれを見たということだけで満足しようと思います。天国には様々な門があるのですよ。地獄と同じです。どっちの門かを見極める術《すべ》を体得することです。さもないと、失敗します」

「リエパ中佐はそれができたのでしょうか？」

リップマンはヴァランダーがリエパ中佐の名前を持ち出したことにまったく反応を見せなかった。

「リエパ中佐はどっちがどっちの門か、わかったと思います」リップマンはゆっくりと言った。「しかし、彼はそのために殺されたのではない。それらの門を出入りしていた人間たちを見てしまったのです。明かりを恐れる人々です。明かりがあるとリエパ中佐のような人に見られてしまうからです」

リップマンはきっと宗教的な人間にちがいない、とヴァランダーは思った。まるで目に見えない聴衆に向かって語りかける牧師のように話している。

「私は全生涯を亡命者として過ごした人間です」リップマンは続けた。「一九五〇年代の中頃までの最初の十年間は、きっと祖国に戻れると思っていました。その後の六〇年代と七〇年代は長かった。この間に、私はその希望を捨てました。いつか失われた祖国に帰れる日が来るという希望を捨てなかったのは、亡命生活をしていた人間のうちでもごく年寄りの人間と、その反対のごく若い人間たちだけでしたが、私はそのどちらでもなかった。彼らは劇的な展開を信じていた。だが私は悲劇の幕が一刻も早く下りればいいと願っていたのです。そんなとき、唐突に状況が変わった。祖国から不可解なニュースが伝わってきた。もしかすると、という楽観を抱かせるような報告でした。巨大なソヴィエト連邦が揺れ出したのです。まるで潜んでいた熱がついに体外に噴出したようでした。信じるのも怖かったようなことが、ほんとうに起きるのかもしれない、という気持ちでした。それはいまでもわかりません。またもや自由というつかみどころのないものにだまされるかもしれない。ソヴィエト連邦は弱まっている。が、それは一時的なことかもしれないのです。われわれが使える時間は限られています。リエパ中佐はそれを知っていた。だから焦っていたのです」

「われわれとは？」ヴァランダーが訊いた。

「スウェーデンに住むラトヴィア人は必ずどこかの組織に属しています」リップマンは言った。「失われた祖国の代わりになるなんらかの組織に属しているのです。ラトヴィアの文化を守る手助けをしたり、様々な支援をするSOSセンターを設置したり、基金を作ったりしています。緊急支援の要請を受け、それに応えるのも活動の一つです。われわれは祖国の人々に忘れられないように努力を重ねてきたのです。亡命者組織はわれわれにとって、失った故郷の町や村の代わりになっているのです」

ピザハウスのガラスのドアが開いて、男が一人入ってきた。リップマンはすぐに体を硬くした。ヴァランダーはその男を知っていた。イースタの町のガソリンスタンドで働いているエルムベリという男だった。

「心配ない。知っている男だ。彼は生まれてこのかた、人を傷つけることなどしたこともない人間だ。もしかするとラトヴィアがどこにあるかも知らないかもしれない。ガソリンスタンドの主任をしている男だ」

「バイバ・リエパから緊急支援の要請を受けたのです」リップマンが言った。「彼女はあなたに来てほしいと頼んでいる。あなたの協力が必要なのです」

彼は胸ポケットから封筒を取り出した。

「バイバ・リエパからです」と言った。「あなたに」

ヴァランダーは封筒を受け取った。口が閉じられていなかった。中からそっと薄い紙の手紙を出した。

遺書はきっとあります。守護神もきっといます、と彼女は鉛筆で書いていた。でもわたし一人では見つけられない。このメッセンジャーを、あなたがかつて私の夫を信じたように信じてください。バイバ。

「あなたをリガに送り込むために、われわれはあらゆる手助けをします」

ヴァランダーが手紙を読み終わったのを見て、リップマンは言った。

「しかし、私を透明人間にすることはできないでしょう」

「透明人間に?」

「もしリガに行くのなら、私は別人にならなければならない。どうするのです? 私の安全をどう保証するのですか?」

「われわれを信じてください、ヘル・ヴァランダー。だが、あまり時間はない」

ヨーセフ・リップマンも不安なのだとわかった。ヴァランダーはいま自分のまわりで起きていることは現実のことではないと思い込もうとしたが、同時にそうではないと知っていた。そしてまた、世界の実態はこうなのだろうと思った。バイバ・リエパが出したSOSは絶え間なく大陸間で行き交っている何千何万の助けてくれという悲鳴の一つなのだ。そしてそれがいま彼に送られてきたのだ。それをどうするか、決断しなければならないのだ。

「木曜から休暇をくれと言ってあります」と彼は言った。「表向きには、私はアルプスへスキーに行くということになっています。およそ一週間休みが取れます」

リップマンは紅茶のカップを脇にのけた。心細そうな、気むずかしそうな表情がきっぱりしたものに変わっていた。

「それはいい思いつきだ!」リップマンが言った。「スウェーデンの警察は毎年、アルプスに出かけ滑降の腕前を確かめる、というわけですね。交通手段は?」

「ザスニッツ経由です。車で昔の東ドイツを横切って行こうと思っています」

「ホテルは?」

「わかりません。いままで一度もアルプスに行ったことがないもので」

「しかし、スキーはできるのですね？」

「ええ」

リップマンは考え込んだ。ヴァランダーはウェートレスを呼んでコーヒーを一杯注文した。リップマンは紅茶をもう一杯飲むかというヴァランダーの問いに首を振った。

しまいに彼は眼鏡を外してコートの袖でレンズをていねいに拭いた。

「アルプスへ行くというのは、じつにいいアイディアですよ」と彼は繰り返して言った。「だが、手配に少し時間がかかります。明日の晩、お宅に電話がかかります。トレレボリから朝何時のフェリーボートに乗ればいいかを知らせる電話です。いいですか。車の上にスキーを積むことだけは忘れてはなりませんよ。ほんとうにアルプスに行くように荷造りするのです」

「いったいどのようにして私をラトヴィアに潜り込ませるつもりなんですか？」

「フェリーボートで必要なことを知らせましょう。誰かがあなたに近づきます。まかせてください」

「そっちのアイディアに私が賛成するとは保証しませんよ」

「われわれの世界には、保証というものはないのですよ、ヘル・ヴァランダー。私はただ全力を尽くすことを約束するだけです。さて、勘定を払って出ましょうか？」

彼らはピザハウスの前で別れた。風がふたたび強く冷たく吹いていた。ヨーセフ・リップマンはそそくさとあいさつすると、駅のほうへ歩き出した。ヴァランダーは人通りのない道を通って家に戻った。バイバ・リエパが書いた手紙のことを考えた。

リガの犬たちはすでに彼女を追いかけている、と彼は思った。彼女は追われて怖がっている。リエパ中佐が遺書を書き残したことは、もう大佐たちもわかっているのだろう。急がなければならない、と彼は突然思った。怖がったり、考え込んだりしている時間はないのだ。彼女の助けを求める悲鳴に応えなければならなかった。

翌日、彼は荷造りをした。

夜七時過ぎ、女性が電話をかけてきて、明朝五時半、トレレボリ発のフェリーボートに予約が取れたと伝えた。驚いたことに、女性は〈リップマン旅行代理店〉の者と名乗った。

夜の十二時近くに、彼は床についた。

眠りに落ちる直前、これは狂気の沙汰だと思った。

絶対に失敗するに決まっていることに自ら進んで加担しようとしているのだ。だが、同時にバイバ・リエパの叫びは現実のものだと思った。悪夢ではない。自分はどうしてもそれに応えなければならないのだ。

翌朝早く、彼はトレレボリの港でフェリーボートに乗り込んだ。馴染みのパスポート検査官の警官が彼を見つけて手を振り、どこへ行くのかと訊いた。

「アルプスだ」ヴァランダーが答えた。

「いいね」

「ときには仕事から離れないとね」

「誰だってそうだよ」

「あと一日ももたなかっただろうな」

「自分が警官だということを何日か忘れることができるね」

「そのとおり」

しかし、ヴァランダーはそうはならないことを知っていた。かつてないほどむずかしい捜査に乗り出すのだ。しかも秘密裏の仕事だ。

夜明けは灰色だった。フェリーボートが波止場を離れてから、彼はデッキに上がった。寒さに震えながら、船が陸地から離れるにつれて海が広がっていく様子を眺めた。

ゆっくりとスウェーデンの海岸が視界から消えていった。

カフェテリアで食事をしていたとき、プロイスという男が接近してきた。その男は内ポケットにヨーセフ・リップマンからの紹介状と、これからヴァランダーが用いるまったく新しいパスポートをもっていた。プロイスは五十代で、赤ら顔の、落ち着きのない目つきの男だった。

「デッキを少し歩きますか」プロイスは言った。

ヴァランダーがリガに向かって再出発したこの日、バルト海には濃い霧が立ちこめていた。

15

国境は目に見えなかった。

が、もちろんそれは存在した。クルト・ヴァランダーの胸の内に。ぐるぐる巻きの有刺鉄線の塊となって、胸骨のすぐ下に。

ヴァランダーは恐怖におののいていた。あとで彼は、ラトヴィアの国境に向かって隣国リトアニアの国土を突き進んだ旅の最後の光景を思い出した。ラトヴィアに向かって無我夢中で進んだ旅だった。国境の外からダンテの言葉を叫びたかった。希望を捨てよ。ここから戻った者は一人もいない。ほかの者はともかく、生身のスウェーデンの警官には無理だ。

夜空に星がはっきり見える晩だった。トレレボリを出港したあと船の中で接触してきたプロイスもまた、これから先のことに、無関心でいられるわけがなかった。暗闇の中でヴァランダーの耳にプロイスの息づかいが激しく乱れているのが聞こえてきた。

「待つんだ《ヴァルテン》」と彼はよく聞き取れないドイツ語で言った。「ヴァルテン、ヴァルテン」

初め、ヴァランダーは無性に腹を立てた。こともあろうに一言も英語が話せない道案内人をつけてよこすとは。いったいヨーセフ・リップマンはなにを考えているのか。英語もろくに話せないスウェーデン人の警察官にドイツ語で理解し合えというのか。ヴァランダーはこの仕事はもう止めにしようと何度も思った。彼自身の分別を押しのけて、途方もない夢想家どもが勝手なことを進めてしまっている。長すぎる亡命生活で、ラトヴィア人たちは現実との接点を失ってしまったのにちがいない、と思った。心配のあまり、あるいは超楽観主義からか、あるいは頭がおかしくなってしまったのか、彼らはいま失われた祖国の同志をなにがなんでも助けようとしている。いまふたたび栄誉を手に入れようとしているように見える祖国に、手を貸そうとしているのだ。

この小さな、顔に傷のある痩せた男プロイスが、どうやっておれに勇気を与え、安心を与えられるというのか。目に見えない、存在しない人間として、ラトヴィアにふたたび戻るというこの旅を成功させるには、なによりもそれが大切だというのに？　そもそもおれは、船のカフェテリアに現れたこのプロイスという男のことを、なにも知らない。亡命しているラトヴィア人だと言い、ドイツのキールでコインの売り買いをしていると言っているが、ほかになにを知っている？　なにも知らないではないか？

それでもなにかに突き動かされて、ヴァランダーはここまで進んできた。いまプロイスは車の運転席のヴァランダーの隣で眠っている。ときどき目を覚ましては、地図を指さし東へと指図してはまた眠る。旧東ドイツを通って東に向かい、最初の日の午後遅くポーランドとの国境近くにたどり着いた。ポーランドの国境検問所まであと五キロほどのところで、ヴァランダーは荒れ果てた農家の半分崩れた納屋の中に車をバックして入れた。そこにいた男は英語が話せた。彼もまた亡命ラトヴィア人で、車はヴァランダーが戻ってくるまで間違いなく預かると約束した。それから夜が更けるのを待って、プロイスといっしょに暗闇の中を木の根っこにつまずきながら歩き、国境にたどり着いた。そしてリガに向かって最初の目に見えない線を越えた。

ヴァランダーが名前も覚えていない小さな町で、錆び付いたトラックが彼らの到着を待っていた。ヤニックという名前の風邪を引いた男が、はなをすすりながら運転をした。そこからガタガタ揺られながらポーランドの道を走る旅が始まった。ヴァランダーはヤニックから風邪をうつされた。ちゃんとした食事と熱い風呂が恋しかった。だが、食事はいつも冷たい豚肉で、寝床はポーランドの農家の暖房もない納屋での寝袋に決まっていた。旅はのろのろと進んだ。夜中か明け方にしか車を走らせなかったからである。それ以外の時間はただ黙々と待つだけだった。ヴァランダーはプロイスの用心深さを理解しようとした。だが、ここはまだポーランドではないか、昼間移動してどんな危険があるというのか？　しかし、なんの説明も得られなかった。最初の晩はワルシャワの明かりが遠くに見えた。次の晩、ヤニックは鹿を轢いてしまった。

ヴァランダーはこのラトヴィアの非常時ラインがどのように築かれているのか、知りたかった。いまラトヴィアに不法に侵入しようとしているスウェーデンの迷える警察官をエスコートする以外にどのような活動をしているのか。だが、プロイスは彼の質問が理解できなかった。ヤニックはといえば、くしゃみしたりはなをかんだりする以外は、戦時中の英語の流行歌を大声で歌っていた。リトアニアの国境に着いたときには、ヴァランダーは〈ウィ・ウィル・ミート・アゲイン〉が大嫌いになっていた。ここはポーランドなのか、それともロシアの奥地なのか。いや、チェコスロヴァキアかブルガリアか？　まったく方向感覚が鈍ってしまっていた。どっちの方角にスウェーデンがあるのか、いまではまったくわからない。トラックが未知の土地を進むごとに、この行動はまったく無謀で気違い沙汰だという思いが強まった。リトアニアに着くと、今度はバスを乗り継ぎながら進んだ。どのバスもスプリングが壊れていて、道のでこぼこが直接体に響いた。そしてついに、プロイスが船の中で近づいてきたときから丸四日後、ラトヴィア国境の近くの森の中に到着した。ヴァランダーは言われたとおり切り株に座って待った。寒くて体が震え、気分が悪かった。

「ヴァルテン」プロイスが言った。森は松の実の香りが強く匂っていた。

おれは風邪を引いてはなを垂らしながらリガに着く、とヴァランダーは考えた。いままでの人生でおれがしでかした愚行の中でも、今回のこれはもっとも愚かなものだ。嘲笑に値する愚の骨頂だ。ラトヴィアの森の中で、中年にさしかかったスウェーデンの警官が、分別も判断力も完全に失い、ただ呆然として切り株に腰を下ろしている。

しかし、引き返す道はない。自分一人では、いままで来た道を引き返すことは絶対にできないということはわかっている。あの頭のおかしいリップマンが道案内人として送り込んできた、いまいましいプロイスに全面的に頼っている自分なのだ。この取り返しのつかない旅は、ただ前に進むしかない。分別を捨て、ただただリガに向かうよりほかなかった。

フェリーボートで、象徴的にもスウェーデンの海岸が視界から消えたころ、カフェテリアでコーヒーを飲んでいたヴァランダーに近づいたのがプロイスだった。そして二人は突き刺すような寒さのデッキに上がった。プロイスはリップマンからの手紙を見せた。驚いたことに、そこにはヴァランダーの新しいパスポートが用意されていた。今度の名前はミスター・エッカースではなく、ヘル・ヘーゲル、楽譜と美術書のドイツ人セールスマン、ヘル・ゴットフリート・ヘーゲルだった。ヴァランダーが驚いている鼻先に、このプロイスと名乗った男は、当然のことのようにドイツのパスポートを差し出した。そこには彼の写真が貼ってあり、スタンプが押されていた。それは数年前にリンダが撮ったスナップ写真だった。ヨーセフ・リップマンがどうしてこの写真を手に入れたのか、どう考えてもヴァランダーにはわからなかった。とにかく今回彼はヘル・ヘーゲルになったわけで、プロイスの繰り返す言葉とジェスチャーは、当分の間彼のスウェーデンのパスポートはプロイスが預かるということらしかった。これは途方もなくばかげたことだと思いながら、ヴァランダーはパスポートを渡した。

新しいパスポートをもらってから四日経っていた。いまプロイスは地面に現れた木の根に体を丸めて座り込んでいる。暗がりの中で彼の顔がうっすらと見えた。プロイスが常に東を指して進んできたことはわかっていた。時刻は夜中の十二時を少し回ったところで、ヴァランダーはこのまま木株に座り続けていたら、間違いなく肺炎にかかると思った。

石油ランプの薄明かりの中で、プロイスが急に手を上げて、東のほうを指した。ヴァランダーは立ち上がって、プロイスの指さした方向を目を細めて見た。数秒後、遠くにちかちか光る明かりが見えた。まるでときどきしかライトがつかない自転車に乗って誰かがこっちに向かってくるようだった。プロイスが根から立ち上がって石油ランプを消した。

「行くぞ《ゲーエン》」と彼は低く鋭い声で言った。「急いで《シュネル》、さあ《ヌン》、行くぞ《ゲーエン》！」

木の枝が折れてヴァランダーの顔を引っ掻いた。いまおれは最後の国境を越える。胃の中は有刺鉄線を呑みこんだようだった。

彼らは木が伐採された通路のようなところに出た。森の中を通る国境だった。プロイスはヴァランダーの腕を押さえて、じっと耳を澄ました。それから彼を引っ張るようにして国境を越え、ふたたび生い茂った木々の中に入った。十分ほど歩いたあと、でこぼこのアスファルト敷きの道に出た。そこで車が一台彼らを待っていた。車の中にたばこの火がぼんやり赤く見える。車から人が降りて、鈍い光の懐中電灯を手に持ち、こっちに向かってきた。イネセだった。

そのとき彼女を見た喜びを彼は忘れないだろう。やっと知っている人間に出会えた喜びだった。懐中電灯の弱い光の中で、彼女はほほえんだ。ヴァランダーは言うべき言葉が見つからなかった。プロイスが痩せた手を差し出して別れのあいさつをした。ヴァランダーが話しかけようとしたときには、すでに暗い森の中に姿を消していた。

「リガまでは遠いのよ」イネセが言った。「すぐに出発しなければ」

リガに着いたのは明け方だった。ときどきイネセは休むために車を道ばたに停めた。後輪の一つがパンクした。ヴァランダーは奮闘してタイヤを交換した。交代で運転しようと提案したのだが、彼女はわけも言わずに首を振るばかりだった。

なにかが起きたのだ、と彼は直感した。彼女は単に疲れているだけではない。カーブの多い道を運転するのに集中しているだけではなかった。これら以外の理由で、緊張しているのだ。

質問をしても彼女に答える余裕があるかどうかわからなかったので、彼は沈黙していた。ただ、バイバ・リエパが彼を待っているということと、ウピティスはまだ勾留されているということだけは聞き出せた。二人の共犯者とともにリエパ中佐を殺害したという彼の自供は、公になり、新聞報道されていた。しかし、なぜイネセが緊張しているのか、ヴァランダーはわからなかった。

「今度の私の名前はゴットフリート・ヘーゲルだ」ヴァランダーはイネセが給油のために車を停めたとき、トランクから予備のガソリンタンクを取り出しながら言った。

「知ってます。なんだか変な名前ね」

「なぜ私が呼ばれたのか、教えてくれ、イネセ。きみたちは私になにを期待しているんだ？」

答えはなかった。代わりに彼女は空腹ではないかと訊き、紙袋の中からビールとソーセージのサンドウィッチを取り出した。そしてふたたび車を走らせた。一度彼は眠りかけた。が、彼女がつられて居眠りすることを恐れて眠らないようにした。

夜明け前にリガの郊外に着いた。今日は三月二十一日、姉の誕生日だとヴァランダーは思った。新しい自分、ゴットフリート・ヘーゲルの身元をでっちあげるために、ゴットフリートにはたくさん兄弟がいて、末の妹がクリスティーナということにしようと思った。妻は恰幅のいい女で上唇にはひげが生えていて、シュワビンゲンにある赤いレンガ造りの家に住み、家の裏にはよく手入れされた平凡な庭がある。ヨーセフ・リップマンがゴットフリート・ヘーゲルという人間の背景として教えてくれた話は、じつに頼りないものだった。少しでも経験のある警察官ならば、見抜くのに一分もかからないだろう。偽造パスポートは取り上げられ、本名を問われるだろう。

「どこに行くんだ？」ヴァランダーが訊いた。

「もうじきです」と、イネセは行き先を言うのを避けた。

「なにも知らされないで、どうして私が手を貸すことができるというんだ？」彼が言った。

「話すのを避けているのは、なぜだ？　いったいなにが起きたんだ？」

「わたし、疲れてます。でも、わたしたちはみんな、あなたが戻ってきてくれたことを喜んでいます。バイバは喜んでいます。あなたを見たらきっと泣くでしょう」

「なぜ私の問いに答えないんだ？　なにが起きたと訊いているのだよ。きみは怖がっているじゃないか」

「この二週間で、事態はもっと悪くなっているのです。でも、バイバが自分で話すほうがいいわ。それにわたしが知らないこともたくさんありますから」

　車はどこまでも続く郊外を走った。工場のシルエットが黄色い街灯の向こうに動かない恐竜のような形に見える。人通りのない道路にかかる朝霧の中を車は進んだ。自分が東ヨーロッパの国々と聞いて想像していたのはこのような光景だったと思った。社会主義を信奉し、もう一つの天国と高らかに自らを呼んだ東ヨーロッパは、こんなふうに見えるだろうと以前から思っていた。

　イネセはある建物の横壁にある鉄の門扉を指さした。

「あそこよ。ノックすればドアが開きます。わたしはこのまま行かなければなりません」

「また会えるのだろうか?」

「わからない。それはバイバが決めます」

「きみは私の恋人だということ、忘れてないね?」

彼女は笑顔を見せた。

「わたしはミスター・エッカースの恋人だったのでしょう?」と言った。「ヘル・ヘーゲルを同じほど好きかどうか、わからないわ。わたしは堅い女ですから、簡単に相手を変えないのよ」

ヴァランダーは車を降りた。イネセはそのまま車を運転して去った。一瞬、彼はあたりを探して、リガまでのバスのバス停を見つけておこうかと思った。リガまで行けば、スウェーデン領事館か大使館があるだろう。帰国するための助けを請うことができるはずだ。スウェーデンの外交官が彼の破天荒な話を聞いてどう反応するか、彼は考えてみる勇気もなかった。きっと一時的精神錯乱というような名前をつけて解決するのではないか。

だが、そうするにはもう遅すぎた。ここまで来たのだ。いまは最後まで実行するのみだ。彼は砂利道を踏んで、鉄の門扉を叩いた。

扉が開いた。開けたのはいままで見たことがないあごひげの男だった。やぶにらみの目でその男は親しげにうなずいた。そしてヴァランダーの後ろに目を走らせて、追跡者がいないことを確かめると彼を扉の中に入れ、すばやく閉めた。

驚いたことに、そこはおもちゃの倉庫だった。倉庫の中には高い棚に人形がぎっしりと詰められていた。あたかも不気味な人形の頭がいっせいに彼を凝視している地下のカタコンベに足を踏み入れたようだった。これはでたらめな悪夢だと思った。ほんとうはマリアガータンの自分のベッドに寝ているのだ、いままわりにあるのはすべて虚像だ、安心して夢から覚めるのを待てばいいのだ、と思いたかった。しかし、これはすべて現実のことで、目を覚ませば消えるものではなかった。暗がりから、さらに男が三人現れた。そして女が一人。見覚えがあったのはたった一人、松林の中にひっそりと隠れていたあの狩猟小屋で、陰に座っていた運転手だった。

「ヘル・ヴァランダー」と扉を開けてくれた男が言った。「われわれを助けに来てくれたことに深く感謝する」

「私が来たのは、バイバ・リエパに頼まれたからだ」ヴァランダーは言った。「それ以外の理由はない。彼女に会いたい」

「いまそれは無理なのです」と女がきれいな英語で言った。「バイバは二十四時間見張られています。でも、あなたと彼女を会わせる方法はあると思います」

やぶにらみの男が壊れた籐のいすを持ってきた。ヴァランダーはそれに腰を下ろした。誰かが紅茶の入ったカップを差し出し、彼は受け取った。倉庫の中は薄暗く、ヴァランダーはそこにいる人たちの顔がはっきり見えなかった。斜視の男はリーダーか、ヴァランダーを迎える人々の代表らしく、ヴァランダーの前でしゃがんで話し出した。

「状況は一刻の猶予も許さないところまで来ているのです」男は言った。「われわれはみんな警察に見張られている。彼らはリエパ中佐が警察の存在を揺るがすような記録を隠した可能性があるとにらんでいる」

「ババはもうそれを見つけたのか？」

「いや、まだだ」男が言った。

「隠し場所は知っているのか？　ひょっとすると、と思うような場所は？」

「いや。しかしバイバはあなたが手伝ってくれると信じている」

「どうしてだ？」

「あなたはわれわれの友人だからです、ヘル・ヴァランダー。あなたは謎を解くことに慣れている警察官だから」

この人たちは頭がおかしい、とヴァランダーは思った。彼らは夢の世界に生きている。その世界では均衡が狂ってしまっているのだ。彼らにとって自分は最後の藁《わら》なのだとヴァランダーは思った。その藁は彼らの頭の中で途方もなく大きなものになってしまっているのだ。突然彼は、抑圧と恐怖が人間に与える影響がわかったような気がした。生き延びるために、どこからともなくやってきて彼らを窮状から救ってくれる救世主を創り出し、すべての希望を託すのだ。

リエパ中佐はそういう人間ではなかった。彼は決して自分自身と友人たち、そしてまわりの信頼できる者たち以外は信じなかった。彼にとって、現実に起きているあらゆる不正は、ラトヴィアの国に端を発しているのだ。彼は宗教的な人間だったが、一人の神によって宗教があいまいになるようなことはしなかった。中佐がいなくなったいま、この人々には中心人物が欠けている。そこでスウェーデンの警察官クルト・ヴァランダーを中心に据え、ふたたび力を得ようとしているのだ。

「私はできるだけ早くバイバ・リエパに会わなければならない」ヴァランダーは繰り返して言った。「いま重要なのは唯一それだけだ」

「今日中に会えるようにします」斜視の男が言った。

ヴァランダーは疲労の極限にいた。風呂に入り、ベッドに潜り込んで眠りたかった。彼は疲れ切っているときの自分の判断を信じなかった。取り返しのつかないような失敗をすることを恐れた。

斜視の男はまだ彼の前にしゃがんでいた。そのとき突然ヴァランダーは男がズボンのベルトにピストルを差し込んでいることに気がついた。

「リエパ中佐の書き物が見つかったら、どうする？」ヴァランダーが訊いた。

「なんとかしてそれを出版する方法を考える」男が言った。「なによりも、あなたがそれを持って帰国し、スウェーデンでそれを公にしてほしいのです。それは画期的な出来事になる。世界的な注目を集めるでしょう。世界はやっとこの国でどのようなことが起きたのか、また実際に現在なにが起きているのか、知るようになる」

ヴァランダーは抗議したかった。道に迷ったこの人々をリエパ中佐のやり方に戻さなければならないと思った。しかし、頭が働かず、英語の〈救世主〉という言葉が思い出せなかった。

そして自分がいまリガのおもちゃの倉庫にいるということに呆然とし、どうしたらいいかわからなかった。

そのあとすべてが一挙に起きた。

倉庫の建物の入り口が大きく開き、ヴァランダーは何ごとかと立ち上がった。棚の間を叫びながら走ってくるのはイネセだった。なにが起こったのかまったくわからなかった。大爆発が起き、彼は人形の首ばかりが詰められていた棚の後ろに跳んで伏せた。

倉庫はサーチライトと大爆音で戦場のようになった。クルト・ヴァランダーは斜視の男が腰からピストルを抜き、見えない標的に向かって撃ち始めたのを見てようやく、倉庫が激しい攻撃を受けて戦場と化していることがわかった。彼は硝煙と混乱の中をハーレクイン人形の棚の後ろまで這っていった。だが壁に突き当たった。行き止まりだ。砲音の反響はすさまじく、その中で叫び声が聞こえ、振り返ると、ついさっきまで彼が座っていたいすの上にイネセが倒れていた。顔から血が噴き出している。目を撃ち抜かれたらしい。即死したのか、動かない。そのとき斜視の男が頭に手をやったかと思うと床に倒れた。銃弾が頭に当たったのだ。怪我なのか、死んだのかわからなかった。ヴァランダーはここから逃げ出さなければならないと思った。だが彼は倉庫の隅に閉じこめられていた。そのとき機関銃を抱えた制服の男たちが倉庫になだれ込んだ。とっさに彼はバブーシュカ人形がぎっしりと詰められている棚を倒した。頭の上から人形が降ってきて床に倒れていた彼を埋め尽くした。次の瞬間にも見つかって殺されると思った。偽造パスポートはもちろん役に立たない。イネセは死んだ。倉庫は取り囲まれている。非現実的な夢を見る人々には反撃のチャンスもなかった。

　突然、砲音が止んだ。始まったとき同様、唐突な終わり方だった。代わりに耳が痛くなるような静けさが支配した。彼は身じろぎもせずに床に伏し、呼吸を止めた。声が聞こえた。兵士か警察官かが話している。その中の声に聞き覚えがあった。スィズ軍曹の声に間違いなかった。人形の隙間から、制服の男たちが見えた。中佐の友人たちはすべて殺された。灰色の担架で運び出されて行く。そのときスィズ軍曹の姿が見えた。倉庫を徹底的に探せと命令している様子だった。ヴァランダーは目をつぶり、これで万事休すだと思った。娘のリンダはアルプスでスキー休暇を楽しんでいたはずの父親になにが起きたのか、決して知ることはないだろう。彼の失踪はスウェーデン警察の記録に、決して解けない謎として残るにちがいない。

　しかし、床に伏して隠れている彼を、人形を蹴散らして発見する者はなかった。あたりに響き渡っていた軍靴の音はしだいに遠ざかり、スィズ軍曹が兵隊を叱りつける苛立った声も止み、あとには静寂と硝煙の鼻を突くような臭いだけが残った。どのくらいそのままじっとしていたのか、わからなかった。コンクリートの床の冷たさで体が震え、人形がカタカタと揺れ始めた。ゆっくりと彼は起きあがった。片方の足が痺れたのか、冷たくなって感覚がなくなったのか、わからなかった。床には血しぶきが飛んでいた。倉庫の中は撃ち合いですっかり壊されていた。彼はゆっくり深呼吸をして、嘔吐をこらえた。

　彼らはおれが戻ってきたことを知っているのだ、とヴァランダーは思った。スィズ軍曹が探せと命令したのは、おれのことだ。だがもしかすると、おれがまだ到着していないと思ったのかもしれない。攻撃を早く仕掛けすぎたと思ったのかもしれない。

彼は無理にも考えようとした。殺されたイネセの顔が網膜にこびりついている。この墓場からなんとか抜け出さなければならなかった。いま彼はまったく一人きりであることを理解しなければならない。やらなければならないことはただ一つ、スウェーデンの大使館か領事館かに助けを求めることだけだった。恐怖で震えが止まらなかった。心臓が早鐘のように打ち鳴り、もうじき心臓発作を起こすと思った。そうなったらそのままあの世行きだ。目に涙が浮かんだ。死んだイネセの姿が目の前から消えない。いまはただ、この場から出たかった。ふたたび我を取り戻すまでどのくらい時間がかかったのか、あとで彼は思い出せなかった。

だが、鉄の扉は閉じられていた。この建物全体が見張られているにちがいないとヴァランダーは思った。明るいうちはここから出られない。棚が倒れたあとの壁に窓が一つあった。ほとんど外が見えないほど汚れていた。銃で撃たれて崩れ落ちている人形の中を、彼は注意深く窓まで行った。最初に目に入ったのは、頭を倉庫に向けて駐車している二台のジープだった。四人の兵隊がすぐにも撃てる格好で銃を構えて警備していた。ヴァランダーは窓から離れ、倉庫の中に目を移した。喉が渇いていた。ここに来たときに紅茶が出されたから、どこかに水があるにちがいない。水を探しながら、必死でここから抜け出す方法を考えた。自分は追われているのだ。そして追跡者たちが冷酷な人殺しであることはたったいま目撃したばかりだ。自分一人でバイバ・リエパと連絡を取ることなど、絶対に無理だ。そんなことをしたら、墓穴を掘ることになる。二人の大佐のうちのどちらか一人は、リエパ中佐が残した書き物が、ラトヴィア国内であれ国外であれ、出版されることを阻むためなら、なんでもやるつもりであることははっきりしている。恥ずかしがりのおとなしいイネセを、まるで犬でも始末するように殺したやつらだ。もしかすると彼女の目を撃ち抜いたのは、前回来たときに自分の運転手をしたスィズ軍曹だったかもしれない。

ヴァランダーの恐怖は、激しい憎しみに変わった。いま手に銃があったら、使うことをためらわない。生まれて初めて、自分は人を殺すことができると思った。正当防衛かどうかなど、どうでもいい。

〈死ぬのも生きることのうち〉と彼は思った。この箴言《しんげん》は自分で考え出したものだった。昔、マルメのピルダムスパルケン公園で酔っぱらい男に心臓のすぐそばにナイフを突き刺されて死にかかったときのことだった。いま、この箴言の意味がさらに広がった。

汚いトイレの洗面所で、蛇口から水が漏れていた。彼は顔を洗い、渇きを鎮めた。それから倉庫の横壁に行き、明かりがついていた天井の電球をひねって暗くして床に座り込み、日が落ちるのを待った。

恐怖を抑えるために、彼はここから逃げ出す計画を立てた。とにかくリガの中心まで行かなければならない。そしてスウェーデン外務省の出先機関を探し出すのだ。警官と〈ブラックベレー〉の男たちは一人残らず、自分の顔を知っていると思わなければならない。自分を捜し出せとの厳命を受けているはずだ。スウェーデン外務省の出先機関の助けが得られなかったら終わりだ。たとえリガの警察の目を逃れられたとしても、ほんの一瞬だけだろう。それに、と彼は考えた。スウェーデン大使館も領事館も、きっと今ごろはもうおれを捕まえようとリガ警察が見張っているだろう。

大佐たちはおれが中佐の秘密を知っていると推測しているのだろう。そうでなければ、このような手段に出ることはなかったはずだ。おれはまだ大佐たち、と複数形で言っている。二人のうちのどちらがこの残虐な行為の背景にいるのか、いまだにわからないからだ。

それから数時間、うとうととしては、外から聞こえる車のブレーキの音で目が覚めた。ときどき汚い窓から外をうかがった。兵隊は残っていて、監視は続いていた。ヴァランダーはその長い一日、絶え間ない吐き気に苦しんだ。激しい怒りで気が狂いそうだった。彼は倉庫の建物全体を調べ、脱出口を探した。出入り口はもちろん使えない。兵士たちが常時見張っている。しまいに床近くの壁に換気口として作られたものらしい開放口を見つけた。彼は冷たいレンガ壁に耳を当てて、外に警備の兵士がいるかどうか聞き耳を立てた。だが、人がいるかどうかはわからなかった。もしここから逃げ出すことができたら、その後どうするか。彼は皆目見当もつかなかった。いまはできるだけ体を休めること。しかし、どうしても眠れなかった。イネセの倒れた姿、血だらけの顔がどうしても頭から離れなかった。

日が暮れ、気温が急激に下がった。

七時ちょっと前、これ以上ここにいることはできない、一刻も早くここから出なければならないと思った。そっと開放口を指で押してみた。サーチライトがパッとついて甲高い声とともに銃弾が飛んでくるのではないかと、全身が震えた。開放口のはね蓋を少しずつ押し、しまいにすっかり上まで上げることができた。少し離れた工場地帯の街灯のかすかな黄色い光が、倉庫の周囲の砂地まで届いている。彼は薄暗い外を目を凝らして見た。兵士の姿はどこにもない。建物から十メートルほど離れたところに、倉庫の荷物運搬用の錆びたトラックが数台並んで止まっていた。あそこまで怪我をしないで逃げることができるか、やってみよう。彼は深く息を吸い込み、首を縮めて全速力でおんぼろトラックまで走った。最初のトラックまで来たとき、穴の開いたタイヤにつまずき、壊れたバンパーに膝を思いっきりぶつけてしまった。激しい痛みでその場にうずくまった。ぶつかったときの音が建物の反対側にいる兵士の耳まで届いたのではないかと怖くなった。だが、なにも起こらなかった。膝の皿の痛みは我慢できないほどで、ズボンの下から血が流れ出た。

ここからどうやって進むか？　スウェーデン外務省の出先機関、それは総領事館か、大使館か、どっちだろう。そう思ったとき、大使館に逃げ込んでこのままラトヴィアから逃げ出したくない、という気持ちが突然強くわき上がった。バイバ・リエパに会わなければならない。自分一人のための緊急SOSを打ち上げてどうするというのだ？　イネセと斜視の男の墓場、残虐な殺しの現場の倉庫から外に出ることができたいま、彼はほかの考えができるようになった。彼がラトヴィアに戻ったのは、バイバ・リエパのためだった。彼のたどり着くべき先は彼女なのだ。たとえそれが命取りになろうとも。

彼は暗闇に乗じて動き出した。工場のまわりのフェンスに沿って歩き、街灯もほとんどない通りに出た。自分がどこにいるのか、まったくわからなかった。しかしどこか遠いところから車の行き交う音が聞こえてくる。自動車道路があるにちがいない。彼は遠くに明かりが見える、音が聞こえてくる方向に歩き出した。ときどき人とすれ違った。ヴァランダーはヨーセフ・リップマンがプロイスに用意させた服に着替えていることに感謝した。三十分ほど自動車道路に向かって歩いた。二度、警察の車を見かけて隠れた。リガに着いたら、どうすればいいのだろう。そのとき突然、訪ねる人が一人だけいることに気がついた。それには大きな危険が伴うが、ほかに選択肢がなかった。しかしそうなると、もう一晩、どこかに隠れて夜を過ごさなければならないことになる。今晩の宿をどう見つければいいのか、わからなかった。すでに寒くなっていた。食べ物も手に入れなければならない。

このままリガまで歩いていくのは、とうてい無理だと思った。膝は痛み、疲れでめまいがした。一つしか方法はなかった。車を盗むのだ。恐ろしいが、それしか生き延びる方法はなかった。いま通り過ぎたばかりのところに、ラーダが一台停まっていた。近くに住宅はなく、不思議なことに車はポツンと一台だけ放置されていた。彼は引き返した。歩きながら、スウェーデンの自動車泥棒がどうやって施錠されている車のドアをこじ開け、エンジンをかけるのか、思い出そうとした。ロシア製の車のことなどなにも知らない。スウェーデンの自動車泥棒のやり方では、動かせないかもしれない。

車は灰色で、バンパーがでこぼこにゆがんでいた。ヴァランダーは人目につかないように立ち、車とその周囲を観察した。まわりには明かりのついていない工場しかなかった。彼はフェンスに歩み寄った。かつては工場の搬入口だったにちがいないそのフェンスは壊れていて、地面に崩れている。凍り付いた指でフェンスの針金を折り曲げ、三十センチほど切り取った。その一方の先を鉤形に曲げて、彼は車に戻った。

車の窓ガラスに隙間を開けて針金を入れ、ドアロックのボタンを引っ張り上げるのは、思ったよりも簡単だった。急いで車に乗り込み、エンジンの発火装置とケーブル線を探した。マッチを持っていないことが悔やまれた。最初は焦りで汗がシャツの下を流れたが、まもなく彼は寒さに震え出した。しまいにイグニションの後ろにぶら下がっていたケーブル線を苛立って引っ張り抜いた。ロックを外し、バラバラになった電線の先をイグニションに直接接触させた。ギアが入っていたために、車は急発進で前に飛び出した。ギアをニュートラルに入れて、ふたたび電線の先を接触させた。エンジンがスタートした。彼は必死でハンドブレーキを探したが、見つけられなかった。ライトのボタンを見つけるため、ダッシュボードのボタンというボタンを全部押した。それからギアを一に入れて出発した。

これは悪夢だ、と彼は思った。おれはスウェーデンの警察官だ。ドイツのパスポートを持ち、ラトヴィアの首都リガで車を盗む頭のおかしい男ではない。彼はさっき歩いた方向に車を走らせた。ギアの位置を覚えながら、なぜこの車は魚の臭いがするのだろうといぶかった。

まもなく、さっき交通音がした自動車道路に出た。入り口でエンジンストップを起こしそうになったが、かろうじて走らせ続けることができた。リガの町の光が見えた。ヴァランダーはホテル・ラトヴィアの近くに向かうことに決めていた。そこまで行ったら、前に来たときに見かけたレストランのどれかに入るつもりだった。彼はふたたびプロイスにラトヴィア貨幣を渡してくれたヨーセフ・リップマンの配慮に感謝した。貨幣価値が彼にはわからなかったが、少なくとも一回の食事には足りるようにと願った。川を渡り、川沿いの道を左に曲がった。交通量は激しくなかったのだが、市電の後ろについてしまい、後ろから来たタクシーが急ブレーキを踏んで、ヴァランダーにクラクションを鳴らした。

彼はすっかり慌てて、ギアの位置がわからなくなってしまった。ついにギアが入りやっと市電の後ろから出て、一気に角を曲がったが、それは一方通行の道だった。バスがこっちに向かってくる。道幅は狭く、焦れば焦るほどバックギアが見つからなかった。これ以上はどうしようもないと、路上に車を残して逃げ出そうと思った瞬間、突然ギアが入り、車はバックしてバスを通り抜けさせることができた。ほうほうの体《てい》でホテル・ラトヴィアの面する道路に乗り入れ、駐車可能な位置に車を停めた。全身汗だくで、すぐにも風呂に入って着替えないと、肺炎にかかるかもしれないと思った。

教会塔の時計が九時十五分前を示していた。彼は道路を横切って、前回来たときに覚えたビアホールに入った。たばこが臭う店内に、運よく空きテーブルを一つ見つけることができた。ビールを飲みながら議論している男たちはヴァランダーに注目することもなく、店内には制服の兵隊もいなかった。ヴァランダーはこれから、楽譜と美術書を売って歩くセールスマン、ゴットフリート・ヘーゲルを演じるのだった。プロイスといっしょにドイツのレストランで食べたとき、彼がメニューをシュパイゼカルテと言ったのを思い出し、そう言ってみた。メニューの文字は残念ながらかいもく見当もつかないラトヴィア語で書いてあったので、ヴァランダーは適当に指さした。出されたのはスウェーデンではカロップスと呼ぶ牛肉の煮込み料理だった。ビールを飲みながら食事する間、彼の頭には食事以外のことはまったくなかった。

食事が終わると、ずっと気分がよくなった。コーヒーを一杯注文すると、やっと頭がふたたび機能し始めた。突然、今晩の宿をどうしたらいいのかわかった。この国について彼が知っているとおりにすればよいのだ。すなわち、すべては金しだい。ホテル・ラトヴィアの向こう側には確か、ペンションや安宿が数軒あったはずだ。そこに行ってドイツのパスポートを見せ、スウェーデンの金を数百クローネ取り出して宿代を払い、そのうえ不必要な質問もしないように宿屋の亭主の沈黙を金で買えばよいのだ。大佐たちがリガ中のホテルにお尋ね者スウェーデン人警察官ヴァランダーの警告を出している可能性はある。だが、そのリスクはあえて冒そうと思った。ドイツのパスポートを使えば、少なくとも明日の朝、ホテルの宿泊届けが集められるまではなんとか見つからずに眠ることができるだろう。運がよければ、警察に通報するのを好まないホテルの受付係に出会うかもしれない。

ヴァランダーはコーヒーを飲んで二人の大佐について考えた。イネセを殺したのはスィズ軍曹だったかもしれない。この恐ろしい暗闇のどこかにバイバ・リエパがいるのだ。そして自分を待っている。「バイバはきっととても喜ぶでしょう」それはあまりにも早く人生を終えたイネセの最後の言葉の一つだった。

ヴァランダーはカウンターの上の時計を見た。まもなく十時半だ。勘定を払ったとき、今晩の宿代にも十分なほどラトヴィア貨幣を持っていることがわかった。

ビアホールを出て、そこから少し行ったところにあるホテル・ヘルメスの前で立ち止まった。ホテルの入り口は開いていた。ヴァランダーはきしみ音を出す木の階段を上がって二階へ行った。カーテンが開き、背中の丸い老女が厚い眼鏡の奥から彼をうかがうように見た。彼は笑顔を見せて「部屋を《ツィマー》」とドイツ語で言い、パスポートをカウンターに置いた。年取った女はうなずき、ラトヴィア語で話しながら宿泊カードを出した。パスポートを見ようともしなかったので、ヴァランダーは急に別の名前で泊まることにした。急に思いついたことだったので、プロイスという名前しか思い浮かばなかった。マーティンというファーストネームにし、年は三十七歳、住所はハンブルクと書き込んだ。女は親切そうな笑いを見せ、鍵を取り出して、彼の後ろの廊下を指さした。この女は芝居をしてはいない、とヴァランダーは思った。大佐たちが焦って今晩にでもリガ中のホテルに手入れでもしないかぎり、明日の朝までは眠れるだろう。もちろん、早晩、マーティン・プロイスがクルト・ヴァランダーであることはばれるだろう。だが、そのころにはもうここにはいないはずだ。部屋に入ってみると、うれしいことに浴室がついていた。さらに信じられないことに蛇口をひねると湯が出てきた。

彼は服を脱ぎ、浴槽に浸かった。全身が温まって、彼はそのまま眠ってしまった。

目が覚めると、湯はすっかり冷たくなっていた。風呂から出て体を拭きベッドに入った。ホテルの外を市電が音を立てて通り過ぎるのが聞こえた。暗闇をにらみながら、彼は恐怖心がふたたびつのってくるのを感じた。

決心したとおりにしようと思った。自分の判断が危うくなれば、追いかけてくる犬たちはすぐにも追いつくだろう。そうなったら一巻の終わりだ。

なにをするべきかはわかっていた。

明日になったら、彼はこの町で知っている唯一の人間に会いに行くのだ。その人物はもしかするとバイバ・リエパに連絡を取ってくれるかもしれない。

彼女の名前は知らなかった。

が、彼女の口紅の色が真っ赤だったことは覚えていた。

16

明け方近く、またイネセが現れた。

悪夢の中で彼女は、見えないところに隠れている大佐二人が見ている中を、ヴァランダーに向かって走ってきた。夢の中で彼女はまだ生きていた。ヴァランダーは彼女に警告しようとした。だが、彼女には彼の声が聞こえなかった。もう間に合わない、と思ったとき、夢から覚め、ホテルの部屋で目を開けた。ベッドサイドテーブルの上に置いた腕時計は六時数分前を指していた。市電が外を通り過ぎた。ヴァランダーはベッドの中で体を伸ばし、スウェーデンを出てから初めてゆっくり休めたと感じた。

そのままベッドの中で、昨日起きたことをじっくり考えた。十分な睡眠をとったあと、昨日の虐殺は非現実的なことに思えた。理解を超えた無差別殺戮だった。イネセの死を思い胸が痛んだ。彼女を救うために自分はなにもできなかったという罪悪感に襲われた。斜視の男もほかの者たちも。みんな、彼が来るのを待っていたのだ。まだ名前さえも知らない者たちだった。

心配で寝てはいられなくなった。六時半前に彼は部屋を出て受付に行き、ホテル代を払った。優しそうな笑みを浮かべるラトヴィア語しか話さない受付の老女は、金を受け取った。残った金を見て、ヴァランダーは必要があればまだ二、三日は泊まれそうだと思った。

早朝は寒かった。ヴァランダーは厚手のジャケットの襟を立てて歩き出し、計画を実行に移す前に朝食をとることにした。二十分も探し歩いて、開いているカフェを一軒見つけた。彼は人がまばらな店に入り、コーヒーとサンドウィッチを注文して、入り口から見えない奥のテーブルに座った。七時半になり、もはやこれ以上待つのに耐えられなくなってヴァランダーは立ち上がった。一か八か、やってみるしかない。彼はまたもや、ラトヴィアに戻ってくるなど、まったくバカなことをしたものだと思った。

三十分後、彼はホテル・ラトヴィアの前に立った。スィズ軍曹がいつも車を停めて待っていたのと同じ場所だった。一瞬、彼はためらった。少し早すぎただろうか？　赤い唇の女はまだ来ていないかもしれない。彼は正面玄関からホテルの中に入った。フロントで朝の早い客が数人、チェックアウトの手続きをしているのが見えた。いつも新聞に隠れて彼を見張っていた男が座っていたソファを通り過ぎ、売店のほうを見ると、女が店の中にいるのが見えた。いま来たばかりらしく、店を開ける用意をしていた。店の前に各種の新聞を並べている。彼女がおれに見覚えがなかったらどうしよう、とヴァランダーは思った。もし彼女がただの仲介者で、仲介の中身についてはなにも知らない人だったら？

そのとき、彼女はロビーの高い柱の陰から自分を見ている男に気がついた。ヴァランダーはすぐに、自分に見覚えがあるのだとわかった。自分を見分けている。自分をここで見ても怖がっていないとわかった。彼は彼女に近づき、手を差し出して、絵はがきがいろいろほしいのだと英語で声高に話しかけた。自分が急に現れたことに彼女が慣れるまで、話を続けるほうがいい。「昔のリガの絵はがきはないでしょうか?」十分にでたらめな話をしたあとで、近くに人がいないことを確かめ、絵はがきの説明を請うふりをして、彼は彼女のほうに体を寄せた。「私がわかるね」彼は低い声で話しかけた。「あなたは一度私に教会のコンサートでバイバ・リエパに会うように教えてくれた。今度もまた彼女に会えるように手伝ってほしい。私はバイバにどうしても会わなければならない。頼めるのはあなたよりほかに誰もいない。だが、これはとても危険だということも知ってほしい。彼女は監視されている。昨日起きたことをあなたが知っているかどうか、私は知らない。観光案内書を指さして、説明するふりをして、答えてほしい」

女の下唇が震え出し、目には涙があふれた。ここで彼女が泣き出して人目を引くことを恐れて、彼はラトヴィア全体の絵はがきがほしい、リガのだけでなく、と声を大きくして言った。ホテル・ラトヴィアの売店にはいつでもたくさんのいい絵はがきがあると知人に聞いてきたと付け加えた。

彼女が落ち着きを取り戻したのを見て、ヴァランダーは、知っているんだねと言った。だが、自分がラトヴィアに戻ってきているということも知っていたかと問うと、彼女は首を振った。「私はどこに行くあてもないのだ」と彼は続けた。「バイバと会えるまで、どこか隠れ家を探してくれないか」

ヴァランダーは彼女の名前も知らなかった。ただ唇が赤い女としてしか覚えていなかった。このようなことを頼んで彼女を危険にさらしていいものだろうか? すべてをあきらめて、スウェーデン外務省の出先機関を探すほうがいいのではないだろうか？　罪もない市民が無差別に射殺されるような国で、やっていいことと悪いことの境界線はどこにあるのか？

「あなたがバイバに会えるように手配できるかどうか、わからない」女は低い声で言った。「でも、あなたを私の家にかくまうことはできる。私は下っ端の人間だから、警察から目をつけられていない。一時間後、ホテルの向かい側のバス停に来て。さ、いまはもう行って」

彼はさも満足した客のように、観光案内書をポケットに入れてから売店を立ち去り、ホテルを出た。それからの一時間、彼は近くのデパートで時間をつぶした。外見を変えるため、効果のほどはわからなかったが帽子を一つ買った。一時間たったとき、彼はバス停の列に並んだ。彼女がホテルから出てくるのが見えた。そして彼のそばに知らない人のような顔をして立った。数分後に来たバスに乗り込み、ヴァランダーは彼女の数列後ろの席に座った。バスは三十分以上もリガの町の中心を回ってから、やっと郊外に向かって走り出した。ヴァランダーは道を記憶しようとしたが、見覚えがあるのは唯一キロフ公園だけだった。バスは延々と繋がっている灰色の住宅群を横目にして走った。彼女が停車ボタンを押したとき、ヴァランダーはぼんやりしていて、危うく降り損ねるところだった。数人の子どもが錆びたジャングルジムで遊んでいる、凍てつくような遊園地を抜けた。ヴァランダーは飢え死にした猫を踏んでしまった。その先の暗い入り口に入る彼女の後を追いかけた。冷たい風が吹く踊り場で立ち止まり、彼女はヴァランダーを見上げた。

「うちはとても狭いの。年取った父がいっしょに住んでいます。あなたはうちの客人だとだけ言います。この国には家のない人がたくさんいるので、助け合うのは当たり前なのです。あとで子どもが二人学校から帰ってきます。子どもたちには手紙を書いて、あなたは私の友達だから、お茶を入れるようにと言っておきます。とても狭いところですが、わたしにできるのはこれが精一杯です。すぐにまたホテルに戻らなければなりません」

それは二部屋のアパートだった。台所というよりも水が使える小さなコーナーがあり、小さな洋服掛け、そしてごく小さな浴室。それで全部だった。ベッドには老人が寝ていた。

「あなたの名前も知らない」とヴァランダーはハンガーを渡してくれた彼女に言った。

「ヴェラよ」と女は答えた。「あなたはヴァランダーね?」

彼女はそれをファーストネームのように発音した。彼はもうじき自分はいつどの名前を使うべきかわからなくなる、と思った。ベッドに横たわっていた老人が起き上がった。杖につかまって立ち上がってあいさつをしようとしたとき、ヴァランダーが止めた。そんな必要はない、面倒をかけたくないと言った。小さな台所コーナーで、ヴェラがパンと食べ物を取り出したときも、隠れ家だけで十分、食べ物まで用意してくれなくていいと言って彼は止めた。彼女の親切を申し訳なく思った。彼はイースタのマリアガータンのこの三倍はある自分のアパートを思い出し、彼女が一家で住んでいるこの狭いアパートに対して恥ずかしく思った。ヴェラはもう一つの部屋を見せた。大きなベッドだけでいっぱいの部屋だった。

「一人になりたかったら、ドアを閉めて」と彼女は言った。「ここならゆっくりできるでしょう。わたしもできるだけ早くホテルから戻りますから」

「あなたを危険な目に遭わせたくない」ヴァランダーが言った。

「必要なことは誰かがしなければならないのです」彼女が言った。「私を訪ねてくれてうれしいのですよ」

そう言って、彼女は出かけた。ヴァランダーはベッドの端にどっかりと腰を下ろした。

ここまで来た。

あとはバイバ・リエパに会うだけだ。


ヴェラがホテルから戻ったのは五時ちょっと前だった。それまでにヴァランダーは彼女の娘たちといっしょに茶を飲んだ。十二歳のサビーネと二つ上の姉のイエヴァだった。ラトヴィア語をいくつか二人から習い、ヴァランダーは娘たちにスウェーデンの童謡を身振りをつけて教えると、彼女たちは笑い転げた。ヴェラの父親は昔の軍歌をしゃがれ声で歌った。短い時間だったが、ヴァランダーは仕事を忘れ、片目を撃たれたイネセの血だらけの姿と、残虐な殺戮を忘れることができた。大佐たちから離れたところにはふつうの人々のふつうの生活があるのだと思った。リエパ中佐が自ら調査に乗り出して護《まも》りたかったのはこの世界だったのだ。人々が隠れた狩猟小屋やおもちゃの倉庫で集まりをもったのは、サビーネやイエヴァや、ヴェラの年老いた父親のためだったのだ。

仕事から戻ったヴェラは娘たちを抱きしめると、ヴァランダーといっしょに別の部屋に入った。彼らはヴェラのベッドの上に座った。その状況が急にヴェラには恥ずかしいものに思えたらしい。ヴァランダーが感謝の意を表そうとしてヴェラの腕に手を掛けると、彼女は誤解して身を硬くした。弁解するのはむずかしかったので、彼は代わりにバイバ・リエパと連絡が取れたかと訊いた。

「バイバは泣いています」とヴェラは答えた。「友達の死を悼んでいます。とくにイネセの死を。警察が監視を強化したから気をつけるようにと彼らに注意したのだそうです。でも心配どおりのことが起きてしまった。バイバは泣いていますが、わたしと同じで、怒りで気が狂いそうになっています。ヴァランダー、彼女は今晩あなたに会いたいそうです。どうするか、計画を立てました。でも、詳しく話す前に、食事をしましょう。腹が減っては戦《いくさ》ができぬ、ですから」

彼らは狭いテーブルを囲んだ。父親が寝ている部屋の壁に掛けてあった板を倒すとテーブルになった。まるでキャンピングカーで暮らしているようだ、とヴァランダーは思った。みんなが座る場所を確保するためには、部屋の隅々まで利用しなければならなかった。ヴァランダーはリガの郊外にあるプトニス大佐の家を訪ねたときのことを思い出した。自分たちの優位性を保つために、大佐たちのどちらかがリエパ中佐を、そしてイネセのような者たちを殺すよう、部下に命令したのだ。いまヴァランダーは大佐たちと目の前の人々との間の違いがどれほど大きいかがわかった。このような人々の間で接触があれば、必ず血を見るようになるのだ。

彼らは小さな台所でヴェラが作った野菜スープを食べた。二人の娘はパンとビールを用意した。ヴァランダーはヴェラが緊張していると感じたが、彼女は家族にはなにげないふうを装った。自分の頼みが彼女を危険な目に遭わせることになる、とヴァランダーは考えた。もし彼女の身になにか起きたら、どうやって埋め合わせをする？

食事が終わると、娘たちが片づけ、皿を洗った。老人はまたベッドの上に横たわった。

「お父さんの名前はなんと言うんです？」ヴァランダーが訊いた。

「変わった名前なんです」ヴェラが言った。「アントンス。七十六歳ですが、排尿がうまくできないのです。父は生涯印刷工場で働きました。ずっと活字を拾ってきた職人たちは水銀中毒にかかると言われています。ぼーっとして、物忘れも激しい。ときどき、こっちの言うことが全然わからないこともあるのです。もしかするとそれも水銀中毒のせいなのかもしれない」

二人はまたヴェラの部屋のベッドの上に座っていた。彼女はドアの前のカーテンを引いて閉めた。娘たちが台所でささやき合いクスクス笑っている。ヴァランダーはいよいよ話を聞くときが来たと待ちかまえた。

「オルガンコンサートの時にバイバに会った教会を覚えていますか？　ガートルード教会と言うのですが？」

彼はうなずいた。覚えていた。

「あそこに行けますか？」

「ここからは無理だが」

「ホテル・ラトヴィアからなら行ける？　町の中央まで行けば？」

「それなら行ける」

「わたしはついて行けません。危険すぎます。でもあなたがわたしのところに隠れていることは、絶対に誰にも知られていないはずです。バスに乗って中央まで行ってください。でも、ホテルの前のバス停で降りてはだめですよ。その前か、その後で降りるのです。教会を探して、十時にはそこにいてください。前回、教会から出たときに使った裏口を覚えていますか？」

ヴァランダーはうなずいた。絶対自信があるとは言えなかったが、たぶん覚えていると思った。

「尾行者がいないことを確かめてから、そこに行ってください。そこで待つのです。バイバはうまくいけば来られるはずです」

「どうやって連絡をしたのです？」

「電話をかけました」

ヴァランダーは信じられないという顔をした。

「盗聴されているでしょう？」

「もちろん。でも、ご注文の本が届きましたと言ったのです。そうすれば彼女が本屋に行くことになっているのです。そこで注文の本を、と言う。そこで彼女はわたしからの手紙を受け取る。あなたがやってきた、いまわたしの家にいると書きました。それから数時間後、わたしはバイバの隣人が買い物をする食料品店へ行き、バイバからの手紙を受け取りました。今晩教会へ行くとありました」

「しかし、もし、うまく抜け出すことができなかったら？」

「そのときはもうわたしにはどうすることもできないわ。あなたはここに戻ってきてはいけません」

ヴァランダーは彼女の言葉を理解した。これはバイバに再会できる唯一のチャンスにちがいない。これに失敗したら、スウェーデン外務省の出先機関に逃げ込み、国外脱出を手伝ってもらうしかない。

「スウェーデン大使館がどこにあるか、知ってますか？」

彼女は考え込んだ。

「スウェーデンが大使館を置いているかどうか、わからないわ」

「領事館ならあるでしょう？」

「さあ、どこにあるか、知らない」

「電話帳を見ればきっとわかるはずだ。ラトヴィア語でスウェーデン大使館とスウェーデン領事館と書いてください。電話帳という言葉も」

ヴェラは娘たちのノートを引き裂いて、言葉を書き、ヴァランダーに発音させた。

二時間後、ヴァランダーはヴェラと家族に別れを告げ、出発した。ヴェラは少しでも目立たないようにと父親のシャツとマフラーをくれた。ヴァランダーはこの家族に二度と会うことはないだろうと思った。しばしの安らぎを与えてくれた彼らと別れるのが心細かった。

死んだ猫が不吉な予兆のようにまだ地面にあった。彼はそれをまたいでバス停に向かった。

ヴェラはバスの切符のための小銭まで用意してくれた。

バスに乗ったとたん、監視されているという感覚がよみがえった。夜、町に向かうバスに乗る客は少なかった。彼は乗客全員の背中が見える最後尾の席に腰を下ろした。ときどき後ろの汚い車窓から外を見たが、追跡車と一目でわかる車はなかった。

しかし、彼は自分の直感におびえた。見つかったという思い、つけられているという思いが彼を不安にさせた。どうしたらいいか決めなければならない。バスが町に着くまで約十五分ある。この間に決めなければならない。どこで降りるか？　どうやって尾行者をまくか？　なにもできないような気がした。しかしそのとき、あるアイディアが浮かんだ。奇想天外なアイディアだった。うまく行けば敵の裏をかくことができるかもしれなかった。敵が自分を監視する目的は、捕まえるだけではないと彼は思った。彼らはバイバに会う自分を追いかけて、リエパ中佐の残した書き物を手に入れようとしているのだ。

彼はヴェラの忠告を破り、自分のアイディアを実行するためにホテル・ラトヴィアの正面のバス停で降りた。あたりを見回しもせずにホテルに入り、フロントに行って、今晩とたぶん明日の晩、宿泊したいのだが部屋はあるかと訊いた。大声で英語で話した。フロント係が、部屋があると言うのを聞いて、彼はドイツのパスポートを出し、ゴットフリート・ヘーゲルと名前を記入した。荷物はあとで来ると伝えた。さらに不自然ではない程度に大きな声で、夜中の十二時に起こしてくれないか、大事な電話が来ることになっているので、とフロント係に頼んだ。これでうまく行けば、四時間は部屋にいると思わせることができる。荷物を持っていなかったので、ベルボーイの案内もなく自分で鍵を受け取ってエレベーターに向かった。部屋は四階にあった。いまは迷わずに敏速に行動しなければならないときだった。前の記憶で、長い廊下と非常階段がどう繋がっているかを思い出した。エレベーターが四階に止まったとき、彼はさっそく行動した。非常階段を下りながら、彼らがまだホテル全体に非常態勢を敷くに至っていないように祈った。地下まで行って、ホテルの裏に出られるドアを探した。ドアが見つかったとき、一瞬彼は施錠されているのではないかと思ったが、運よく鍵が鍵穴についたままだった。彼は薄暗い裏通りに出た。立ち止まってあたりを見回したが、通りに人影はなく、あわただしく人が動く音も聞こえなかった。彼は建物の壁に沿って走った。ホテルから三ブロックほど離れるまで足を止めなかった。息を切らし、建物の入り口に身を寄せて呼吸を整えながら、追跡者たちの足音が来るかと耳を澄ました。いまこの時間、この町のどこかで、バイバ・リエパもまた大佐たちの放った犬たちから逃れようと必死になっているにちがいない、と彼は思った。きっと彼女なら、うまく抜け出せるだろう。なんといっても最高の教師リエパ中佐の愛弟子なのだから。

九時半ちょっと前、ヴァランダーはガートルード教会に近づいた。教会の大窓は暗かった。教会裏の庭に回って、静かに待った。どこかから人の怒鳴り声が聞こえてきた。怒りに満ちた長い文句が続いた。そして物が投げつけられるような音が響き、人の悲鳴がして、急に静かになった。彼は足が凍り付かないように足踏みした。そして今日は何日だったろうと思った。ときどき車が通り過ぎた。彼は心の中で、いまにもその中の一台がブレーキを踏んで停まり、ゴミバケツの間に隠れている自分を引っ立てに来るのではないかと恐れた。

すでに見つかっているのだという感覚が戻ってきた。ホテル・ラトヴィアに泊まるふりをしたのはなんの役にも立たなかったかもしれないと思った。赤い唇の女が大佐たちの手下ではないと思い込んでいたのが間違いだったのだろうか？

もしかすると彼らは教会の墓地に隠れているのかもしれない。中佐の残した書き物が見つかる瞬間を待っているのかもしれない。彼はこの疑いを嚙みしめた。残っているのはただ一つ、スウェーデン大使館に飛び込むことだけだ。だが、それはできないということもまた、彼は知っていた。

教会の時計が十時を打った。彼は裏庭から出てあたりを見回し、小さな鉄の門まで急いだ。そっと開けたつもりだったが、かすかに蝶番がきしむ音がした。灯がいくつか、薄暗く墓地の囲いを照らしていた。彼は動かずに耳を澄ました。静かだった。前にバイバ・リエパといっしょに教会を抜け出したときに通った横の出入り口に向かって歩いた。ふたたび、誰かに見られているという気がした。前方に影が潜んでいる。だが、ほかにどうすることもできなかったので、彼はそのまま進み壁に身を寄せて立った。

バイバ・リエパが音もなく現れた。まるで暗い壁の中から出てきたようだった。彼女に気がついて、彼はぎくっと体を震わせた。彼女は聞き取れない言葉を呟いた。彼の手を取って、わずかに開いている扉をくぐった。そのときヴァランダーは、彼女が教会の中で自分を待っていたのだとわかった。大きな鍵で扉に鍵をかけると聖壇のほうへ向かった。天井の高い教会の中は一段と暗かった。彼女は目の見えない人を案内するように彼の手を取って進んだ。この暗さの中をどうして歩くことができるのかと彼は不思議に思った。祭服室の奥に窓のない聖具室があった。テーブルの上には石油ランプがあった。バイバはそこで彼を待っていたのだ。毛皮の帽子がいすの上にあり、驚いたことに、バイバはそのランプのそばにリエパ中佐の写真を立てかけていた。魔法瓶とリンゴとパンもあった。まるで最後の聖体拝礼に招かれたようだった。ヴァランダーは、大佐たちに見つかるまであとどのくらい時間があるのだろうか、と思った。彼女は教会とどのような関係があるのだろうとも思った。亡くなった中佐とはちがって神を信じているのだろうか。中佐のことはもちろん、バイバについても自分はまったくなにも知らないことにヴァランダーは気づいた。

祭服室の奥まできたとき、彼女は彼をしっかり抱きしめた。泣いていた。悲しみと怒りのあまり、彼女の手が鉄の鉤のように彼の背中に食い込んだ。

「彼らはイネセを殺したわ」バイバが低い声で言った。「全員殺された。あなたも殺されたのだと思いました。ヴェラから連絡を受けるまで、わたしはすべて終わったのだと思っていました」

「恐ろしかった」ヴァランダーは言った。「しかし、いまはそれを考えてはならない」

彼女は驚いて顔を上げた。

「いつだって考えなければならないわ」彼女が言った。「もし忘れたら、わたしたちは人間であることを忘れるのと同じです」

「忘れようと言っているのではない」ヴァランダーは言い直した。「先に進まなければならないと言っているのです。悲しみは人を呆然とさせるものだから」

彼女は沈むようにいすに座った。悲しみと疲れですっかり痩せている。これからどれくらい持ちこたえることができるだろうか、とヴァランダーは思った。

教会で過ごした夜は、クルト・ヴァランダーの人生の分岐点になった。いままさに自分は人生の真ん中にいると彼は意識できた。それまで彼はほとんど人生について、実存について、考えたことがなかった。仕事柄、殴り殺された人間や、交通事故で死んだ子ども、絶望して自殺した人間などを見てきたが、人生は死のそばで見ると、じつに短いもの、というほどの感想しかもたなかった。生きる時間は短く、死んでいる時間は長いのだ。しかし彼はこのような考えは脇に押しやる傾向があった。彼にとって人生とは実際的な性質をもったもので、哲学的な思考で人生を深めるなどということには懐疑的だった。また、ときに死に遭遇するときにも、深く考え込むことはなかった。人は生まれ、人は死ぬ。それ以上でも以下でもない。これが彼の態度だった。

だが、その晩、寒い教会でバイバ・リエパと過ごしたことで、彼は初めて自分を深く見つめた。世界はスウェーデンとはまったく似ていないものだとわかった。自分の問題など、バイバ・リエパの人生の残酷さに比べたら、ほとんど問題でさえないことに気がついた。彼は初めてその晩、イネセたちを殺した無差別殺戮が現実のものとして理解できたように思えた。現実にいる大佐たち、実際の銃を使って人を殺したスィズ軍曹、心臓をぶち抜き瞬時にして無の世界を創り出した銃弾。常に恐怖におののくことの苦しさ。恐怖の時代。それがおれの生きている時代なのだ。おれにはそれがわからなかった。すでに中年になりかかっているというのに。

バイバは教会の中は安全だと言った。いまの自分たちには、これほど安全な場所はないと。教会の神父は亡くなったリエパ中佐の昔からの友人だった。彼女が助けてくれと頼んだとき、神父はためらいなく隠れ家を提供してくれた。ヴァランダーは、すでに彼らは彼を見つけ、どこか暗闇に隠れて見張っているという気がすると、自分の直感をバイバに話した。

「でも、彼らがなにを待っているというのです？」バイバは首を横に振った。「この種の人間には待つことは意味がないのです。彼らの生活を脅かす人間を捕まえて処罰することだけが狙いなのですから」

ヴァランダーは彼女が正しいのかもしれないと思った。しかし同時に、彼らにとって一番重要なのは中佐の書き残したものであることも確かだと思った。中佐が残した、自分たちを脅かす証拠、それこそ彼らが追っているものに間違いなかった。未亡人と、自分で勝手にのこのことやってきた間抜けなスウェーデンの警察官など、二の次なのだ。

もう一つ、考えが浮かんだ。それは突拍子もないものだったので、当分、バイバには言わないことにしようと思った。急に、大佐たちが彼らを捕まえて警察本部に連れていかず、こうして泳がせているのには、三番目の理由があるのではないかと思ったのである。教会で過ごした夜、考えれば考えるほど、この三番目の理由が現実のことに思われてきた。だが、彼は決めたとおり、それをバイバには言わなかった。すでに大きなストレスの下にいるバイバに、それ以上の重荷を与えたくなかった。

　バイバの絶望は、イネセと仲間たちが殺されてしまったためだけでなく、リエパ中佐が書き残したものの在処《ありか》がわからないことから来るものだと、ヴァランダーは思った。彼女は可能性のあるところはすべて探した。夫の身になって考えてみた。しかし、どこにも見つからなかった。浴室のタイルをはがし、長いすの詰め物を掻き出したが、ゴミとネズミの死骸以外はなにも出てこなかった。

　ヴァランダーは彼女に手を貸した。二人はテーブルに向き合って座った。彼女は紅茶を用意し、石油ランプの光で冷たい教会の小さな部屋が親しく暖かいものに変わっていた。ヴァランダーがほんとうにしたかったのは、彼女を抱きしめて悲しみを分かち合うことだった。またもや、スウェーデンに連れて帰りたいという思いが脳裏を横切った。だが、彼女はそんなことを考えることもできないだろう。いまは絶対にそんなことは考えられないはずだ。イネセと仲間たちが殺されたいまは。夫が残したにちがいない書き物をあきらめるくらいなら、死ぬほうがいいとさえ思っているだろう。

　しかし同時に彼は三番目の可能性を忘れることができなかった。つまり、いま追跡者たちが踏み込んでこないのにはそれなりの理由があるということだ。もし彼がしだいに信じ始めているその三番目の理由がほんとうに存在するのなら、バイバとヴァランダーの敵はいま暗闇にうごめいている者たちだけではなかった。敵の敵がいるはずだった。つまり敵をさらに監視している者たちがいることになる。コンドルとタゲリだ、と彼は思った。おれはまだ大佐たちのうちのどっちがどっちなのかわからない。だが、タゲリはもしかするとコンドルを知っていて、コンドルの餌食となるものを守ろうとしているのかもしれない。

教会で過ごした夜は、見知らぬ国への旅のようだった。彼らはそこで、なにを探しているのかもわからないものを探し続けた。茶色い紙の小包？　鞄？　中佐は賢い男だった。隠し場所は入念に選ばれたにちがいなかった。しかしヴァランダーが中佐の世界に入っていくには、もっとバイバのことを知らなければならなかった。訊きたくないことも訊かなければならなかった。しかしバイバは嫌がるどころか、気を遣わずにもっと訊いてくれと言うのだった。

彼女の助けを得て、ヴァランダーは中佐夫婦の生活を徹底的に洗い出していった。ときどき、なにかありそうだと思うこともあったが、さらに突き進んでみると、バイバがすでにチェックしたところばかりだった。

朝三時半、ヴァランダーはもうお手上げだと思った。疲れ切った目で、同じく疲れ切ったバイバを見た。

「ほかになにがあるだろう？」自分にも彼女にも向けた問いだった。「あとどこが残っている？　隠し場所は必ずある。どこかの部屋の、どこかのスペースにあるのだ。誰も手を付けないところ、水も漏らさぬ、火も受けつけない、盗まれもしないところだ。そんなところがどこにあるのだろう？」

彼は問い続けた。

「お宅のアパートに地下室はあるのですか？」ヴァランダーが訊いた。

バイバは首を振った。

「屋根裏の物置はもうチェックしたし、アパートに関しては上から下までひっくり返した。あなたのお姉さんの別荘までチェックしたし、ヴェンツピルに住むカルリスの父親の家も同じようにチェックした。バイバ、よく考えるのだ。絶対にどこか、忘れているところがあるに決まっている」

彼はバイバが口も利けないほど疲れているのがわかった。

「いいえ」彼女は呟いた。「もうどこも残っていないわ」

「屋内とはかぎらない。あなたたちはときどき海岸に出かけたと言ったね。いつも腰を下ろしたお気に入りの石はなかったか？　テントはどこに張ったのですか？」

「それはもう話しました。カルリスはそんなところにものを隠したりしない人です」

「いつも必ず決まったところにテントを張ったのですか？　八年間、夏になると決まって？もしかすると、一回だけ別のところにテントを張ったことはなかったですか？」

「いいえ。わたしたちは二人とも、同じところに戻る楽しみを味わうのが好きだったので」

バイバは先に進みたがった。が、ヴァランダーはその彼女を逆に過去に引っ張り戻した。彼は中佐が意味のない場所を選ぶはずがないと確信していた。彼が選んだ場所は、夫婦の歴史の中にあるにちがいない。

彼はふたたび最初から始めた。石油ランプの火が消えかかっていた。バイバはろうそくを取り出して灯をともし、厚紙の上にろうを滴らせてろうそくを立てた。それからさらに二人はカルリスとバイバの八年間の暮らしを一からチェックしていった。ヴァランダーはバイバが疲れから気を失うのではないかと思った。最後に眠ったのはいつのことだろう？　彼は楽観的に構えて（じつはまったくそうではなかったのだが）彼女を励まそうとした。彼らのアパートから始めた。なにか見落としているものはないか？　これほど徹底的にチェックしても、まだなにかあるのではないか？　家というものには、数え切れないほどの空洞があるではないか？

彼はバイバの助けを借りて、一部屋一部屋まわっていった。しまいに彼女は疲れ切って、悲鳴を上げた。

「もうどこにもないわ！　わたしたちはアパート住まいで、夏以外はいつもそこで暮らしてきました。昼間、わたしは大学に教えにいき、カルリスは警察本部へ出かけていった。それ以外にはなにもないのよ！　カルリスはなにも隠していない。自分が死ぬとは思っていなかったのよ！」

ヴァランダーは、彼女の苛立ちは死んだ夫に向けられたものでもあると見た。この悲鳴は前年、ソマリアの男が殺されたとき、子どもたちといっしょに残された男の妻が発したのと同じものだった。あのときはマーティンソンが錯乱した妻を鎮めてくれた。

おれたちは未亡人の時代にいるのだ、と彼は思った。未亡人と恐怖の住み処がおれたちの家《ホーム》なのだ……。

突然、彼は思考を止めた。バイバはすぐに彼がなにかを思いついたことに気づいた。

「なに？」彼女がささやいた。

「待って」ヴァランダーが言った。「考えなければ」

そんなことがあり得るだろうか？　彼はその思いつきをいろいろな角度からチェックした。意味のないことかもしれないと振り捨てようとしてもみた。だが、それは彼の頭から離れなかった。

「これからあなたに質問をする」と彼はゆっくりと言った。「そしたら、なにも考えずにすぐに答えてほしい。考え出したら、答えがちがうものになるかもしれないから」

ろうそくの揺れ動く光の中で、バイバは緊張の面もちで彼を見た。

「カルリスは隠し場所としてもっとも考えられないようなところを思いつきはしなかっただろうか？　警察本部ではないか？」

ヴァランダーは彼女の目がきらりと光ったのが見えた。

「ええ」彼女は即座に答えた。「考えられます」

「なぜだ？」

「カルリスはそういう人でした。彼の性格からいってあり得ます」

「警察のどこだろう？」

「わかりません」

「彼の部屋とは考えられない。彼はよく警察本部の話をしましたか？」

「彼は嫌なところだと言っていました。まるで刑務所だと。実際、刑務所でした」

「よく考えるんだ、バイバ。どこか特別に、彼がよく話した部屋はなかったか？　彼にとって特別の部屋はなかったか？　ほかの部屋よりもとくにその部屋を嫌っていたとか、その反対にそれほど嫌ではなかった部屋とか？」

「取調室に行くと気分が悪くなると言っていました」

「あそこにはなにも隠せない」

「大佐たちの部屋は嫌っていました」

「あそこにもなにも隠せなかったはずだ」

彼女は目を閉じて集中した。

考え抜いて目を開けたとき、答えがあった。

「カルリスはよく〝悪の部屋〟と呼ぶ部屋のことを話していました。その部屋には我が国で起きたあらゆる不正についての記録がしまわれていると言っていました。彼が最後の書き物を隠したのはもちろんそこにちがいないわ。長い間苦しんだ人々の記録の中に隠したのです。彼の〝遺言〟は警察本部の記録保存庫の中にあります」

ヴァランダーは彼女の顔をまじまじと見た。

「そうだろう。きっとそうにちがいない。中佐は隠し場所の中に隠し場所を見つけたのだ。入れ子細工の箱を選んだのだ。だが、あなただけが見つけられるような目印は？　どうやってその遺書をほかの文書から見分けられるのだろう？」

突然、バイバは笑い出し、同時に泣き出した。

「わかったわ！」と彼女は鼻をすすった。「彼がどのように考えたのか、いまははっきりわかります。わたしたちが出会ったころ、彼はよくわたしにトランプのマジックをして見せてくれました。若いころ、彼は鳥類学者になりたいだけではなかったの。マジシャンにもなりたがっていました。マジックを教えてとわたしはせがみましたが、教えてくれませんでした。そんなことがわたしたちの間の冗談になっていました。やっと一番簡単なのを一つだけ教えてくれました。あらかじめ、黒いカードと赤いカードに分けておきます。そして、誰かに一枚カードを抜いて覚えてもらい、またカードの束の中に戻してもらいます。このときにカードの束をすり換えておけば、選んでもらったカードだけが色違いで現れる、というわけです。彼はよく灰色の冷たい世界でわたしが彼の人生を明るく灯していると言っていました。だからわたしたちはいつも、黄色や青い花々の中では赤い花を、白い家ばかりの中では緑の家を探しました。わたしたちの秘密の遊びだったのです。遺書を隠したとき、彼はきっとそのように考えたと思います。記録保存庫には様々な色のホルダーがあるでしょう？　その中で、一つだけまわりとちがうものがあるはずです。色か、形か、サイズか。それを探し出せばいいのです」

「警察の記録保存庫は巨大な部屋にちがいない」ヴァランダーが言った。

「旅行に出かけるとき、彼はよくトランプをわたしの枕の上に置いて行きました。黒いカードの中に赤いカードを差し込んで」彼女は話を続けた。「記録保存庫にはわたしについてのファイルもあるはずです。そのまわりに彼は一つだけちがうものを差し込んだはずです」

時間はすでに朝の五時半だった。目的にはまだ届かなかったが、探し物の在処は見つかった。

「おれといっしょにスウェーデンに来てほしい」ヴァランダーはスウェーデン語で言った。

彼女は不審そうに彼を見た。

「休まなければならないと言ったのだ」ヴァランダーはごまかした。「夜が明ける前にここから出なければならないが、どこへ行ったらいいかわからない。またどうやって一番むずかしいマジックをしたらいいのかもわからない。警察本部の記録保存庫に潜り込むことだ。だからとにかくいまは休もう」

棚の中を見ると、ぐるぐる巻きになった毛布が司教冠の下に一枚あった。バイバはそれを床に広げた。そして世界でもっとも自然なことのように、暖を求めて彼らは抱き合って横になった。

「眠りなさい」彼が言った。「おれは休めればいい。眠らないつもりだ。時間になったら起こしてあげよう」

彼は答えを待った。

だが、彼女はなにも言わなかった。

すでにぐっすり眠っていた。

17

彼らは七時に教会を出た。

バイバは意識をなくしたように深く眠っていたのでヴァランダーは彼女を揺り起こさなければならなかった。外はまだ暗かった。床の上で、バイバがまだそばに眠っていたとき、ヴァランダーはこれからどうすればいいか思案を巡らせた。自分が計画を立てなければならないことは知っていた。この先はバイバがイニシアティヴを取ることはできない。彼女はもう渡った橋を燃やしてしまった。いまや彼と同じく、戻れる家はない。これからは、彼は彼女の救世主にもならなければならなかった。だが、いま彼にはまったく計画がなかった。アイディアの泉は涸れはててしまった。

第三の可能性が、彼を先に進ませた。その可能性をあまり信じすぎると、大きなあやまちを犯すようになる、と彼は自分を戒めた。間違いかもしれなかった。もし間違いだったら、彼らは中佐を殺害した者たちから逃れることはできないことになる。しかし、時計が七時を打ち、外に出なければならなくなると、ヴァランダーは、ほかに方法はない、これをやってみるよりほかはないと判断した。

朝の外気は寒かった。彼らは教会の外で立ち止まった。バイバは彼の腕につかまっていた。

ヴァランダーは暗がりから音のない音が聞こえたような気がした。それは人が姿勢を変えたときの音、固く凍った地面に足を踏み出したときの音だった。来るぞ、とヴァランダーは思った。まもなく犬が放たれる。しかし、なにも起こらなかった。すべてがまたもとどおり静かになった。彼はバイバといっしょに教会のまわりを囲む鉄柵のゲートに向かった。外の通りに出た。ヴァランダーは追跡者たちがすぐ近くにいるとはっきりわかった。ゲートの中の階段の奥で影が揺れた。彼らの後ろでゲートが開かれる音がした。大佐が使っている犬は追跡がお世辞にも上手とは言えないな、とヴァランダーは思った。いやあるいは、彼らはわざと気配を知らせて、見張られているとわれわれに悟らせようとしているのかもしれない。

バイバは外の冷たい空気でやっと目が覚めたようだった。彼らは街角まで来ると立ち止まった。ヴァランダーはなにか考えつかなければならないと焦った。

「誰か、車を貸してくれる人を知ってますか？」彼は訊いた。

彼女は考え込んだが、すぐに首を振った。

恐怖のためか、彼はやたらに腹が立った。なぜこの国ではなにもかもが複雑なのだ？　何一つ尋常でないこの国で、どうやって彼女を助けることができるのだ？　すべてが自分の慣れているものとちがうこの国で。

そのとき彼は急に昨日自分が盗んだ車のことを思い出した。車は昨日リガに乗り入れたとき、道路に打ち捨ててきたが、まだそこにあるかどうか確かめに行ってもなにも失うものはない。彼は早朝から開いているカフェにバイバを押し込んで、これで追跡者を戸惑わせることができると思った。これで彼らは二手に分かれることになる。追跡者たちはなんとかバイバと彼に中佐の残した書き物を手に入れさせまいと焦っているはずだ。そう思うと、ヴァランダーはにわかに満足した。いままで考えつかなかったが、これで当分偽りの餌を嚙ませることができる。彼は足早に通りを歩いた。とにかく車がまだあるかどうか、確かめることだ。

車は昨日彼が打ち捨てたところにあった。なにも考えず彼は運転席に乗り込むと、またもや車の中に魚の臭いを感じながら、ケーブル線をつなぎ合わせた。今回は先にギアがニュートラルの位置にあることを確かめた。カフェの外まで車を走らせると、エンジンをかけたまま、バイバを迎えに店内に入った。彼女はテーブルで紅茶を飲んでいるところだった。彼は空腹だったが、いまは時間がなかった。は勘定を払い、すぐに外に出た。

「どうやって車を手に入れたの？」と彼女

「それはいつか話そう」ヴァランダーが言った。「いまはこの町を出る道を教えてください」

「どこへ行くのですか？」

「まだわからない。だがとにかくリガを出るんです」

朝の交通が混み合ってきた。ヴァランダーはいまにも止まりそうなエンジンに苛立った。だが、しまいに彼らは町はずれまで来た。そこから先は畑の中にところどころ農家が見えるだけだった。

「この道路はどこに通じているんです？」ヴァランダーが訊いた。

「エストニアに。タリンが終点です」

「そこまで行くつもりはない」

ガソリンメーターの針がゼロを示していた。彼らは沿道のガソリンスタンドに入った。片目の見えない老人が給油してくれた。金を払おうとしたとき、ヴァランダーは足りないことに気がついた。バイバが不足分を出し、彼らはまた出発した。その前に、ガソリンスタンドで給油中、ヴァランダーは道路に目を走らせた。最初に通り過ぎたのは、車種が不明の黒塗りの車だった。その後、もう一台通り過ぎた。ガソリンスタンドから出てきたとき、路肩に停車していた車が一台動き出したのをヴァランダーはバックミラーで見た。三台だ。少なくとも三台。もしかするとそれより多いかもしれない。

名前も知らない町に着いた。ヴァランダーは人々が露天の魚屋で買い物をしている広場で車を停めた。

彼は疲れていた。いま少しでも眠らないと、なにも考えられなくなってしまう。広場の向かい側にホテルの看板が見えた。彼は即座に決めた。

「眠らなければならない」彼はバイバに言った。「金をいくら持ってます？　ホテルに泊まるのに足りるくらいありますか？」

バイバはうなずいた。彼らは車を降りて広場を横切り、小さなホテルに入った。

バイバがラトヴィア語で受付の若い女になにか言うと、女は顔を赤らめて宿泊カードを出そうとしていた手を引っ込めた。

「彼女になんと言ったの？」ヴァランダーは窓が裏通りに面した部屋に入るとバイバに訊いた。

「ほんとうのことよ」バイバは言った。「わたしたちは結婚していないこと、数時間だけ休みたいこと」

「彼女は顔を赤くしていた。そうじゃなかったかな？」

「わたしが彼女だったとしても赤くなったと思うわ」

その一瞬だけ、緊張がほどけた。ヴァランダーは声をあげて笑い、バイバは顔を赤くした。

それから彼はまた真顔に戻った。

「あなたはわかっているかどうか知らないが、私はいままでこんなに危険なことに巻き込まれたことはない」彼は言った。「それに、私はあなたと同じほど怖いのだということも、あなたは知らないかもしれない。あなたの夫とちがって、私はいままでずっと大都市ではなくこの町よりも小さいような田舎町で警官として働いてきた。複雑な暴力団抗争とか大虐殺とか、私はまったく経験がない。確かにときどきは、殺人事件を扱わなければならないこともある。だが、酔っぱらいや押し込み強盗、逃げ出した子牛を捕まえるのが通常の仕事なのですよ」

彼女はベッドの上の彼の隣に座った。

「カルリスはあなたが優秀な警官だと言ってました。一度、小さな失敗をしたけど、立派な警官だと」

ヴァランダーは救命ボートのことを思い出して嫌な気分になった。

「スウェーデンとラトヴィアはまったく異なる国だ」彼は話を続けた。「それにカルリスと私は仕事に向かう基本姿勢がちがう。彼はスウェーデンでも働けるでしょう。だが、私は絶対にラトヴィアでは警官はやれない」

「いま、しているでしょう？」彼女は言った。「私がここにいるのは、あなたが頼んだからだ。カルリスの人柄のせいかもしれない」

「いや、ちがう」彼は言った。「そもそも私はなぜここにいるのか、自分でもわからないのだ。確かなことは一つだけ。この事件が終わったとき、あなたに私といっしょにスウェーデンへ来てほしいと思っていることだけです」

彼女は驚いたように彼を見た。

「どうして？」

彼は説明することができなかった。自分自身の感情もまだ熟していなかった。

「なんでもない」と彼は言った。「いま言ったことは忘れてください。さて、頭をすっきりさせるために、少し眠らなければならない。あなたも休む必要がある。受付に行って、あと三時間したらドアをノックしてくれと頼んでおくほうがいいかもしれない」

「彼女はまた赤くなるわ」

ベッドから立ち上がってバイバが言った。

ヴァランダーはベッドカバーの中に潜り込んだ。バイバが受付から戻ってきたとき、彼はもう眠りに入りかかっていた。

三時間後に目が覚めたとき、彼はほんの数分しか眠っていないような気がした。バイバはノックの音にも目を覚まさず、眠り続けた。ヴァランダーは冷たいシャワーを浴びて、疲れを追い払った。服を着ると、彼はバイバを見て、このあとどうするか決めるまで、彼女をこのまま眠らせてあげようと思った。トイレットペーパーをちぎって、戻ってくるまで眠っているように、と伝言を書いた。長く出かけるつもりはなかった。

受付の若い娘はあいまいな笑いを見せた。ヴァランダーは彼女の目に共犯の笑いを見たように思った。話しかけると、彼女は英語が少し話せることがわかった。どこで食事ができるかと訊くと、ホテル内の食堂のドアを指さした。彼は広場が見渡せる窓際のテーブルに着いた。露天の魚屋のまわりにはまだ人だかりがあり、どの人も朝の寒さから身を守るためにしっかりと厚着をしていた。車はさっき停めたところにあった。

広場の反対側に、ガソリンスタンドで見た黒い乗用車が停まっていた。ヴァランダーは車の中で犬たちが寒さに震えているかもしれないと思った。

受付の娘は食堂の給仕係もしていて、サンドウィッチとポット入りのコーヒーを運んできた。食事をしながら彼はしばしば広場に目を走らせた。頭の中では一つの計画が形になりはじめた。不可能としか思えないような計画だからこそ、裏をかいて成功する可能性があるかもしれないと思った。

食事をしたせいか、気分がよくなった。彼は部屋に戻った。バイバは目を覚ましていて、部屋に入って来た彼を見上げた。

ヴァランダーはベッドの端に腰を下ろして、計画を話し出した。

「カルリスの同僚の中に、信頼できる人間はいませんでしたか」ヴァランダーが訊いた。

「わたしたちはほかの警察官とはまったくつきあいがありませんでした」彼女が答えた。「別の友達とつきあっていましたから」

「よく考えるんです」ヴァランダーはバイバに言った。「カルリスが署内でときどきいっしょにコーヒーを飲んだりする同僚がきっといたと思うのです。友達である必要はない。ただ、カルリスの敵ではない人を思い出せればいいんです」

彼女は考え始めた。彼は急《せ》かさずに、待った。彼の計画は、警察本部に誰か、中佐が信頼できたとまではいかなくとも、少なくとも疑いをもたなかった人間がいたかどうかにかかっていた。

「カルリスはときどき、ミケリスという人のことを話していたわ」バイバが考えながら呟いた。

「若い軍曹で、ほかの者たちとはちがうと言っていました。でも、その人のことはわたし、なにも知りません」

「なにかもっと聞いているでしょう？　カルリスはどういうときに彼の名前を口にしたんですか？」

彼女は、枕を叩いて壁に押しつけ、背中を当てた。思い出そうとしているのだ。

「カルリスはよく、同僚たちの無関心が怖くなるという話をしていました」彼女は話し出した。

「悲惨なことに対する彼らの冷酷な反応が恐ろしいと。ミケリスは例外だったようです。あるとき、カルリスはミケリスといっしょに子沢山の貧しい男を逮捕しに行きました。逮捕が終わったあと、ミケリスはなんて嫌な仕事だとカルリスに言ったのだそうです。ほかにもなにかに関連してミケリスの名前を聞いたかもしれませんが、思い出せません」

「それはいつのこと？」

「そんなに前のことではないと思います」

「もう少し正確に言えませんか。一年前、それとももっと前のこと？」

「いいえ、それほど前じゃありません」

「リエパ中佐といっしょだったというのなら、ミケリスは暴力犯罪捜査課で働いていたと見てもいいでしょうね？」

「わからないわ」

「きっとそうにちがいない。ミケリスに電話をかけて、会わなければならないと言うんです」

彼女はおびえた顔になった。

「そんなことをしたら、わたしは逮捕されるに決まっています」

「バイバ・リエパだと言う必要はない。ただ、彼の手柄になるようなことを知っていると言うだけでいいんです。ただ匿名でいたいと言えばいい」

「この国の警官は、そう簡単にはだまされないわ」

「確信をもって話すのです。最初からあきらめちゃいけない」

「でも、なんと言ったらいいの？」

「わからない。なにを話したらいいのか、考えてください。ラトヴィアの警察官にとって、一番誘惑が強いのはなんですか？」

「お金です」

「外国の？」

「アメリカのドルを手に入れるためなら、自分の母親さえ売りとばす人もいます」

「それじゃ、莫大なアメリカドルを持っている人間を知っていると言えばいい」

「なぜそんなことを知っているのだと言われるわ、きっと」

ヴァランダーは必死に考えた。突然、スウェーデンで最近起きた事件を思い出した。

「ミケリスに電話をかけて、こう言うんです。ストックホルムで銀行強盗をしたラトヴィア人の二人組を知っている。ストックホルムの中央駅で為替銀行を襲ったが、スウェーデン警察の目をくぐって国外脱出に成功し、二人はいまリガにいる。彼らは外国通貨、とくに莫大な米ドルをもっていると言うのです」

「名前を訊かれるわ。そして、どうしてわたしがそんなことを知っているのかと言われます」

「二人組の片方の愛人だったと言えばいい。そう思わせるのです。だが、捨てられたと。男に復讐するためにタレコミをするが、男たちに知れるのが怖いので、名前は明かしたくないと言えばいい」

「わたし、嘘がほんとうに下手なの」

ヴァランダーは急に腹が立った。

「それじゃ、上手になることだ。このミケリスという男は、われわれが記録保存庫に近づける唯一の可能性なんです。私には一つ計画がある。うまく行くかもしれない。あなたがほかのアイディアを思いつきでもしないかぎり、われわれの望みはこれしかないんです」

彼はベッドから立ち上がった。

「これからリガに戻ります。車の中で計画を話しますよ」

「カルリスの遺書をミケリスに探させるのですか？」

「いや、ミケリスではない」ヴァランダーの顔が引き締まった。「それは私がやる。ミケリスには警察本部に潜り込む手伝いをしてもらうのです」

彼らはリガに戻った。バイバは郵便局から電話をかけた。うまく嘘がつけたようだった。

それから彼らは市場に向かった。バイバは巨大な格納庫のような市場まで来ると、ヴァランダーに魚屋の前で待っているように言った。バイバが人混みの中に消えるのを見送りながら、ヴァランダーは二度と彼女に会えないのではないかと不安になった。彼女はミケリスを呼び出したのだった。彼らは市場の露店のまわりを歩き、食肉を眺めながら話をする。バイバはミケリスに銀行強盗も米ドルの話も嘘だと話すつもりだった。リガに戻ってくる車の中で、ヴァランダーはバイバに、ためらわず単刀直入にすべてを正直に話すこと、いまとなってはほかの手だてはないのだから、一か八か賭けてみるよりほかはないのだと教えた。

「ミケリスはあなたを捕まえるか、協力するか、どちらかしかない。あなたがためらったら、きっと彼は自分に仕掛けられた罠かもしれないと思うだろう。彼の忠誠心を疑う上司が彼を試そうとしているのだと思うかもしれない。彼があなたの顔を知らなかったら、リエパ中佐の妻であることを示すものが必要だ。いいですか、私の言うとおりにするのですよ」

約一時間後、バイバが戻ってきた。ヴァランダーはその顔を見てすぐに、成功したことがわかった。

バイバの顔がうれしさで輝いていた。ヴァランダーは改めて彼女の美しさに目を奪われた。バイバは小声で、ミケリスはとてもおびえていたとヴァランダーに言った。警察官としてのキャリア全部を失いかねない、もしかすると命さえも危険にさらすことになるかもしれないとわかったからだ。だが同時に、彼女はミケリスがほっとしているようにも感じた。

「彼はわたしたちの味方よ。カルリスの目に狂いはなかったわ」

ヴァランダーが計画を実行に移すまでにはまだ数時間あった。時間をつぶすために、彼らは町をぶらつき、待ち合わせの場所を二カ所決め、それから彼女が教えている大学の構内に入った。エチルアルコールの臭う誰もいない生物学教室で、カモメの骨の標本が入っているガラス棚に頭をもたせかけて、ヴァランダーは居眠りした。バイバは窓枠に足を抱えて座り込み、外を眺めて考え込んだ。疲れ切った無言の待ち時間が過ぎていった。

夜八時少し前、彼らは生物学教室の前で別れた。バイバは教室の電気やドアの点検をして回る警備員に、建物の裏口の照明をちょっとの間消すように頼んだ。

裏口の照明が消えたとき、ヴァランダーは静かに外に出た。暗い公園をバイバが指さした方向へ走った。息を整えるために立ち止まったころには、すでに大学からかなり離れたところまで来ていて、ヴァランダーは犬たちの目をごまかせたと思った。彼らはまだ大学を見張っているにちがいない。

警察本部の近くの教会塔が九時を知らせたとき、ヴァランダーは警察本部の一般人用入り口から建物の中に入った。バイバはミケリスの顔を詳しく説明してくれた。彼を見つけたとき、一瞬ヴァランダーはその若さに驚いた。ミケリスはカウンターの後ろに立って待っていた。どのような理由を見つけてそこにいることを正当化したのだろう、とヴァランダーは思った。しかし、とにかくミケリスに近づくと、予定どおりの芝居を始めた。自分はリガに観光にきた者だが、人通りの多い町のど真ん中で盗難にあったと英語でまくし立てたのである。盗られたのは金だけではない。大事なパスポートまで盗まれてしまった、どうしてくれると、ヴァランダーは大声で警察官にわめき立てた。

芝居を始めてから、急に彼は不安になった。バイバにミケリスは英語ができるかどうか、聞いてもらうのを忘れたのである。ミケリスが英語を話さなかったらどうしよう。そうだったら、彼は誰か英語のわかる者を呼ぶよりほかなくなる。そんなことになったら、すべてはおしまいだ。

しかし、ありがたいことにミケリスは少し英語が話せた。リエパ中佐よりも上手なくらいだった。そして、ほかの警官が面倒な英語の観光客の世話をミケリスに代わって引き受けようとして近づいてくると、うるさそうに手を振って追い払った。ミケリスは話を聞くふりをして、入り口の隣の部屋に案内した。他の警察官は興味を示しはしたが、ヴァランダーを怪しんで警鐘を鳴らすような者はいなかった。

　取調室は寒く、暖房が入っていなかった。ヴァランダーがいすに腰を下ろすと、ミケリスは真剣な顔で彼を見つめた。

「十時に夜番の警官がやってきます。まず、盗難にあったという届けを作りましょう。犯人たちの特徴を作り上げて、警察から車を一台、町の中心街に送り込むのです。いまからちょうど一時間あります」

　ヴァランダーが予測したとおり、記録保存庫は途方もなく広い部屋であることがわかった。建物の地下に位置していて、その広大な部屋の無数の棚から特定の記録文書を探し出すなどということは、藁《わら》の山から針を探し出すのに等しい。バイバの名前が表記されたファイルになんらかの工夫がされているにちがいないという推測が当たっていなかったら、絶体絶命だ。希望はない。

　ミケリスはヴァランダーに建物内の地図を渡して説明した。記録保存庫に行くには、鍵のかかった三つのドアを通らなければならない。ミケリスはヴァランダーに鍵を渡した。地下にある三番目のドアの前には番人がいる。十時半ちょうどにミケリスは電話をかけてその番人をおびき出す。一時間後の十一時半、ミケリスは地下に来て、番人に用事を持ちかける。そのすきにヴァランダーは記録保存庫を出る。そのあとは自力で外に出なければならない。もし出口への廊下で誰かに見つかっても、ミケリスは助けることができない。

　ヴァランダーはミケリスを全面的に信じなければならなかった。できるか？

ヴァランダーは心の中でこの問いかけをし、答えは一つしかないと思った。ミケリスにすべてをまかせるのだ。それ以外、なにも手だてはない。彼はバイバに、ミケリスに会って記録保存庫に彼を案内する手助けをしてほしいと頼めと言ったが、彼女がミケリスにそれ以上になにを言ったかわからない。いまの状況では、言葉の上でも立場上も、彼は外国人なのだった。

三十分後、ミケリスは取調室を出た。盗難にあったイギリス人スティーブンズの依頼を受けてパトロール警官を中心街に送り出すためである。名前は適当にヴァランダーが考えついたものだった。ミケリスは犯人たちの外見として、ラトヴィア人なら誰にでも当てはまるような一般的な特徴を書き込んだ。その特徴の一つはミケリスにも当てはまるとヴァランダーは思った。強盗事件はエスプラナーデン大通り付近で起きたことにした。被害者のスティーブンズはまだ興奮状態でいっしょに現場へ行ける状態ではないということになった。ミケリスが戻ってきて、二人はふたたび建物内の地図を見て記録保存庫までの道を確認した。大佐たちの部屋の前を通らなければならなかった。前回リガに来たとき彼自身その廊下に面した部屋を自分の部屋として使っていた。ヴァランダーは体が震えた。大佐たちは部屋にいるかもしれない。どっちの大佐がイネセたちを殺すように命令したのだろう。プトニスか、それともムルニエースか？　中佐の書き残したものを探し出せと犬を放ったのはどっちだろう？

夜番の交代時間が迫ったとき、ヴァランダーは緊張のため腹の具合が悪くなったことに気づいた。トイレに行きたかったが、もう時間がなかった。ミケリスはドアの隙間から廊下を見て、ヴァランダーにいまだと教えた。ヴァランダーは建物内の地図を頭にたたき込み、失敗は許されないと思った。もし道に迷ったら、ミケリスが最後のドアの前にいる番人を誘い出す電話の時間に間に合わなくなる。

　警察本部には人けがなかった。ヴァランダーは足音を立てないように廊下を渡った。廊下に面した部屋のドアが突然開いて、銃口が向けられるかもしれないと覚悟していた。階段を下りた。がらんとした廊下に足音が響いた。ここは迷路だ。このまま永遠に姿を消してもおかしくないところだと彼は思った。階段を数えて下りながら、記録保存庫は地下のどれほどの深さのところにあるのだろうと思った。そしてとうとう番人がいる近くまで来た。時計を見て、あと二、三分でミケリスが電話をかけてくる時間であることを確かめた。彼は身じろぎもせずその場に立った。完全な静寂が彼を不安にした。やはり道に迷ったのだろうか？

　そのとき静けさを破る電話の音が響き、彼は安堵の息を吐き出した。近くの廊下から足音が聞こえた。その音が遠ざかるのを待って彼は飛び出し、記録保存庫のドアまで走り、ミケリスから預かった鍵で二つの鍵を開けて中に入った。

　ヴァランダーは電気のブレーカーの位置を教えてもらっていた。真っ暗な室内を壁づたいに指で触りながら歩き、ブレーカーの位置まで来た。ミケリスによれば記録保存庫のドアは完全に密閉するので、廊下に光が漏れて番人に気づかれることはないとのことだった。

　ヴァランダーはいま巨大な地下格納庫にいるような気がした。記録保存庫がこれほど大きいとは想像していなかった。一瞬、彼は膨大な数のホルダーが並んでいる棚やファイルキャビネットに圧倒されて立ちすくんだ。ここが〝悪の部屋〟だ、と彼は思った。中佐はいつか爆発することを望んで爆弾をこの部屋に隠した。そのとき彼はなにを考えたのだろう。

ヴァランダーはふたたび時計を見た。時間がない。ぼんやりと中佐のことを考えたりしたことが悔やまれた。同時にこれ以上、腹の具合を我慢することはできないと思った。この部屋のどこかにトイレがあるにちがいない。問題はそこまで間に合うかだ。

ミケリスが教えてくれた方向に歩き出した。ミケリスはまた、保管されているホルダーがどれも一見まったく区別がつかないほどよく似ていることを注意してくれた。彼は腹の具合ばかりが気になって、注意力が散漫になっていることに苛立った。と同時に、すぐにもトイレを見つけないと大変なことになると思った。

突然彼は立ち止まり、あたりを見回した。間違っていることに気がついた。来すぎてしまったのか？ それともミケリスの描いてくれた地図のどこか間違ったところで曲がったのか？ 彼は引き返し始めた。急に自分のいる位置がわからなくなった。パニックが襲ってきた。時計を見ると、あと四十二分しかない。もうこの時間には地図どおりに歩いて正しいところにいなければならないはずだ。彼は舌打ちした。ミケリスの地図が間違っていたのか？ なぜ道がわからないのだ？ 初めからやり直すよりほかはない。彼は棚と棚の間を入り口に向かって走り出した。慌てたあまり、金属製のくずかごを蹴り飛ばしてしまった。くずかごがファイルキャビネットにぶち当たった音が、部屋中に鳴り響いた。番人に聞こえたか？ この音は部屋のドアの外にまで漏れたにちがいない。彼は立ち止まって耳を澄ました。だが、ドアを開ける音は聞こえなかった。そのとき、彼はもう我慢できなくなった。ズボンを下ろしてくずかごの上に腰を下ろして腹を空にした。非常事態だからしようがない。彼は近くのホルダーの中の紙を一枚引き裂いて、尻を拭いた。そしてふたたび探し始めた。

今度こそ正しい場所を探し出さなければならない。心の中でリードベリの助けを請うた。部屋の中央の棚の列と横の棚のスペースを数えていった。そしてやっと正しい場所にたどり着いたとわかった。しかし時間がかかりすぎた。残り時間は三十分。この間に中佐の書き残したものを探し出さなければならない。とても間に合わないと思った。彼は探し始めた。ミケリスは記録保存庫のシステムを詳しく説明することができなかった。ここからはヴァランダーが自分で見つけるよりほかなかった。記録はアルファベット順で保管されてはいなかった。まず大まかなセクションがあり、その下にまた分野別のセクション、そしてさらに細かい分類があるようだった。ここに〝不忠誠な者たち〟がいるのだ、とヴァランダーは思った。ここにいるのはみんな監視され暴力で排除された者たちだ。祖国の裏切り者と指名され宣告された者たちだ。こんなに大勢いるのだ。この中からバイバのホルダーを見つけることなどとてもできそうにない。

彼は記録保存庫のシステムの神経中枢に入り込もうとした。ここのどこかにトランプのジョーカーのように中佐の書き残したものが差し込まれているにちがいないのだ。しかし、時間が猛スピードで過ぎていく。彼は色のちがうホルダーを探しながら、落ち着け、落ち着くんだと自分に言い聞かせた。

記録保存庫をあと十分で出なければならないときになっても、まだバイバのホルダーは見つからなかった。まったく見当もつかなかった。ここまで来たのに、結局失敗に終わるのだという気持ちが強くなってくる。組織的に探す時間はもはやなかった。いまできるのは出発点に戻って、もう一度最初から、今度は直感を頼りにやり直すことだった。しかし、世界中、どこの記録保存庫といえども、直感に基づいて作られているところはないはずだった。もはやこれまで。失敗だと彼は観念した。中佐は賢い人だった。イースタ警察の警官クルト・ヴァランダーには賢すぎた。

どこだ？　いったいどこにあるんだ？　もしこの記録保存庫がトランプだとしたら、どこに変わったカードがあるんだ？　横棚か、それとも中央か？

彼は中央を選んだ。棚の中のホルダーの茶色の背を手で撫でていった。突然、その中に青いホルダーがあった。そのホルダーの前後の茶色のホルダーを取り出した。一つはレオナルド・ブルームの名前が、もう一つはバイバ・カルンの名前が背表紙に記されていた。一瞬、彼は体を硬直させた。だが次の瞬間、バイバ・カルンとはバイバの結婚前の名前にちがいないと思った。まだ棚に残っていた青いホルダーを取り出した。ホルダーの背には名前も記録番号も記されていない。それを調べているひまはなかった。時間が迫っていた。彼は青いホルダーを手に出口まで走り、電気を消し、外に出て鍵をかけた。番人はいなかった。ミケリスの計画によれば、いつ帰ってきてもおかしくなかった。ヴァランダーは廊下を急いだ。そのとき、別の廊下から足音が聞こえた。番人が帰ってきたのだ。この退却路はもはや使えない。ヴァランダーはミケリスの描いてくれた地図ではなく、自分で外に出る道を探さなければならないと思った。

彼は静かに番人の足音が遠ざかるのを待った。足音が消えたとき、いまいる地下から地上に出ることに決めた。階段を探し当て、下りたときと同じ段数を上がった。一階に着くと、そこはまったく見覚えのないところだった。とりあえず、彼は人けのない廊下を歩き始めた。

その男は廊下でたばこを吸っていた。足音を聞き、靴の底でたばこを消すと、こんなに夜遅くまで働いているのは誰かと不審に思ったにちがいない。ヴァランダーが角を曲がったとき、男はわずか数メートルのところにいた。制服の上のボタンが外れていた。男は四十代で、青いホルダーを手に現れたヴァランダーを見ると、すぐに部外者と見て取った。ピストルを抜くと、ラトヴィア語で叫んだ。ヴァランダーは言葉の意味はわからなかったが、両手を頭の上に挙げた。男は大声で何か言いながら近づいてきた。その銃口はずっとヴァランダーの胸に向けられていた。ヴァランダーは床に膝をつけと言われているとわかった。両手を頭の上に上げたまま、彼は命令に従った。もはや逃げ道はない。捕まってしまった。まもなく大佐たちがやってきて、中佐の遺書が入っている青いホルダーは取り上げられてしまうだろう。

男はまだヴァランダーにピストルを向けたままなにやら叫んでいた。いまやすっかり恐怖に駆られたヴァランダーは、廊下でひざまずいたまま、ただ英語で叫び返すことしか思いつかなかった。

「誤解です！　間違わないでください、私も警官なのです！」

もちろん、誤解ではないのだ。警官はヴァランダーに両手を頭に当てたまま立てと命令すると、背中にピストルを突きつけて、歩けと促した。

エレベーターの前で、チャンスが到来した。ヴァランダーはそのころにはすでに観念していた。捕まってしまった。逃げようがない。抵抗しても無駄だ。この警官は迷いなく引き金を引くだろう、と覚悟を決めた。しかし、エレベーターを待っているとき、警官は一瞬たばこに火をつけるためにヴァランダーから目を離した。ヴァランダーはその一瞬を見逃さなかった。青いホルダーを警官の足元に投げると、渾身の力で警官の首根を叩いた。手の骨がガキッと折れるような音がして、猛烈な痛みが走った。と同時に警官は床に倒れ、ピストルが石の床に落ちて反響した。ヴァランダーは男が死んだのか、あるいは意識を失っただけなのか、わからなかった。手が飛び上がるほどに痛かった。床からホルダーを拾い上げると、エレベーターに乗るのはまずいと思い、あたりを見回した。窓から見える暗い庭は警察本部の建物の裏庭ではないか。一瞬のうちに、彼は自分のいる位置は大佐たちの部屋が面している廊下の反対側にちがいないと推測した。床の上の男が低くうめいた。もう一度この男が意識を失うまで殴りつける自信はなかった。彼はエレベーターを離れ、廊下を歩き出した。出口を見つけなければならないと焦った。

またもや彼は運が良かった。警察本部の食堂に出たのだ。そして厨房から外に出られる裏口を見つけた。幸いそのドアには鍵がかかっていなかった。彼は外に出た。手が猛烈に痛み、腫れ上がっていた。

バイバと申し合わせた最初の待ち合わせ時間は夜中の十二時半だった。ヴァランダーはエスプラナード公園へ行き、いまはプラネタリウムに改造されている古い教会の暗がりで待った。

高くて冷たいリンデンの木が静かに彼を取り囲んでいた。だが、バイバは来なかった。手の痛みは我慢できないほどになった。一時十五分を過ぎたとき、ヴァランダーは彼女の身になにかが起きたのだと確信した。これ以上待っても、彼女は来ないだろう。心配が胸を締めつける。銃で撃たれたイネセの顔がまたもや網膜に浮かんだ。いったいなにが起きたのだろう。

犬たちと指令者は、ヴァランダーが人目を避けて大学から抜け出したことに気がついたのだろうか？　もしそうだったら、バイバをどうしたのだろう？　その問いを最後まで考えることができなかった。彼は当てもなく公園をあとにした。手が痛くてじっとしていられなかった。軍隊のジープが通ったときだけ、彼は建物の陰に身を隠した。そのあと、警察の車が彼の歩いている道を通った。そのときもまた彼は物陰に隠れた。中佐の書き残したものが入っているホルダーはシャツの中に隠した。ホルダーの角が肋骨にあたって痛い。今晩はどこで過ごしたらいいのだろう。気温が下がり、彼は寒さで震えた。バイバと決めたもう一つの待ち合わせ場所はセントラル・デパートの四階だった。しかし待ち合わせの時間は翌日の朝十時だったので、彼はそれまで七時間以上どこかで過ごさなければならなかった。路上で過ごすことはできなかった。病院へ行って手を診てもらうべきだと思った。骨が折れているかもしれない。しかし、中佐の遺書を持っているいま、とても病院には行けなかった。スウェーデン外務省の出先機関に一泊させてもらえるかもしれないとも思った。もしそういったものがほんとうにリガにあるのならば。しかしその考えはとうてい実行できるものではなかった。リガに非合法にやってきたスウェーデン人警官は、すぐに警護付きでスウェーデンに送り返されるのではないか？　そのリスクを冒すわけにはいかなかった。

不安を抱いたまま、彼はこの二日間使ってきた車に行ってみることにした。しかし、乗り捨てたところまで来てみると、車はなかった。一瞬、手の痛さのために集中できなくなっているのかもしれない、記憶違いかもしれない、と思った。ほんとうにここに車を乗り捨てたのだろうか？　だが、間違いなかった。彼はあの車がいま犬たちの手でバラバラに分解されているのを想像した。大佐は、車の中の目に見えない空間にリエパ中佐の遺書が隠されているのではないかと疑い、徹底的に調べさせているかもしれない。

今晩、どこで過ごしたらいいのだろう？　突然、激しい怒りが彼の胸を突き上げた。おれはいま敵地の奥深くにいる。目に見えない指令者に従う犬どもに囲まれている。死体となった自分を氷の張った港に投げ出すか、人けのない山奥に捨てるか、何なりと命令どおり動く連中だ。彼はスウェーデンが恋しかった。原始的な、確かな思いだった。いまラトヴィアの町で泊まるところもなく夜を過ごすに至ったもともとの原因、男二人の死体を乗せてスウェーデンの海岸に漂流した救命ボートのことなど、はるか昔のぼんやりとした記憶になっていた。ほんとうにそんなことがあったのかさえも疑わしくなっていた。

ほかに行きどころもなく、彼は人けのない通りを、以前一泊したホテルに向かって歩き出した。しかし、呼び鈴を押しても、ホテルの扉は閉まっていて、建物の中にも明かりは見えなかった。手の痛みのために、すぐにでもどこか暖かいところに入らなければ、もうじき意識を失うことになるかもしれない気がした。彼はそのまま次のホテルに行った。しかし、そこもまた閉まっていて、呼び鈴に応える者はいなかった。しかし三番目のホテルで、そこは前の二つよりもっとみすぼらしく、客が泊まっているとは思えないようなところだったが、入り口の扉は閉まっていなかった。中に入ると、受付で男が一人テーブルにうつぶせになって眠っていた。足元には半分残っている強い酒の瓶が転がっていた。ヴァランダーは男を揺り起こしてプロイスからもらったパスポートを見せ、部屋の鍵を受け取った。それから酒の瓶を指さしてスウェーデンの百クローネ紙幣を一枚カウンターに置くと、瓶をもって部屋に行った。

部屋は狭かった。閉め切った部屋の臭いがし、たばこの臭いが壁紙にしみこんでいた。ヴァランダーはベッドの端に腰を下ろすと、瓶から直接酒を飲んだ。ゆっくりと体に血が巡り始めた。それから上着を脱ぐと、洗面台に冷たい水を張って、腫れ上がった手を水に浸けた。痛みが少しずつ薄らいでいった。この分では一晩中こうやっていなければならないだろうと思った。ときどき瓶を持ち上げて酒を飲み、バイバになにが起きたのかと考えては不安になった。

シャツの中から中佐の青いホルダーを取り出し、空いているほうの手で表紙を開いた。五十枚のタイプされた紙が綴じられていた。中に数枚、コピーされて少しぼやけたものもあった。だが、残念ながら写真はなかった。すべてラトヴィア語で書かれていたので、ヴァランダーは何一つ理解できなかった。九枚目から、ムルニエースとプトニスの名前が繰り返し出てきた。ときどき同じ行に並んで出てくることもあれば、別個に出てくることもあった。しかし、リエパ中佐は大佐二人ともを犯罪者として記しているのか、あるいはどちらか一人を指摘しているのか、ヴァランダーにはわからなかった。秘密の文書をなんとか解読しようとしたが、無理だったｰホルダーを床に置くと、ふたたび冷たい水を洗面台に溜めて手を入れ、台の端に頭をもたせかけて休んだ。時計は四時を示していた。彼はそのまま眠りに落ちた。はっと気がつくと、その形で十分も眠っていた。手はふたたび痛み出した。冷たい水ももはや役に立たなかった。彼は瓶の底に残っていた最後の酒を飲み干し、タオルを濡らして手に巻き付けてベッドに横たわった。

もしバイバがデパートにも現れなかったらどうするか。

この勝負はおれの負けだ、という気持ちが彼の胸に広がった。

そのまま夜が明けるまで、彼は横たわっていた。

天気はふたたび変わったようだ。

18

目を覚ましたとき、ヴァランダーは本能的に危険を感知した。朝七時ちょっと前だった。暗い部屋の中で彼は身動きせずにそのままベッドで外の音に耳を澄ました。それから、危険はドアの外にあるのでも部屋の中にあるのでもなく、彼の心の中にあるのだと気がついた。それは、まだすべての石を裏返しにして、その下に隠れているものを確かめたわけではないという警報だった。

手の痛みは薄らいでいた。慎重に指を動かしてみた。まだ指を見る勇気はなかった。痛みはたちまち戻った。数時間以内に医者に治療してもらわなければ、動かなくなるだろうと思った。ヴァランダーはひどく疲れていた。眠りに落ちる前に、彼は自分の負けだと思った。大佐たちは強力だった。状況に立ち向かう彼自身の能力は常に彼らにかなわなかった。だが、いま数時間の眠りから目覚めてみると、彼は大佐たちに負けただけでなく、疲れにも負けてしまったことに気づいた。彼は自分の判断能力を疑った。そしてそれは長い間満足に眠っていないことが原因だと思った。

目が覚めたときに感じた危険が切迫しているという感じを分析してみようとした。なにか見落としたものがあるのか？　考えの中で、そして関連性をはっきりさせようとする試みの中の、どこで間違いを犯したのだろう？　いまだ見落としているものがあるとすれば、それはいったいなにか？　そしてまた、彼は自分の直感を無視することもできなかった。もうろうとしたいまの状態で、唯一彼に方向を与えることができるのが、本能的な感覚、直感だった。

まだ自分に見えないものがあるのだ。なんだろう？　彼はゆっくりベッドの上に起き上がった。まだ問いに対する答えは浮かばなかった。それから嫌々ながら、腫れ上がった自分の手を見た。そして洗面台に冷たい水を張った。まず顔を浸け、それから震える手を水に入れた。数分後、彼は窓辺に行ってカーテンを開けた。亜炭《あたん》の臭いが強く鼻を突いた。あちこちに教会の塔が見える町で湿った夜明けが始まった。彼は人々が急ぎ足で道を歩く姿を見ながら、なにを見落としたのだろうという問いに答えられないまま、その場に立ちすくんだ。

彼は部屋を出て、受付で勘定を払い、外の人々の中に紛れ込んだ。

前に覚えた名前も思い出せない公園まで来て、彼は急にリガが犬の町であることに気がついた。彼を追跡している目に見えない犬たちのことだけではない。現実に人々が散歩させたり遊んだりしている、ふつうの犬が非常に多いのだ。公園を横切って歩いていたとき、彼は二匹の犬が吠え立てて喧嘩している場面に出くわした。一方はシェパードで、もう一方は雑種だった。最初飼い主たちは犬を離れさせようとしたり、叱りつけたりしていたが、突然相手に向かってくってかかるような口調になった。シェパードの飼い主は年取った男性で、もう一方の雑種の飼い主は三十代の女性だった。ヴァランダーは犬の喧嘩は代理戦争なのだと思った。この国では犬の喧嘩のように反対勢力が争っているのだ。犬も人間も闘っている。そして結果はまったく予測できないのだ。

彼はセントラル・デパートに開店時間の十時ちょうどに着いた。青いホルダーがシャツの中で熱く燃えていた。本能的に彼はそのホルダーを一時的にどこかに隠すべきだと思った。

ホテルを出てからその時間まで、彼は町をうろついた。自分のまわりをよく観察するだけの十分な時間があった。いまや大佐の手先の犬たちに囲まれていることははっきりとわかっていた。犬の数は多くなっているようだった。嵐の前の静けさだと感じた。デパートに入ると、パンフレットを読むようなふりをして顧客サービスのカウンターをうかがった。そこでは客が鞄や袋類を預けていた。カウンターは角にしつらえてあった。前回に来たときの記憶どおりだった。それから両替のカウンターへ行った。外国通貨の両替専門のカウンターだ。スウェーデンの百クローネ札を出すと、山のようにラトヴィア紙幣が返された。そこからレコード類の売場まで上がった。ヴェルディのレコードを二枚買った。レコードの大きさがホルダーとほぼ同じであることを目で確認した。レジで勘定を払いレコードをビニール袋に入れてもらっているとき、彼はジャズレコードの棚を熱心そうに見ている追跡者の一人の姿に気がついた。そこからまた一階の顧客サービスカウンターに戻った。客が大勢集まるのを見計らい、隅のコーナーへ行ってシャツの中からホルダーを出し、二枚のレコードの間に差し込んだ。片手しか使えなかったが、すばやくできた。袋をサービスカウンターに預けると、預かり札をもらい、その場を離れた。追跡者たちはデパートの一階正面玄関近くに散らばっていたが、ヴァランダーはホルダーを手元から離したことは絶対に彼らに見られていないという確信があった。もちろん、預けた袋を調べられるという可能性はある。だが、彼らの目の前でレコードを買ったのを見ているから、その確率は低いだろうと彼は思った。

ヴァランダーは腕時計を見た。第二の待ち合わせ場所にバイバが現れるまであと十分しかない。不安はあったが、ホルダーを預けたいま、彼はさっきよりは少し落ち着いていた。家具売場のある階まで上がった。まだデパートが開いたばかりなのに、すでにたくさんの客がいて、ソファやベッドなどを、あきらめや羨望の表情で見ていた。ヴァランダーは台所用品のコーナーへ行った。時間より早く待ち合わせの場所に行きたくなかった。ちょうどぴったりの時間に行きたかった。照明器具の売場で時間をつぶすことにした。待ち合わせ場所はレンジと冷蔵庫の売場だった。製品はすべてソヴィエト製だった。

待ち合わせの場所に来たとき、彼はすぐにバイバを見つけた。彼女はレンジを見ていた。ヴァランダーはそれに三つしか口がないことに目を留めた。そのとき、なにかがおかしいと気づいた。バイバになにかが起きたのだ。今朝目が覚めたときに予感したなにかが。不安が大きくなり、彼の五感が鋭敏になった。

バイバの目がヴァランダーをとらえた。彼にほほえみかけたその目に恐怖が浮かんでいた。ヴァランダーはまっすぐ彼女に向かった。追跡者たちの場所を確認しているひまはなかった。彼の注意力はすべてバイバになにが起きたのかを知ることに集中した。彼女のそばに立つと、二人はそろって新品の冷蔵庫に目を向けた。

「なにが起きたんです？　肝心なことだけ言ってください。時間がない」

「なにも」とバイバは答えた。「監視の目があって昨日は大学を抜け出せなかっただけです」

なぜ嘘をつく？　彼の頭の中で疑問が渦巻いた。嘘だと見抜けないほど上手に嘘をつくのはなぜだ？

「ホルダーは見つかったの？」彼女が訊いた。

ほんとうのことを言うことがためらわれた。が、彼は急にこの嘘のゲームに加わるのが嫌になった。

「ええ。ホルダーは手に入った。ミケリスは信用できましたよ」

バイバはすばやく彼に目をやった。

「わたしにそれを渡して。いい隠し場所があるわ」

これを言っているのはもはやバイバではないことがはっきりわかった。脅しを受けた彼女の恐怖心が言わせているのだ。

「いったいなにが起きたのです？」彼はふたたび訊いた。今度は答えを迫る語調で、怒りも込められていた。

「なにも」とまた彼女は答えた。

「嘘をつくんじゃない」と言った彼の声は、自ずと高く鋭いものになっていた。「ホルダーはあなたに渡すつもりです。だが、もし渡さなかったらどうなるんです？」

ヴァランダーは、彼女はもう限界だとわかった。いま倒れるんじゃないぞ、と彼は心の中で叫んだ。まだこっちのほうが優位に立っている。おれが中佐の遺言を手に入れたと彼らが確実に知るまでは。

「ウピティスが死にます」バイバがささやいた。

「脅しているのは誰だ？」

彼女は拒絶するように首を振った。

「言うんだ。あなたが言ったところで、ウピティスの状況は変わらない」

彼女は目を大きく開いた。信じられないようだ。ヴァランダーは彼女の腕を取って揺すった。

「誰だ？　いったい誰なんだ？」

「スィズ軍曹です」

ヴァランダーは彼女の腕を放した。答えを聞いて彼はかっとなった。陰の指令者は大佐二人のうちのどっちなのか、結局最後まで知ることはできないのか？　陰謀の奥の間はどこにあるのだ？

突然、追跡者たちが囲いの輪を狭め始めた。ヴァランダーが中佐の遺言を持っていると確信したのにちがいない。ヴァランダーはバイバの腕を取ると、前後も見ずに一気に階段に向かって走り出した。最初に死ぬのはウピティスではない。いま逃げなければ、おれたちがまず血祭りにあげられる。

二人が突然逃げ出したのを見て追跡者たちは慌てた。しかし、ヴァランダーはがむしゃらにバイバを引っ張って階段を駆け下りた。逃げ遅れた客にぶつかりながら、菓子の売店コーナーに突入した。売り子も客も彼らの突然の出現を呆然として見ていた。ヴァランダーは自分の足につまずいて、背広のスタンドにどっと倒れ込んだ。背広の上着につかまって立ち上がった瞬間、今度はスタンド全体がどっと彼の上に倒れてきた。それを痛めた手のほうで受け止めたため、まるでナイフで刺されたような痛みが走った。デパートの警備員が走りよって彼を捕まえようとした。だが、いまヴァランダーはなりふりかまわず怪我をしていないほうの手で警備員の顔を真っ正面から殴ると、バイバの手を引っ張ってデパートの非常口か裏階段を探して走り出した。追跡者たちはすぐ近くまで来ていた。彼らはもはや隠れてはいなかった。ヴァランダーはドアというドアを引っ張って開けようとしたがどれも鍵がかかっていた。だがひとつだけ斜に開いているドアがあって、彼らは裏階段に出た。早くも下から人声がした。二人を追って上がってくるのだ。もはや、階段を上るしか逃げ道はなかった。

ヴァランダーは防火扉を開けて屋上に出た。屋上の床は砂利だった。逃げ延びる先を求めて、彼は屋上を見回した。なにもない。彼らは完全に追いつめられてしまった。彼はバイバの手を握って立ちすくんだ。いまはもう追っ手が現れるのを待つしかない。いま、ここに現れる人物こそリエパ中佐を殺害したほうの大佐だ。灰色の防火扉の後ろからついに真実が現れるのだ。ヴァランダーはここにいたって、自分の推測が正しいかどうかなど、どうでもいいような気がした。

しかし、それでも、扉が開いてプトニス大佐が武装した部下といっしょに姿を現したとき、ヴァランダーは自分が間違っていたことにショックを受けた。ヴァランダーは、暗闇から指令を出していた怪物はムルニエース大佐であると思い込んでいたのである。

プトニスはゆっくりと彼らに近づいた。顔の表情は硬かった。ヴァランダーはバイバの爪が手に食い込むのを感じた。まさかここで部下にわれわれを撃てと命令はしないだろう、とヴァランダーは思った。いや、もしかすると、そうするかもしれない。イネセとその仲間たちのことを思った。突然、恐怖が襲ってきて、全身がわなわなと震え出した。

そのときプトニスの顔に笑いが浮かんだ。次にヴァランダーは、それが獰猛な山猫ではなく、大きな友情を見せて笑っている人間なのだとわかった。

「そんなにむずかしい顔をしなくてもいいですよ、ミスター・ヴァランダー。この混乱の後ろに立っているのが私だと思っているようですね。いや、しかし、あなたは護衛するのがじつにむずかしい人だ」

一瞬、ヴァランダーの頭は真っ白になった。それから、彼はやっぱり自分が正しかったのだ、自分が探していた悪の元凶はプトニスではなくムルニエースだったのだとわかった。さらに敵にも敵がいるのではないかと推量したこともまた正しかったのだと思った。急にすべてがはっきりした。彼の判断は間違っていなかったのだ。彼は左手を差し出してプトニスと握手した。

「ちょっと変わった場所での再会になりましたね」プトニスが笑った。「しかしあなたは人を驚かすのがお好きな人と見える。国境警備員に見つからずにどのようにしてラトヴィアに入り込んだのかと私は驚きましたよ」

「それは自分でもわかりません」ヴァランダーが答えた。「複雑で長い道のりでしたよ」

プトニスは心配そうにヴァランダーの手を見た。

「少しでも早く医者に見せるといい」

ヴァランダーはそれにうなずき、バイバに笑いかけた。彼女はまだ緊張していた。いまなにが起きているのかよく把握できないようだった。

「ムルニエース」ヴァランダーが言った。「つまり彼なのですね？」

プトニスはうなずいた。

「リエパ中佐の疑いは正しかったのです」

「私にはわからないことばかりですよ」ヴァランダーが言った。

「ムルニエース大佐はじつに頭のいい人間です」プトニスは言った。「確かに彼は悪人です。残念なことに、これは残酷な人間に優秀な頭脳が宿った例のひとつなのです」

「ほんとうですか？」バイバが急に訊いた。「夫を殺したのは、ムルニエース大佐なのですか？」

「大佐自身が手を下したのではない」プトニスが言った。「実際に殺害したのは彼の忠実な部下のスィズ軍曹でしょう」

「私の運転手をしてくれた軍曹」ヴァランダーが言った。「あのスィズ軍曹だったとは。倉庫でイネセとその仲間たちを殺したのも彼だった」

プトニスがうなずいた。

「ムルニエース大佐は決してラトヴィアを好きにはなれなかったのですよ」プトニスが言った。「確かに彼は警官として政治的な世界とは一線を画していましたが、心の中では熱狂的な旧体制の支持者でした。彼にとっての神はいつもクレムリンに座しているのです。クレムリンのバックアップがあるので、彼は誰にも邪魔されずに犯罪者と手を組み、好き勝手なことができたのです。リエパ中佐に疑われて、ムルニエース大佐は疑いの目が私のほうにかかるような工作をしました。じつを言うと、私自身は、かなり時間が経ってからこのことを知ったのです。だが、そのまま気づかない振りをして、様子を見ることに決めたのですよ」

「それでも私にはよくわからない」ヴァランダーが言った。「もっと大きな企てがあったのではないですか？　リエパ中佐は陰謀という言葉を使っていた。それがわかればこの国で実際にどのようなことが起きているのか、ヨーロッパ全体が知るようになると言っていました」

プトニスはなるほど、と言うようにうなずいた。

「もちろん、もっと大きな企てはあった。自分が手に入れたものを守るためならどんな残酷な手段も辞さないという腐敗した警察の高官にとって、なにかもっと大きな計画が。それは悪魔的な筋書きだった。それをリエパ中佐が見抜いたのです」

ヴァランダーは震えた。彼はまだバイバの手を握って立っていた。武装したプトニスの部下たちは下がって防火扉のそばで待っている。

「全体がじつに巧妙に企てられている」プトニスが言った。「ムルニエースは一つの計画を考えついたのです。そしてまもなく彼はそのアイディアでクレムリンとラトヴィアの指導者層の仲を取り持った。ムルニエースはその計画が実現すれば一石二鳥だと思ったのですよ」

「壁のなくなったヨーロッパを利用するということですね。それも組織的な麻薬取引で金を儲けるために」ヴァランダーが言った。「その対象の一つがスウェーデンだった。しかし、同時に麻薬取引とラトヴィアの愛国運動を結びつけ、国際的に信用をなくさせることに利用した。そういうことですか？」

プトニスはうなずいた。

「私は最初からあなたは頭の切れる警察官だと思っていました。分析にすぐれ、辛抱強い。ムルニエースはまさにいまあなたが分析したとおりの計画を立てたのです。麻薬取引の罪を祖国ラトヴィアの自由化運動にかぶせたのです。スウェーデンでさえ、世論は劇的に変わるでしょう。ラトヴィアを支えれば見返りとして自分の国に麻薬がどっと入ってくるような政治的自由化運動をどの国が支援しますか？　ムルニエースは非常に危険な、周到な武器を創り出したのです。これがあれば我が国の自由化運動を永遠に壊滅させることができるほど強力なものでした」

ヴァランダーはいまのプトニスの説明について考えた。

「これで、あなたもわかりましたか？」と彼はバイバに訊いた。

バイバはゆっくりとうなずいた。

「スィズ軍曹はどこですか？」

「いまムルニエース大佐とスィズについて必要な証拠を集めています。それができたらすぐに彼らを逮捕します」プトニスが言った。「ムルニエースはきっと今ごろは不安がっているにちがいない。おそらく彼はわれわれが彼の部下を監視していることに気づかなかったでしょう。

彼の部下ももちろんあなたを監視していたわけですが。わたしがあなたを不必要な危険にさらしたことを非難する者もいるかもしれませんが、あなたがリエパ中佐の残した書き物を手に入れるには、これ以外に方法はなかったのではありませんか？」

「昨日、わたしが大学を出ようとすると、スィズ軍曹が待ち受けていました」バイバが言った。「カルリスの残したものを渡さなければ、ウピティスが死ぬことになると脅かされました」

「ウピティスはもちろん無罪です」プトニスが言った。「ムルニエースは彼の姉の幼い子ども二人を人質にとり、リエパ中佐を殺害したと自供しなければその子どもたちを殺すと脅したのです。ムルニエースの悪行には際限がなかった。彼の正体が暴かれるのは、この国全体にとっていいことだ。当然彼は死刑の判決を受けるでしょう。スィズ軍曹も同じです。リエパ中佐の調査は公開される。企ては暴かれる。法廷でのみならず国民全体の前でです。さらにこの事件は国際社会においても大きな関心を呼ぶでしょう」

ヴァランダーの体全体に安堵が広がった。すべては終わったのだ。

プトニスはほほえんだ。

「残っているのはリエパ中佐の調査書を読むことだけです。ヴァランダー警部、これでやっとあなたはスウェーデンに帰れますね。ご協力に深く感謝します」

ヴァランダーはポケットから荷物の預かり札を取り出した。

「青いホルダーです」と彼は言った。「顧客サービスのカウンターに預けてあります。しかし、二枚のレコードは返してくださいよ」

プトニスは笑った。

「ヘル・ヴァランダー、あなたはじつに優秀な警官だ。間違いは決して犯さない」

その言い方のどこにプトニスの正体を暴くものが潜んでいたのか？　ヴァランダーはなぜ自分がそのときはっとしたのか、あとでどうしてもわからなかった。とにかくプトニスが預かり札を制服のポケットに入れたその瞬間、ヴァランダーは取り返しのつかない大間違いを犯してしまったことに気がついた。直感と知性が混じりあったなんとも名付けられない激情に突き上げられ、彼は口の中がからからに乾いた。

プトニスは笑い顔をそのままに、ポケットからピストルを取り出した。部下の兵士たちは屋上全体に散らばってバイバとヴァランダーに向けて銃を構えている。バイバはなにがどうなっているのかわからない様子だった。ヴァランダーは屈辱感と恐怖で口も利けなかった。そのとき防火扉が開いてスィズ軍曹が現れた。ヴァランダーは混乱した頭で、スィズ軍曹はこの瞬間まで防火扉の陰で登場する機会をうかがっていたにちがいないと思った。これで役者は全員そろった。もはや誰もステージの陰に隠れている者はいない、とヴァランダーは思った。

「あなたの犯した唯一の間違いは」プトニスが単調な声で言った。「いや、さっき私が言ったことはすべて本当ですよ。たった一つ事実と違うところがある。それは私自身だ。さっきムルニエースについて言ったことは、すべて私自身のことなのですよ。だからヴァランダー警部、あなたは正しくも間違ってもいたわけです。あなたも私のようにマルキシストだったら、世界を征服するためにはときには度肝を抜くようなことをしなければならないことがわかるだろう」

プトニスは数歩後ろに下がった。

「これで国には帰れないですな。しかし、ここ屋上は地上よりは天国に近いですよ、ヴァランダー警部」

「バイバは見逃してくれ」ヴァランダーが懇願した。「彼女だけは」

「そうは行かない」プトニスが答えた。

プトニスが銃を持ち上げた。ヴァランダーはバイバのほうを先に撃つつもりだとわかった。もはや自分にできることはなにもない。もう希望はない。リガの中心街のこの屋上で死ぬよりほかないのだ。

その瞬間、防火扉が突然開いた。プトニスはぎくりとして予期せぬ音に振り返った。武器を手にした警察の一大部隊が勢いよく屋上に走り出た。先頭に立っているのはムルニエース大佐だった。ピストルを手にしたプトニスを見て、ムルニエースは迷いなくプトニスの胸に狙いを定めて銃を三発続けて撃った。ヴァランダーはとっさにバイバを倒し、その体の上に自分の体を重ねて護《まも》った。屋上で激しい銃撃戦が始まった。ムルニエースの部下とプトニスの部下はそれぞれ煙突口や換気口の陰に身を寄せて撃ち合った。ヴァランダーは銃撃戦の真ん中で動けなくなってしまったが、バイバを引っ張ってプトニスの死体の陰に隠れようとした。そのとき煙突口の陰に隠れているスィズ軍曹に気がついた。彼と視線が合った。そしてバイバをちらりと見た彼の顔つきから、ヴァランダーはスィズがバイバを、または自分をもいっしょに捕まえて、人質にして生き延びようとしているのだとすばやく読みとった。ムルニエースの部下のほうが数の上でも多く、すでにプトニスの部下には降参している者もいた。ヴァランダーはプトニスのピストルが死体のすぐそばにあるのを見た。だが、それに手が届く前に、スィズ軍曹が飛びかかってきた。ヴァランダーは怪我をしたほうの手でスィズ軍曹の顔を殴ってしまい、痛みに叫び声を上げげた。スィズはヴァランダーの攻撃を受けて体を引いた。口から血が流れ出たが、ヴァランダーの必死の攻撃にもかかわらず、大きな衝撃にはならなかったらしく、ピストルを持ち上げヴァランダーに狙いをつけたその顔には、上司のプトニスと自分を引っ張り回したスウェーデンの警官に対する憎しみが現れていた。ヴァランダーはこれで自分は死ぬと覚悟し、目を閉じた。銃声が鳴った。撃たれたのは自分ではなかった。ヴァランダーは目を開けた。バイバが膝をついてすぐそばにいた。その手にはプトニスの銃が握られていた。たった一発の銃弾で彼女はスィズ軍曹の眉間を撃ち抜いたのだった。泣いていたが、それは興奮と安堵の涙だとヴァランダーは思った。それはいままで彼女がずっと背負ってきた恐怖と疑念からくるものではなかった。

銃撃戦は始まったときと同じように突然止んだ。プトニスの部下は負傷者が二人、そのほかは全員死んだ。ムルニエースは胸骨を撃ち抜かれた自分の部下たちを悲しそうに見て回った。それからヴァランダーとバイバのほうにやってきた。

「このようなことになってしまって申し訳ない」ムルニエースが苦しそうに言った。「だが私は、どうにかしてプトニスに真実を言わせなければならなかったのだ」

「それはきっとリエパ中佐が残した書き物の中に書かれていますよ」ヴァランダーが言った。

「そんなものが存在するかどうか、確かではなかった。そのうえ、ヴァランダー警部がそれを見つけたとは、とても信じられなかった」

「訊けばよかったのですよ」ヴァランダーが言った。

ムルニエースは首を振った。

「私があなた方のどちらかに連絡をとっていたら、プトニス大佐と表立って敵対関係になったのは間違いない。彼はきっと外国へ逃げただろう。そしたら絶対に彼を捕まえることができなくなっていたはずだ。私にはあなたを見張る以外の手段はなかった。プトニス大佐の部下の動きを探ることでわれわれはあなた方を遠くから見張ってきたのだ」

ヴァランダーは急にどっと疲れを感じ、ムルニエースの言葉が聞こえなくなった。手が激しく痛み出した。彼はバイバの手を取って立ち上がった。

そして気を失った。

目を覚ましたとき、彼は病院の診察台に寝ていた。手にはギプスがはめられている。痛みはやっと止んでいた。ムルニエース大佐はたばこを片手に入り口に立っていた。その顔は笑っていた。

「気分はよくなったかね？　ラトヴィアの医者は非常に優秀だ。あなたの手はひどい状態だった。帰国するときにレントゲン写真を持っていってもらうよ」

「私はどうしたのですか？」ヴァランダーが訊いた。

「気を失ったのだよ。私があなただったとしても、間違いなく気絶していたと思う」

ヴァランダーは診療室を見回した。

「バイバ・リエパはどこです？」

「アパートにいる。二、三時間前に送っていったときは、とても落ち着いていた」

ヴァランダーは口が乾いていた。診察台の上に起きあがった。

「コーヒー、コーヒーを一杯もらえますか？」

ムルニエースは笑い出した。

「私はあなたほどコーヒーを飲む男に会ったことがない」と彼は言った。「むろん、コーヒーはさしあげよう。もう気分がいいのなら、いっしょに本部の私の部屋まで行こう。この事件に終止符を打とうじゃありませんか。そのあとは、きっとミセス・リエパと話が山ほどあるにちがいない。医者が痛み止めを処方すると言っている。手が痛み出したら飲むといい。あなたの手にギプスをはめた医者が、あとで痛み出すかもしれないと言っていたよ」

彼らはムルニエースの車で町を横切り警察本部へ行った。すでに午後も遅く、夕闇が町をおおいはじめていた。門をくぐって本部の敷地に入ったとき、ヴァランダーはこれでこの門をくぐるのは最後にちがいないと思った。部屋に行く前にムルニエース大佐は金庫に行き、中から青いホルダーを取り出した。大きな金庫のそばには武装した番兵が立っていた。

「なるほど。金庫に預けるほうがいいのかもしれないな」ヴァランダーが呟いた。

「いいのかもしれない？　そうしなければならない、のだよ、ヴァランダー警部。プトニスがいなくなったからといって、問題がすべて解決したわけではないのだ。われわれはまだ同じ世界に生きている。われわれの国は逆流で押し流されそうだ。逆流は大佐の胸に銃弾を三発ぶち込むだけで止まりはしないのだよ」

ヴァランダーはムルニエース大佐の部屋に向かいながら、いまの言葉を考えた。コーヒーセットをトレーに載せた男が大佐の部屋の前に立っていた。ヴァランダーはこの暗い部屋に初めて入ったときのことを思い出した。もうずっと昔のことのような気がした。いつか、この間に起きたことすべてが理解できるようになるのだろうか？

ムルニエースは机の引き出しから瓶を取り出し、二つのグラスに注いだ。

「人が死んだときに酒を飲むのは慎まなければならないことだが」ムルニエースが言った。「しかし、われわれはそうしていいとも思う。とくにヴァランダー警部、あなたにはご苦労をかけた」

「いや、私は失敗ばかりやっていました」ヴァランダーが首を振った。「私の推測は間違っていたし、出来事がどう関連しているのかがわかるのに時間がかかりすぎました」

「それはちがう」ムルニエースが言った。「あなたの仕事に私は感服した。ときにあなたの勇気に」

ヴァランダーは首を振った。

「私は勇敢な人間ではない。実際、まだ生きていることに私自身驚いているのです」

彼らはグラスを空けた。それから緑色のフェルトのテーブルクロスがかけてあるテーブルについた。二人の間のテーブルの上に、リエパ中佐の青いホルダーが置いてある。

「私がいま訊きたいのは一つだけです」ヴァランダーが言った。「ウピティスは？」

ムルニエースは重々しくうなずいた。

「プトニスの残酷さには際限がなかった。彼は誰かを血祭りにあげなければ気が済まなかった。身代わり殺人だよ。なにより、プトニスはあなたをこの国から追い払いたかった。あなたに会って、その能力を嫌い、警戒したのだ。彼は幼い子どもを二人誘拐させたのだよ、ヴァランダー警部。その子たちの母親がウピティスの姉だ。ウピティスがリエパ中佐を殺害したと自供しなければ、その子たちは殺されることになっていた。ウピティスには選択の余地がなかった。もし私が彼だったらどうしただろう、と私はずいぶん考えたよ。ウピティスは釈放された。いまではもう、バイバ・リエパはウピティスが裏切り者ではないと知っている。人質になった子どもたちも救い出された」

「すべてはスウェーデンの海岸に漂着した救命ボートから始まっているのです」ヴァランダーはしばらく考えてから言った。

「プトニス大佐と仲間はそのころちょうど麻薬の密輸を始めたところだった。その相手国の一つがスウェーデンだったのだ」ムルニエースが言った。「プトニスは諜報員を何人かスウェーデンに配置した。彼らはスウェーデンにあるいくつかのラトヴィア人団体を調べ上げ、そこに麻薬を潜り込ませた。ラトヴィアからの移民が麻薬の密輸に関与しているということが公になれば、彼らが支援しているラトヴィアの自由化支援運動も怪しいものと見なされる。ちょうどそのころ、ヴェンツピルを出港した麻薬を載せた船の上で事件が起きた。プトニス大佐の部下の何人かが船の中で暴動を起こしたらしい。大量のアンフェタミンを自分たちの利益のために横流ししようとした。そのことが見つかって銃殺され、救命ボートに投げ込まれて流された。混乱の中で、彼らは肝心のアンフェタミンが救命ボートの中に隠されていたのを忘れ、そのまま流してしまった。私の聞いたところによれば、彼らは一昼夜救命ボートを探したらしいが見つからなかった。あのボートがスウェーデンに漂着してよかったと言える。もしスウェーデンでなかったら、プトニス大佐の思惑どおりにいっていたかもしれない。スウェーデンの警察からあの救命ボートを盗んだのは、言うまでもなくプトニス大佐の送り込んだ諜報員だ。彼らは救命ボートの中になにが入っているのか誰も気がついていないことを幸いに盗み出したのだ」

「もっとなにかあったのではありませんか？」ヴァランダーは考えながら訊いた。「たとえば、なぜプトニスはリエパ中佐を帰国直後に殺すことにしたのか？」

「プトニスは不安で神経が立っていたのだ。リエパ中佐がラトヴィアにいるかぎり、彼が誰に会い、なにをしているか、完全にわかっていたのだが、スウェーデンでなにをしていたのかわからなかった。リエパ中佐の行動がすべて把握できなければ不安でいたたまれなかったのだ。それでいっそのこと殺してしまおうということになったのだろう。プトニス大佐は不安に押しつぶされ、スィズ軍曹にリエパ中佐殺害の命令をし、軍曹はそれを実行したのだ」

彼らはしばらく沈黙した。ヴァランダーは相手が疲れていること、そしてなにかを心配していることに気がついた。

「これからなにが起きるのですか？」しまいにヴァランダーが訊いた。

「リエパ軍曹の書き残した記録をじっくり読むつもりだ」ムルニエースが言った。「すべてはそのあとのことだ」

その答えでヴァランダーは心配になった。

「もちろんこれは当然公表されなければならないでしょう」ヴァランダーが言った。

ムルニエースは答えなかった。ヴァランダーは突然、公表することはムルニエースにとっては当然というわけではないのだと気がついた。ムルニエースの関心は必ずしもバイバとその仲間たちのそれと同じではないのだ。ムルニエースにとっては、もしかするとプトニスの悪行が暴かれただけで十分なのかもしれない。ムルニエースはリエパ中佐の記録を広く公表することの政治的妥当性について自分とはまったく別の見解をもっているかもしれない。リエパ中佐の残した記録が隠されてしまうかもしれないと思っただけで、ヴァランダーは気が立った。

「中佐の残した記録のコピーを一部ほしいのですが」ヴァランダーが言った。

ムルニエースは即座にヴァランダーの考えを読んだ。

「あなたがラトヴィア語を読めるとは知らなかったな」ムルニエースが答えた。

「人はなにもかも知ることはできないものですよ」ヴァランダーが言った。

ムルニエースは黙って長いことヴァランダーを見つめていた。ヴァランダーはその視線を受け、絶対に外さないぞと心に決めた。いま最後に自分の力とムルニエースのそれを突き合わせたとき、ここで負けてはならないと思った。あの近眼で小柄な中佐のために負けてはならなかった。

突然、ムルニエースは結論を出した。テーブルの下の呼び鈴を鳴らすと、男がひとり部屋に入ってきて、青いホルダーを受け取った。二十分後、ヴァランダーは決して受け取ったことを証明することができないコピーを受け取った。ムルニエースが絶対に責任を取らないコピーである。スウェーデン警察官クルト・ヴァランダーが勝手に、許可もなく、友好関係を保っている両国の慣習に反して、コピーを作り、この秘密の書類に関してなんの権利ももたない人々に渡した、ということになるのだろう。このような行動で、スウェーデン人警官クルト・ヴァランダーの判断力は疑わしく、どんな非難を受けても仕方がない、とされるのだろう。これが真実だと書かれるだろう。それもこのことが書かれることがあればの話である。その可能性はほとんどないだろう。ヴァランダーはムルニエースがなぜコピーを取らせたのか、将来にわたって決してわからないだろうと思った。リエパ中佐のためか？　祖国のためか？　それともヴァランダーになにか別れの贈り物を与えたかったからか？

会話は途絶えた。話すことはもうなにも残っていなかった。

「いまあなたが持っているパスポートはかなり疑わしいものだ」ムルニエースが言った。「あなたが問題なく国に帰れるよう手はずを整えておこう。帰国はいつにしますか？」

「明日では早すぎます」ヴァランダーが言った。「その翌日に」

ムルニエースは玄関で待っていた車まで見送ってくれた。そのときヴァランダーは突然、ポーランド寄りのドイツ国境の農家の納屋に隠されている自分の車プジョーのことを思い出した。

「私の車はどうやって戻ってくるのだろう」ヴァランダーは呟いた。

ムルニエースは不審そうにヴァランダーを見た。自分はこのムルニエース大佐がラトヴィアの未来のために闘っている人々とどのような関係にいるのかを決して知ることはないだろう、とヴァランダーは思った。自分は許された範囲内でその表面に少しばかり触っただけにすぎない。その石を裏返して見ることは決してないだろう。ムルニエースはおれがどのようにしてラトヴィアに戻ってきたのかをまったく知らないにちがいない。

「いや、何でもありません」ヴァランダーは言った。

リップマンのやつめ、とヴァランダーは心の中で舌打ちした。ラトヴィア人の移民組織にはスウェーデンの警察官が車をなくした場合に弁償する秘密の基金があるのだろうか。

彼は自分の気持ちがよく説明できなかった。してやられたような気がした。だが、自分はひどく疲れているから、静養して疲れがとれるまでは、自分の判断力は信用できない、とも思った。

彼らは車の外に立ってあいさつをした。彼はその車でバイバ・リエパの家に送ってもらうことになっていた。

「飛行場へ見送りに行きますよ」ムルニエースが言った。「飛行機の切符を二つ用意します。一つはリガからヘルシンキまで、もう一つはヘルシンキからストックホルムまで。確か北欧諸国間ではパスポートチェックは廃止しているはずだ。ということは、あなたがリガに来ていたことを知る者は誰もいないということになる」

車は警察本部を出発した。運転手と後部座席の間のガラス窓は閉まっていた。ヴァランダーは暗い座席でムルニエースが最後に言ったことを考えた。おれがリガに来ていたことは誰も知らないことになる。彼は突然、自分はこのことを誰にも話さないだろう、父親にさえも、と思った。この経験はあまりにも非現実的で、真実味がなくて、秘密にしておくほかはない。話したところで、誰が信じるだろう？

彼は座席の背にもたれて目を閉じた。いまはこれからバイバと会うことのほうが大事だ。スウェーデンに戻ったときのことはそのときに考えよう。

ヴァランダーはバイバのアパートで二晩と一日を過ごした。その間ずっと彼は〝ふさわしい瞬間〟が訪れるのを待っていたが、その機会はついにこなかった。彼は自分が彼女に対して抱いている複雑な感情について一言も話さなかった。彼女に一番近づいたのは、二日目の晩ソファに隣り合わせに座ってアルバムを見たときだった。最初の日、ムルニエースが差し向けてくれた車から降りたヴァランダーを迎えたとき、彼女は遠慮がちだった。まるで知らない人を迎えるようだった。彼はがっかりした。なぜそんなにがっかりしたのかわからないままに。いったいなにを期待していたのか？　バイバは夕食を作ってくれた。硬い鶏肉の鍋料理で、彼女が料理は得意ではないとすぐにわかった。彼女がインテリであることを忘れてはならない。台所に立って料理するよりも、国の未来を夢見るほうが彼女の得意なことなのだろう。両方の種類の人間が必要なのだ。たとえ両者がいっしょに暮らすのが必ずしも幸せを約束するものではなくとも。

ヴァランダーは憂鬱になった。が、彼はそれを自分の心の内だけに留めることができた。自分は世界にごまんといる料理をするほうの人間だ、と彼は思った。彼は夢想家ではなかった。警官は夢にうつつを抜かしてはいられない。彼の鼻は汚い地面に向いている。未来を展望する高い空に向いてはいない。だが同時に彼はバイバを愛し始めたことを否定することはできなかった。そしてまさにそこに彼の憂鬱の原因があった。この悲しみをもって、彼はいままで経験した中でももっとも奇妙な、そしてもっとも危険な仕事を終了させなければならないのだった。そのために胸が痛んだ。バイバが、ストックホルムに着いたら彼の車はすでにそこにあるだろうと言ったときも、彼はほとんど聞いていなかった。彼は急に自分を哀れに感じたのだった。

彼女はソファにベッドの用意をしてくれた。ヴァランダーは隣の部屋から聞こえてくる彼女の安らかな寝息を聞くともなしに聞いていた。疲れているのに眠れなかった。ときどき彼は起き出して、冷たい床を歩いて窓辺まで行った。そしてリエパ中佐が殺された現場の、人けのない街路を眺めた。追跡者たちはもはやいない。プトニスといっしょに埋葬された。あとにはただ大きな空しさだけが残った。不快な、痛みの伴う空しさだった。

ヴァランダーの帰国の前日、彼らはプトニスが掘らせた名もない墓を訪ねた。そこにはイネセと仲間たちが眠っていた。二人は声をあげて泣いた。ヴァランダーは捨てられた子どものように激しく泣いた。まるでそのとき初めて、自分が生きている世界の恐ろしさがわかったかのように。バイバは花を持ってきていた。凍り付いたしなびた花だった。彼女はそれを盛り上がった土の上に置いた。

ヴァランダーは中佐の残した書き物のコピーをバイバに渡した。しかし彼女はヴァランダーがリガにいるうちはそれを読まなかった。


ヴァランダーが帰国する日、リガに雪が降った。

迎えに来たのはムルニエース自身だった。戸口でバイバは彼を抱擁した。二人はまるで難破した船から助け出された人間たちのようにしっかりと抱き合った。そして彼は去った。


ヴァランダーはタラップを上った。

「よい旅行を！」ムルニエースの声がした。

彼もおれがいなくなるのがうれしいのだろう、とヴァランダーは思った。おれがいなくなって寂しいとは思うまい。

アエロフロートの航空機はリガの上空で大きく旋回した。それからパイロットはフィンランド湾に向けて針路を定めた。

ヴァランダーは航空機が飛行高度に到達する前に眠りに落ちた。胸に顎を落として。

三月二十六日、その日の夜、彼はストックホルムに着いた。到着ホールに入ると彼の名前が放送された。インフォメーションデスクまで来るようにというメッセージだった。

封筒の中に入ったパスポートと車の鍵が彼を待っていた。車はタクシーステーションの少し先に停めてあった。驚いたことに、いま洗車されたばかりのように磨かれていた。車に乗り込むと、中は暖かかった。誰かがいままでここに座って彼を待っていたのだ。そのまま、彼はイースタに向けて車を走らせた。

明け方近く、彼はマリアガータンにある自分のアパートに戻った。

エピローグ

　五月初旬のある朝、ヴァランダーが署の自室で気乗りしない様子でフットボールの賭けくじに○×を書き込んでいたとき、ノックの音がしてマーティンソンがのぞき込んだ。まだ肌寒く、春はスコーネ地方にはやってきていなかった。しかしヴァランダーは新鮮な空気を脳に取り込む必要を感じたのか、窓を開けて、上の空でフットボールチームの勝敗を予測しながら外の樹上で鳴くズアオアトリの声を聞いていた。部屋の入口に現れたマーティンソンを見て、ヴァランダーは賭けくじの紙を脇にのけて立ち上がり、窓を閉めた。マーティンソンがいつも風邪を引くことを極端に恐れているのを知っていたからである。

「邪魔ですか？」

　リガから帰ってから、ヴァランダーは同僚たちとつきあわず、あまり口も利かなかった。中には仲間内で、アルプスでのスキー休暇で手にちょっとした怪我をしたくらいでなぜこんなにも調子を崩してしまったのかと不思議がる者もいた。しかし誰もヴァランダーに直接それを言う者はなく、機嫌の悪さはきっと時間が経てばなおるだろうと思っていた。

ヴァランダーは仲間に対して自分が不機嫌に振る舞っているのに気がついていた。不機嫌と憂鬱をまき散らして同僚の仕事の邪魔をするつもりはさらさらなかった。だが、だからといって、どうしたら以前の、決断力があって仲間との折り合いもいいイースタ警察の警部、クルト・ヴァランダーに戻れるのか、まったくわからなかった。まるでそんな人間はいままで存在しなかったかのようだった。また一方、彼は以前のヴァランダーではなくなったことを悲しむべきかどうかもわからなかった。とにかく、自分の人生をそれまでどう考えていたのかまったくわからなかった。

偽りのアルプス旅行の結果わかったのは、いかに自分の生活に真実が希薄かということだった。自分は欺瞞で身を固めて生きているような人間ではないと思っていたが、今度のことで、世界の現実に関してほとんど無知であることはそれ自体欺瞞ではないかと思うに至った。たとえそれが世間知らずのためであり、現実から意識的に目を背けてきた結果ではないとしても。

誰かが部屋に入ってくるたびに、彼は良心の呵責を感じた。しかし、すべて以前となにも変わっていないという態度をとるよりほか、彼はどうしていいかわからなかった。

「邪魔でなどあるもんか」ヴァランダーはつきあいのいい顔を見せようと努力して言った。「座れ」

マーティンソンはヴァランダーの客用のいすに腰を下ろした。スプリングが壊れていて座り心地が悪かった。

「奇妙な話なんですが、話しておくほうがいいと思うので」マーティンソンは切り出した。「話は二つあるんですが、なんだか過去の亡霊が姿を見せたようなんですよ」

ヴァランダーはマーティンソンの話し方が好きではなかった。警察官として扱う荒々しい現実は、マーティンソンのような〝詩的な〟表現には合わないと思っていた。しかし彼はなにも言わずに話の続きを待った。

「覚えていますか、海岸に救命ボートが打ち上げられると通報してきた男のことを？」マーティンソンは切り出した。「われわれが最後まで正体がわからなかった男、また二度とわれわれに連絡してこなかった男のことです」

「確か二人いたと思うが」ヴァランダーが口を挟んだ。

マーティンソンがうなずいた。

「まず、最初の男のことから始めましょう。数週間前、アネッテ・ブロリン検察官は重度の暴力行為を働いた男を告訴するかどうか検討していた。だが、男には前歴がなかったので、告発されず、釈放されました」

ヴァランダーはしだいに興味をもち始めた。

「男の名前はホルムグレン」マーティンソンは話を続けた。「自分は偶然にこの暴力事件の書類がスヴェードベリの机の上にあったのを見たんです。そこにはホルムグレンというこの被疑者は〈バイロン〉という船の持ち主であるとあった。それで自分は興味をもったのです。とくに自分が注目したのは、ホルムグレンが暴行を働いた相手は彼の親しい友人だった、それも船を出すときはいつも乗組員として同行していたヤコブソンという男だったという点でした」

ヴァランダーは夜中のブランテヴィーク港のことを思い出した。

マーティンソンの言うとおりだった。過去から亡霊が現れたのだ。ヴァランダーは自分が話の続きを聞きたがっていることに気がついた。

「不可解なのは、ヤコブソンは暴行事件の届けを出そうとしなかったことです。かなり激しい暴行で、しかも原因を特定できなかったにもかかわらずですよ」マーティンソンが言った。

「それじゃ、誰が届け出をしたんだ？」ヴァランダーが驚いて訊いた。

「ホルムグレンがブランテヴィーク港でクランクのハンドルを持ってヤコブソンに襲いかかったのを見た人です。ヤコブソンはこの暴力沙汰で三週間入院するほどの怪我を負いました。殴られて三週間ですからかなりひどい暴行と言えます。しかし、彼はホルムグレンを訴えなかった。スヴェードベリはこの事件の原因を突き止めることが最後までできなかった。しかし自分は、もしかしてそれはあの救命ボートと関係があるのではないかと思い始めたのです。覚えていますか、あの二人は相手もまた警察に知らせたことに関しては知らんふりしたのを？　いや少なくともわれわれの印象はそうでした」

「ああ、覚えている」ヴァランダーが言った。

「自分はこのホルムグレンという男と話してみたいと思いました」マーティンソンが言った。

「そういえばこの男、警部と同じマリアガータンに住んでいたんです」

「住んでいた？」

「そうなんです。その住所に行ってみると、彼はもう引っ越したあとでした。移転先は遠いところです。なんと、ポルトガルなんです。彼は教区事務所に外国移住手続きをして出発しているのです。アゾレス諸島の中のなんとかいう聞き慣れない島名が書かれていました。バイロンという船のほうはデンマークの漁師にただ同然の値段で売り払っています」

マーティンソンは黙り込んだ。ヴァランダーは考え深げにマーティンソンを見た。

「不思議な話だと思いませんか？」マーティンソンが言った。「この情報をリガ警察へ送るほうがいいでしょうか？」

「いや」ヴァランダーが答えた。「それは必要ないだろう。だが、話してくれてありがとう」

「まだ話は終わりじゃないんです」マーティンソンが言った。「これからこの話の第二部に入ります。昨日の夕刊読みましたか？」

ヴァランダーはずっと前に新聞を買うのをやめていた。たまに買うのは、彼が担当する事件を記者が特別に興味をもって取材した場合だけだった。ヴァランダーが首を振ると、マーティンソンは話を続けた。

「読むべきでしたよ。ヨーテボリの税関が救命ボートを見つけたという話です。それはロシアのトロール船の備品だったというのです。救命ボートはヴィンガの沖で見つかったのですが、その日は凪《なぎ》だったので税関は不審に思った。トロール船の船主によると、船はドッガーバンクで漁をしていたらしい。船のプロペラに傷がついたのでドックに入れなければならなかった、救命ボートはどこで落としたのかわからない、気がつかなかったと言っています。そのとき偶然に麻薬犬が救命ボートの近くを通りかかった。すると犬はボートに激しく興味を示した。救命ボートの中から、なんと、ポーランドの麻薬製造工場で作られた最高級のアンフェタミンが二キロ見つかった。これはわれわれに必要だった情報ではないでしょうか。署の地下室から盗み出された救命ボートの中にもこのようなものがあったのではないか、ということです」

この最後の言葉は、自分の決定的失策に対する非難だとヴァランダーは思った。マーティンソンの言うとおり、あれが許しがたい失敗であることは間違いない。同時に彼はマーティンソンにすべてをうち明けたいという誘惑に駆られた。誰かにアルプスでのスキー休暇というのは作り話で、事実はこうであると、実際に起きた本当の話をしたかった。だが、彼はなにも言わなかった。その気力がなかった。

「きみはきっと正しいだろう」ヴァランダーが言った。「だが、なぜあの男たちが殺されたのか、われわれには永遠にわからないだろう」

「そうでしょうか」マーティンソンは言って立ち上がった。「明日なにがわれわれを驚かせるか、誰にもわからないのではないですか？　今度の事件も、とにかく一歩でも解明に近づいたではないですか？」

ヴァランダーはうなずいた。だが、なにも言わなかった。

マーティンソンは出口で立ち止まり、振り向いた。

「自分の意見を言いましょうか」マーティンソンが言った。「まったく個人的な意見です。ホルムグレンとヤコブソンは何らかの密輸にたずさわっていた。その最中に救命ボートを見てしまった。だが、彼らには警察と関わりをもちたくない理由があった」

「いや、それだけでは暴行事件の説明はつかない」ヴァランダーが口を挟んだ。

「二人の間に、警察にはなにも言わないという申し合わせがあったのでは？　ホルムグレンはヤコブソンが約束を破って告げ口したと思ったのでは？」

「きみが正しいかもしれない。だが、真実は決してわからないだろう」

マーティンソンが出て行き、ヴァランダーはまた窓を開けた。それから彼はまたフットボールの賭けくじに書き込み始めた。

同じ日の午後、彼は車で港に新しく開店したカフェに行った。

コーヒーを注文し、それからバイバに手紙を書き始めた。

だが三十分後、書き上げた手紙を読み返して、彼は粉々に破いてしまった。

カフェを出て、桟橋に出た。

細かく千切った手紙を桟橋からパンくずのように海に捨てた。

彼女になんと書いたらいいのかまだわからなかった。

だが、思いは日に日に強まった。

あとがき

最近のバルト諸国における革命的変化は、私がこの小説を書くにあたっての決定的要件である。作家にとって馴染みのない環境での出来事を題材にして書くことは、当然のことながらそれ自体むずかしい作業である。しかし、それ以上に困難なのは、なにもまだ定まっていない政治的社会的ランドスケープを描写しようと試みることである。純粋に具体的な——たとえばある年月日にある銅像がまだ基礎台の上に立っていたか、あるいは倒され取り払われたか、またば、何度も変更された街路名が一九九一年二月にはなんという名前だったか——というような問題だけでなく、それ以上に深く横たわっている困難に向かわなければならなかった。その中には、今日われわれはバルト諸国の発展について状況的知識をもっているわけだが、この小説を書くにあたってそれを使わないようにするというむずかしさがあった。

考えと感情を再現するのは、言うまでもなく作家の仕事である。しかし助けが必要なこともある。この本を書くにあたって、私は多くの人々の援助を得た。とくに二人の人物に感謝を捧げたい。一人は実名で、もう一人は匿名である。グンティス・ベルイクラーヴィスは私に説明し、自分の記憶を掘り返し、アイディアを与えてくれた。彼はまたリガという町の秘密を多く私に教えてくれた。もう一人はリガ警察の〈殺人捜査課〉の捜査官である。彼は忍耐強く自分の仕事と他の捜査官の仕事について説明してくれた。

わずか一年前のことなのだが、あのときはどうだったのかを常に思い出さなければならない。あのときはすべてがまったくちがっていた。もちろんいまよりもすべてがずっと不明瞭だった。バルト諸国の運命はいかなる意味においても決定していなかった。たとえば、まだ多数のロシア兵がラトヴィアの領土に存在した。未来をどのように形成するかに関し、古いものと新しいもの、既知のものと未知のものの間の激しい闘いが展開されていた。

この本を完成してから数カ月後の一九九一年春、ソヴィエト連邦のクーデターが起きた。バルト諸国の独立宣言に向けて拍車をかけた決定的出来事だった。あのクーデターは、そしてあのようなクーデターが起こりうるという可能性は、この小説の核心にある。しかし私は、他の人間同様、あのようなことが本当に起こりうることも、またそれがどのような結果を生むかも、ほとんど予測できなかった。

これは小説である。つまり、この本に書かれたことのすべてが実際に起きたことではないし、このような様相だったということでもない。しかし、このようなことは起きたかもしれない。また、デパートで荷物を預かるカウンターを創り出したりするのは、たとえ現実にはまだないものでも、作家の自由な想像力のなせる業である。あるいは実際にはない家具売場を創造するのもそうである。もしそれが必要ならば。ときにはそういうこともあるものだ。

ヘニング・マンケル　一九九二年四月

訳者あとがき

これはスウェーデンの田舎町イースタを舞台に、刑事ヴァランダーが活躍する警察シリーズの第二弾である。離婚して二年ほど経って、クルト・ヴァランダーはどうにか落ち着いたらしい。首都ストックホルムで専門学校に通っている娘のリンダのこと、車で十五分ぐらいのところに住んでいる年老いた父親のことなど、相変わらず個人生活上の心配はあるが、イースタの町はずれのマリアガータンにあるアパートでの味気ない一人暮らしにもなれてきた様子である。しかし、前作と大いにちがうのは綿密な調査と鋭い推理で事件を究明する先輩のリードベリの不在である。今回の話はリードベリがガンで亡くなってまだ一カ月も経っていないときに、イースタの近くの海岸に打ち上げられた救命ボートの中に二つの死体が発見されるところから始まる。その前に不審な電話がこの漂流ボートのことを予告してくる。果たして予告どおり、若い男二人の死体を乗せた救命ゴムボートがモスビー・ストランドに打ち上げられた。不思議なことに高級スーツを着ている。靴もネクタイもスーツもヴァランダーの安月給では買えないようなものばかりだ。だが、拷問の跡があり胸を銃で撃ち抜かれている。検死医が歯の治療技術からロシア、あるいは東欧諸国の人間である可能性を指摘し、まもなく死んだ男たちはラトヴィア人であることがわかる。

日本の読者にとって、ラトヴィアはスウェーデンにも増して馴染みが薄いのではなかろうか。スカンジナヴィア半島の東半分に位置するスウェーデンから見ると、バルト海を挟んで向かい側に位置するバルト三国――リトアニア、ラトヴィア、エストニア――の一国で、ソ連の支配下にあったが一九九一年に独立した。この小説は一九九二年に出版されているので、ヘニング・マンケルはあとがきにもあるとおり、まさに独立運動のさなかのラトヴィアを書いたことになる。面積は日本の六分の一、市場経済に移行した後の一人当たり国民総生産高は現在日本の約十三分の一の国である。

ソ連の鉄のカーテンで他国との交流が遮られていたため、スウェーデン人にとってもバルト三国は久しく遠い存在だった。とくにスウェーデンは十六世紀から十七世紀にかけて、バルト諸国に覇権を伸ばし植民地化した歴史があるのだが、本書の中で三国の首都名さえ正しく言うことができないとヴァランダーが告白しているとおり、バルト海一つ挟んだだけなのにこれらの国々の現在の姿はほとんど知られていない様子である。

救命ゴムボートに乗せられた死体がラトヴィア人であることがわかると、ラトヴィア警察からカルリス・リエパ中佐が事件捜査に派遣されてくる。ヘビースモーカーの中佐に辟易《へきえき》しながらも、ヴァランダーは小柄でひどい近眼の中佐の熱心な働きぶりと鋭い洞察力に敬服する。死体を携えてリエパ中佐が引き上げて、事件はスウェーデン側にとっては一件落着のように見えたのだが、じつはこれは氷山の一角にすぎなかった。今度はヴァランダーがラトヴィア警察からの捜査協力要請を受けて初めてバルト海をわたって首都リガに飛ぶ。そこで彼が垣間見たのはかつての社会主義大国ソヴィエト連邦が崩壊する瀬戸際で起きた、ソ連支配下の国における独立運動とそれを阻もうとする勢力との壮絶な闘いだった。

すべてが軍によって、あるいはソ連に通じる人脈によって掌握されている社会で、自由を求める運動を起こす代償は、生命の危険である。地下で果敢に闘う人々、その動きを押さえ込もうとする勢力、その中で裏切りや密告を警戒し、疑心暗鬼になって暮らす人々の姿が見える。また同じ人々が命がけの信頼、同志愛、愛国心をもって独立運動を進める姿も見える。そのような人々の極限の姿が、それまで国家や政治にはあまり関心がなかったクルト・ヴァランダーの心を揺さぶる。最初、疲れた〝北の国の人ヴァランダー〟は、理想に燃え自由を求めて一田舎警察官にすぎない自分に助けを求めるラトヴィアの人々を、ナイーブだとしてシニカルに見ている。巻き込まれまいとするヴァランダーだが、しだいに自由と独立という大義のために闘う人々を信じるようになる。それも、理念的でも観念的でもないヴァランダーは、ラトヴィア滞在中に知り合った一人ひとりの人間が危険にさらされ、死と紙一重のところで生きる姿を見ることによって、気づくのである。連絡係の女イネセが襲撃で殺されたり、リエパ中佐の同志でヴァランダーにこの国の事情を話してくれたウピティスが逮捕されたり、ホテルの売店で働く女ヴェラが危険を冒して自宅にかくまってくれたり、という個人的体験をすることでしか、彼にはこの国の人々の置かれた状況がわからなかった。そして、ついに事件の黒幕が暴かれる。

思えば一九八五年にゴルバチョフ政権が誕生して以来、ペレストロイカ（改革）路線で党や政府のグラスノスチ（公開性）が進められ、それこそあっという間にソヴィエト連邦は瓦解した。当時これらのロシア語がそのまま新聞紙上を賑わしていたことを思い出す。一九九〇年三月大統領制を導入、ゴルバチョフが初代大統領に就任、一党独裁制の放棄、一九九一年国家評議会がバルト三国独立承認、ソヴィエト連邦消滅、独立国家共同体（ＣＩＳ）創設、一九九二年ロシア共和国はロシア連邦と改称された。わずか二年ほどの間に、一九一七年のロシア革命後、一九二二年の成立から続いた巨大なソヴィエト社会主義共和国連邦が消滅するとだれに予測できただろう。ペレストロイカが始まったころから、ロシア内で、あるいはロシアの周辺諸国で、この小説に書かれたような動きが実際にあったにちがいない。そこには古い国を新しい価値観で作りなおすために闘ったたくさんの有名無名の人々がいたにちがいない。普通の人、スウェーデンの田舎町の警官クルト・ヴァランダーはそのような歴史の大きな転換期に起こったたくさんの事件の一つを目撃したのだろう。

現実のラトヴィアは現在、穏健改革派「ラトヴィアの道」と中道右派の連立政権で、一九九九年に女性大統領ビケフレイベルガが選出され、バルト三国、北欧諸国、ＥＵとの関係緊密化に努力しているという。（しかし、アメリカ合衆国との仲も緊密らしく、ラトヴィアは二〇〇三年二月十七日現在、アメリカのイラク攻撃政策を支持する十の東欧諸国の一つである）。

さて本書は、九一年から毎年一本ずつ書かれた九つの作品からなるクルト・ヴァランダー・シリーズの第二作目で、うだつの上がらない、しかし犯罪捜査ではベテランのクルト・ヴァランダーを主人公とするこのシリーズが、九〇年代のスウェーデン社会を描写するもっとも優れた作品の一つとして評価されだしたころの作品である。クルト・ヴァランダーは今回も憂鬱そうで、孤独で、太り気味で、食べ物といえばオムレツとカロップス（牛肉の煮込み料理）、あとはハンバーガーとピッツァしか知らないような男である。コーヒーをがぶ飲みする。過労とストレスで胸が痛くなったこともある。警官という仕事を本来はとても誇りに思っているにちがいないのだが、最近では手に負えないほど残虐で残酷な犯罪が増えてきて、自分はこんな時代についていけないと感じている。そして折に触れ、机の一番下の引き出しからトレレボリの工場の警備主任募集の応募書類を出しては眺めている。

女性との関係が、まったく気の毒というか可哀想というか。だめですね、出会う女性ごとに恋心を抱くなんて、と思ってしまうのは、彼に肩入れして翻訳をしているわたしだけではないと思う。前作では既婚の検察官アネッテ・ブロリンに片思いし、今回もまったく、夫が殺されたばかりで悲嘆にくれている人に惚れてしまうヴァランダーなのだ。ラトヴィアに戻ったのも、独立運動をしている人々の心に動かされたのではなく、バイバに対する思いからでしょう。しかし、非常時に人を動かすのは、主義信条や理念よりも、現実には恋愛感情だったり、友人との約束だったりするのかもしれない。そんなところがかえって人間的で、彼の無謀な行動を無謀と思わずに読んでしまうゆえんなのかもしれない。

作者のヘニング・マンケルは二〇〇二年の夏、めずらしくスウェーデンの日刊紙ダーゲンズ・ニーヘッターのインタビューに応じている。『もっとダンスしたいと願う、自分に厳しい男』という見出しの、見開きの文化欄全ページにわたる大きな写真入りの記事だ。マンケルは

「物語を書きたいという欲求が、自分の生きる欲求だ。書きたいことがたくさんあって、一日何時間も書いている。当然、したいことだけ選んで時間を使っている。テレビはほとんど見ない」と言う。時間がなくてできないこと、他の人をうらやむようなことはないかと聞かれ、マンケルは思いがけない面を見せる。「ダンスしたい。ダンスのできる人がうらやましい」また「表現をする者たち、芸術家たちはすべて、ほんとうはみんな音楽家になりたかったのではないかと思うことがある。音楽はそれほど人間にとって根元的なものだ。バッハを聴けない人生なんて考えられない。わたしの夢は作曲家として認められることかもしれない」とも言っている。そう言えば、クルト・ヴァランダーの趣味はオペラ鑑賞である。

この記事の中でもう一つ目を引いたのは、ノーベル文学賞が推理小説家に贈られる日がいつかきっと来るとマンケルが言っていることである。いまは娯楽として、軽い読み物として、純文学とは一線を画して読まれている推理小説が、時代を描写するもっとも適切な文学のジャンルとして認められる日が来るという予言である。

訳者紹介　1943年岩手県生まれ。上智大学文学部英文学科卒業，ストックホルム大学スウェーデン語科修了。主な訳書にマンケル「殺人者の顔」，ウォーカー「喜びの秘密」など，著書に「女たちのフロンティア」「わたしになる！」などがある。

検印
廃止

リガの犬たち

2003年4月11日　初版
2021年3月31日　9版

著　者　ヘニング・マンケル

訳　者　柳《やなぎ》沢《さわ》由《ゆ》実《み》子《こ》

発行所　(株)東京創元社
代表者　渋谷健太郎

162-0814/東京都新宿区新小川町1-5
電　話　03・3268・8231-営業部
03・3268・8204-編集部
URL　http://www.tsogen.co.jp
振替　00160—9—1565
精興社・本間製本

乱丁・落丁本は，ご面倒ですが小社までご送付ください。送料小社負担にてお取替えいたします。

©柳沢由実子　2003　Printed in Japan

ISBN 978-4-488-20903-2　C0197

2011年版「このミステリーがすごい！」第1位

BONE BY BONE ◆ Carol O’Connell

愛おしい骨

キャロル・オコンネル

務台夏子 訳 創元推理文庫

◆

十七歳の兄と十五歳の弟。二人は森へ行き、戻ってきたのは兄ひとりだった……。

二十年ぶりに帰郷したオーレンを迎えたのは、過去を再現するかのように、偏執的に保たれた家。何者かが深夜の玄関先に、死んだ弟の骨をひとつひとつ置いてゆく。

一見変わりなく元気そうな父は、眠りのなかで歩き、死んだ母と会話している。

これだけの年月を経て、いったい何が起きているのか？

半ば強制的に保安官の捜査に協力させられたオーレンの前に、人々の秘められた顔が明らかになってゆく。

迫力のストーリーテリングと卓越した人物造形。

2011年版『このミステリーがすごい！』１位に輝いた大作。

シェトランド諸島の四季を織りこんだ
現代英国本格ミステリの精華

〈シェトランド四重奏《カルテット》〉

アン・クリーヴス◎玉木亨 訳

創元推理文庫

大鴉の啼く冬 ＊CWA最優秀長編賞受賞

大鴉の群れ飛ぶ雪原で少女はなぜ殺された——

白夜に惑う夏

道化師の仮面をつけて死んだ男をめぐる悲劇

野兎を悼む春

青年刑事の祖母の死に秘められた過去と真実

青雷の光る秋

交通の途絶した島で起こる殺人と衝撃の結末

CWAゴールドダガー受賞シリーズ
スウェーデン警察小説の金字塔

〈刑事ヴァランダー・シリーズ〉

ヘニング・マンケル◇柳沢由実子 訳

創元推理文庫

殺人者の顔
リガの犬たち
白い雌ライオン
笑う男
＊CWAゴールドダガー受賞
目くらましの道 上下
五番目の女 上下
背後の足音 上下
ファイアーウォール 上下
霜の降りる前に 上下
ピラミッド
苦悩する男 上下
◆シリーズ番外編
タンゴステップ 上下